論創ミステリ叢書45

大阪圭吉探偵小説選

論創社

大阪圭吉探偵小説選　目次

創作篇

凡例

一、「仮名づかい」は、「現代仮名遣い」（昭和六一年七月一日内閣告示第一号）にあらためた。

一、漢字の表記については、原則として「常用漢字表」に従って底本の表記をあらため、表外漢字は、底本の表記を尊重した。ただし人名漢字については適宜慣例に従った。

一、難読漢字については、現代仮名遣いでルビを付した。

一、極端な当て字と思われるもの及び指示語、副詞、接続詞等は適宜仮名に改めた。

一、あきらかな誤植は訂正した。

一、今日の人権意識に照らして不当・不適切と思われる語句や表現がみられる箇所もあるが、時代的背景と作品の価値に鑑み、修正・削除はおこなわなかった。

一、作品標題は、底本の仮名づかいを尊重した。漢字については、常用漢字表にある漢字は同表に従って字体をあらためたが、それ以外の漢字は底本の字体のままとした。

大阪圭吉探偵小説選

東京第五部隊

不思議な観客

丸ノ内の映画館帝都劇場の舞台では、今ひとつの映画が終って、呼び物の実演レヴィュー「愛の電撃戦」の豪華な幕が開かれていた。

バンドの楽の音につれて、五彩のスポット・ライトを浴びながら、踊り狂う数人の美女の姿に満場の観客は、酔える如くうっとりとなっていたが、やがて場面が進んで、一座の花形踊子《プリマ・ドンナ》、ケティー岸田の艶麗な舞踊姿が、タップの音も軽く、舞台の前面に現われて来ると、観客席からは一様に急霰《きゅうさん》のような拍手の嵐がまき起った。

栗色の髪の毛、鳶色の眼、白大理石の肌に溢れるような蠱惑《こわく》の微笑を浮べて、すんなりと伸び切った逞しい両足が、脚光に悩しく閃きながら、リズムに乗ってしたたかに舞台を打ちつづける……実際、ケティー岸田の爪先舞踏《タップ・ダンス》は素晴しかった。

浅草の劇場に、新宿の劇場に、丸ノ内の劇場にと、彼女が一座のスウィート楽団を引連れて出演する度に、タップの女王としての彼女の人気は、ますます高まっていった。

しかも、彼女は、美しい日独混血児であった。

混血娘としての異様な肉体の魅力と、父親が親日家の独逸人であったという二つの事情は、彼女の人気に一層油をそそいでいるのだった。

やがて伴奏の楽の音が、遠去《とおの》くように低くなって行くと、それにつれて彼女の舞踊姿は一段と舞台の上にセリ出して来た。

もう、舞台の上には何もない。ただ彼女の真白な逞ましい両足がまき散らす妖艶な昂奮があるばかりだ。その白い足に履かれた真紅の舞踏靴の爪先からは、土人の太鼓《トムトム》のような甘いリズムが流れたかと思うと、俄然、夕立のような急速調や、心をゆさぶるような快い乱調子が、次々と思うさまに流れ出して、観客の心を恍惚の世界へ誘って行く……

――さて、こうした舞台と観客席の息づまるような昂奮をよそにして、薄暗い場内の一隅で、さっきから何かしきりにヒソヒソと囁き合っている、二人の若い女性があった。

白い折襟の制服を着て、懐中電灯を右手に持った、帝都劇場の案内ガール、春木もと子と小島清子の二人だった。

「ほら、清ちゃん、こちらへ来るとよく見えるわ。チ号の二十三番よ。判った？　立派な外人が居眠りしてるでしょ。あの人よ。あたしのいう怪紳士というのは……」

「どれどれ。まア、ほんと。あの人なら、確かあたしも、二三度案内したことあるわ」

一階席右側の、横廊下へ通ずる扉口の暗闇の中で、観客席のほうを顎で指しながら、二人は囁きつづける。

「そのはずだわ。ほとんど毎晩のように来てるんですもの」

「きっと、レヴィユー狂《ファン》でしょ」

「ううん、違うわよ。そりゃアね、ケティー岸田の人気は素晴しいんだし、レヴィユー狂の中には、そんな御連中いくらもあるんだもの、毎晩観に来たって別に不思議はないんだけれど、でもあの外人紳士は、断じて違うわよ。レヴィユーなぞ観に来るんじゃ、決してないわ。だって、御覧よ。あの人、居睡りしてるじゃないの。今夜だけじゃないわよ。いつもあの人居睡りばかりしているのよ！」

「あら、いつも居睡りしているの？　それなら、随分妙だわ。レヴィユーや映画を観に来て、居睡りしてたら、まるで意味ないわ。それとも、ケティー岸田の、隠れた恋人か何かで、終幕《はね》てから会いに行くまでの間、時間潰しに居睡りしながら待ってるんじゃないか知ら？」

「それも大違いよ！　あたしもう、前から注意してるんだけど、あの人、劇場がハネると、楽屋へもどこへも寄道なぞしないで、サッサと一人で帰って行ってしまうのよ。それに、第一、ケティー岸田は、日本の紳士淑女とは交際しても、外人なぞとは全然交際はしないわよ。そんなこと世間周知の事実じゃないの……」

「そう云えば、まったくそうね。じゃアいったい、あの外人はなにしに来るんでしょうね？　いい大人のくせに、毎晩のように観に来るだけでさえおかしいのに、わざわざお金を払っておきながら、居睡りしてるなんて、随分妙だわ……」

清子はそう云って、闇の中で可愛い眉をしかめるのだった。

夜の冒険

毎晩、劇場へ居睡りに来る紳士——

全くそれは、奇妙な紳士だった。

年の頃三十五六、鷲鼻に、肩の張った上背《うわぜい》の高い、堂々たる外人紳士であるが、頭を心持ち前へ俯向けて、静かに居睡りをしているのである。むろん、入って来るから出て行くまで、ずーッと居睡りつづけているわけではない。時折は、顔をあげて、舞台やスクリーンへ、ものうさそうな視線を投げることもあるのだが、しかし大体は、居睡りである。殊に、ケティー岸田の素晴しい舞踊が始ったりすると、殆んど顔をあげない。

いったい、劇場なぞでは、満場の観客は、誰も彼も一様に舞台の方へ気を取られて、自分のことさえ忘れてしまうほどであるから、この怪紳士の不思議な態度に、気のつく人なぞ一人もいなかったのであるが、しかし、案内ガールたちは別だった。彼女たちの眼から見ると、それはすぐに判ることであった。

春木もと子は、いちばん始め気づいた時から、その外人紳士に対して、ゾクゾクするほどのはげしい好奇心を覚えていた。が、彼女は誰にもそのことを知らさずに、自分一人でその不思議な紳士の態度を、色々と考えてみた。だが、結局判らない。そこでとうとう包みきれなくなって、今夜、はじめて朋輩《ほうばい》の清子に打明けたという次第。

「でも、まさか、何か悪いことをたくらんでいるわけでもないでしょうがね」

やがて清子が、不安そうに囁くと、もと子は遮切るようにいった。

「いいえ。油断大敵だわ。もしかしたら、スパイかも知れないわ。だって、こないだの国民防諜会の展覧会でも、(無駄口を慎め。少しでも怪しい挙動の外人があったら警戒せよ)って教えられたじゃなくって。たとえ、よしスパイでないとしても、何か曰くのある人に違いないわ……ね、清ちゃん」ともと子は急に語調を改めて、「あたし、見てたんだけど、あの人、いつも帰るとき、自動車に乗らずに、歩いて行くのよ。だから、ひょっとすると家は割に近くなのかも知れないわ。それでね、あたし、今夜、劇場がハネてから、一度尾行《つけ》て行ってみようと思うの。だって、このままでは、あたしとてもおさまらないわ。せめて、何をする人位は、知ってやりたいわ」

「まア、素的ね。でも、危険じゃないか知ら?」

「まさか。でも、たまには、これ位の冒険もしてみたいわ」

「あたしも行こうか知ら」

「だめだめ、二人も行ったら、事務所《おもて》の人に叱られるわ。だって尾行て行くからには、少し早く出なくちゃいけないでしょう。だから、あたし一人でこっそり抜け出して、あとをよろしく清ちゃんにお願いしたいのよ」

「あら、随分チャッカリしてるのね」

だが、この時、舞台には一際明るい楽の音が湧き起り、人魚達は賑かに踊り狂って、歌曲は華やかなフィナーレに近づいていた。

メーソン商会

　それから間もなくのこと、有楽町のガードを潜って、数寄屋橋《すきやばし》のほうへ抜ける大通りを、今しがた帝都劇場を出て来た件《くだん》の外人紳士が、銀座の方角へ向って歩いていた。

　その紳士の五六間後方から、これまた帝都劇場の案内ガール春木もと子が、猫のように足音を盗みながら、こっそり尾行ていたことはいうまでもない。

　いつの間にか彼女は、和服に着替えて、小さな風呂敷包みを左手に持っている。薄く化粧した美しい顔の真ン中に、丸い愛らしい眼を、妙に悪戯ッぽく輝かしてはいるが、さすがに顔色は心持ち青褪めて、内心の緊張は隠しきれない。

　数寄屋橋を渡る頃から、もと子の額際には薄ッすらと脂汗がにじみ出た。ゆっくり歩いているようではあるが、外人紳士の大股には、とてもかなわないらしい。もつれる裾をパッパと蹴るようにしながら、彼女は一所懸命に歩いた。

　数寄屋橋を渡って交叉点を越すと、間もなく紳士は、左側の静かな通りへ折曲った。

　もう十時もとっくに廻って、この辺り西銀座の商店街は、どの家もすっかり戸をしめてしまい、電車通りとはすっかり違った静けさだった。

　もと子は急に、寒気のようなものを覚えて肩をすくめると、紳士との間隔を十間位に引伸した。

　やがて紳士は、一層小さな通りを右に曲った。それから、すぐにまた、前と同じ位の通りを左に曲った。それからまた、右へ、そして左へ――後方も見ずに、同じ歩調で、静かに歩いて行く。もと子は、ふと、淡い後悔に似たもの覚えた。

「いったい、どこまで行くんだろう？　もしかしたら、先生、あたしの尾行に気がついて、まこうとしているのかしら？」

そう思って、ゾッとした。が、すぐその下から、一層烈しい好奇心が、モリモリ首を持上げる。

「そうだわ。せっかくここまで来たんだもの、せめて正体を見届けなくっちゃ……」

思い直して、歩きつづけた。が、こうした冒険も、もう永くはつづかなかった。

やがてひと際静かな問屋街へ来ると、紳士の歩調は急に衰えて、間もなく一軒の店の中へ、吸込まれるように消えてしまった。

もと子は、足を早めて、その店の前へ近づいた。

三階建の洋館で、仲々立派な、信用のありそうな店だった。電灯は消えていて暗かったが、街灯の光に照されたその店の看板には、横文字ばかりで彼女には読まれない。ただ一行だけ、日本字で、大きく、（高級文具卸商メーソン商会）としてある。

「メーソン商会！」

彼女は、その店の名を心の中に焼きつけるように見詰めながら、ちょっとの間熱心に立止った。がすぐにフンと鼻を鳴らした。

「ナーンだ。文房具の問屋さんかい。案外つまンないんだね。これじゃ、冒険にもならないわ。でも、いったい文房具の問屋さんが、なんだって劇場へ毎晩通って、居睡りをするんでしょう？」

そう呟いて、失望と、相変らずの疑問とを、重苦しく心支えながら、やがて、人気のない夜の街を引返そうとした。

と、この時である。

後方に向直った彼女は、瞬間、ギョクンとなって、全身に水を浴びたような衝動を覚えた。いつの間に、どこから出て来たのか、さっき確かに店の中へ消えたはずの件の紳士が、いやメーソン商会の主人公が、三尺と離れぬ眼の前に、高々と立ちはだかって、ニタリニタリ笑いながら、彼女を見下ろしているのだ。

「フフフ……おじょうサン。よくいらっしゃいましたネ。今夜はわたしが、特等席へ御案内しましょう」

ハッとなって、身をかわそうとするのと、相手の長い手がニューッと伸びるのと同時だった。なんだかヘンに甘ったるい、脳髄を刺すような匂いがしたかと思うと、腰から下が急に消えてしまったように、力が抜けて行った。

「ヘン、いらぬおせっかいをする奴は、容赦はないんだ。おい、マック。この阿女《あま》ッちょを、例のところへ片附けな」

そんな言葉を夢うつつに聞きながら、もと子の意識は、沼のような深みへ消えて行った。

闇の中の声

何時間たったのか、あるいは何日たったのか判らない。ただ、むしょうに背中が薄寒くなって、ボンヤリ我に返った。真ッ暗だ。

眼をあけているのか、つぶっているのか自分でも判らない。遠くの方でガンガン音がしているかと思うと、なんにも音なぞしていないようにも思われる。ただ、非常に頭が痛い。

手をソッと動かしてみる。動く。冷いものの上を動く。どうやらコンクリートの床らしい。そう思ったとたんに、彼女はハッキリ意識づいた。不思議な外人紳士。尾行。メーソン商会。甘い匂い……

彼女は、急に激しい恐怖を覚えて、再び気が遠くなりそうになった。と、この時、急に闇の中から、男の声が聞えた。

「お気づきになりましたね」

彼女は、一瞬ハッとなって、いきなり夢中で上半身を起きなおした。

「ああ、驚かないで下さい。決して怪しい者ではありません」と闇の中の声はつづけた。

「僕も、貴女と同じように、囚れの身ですよ。日本人です。ほら、純粋の日本語でしょう。貴女よりずっと先に、ここへ入れられていた者です」

「ここはどこです？　あなたはどういう方です？　あたしを出して下さい！」

やっと、夢中で、ものが云えた。だが体は、闇に向って身構えたままだ。

「駄目です。ここは、深い頑丈な地下倉庫です。壁は厚いコンクリートですし、扉は鉄のように固いです。僕の手の指からは血が流れていますし、声はお聞きの通り嗄れてしまいました。抜け出ようとして必死の努力をしたからです。でも、凡て無駄でした」

男の声は、ひと息ついて、あとを続けた。

「あのメーソンという男は、もうずっと前から東京へ派遣されて来ている、英国のスパイの一人です！」

「え？　やっぱり、スパイ！」

「そうです。英国のスパイ団の一味です。奴等は、最近日本当局の監視が非常に厳しくなって来たのに面喰って、死物狂いですから、秘密を嗅ぎ出そうとした僕達を、無事に逃して呉れるようなことは絶対にありません。九分九厘、僕達は絶望です。だが、決してあわててはいけません。たった一つだけの希望があります。巧く行くか行かぬかは判りませんが、でもまだ今はいけません。すぐ取掛るわけには行きません。そうそう。その前に、僕の自己紹介をしておきましょう。僕は、丸ノ内の八紘ビルにある、国民防諜協会の横川禎介というものです。つい最近、出来上った協会ですから、御存知かも知れませんね」

もと子はハッとした。

国民防諜協会ならよく知っている。さっきだかも昨夜だかも、帝都劇場で、朋輩の清子とその名前を口にしたばかりではないか。小さな事務所だが、隣室に常設の展覧会場を持っていて防諜思想の普及につとめている処だ。しかも横川禎介といえば、その事務所の主人公で、なんでも警視庁だかにも関係のある、有名な青年探偵だと聞いていたではないか。道理で、いやに落ちついていると思った。もと子は、急に元気がよみがえりはじめた。

「ああ、協会も、あなたも、お名前はよく存じております」

「そうですか、じゃアひとつ、念のためにマッチをつけて、実物をお眼にかけておきましょう。貴重なマッチですから、一本しかつけませんよ。それから、事情があって、僕は裸になっておりますが、吃驚《びっくり》しないで下さいよ」

闇の中の青年探偵は、そう云ってマッチをすった。辺りがパッと明るくなった。

横川禎介氏は、三十をまだ二つ三つしか越していないらしい、立派な青年紳士だった。が、これはまた、いったいどうしたと云うのだろう。パンツ一つの裸である。

もと子は、急に、なにか滑稽なものを覚えた。が、そんな呑気な場合ではない。すぐ気をとりなおして、急いであたりを見廻した。

八畳敷位の、暗い、ガランとした、四角い石の部屋だった。右手に、階上へ通じるらしい頑丈な鉄のような扉が立っている。

「まア、恐ろしい部屋ですわ。あたし達は一体どうなるんでしょう?」

マッチが消えてしまった闇の中で、もと子は顫声《ふるえごえ》を出した。

「さア、このまま行けば、九分九厘飢死《うえじに》でしょう。ここはメーソン商会ではないですからね。恐らくメーソン商会の持物には違いないでしょうが、かすかに潮の香のするところからみても、位置はずっと離れた、芝浦あたりの海岸にでも建っている、倉庫の地下室だろうと思います。だから、いくらジタバタしたって駄目なんです」

「でも、さっきあなたは、たった一つだけ希望があると仰有いましたが……」

「さア、それですよ。うまく行くか行かないかは判りませんがね。その希望というのは、他でもない、貴女にかかっているんです。実は、貴女が来られなかったら、その一つの希望すら、僕は失ってしまったに違いないんです。しかし、その希望というのは、少し犠牲を要するんですよ」

「どんな犠牲なんです？　助かることなら、どういう犠牲でも構いません」

「いや、大したことではないんですがね。貴女の、その着物と帯を、僕に頂きたいんです……いや、勘違いしないで下さい。僕が着るのではありません。捨てて頂くんです。捨てちまうんです。判りませんか？　じゃ、説明しましょう」

横川氏は、そう云ってゆっくり後を続けた。

ただ一つの道

「僕は、貴女より一日前に、ここへ入れられたんです。そして、なんとかして逃出ようとして、散々に暴れ廻ったんですが、駄目でした。そこで、色々と考え苦んだ揚句、たった一つ、名案が浮んだんです。それは、この地下室の、すぐ左側の天井の隅に、僕達の腕が通る位の、小さな黒い穴があいてるんです。どこにでもある、息抜きの通風孔なんですよ。僕は早速、名案を実行に移しました。つまり、通風孔ですから、きっとその先端は、地上の倉庫の屋上へ抜けていて、そこには、あの方々の屋根にある、クルクルと風の力で廻りながら、空気を吸上げている独楽《こま》のような通風器《ベンチレーター》が、ついてるに違いないんですが、そこから煙りを出して、一種の救助信号をしようというわけです。僕はまず、ポケットから煙草を出して火をつけると、穴の下へ行って背伸びしながら、煙草の煙を一所懸命に穴の中へ吹込んだんです。そうしていくらも残っていなかった煙草は、すぐ吸いつくしたのですが、救いは来ませんん。そこでとうとう、ご覧の通り、洋服に手をかけちまったという次第です。

いや、裸になってるわけが、判ったでしょう。僕は、自分の洋服を、穴の口で、裂いては焼き裂いては焼きして、すっかり煙にしてしまったんです。けれども、それでも救いはやって来ない。とうとう全部燃やしてしまってから、僕はふと、大変な失敗に気づいたんですよ。というのは、思い出しても癪に障るんですが、僕はその、せっかくの発煙信号を、夜中にやってたんです。地上では皆んな寝てしまっていて、倉庫の屋根の通風器から、吹き出す煙りなんぞに、気附いてくれるような通行人なぞ、一人もいなかったというわけです。僕が、どんなに口惜しい思いをしたか、判るでしょう。

ところが、そうして、もう半ばヤケくそで、運を天にまかしてしまった僕の前へ、一日して、今度は、貴女が投げ込まれて来たというわけです。貴女の着物と帯を頂きたいという理由が、お判りでしょう。思い切って、その着物を捨てちまって下さい。今度こそは、時間を充分注意してやってみますから。そうですね。さっき、マッチをすった時に、僕の腕時計は、三時でしたが、これは確か夜中の三時に違いないと思います。それで、もう五六時間このままで辛棒して、地上がすっかり昼間になってから、少しずつ燃やしはじめましょう。全部燃やすまでには、運さえよければ、きっと誰かに発見《みつ》けてもらえると思うんです。着物を燃してしまうんですから惜しいようですが、しかしいまの僕達にとっては、それより他に、この危険から逃れる道はないんです。いかがです。むろん、やって呉れるでしょうね?」

横川氏はそう云って、彼女の返事を期待するもののように、口をつぐんだ。

「まア、素的な名案ですわ。でも、そんな煙の信号をしたりして、メーソン一味に気づかれやせんかしら?」

「大丈夫ですよ。ここはメーソン商会なぞとはずーッと離れた海岸ですし、第一奴等は、この秘密牢獄の頑丈さを信頼しきっていて、監視なぞしていっこありません。飯も持って来ないんですからね」

「まア。それで安心しましたわ。じゃア、命の助かることですもの、あたし、よろこんでお言葉通りいたしますわ」

彼女は、キッパリと、そう答えた。が、さすがにその語尾は、心持ち顫えを帯びていた。

着物を失うことが惜しかったのではない。もしもこの時、青年探偵がマッチをすったなら、彼はきっと、もと子の顔に、何故かしらホンノリ紅が浮んだのを、みつけたに違いない。

希望の煙り

さて、こうして、奇妙な二人の囚人は、闇の中に対坐したまま、暫く時期を待つことになった。

もと子は、もうこの時分には、頼もしい横川氏の態度に励されて、すっかり落付をとり戻していた。それで、始めて、自分がどういう者で、どうしてこういう処へ連れて来られるに到ったかという、今までの出来事を、すっかり横川氏へ説明した。

青年探偵は、もと子の話を聞終ると、熱のある調子で切出した。

「そうでしたか。いや、貴女がそのメーソンの、奇妙な居睡癖に気づかれたのは、大手柄です。実は、僕も、貴女より一晩先に、メーソンの陥穽《おとしあな》にひッかかって、ここへ投げ込まれたんですが、事の起りというのは、やっぱり貴女と同じように、あの帝都劇場なんです。ただ、違う点は貴女の場合は、観客席の中から疑問を摑まれたんですが、僕の場合は、舞台の上へ最初の疑問を投げたんです。それから観客席の中に、メーソンの奇怪な態度を発見して尾行となり、つい、油断してこんな目に会ったというわけです」

「舞台の上——といいますと？」

「ああ、それは、あの、スウィート楽団の花形ダンサー、ケティー岸田の身辺と挙動に、疑いをかけたんです」

「まア。あのケティーに？　でも、あの人だったら、あたしたち日本人と、殆んど同じようなものではないですか」

「それがいけないんです。最も信用出来ると思われる奴から、まず疑わねばなりません。私はスパイですというような顔をして歩いてる奴は、絶対にありませんからね。あのケティー岸田も、そういう一人です。僕はケティーの国籍を徹底的に調べてみましたが、日独混血児なぞというのは、真ッ赤な嘘なんです。本当は純粋の英国人で、恐るべきスパイの一人なんです。本国政府からの秘密指令の聯絡もやれば、自分の舞台の人気を利用して、身辺を取巻いている良家の子女や時々箱根や塩原へ遊びに連れて行って呉れる某方面の無自覚な産業人なぞから、貴重な諜報の蒐集もやろうという凄腕《すごうで》なんです。ところが、ここで残念なことには、そこまではどうやら判りかけたんですが、それから先がサッパリ判らないいんです。貴女も御存知と思うが、あの女は、外人とは絶対に交際しませんし、あの女が出したり掛けたりする、手紙や電話なぞにも、秘密調査の結果、少しも怪しい処がないんです。だからいったい、どうして刻々に集める諜報や指令を、他のスパイ達に聯絡しているのかサッパリ判らない。それで今まで随分苦心したんですが、やっと昨晩になって、判りかけたのです。諜報の聯絡場所は、どうです、貴女の勤めている帝都劇場なんですよ！　しかも、あの満場の観衆の面前で、堂々とメーソンへ通じていたのです！　確かに僕のこの睨みに狂いないと思いますが、でも残念なことに、もう少しで確かな証拠を挙げようという寸前で、僕はメーソンの罠にひッかかってしまったんです。だから、その証拠を挙げるまでは、恐るべき聯絡方法を話すことは出来ませんが、もし、貴女のその着物のお蔭で、この地下室から抜け出ることが出来たなら、早速帝都劇場へ駈けつけて、今度こそ見事に証拠を挙げて見せますよ。ああ出たい！　なんとしても、ここからうまく抜け出たい！」

そう云って横川氏は、ゴロリと横になった様子であったが、今度は急に話題を変えて、世界各国の色々なスパイの話なぞはじめた。それは恰度、もと子の元気を引立てるために話していて呉れるように、彼女には思われるのだった。そうして、永い時間がたった。

やがて、横川氏はムックリ起上ると、マッチをすって時計を見てから、もと子を促して、例の素晴しい発煙信号にとりかかった。

信号をなるべく永い時間続けて、少しでも人に発見される可能性を高めるようにとの考えからもと子の着物や帯は細かに引裂かれ、少しずつ、時間を置いて、燃やされはじめた。

救助は、なかなかやって来ない。だが、二人は決して失望しないで、根気よく、永い時間をかけて、信号をつづけて行った。そしてとうとう、涙ぐましいその努力の、報いられる時が来た。

それは、もう、夕方近い頃のことであった。

その地下室のある倉庫は、やっぱり横川氏の狙った通り、品川寄りの芝浦の海岸べりに建っているのであるが、最初その救助信号を認めたのは、隅田川口から品川の方へ向って、曳船に曳かれていた荷足船《にたりぶね》の船頭さんであったが、海岸べりに建っているある倉庫の屋根の通風器から、頻りに色の悪い煙の出ているのをみつけた彼は、いきなり大声で、

「おや、妙なとこから煙が出とるぞ？　火事だ！　火事だ！」

と騒ぎだした。

それからあとは、なんでもなかった。すぐに附近にいた船頭連や、仲仕達が黒くなって駈けつけると、倉庫の扉は打破られ、続いて地下室の頑丈な扉も壊《くだ》かれて、もう少しで着物の最後の一片を焼尽すばかりになっていた二人は、無事に救け出されたのであった。

しかし横川氏は、非常に落付いていた。人々に礼を述べると、駈けつけた警官へ、事情を手短かに説明してから、こうつけ加えた。

「そういうわけですから、僕からは本庁のほうへ話はしますが、是非とも今夜ひと晩は、僕達がこの倉庫を逃れ出たことを、メーソン商会の耳に入らないよう、手配して下さい」

しかし、横川氏が心配するまでもなく、その倉庫はメーソン商会から大分離れていたし、こんなこと以外には平常あまり使わない倉庫だったので、幸い二人が逃れ出たことは、メーソン商会へは少しも知れなかったのだった。

スパイ・ダンス

さて、その晩――

帝都劇場の一階席には、大勢の観客達に混って、目立たない洋服に身を包んだ五人の紳士が、静かに腰を下ろしていた。

真中にいるのは、警視庁外事課の某高官。その左は、なんと逓信省の電信技師で、右にいるのは、云うまでもなく青年探偵横川禎介氏だった。

三人の紳士の席から、三間ほど離れた前方の席には、どうやらまだ、なにも知らないメーソン氏が、相変らずものうさそうな顔つきで、いまにも居睡りをはじめそう。

一階席右側の、横廊下へ通ずる扉《ドア》口の暗闇には、案内ガール春木もと子が、今夜は休暇でも貰ったのか、和服姿で、薄暗の中に顔を隠すようにしながら立っているが、すぐその横に、豹《ひょう》のように鋭い眼をした外事課の刑事が立並んで、彼女と一緒に、メーソン氏のほうへ烈しい視線を注いでいるのを見れば、どうやらもと子も、今夜は特別な案内係として、ひと役買っているらしい。

舞台では、もう既に呼び物の実演レヴィユーが幕を開けて、バンドの楽の音と、交錯するスポット・ライトの中に、美しい踊子達が、今夜もまた、華やかな昂奮を、舞台一面に撒き散らしていた。

メーソン氏は、いつの間にかうなだれはじめた。

やがて場面が進んで、一座の花形踊子、ケティー岸田の妖艶な舞踊姿が、タップの音も軽く、舞台前面に現れて来ると、例によって観客席からは、拍手の一斉射撃がまき起った。

その一斉射撃に応えるもののように、こぼれるような蠱惑《こわく》の微笑を、満面にたたえながら、ケティー岸田は、いよいよ絶妙の神技、十八番のタップ・ダンスにはいって行った。

艶麗な花の姿は、悩ましい野獣の姿と変り、夢見るような真珠の足は、急に白金のバネがはいったような逞しさを見せていた。

いつの間にか伴奏の楽の音は、蹴散らされたように遠ざかり、白い足に履いた真紅の靴の爪先から、流れ出る力強いタップのリズムが、酔払った機関銃のように、高く低く、速く遅く、思うさまに満場を圧して響きはじめた。

「ウーム。なるほど、こりゃ凄い！」

電信技師が、席を乗出すようにしながら、傍らの二人へ囁いた。

「横川さんの云われた通りです！　確かにあの女の足先は、物を云っております。時どきですが正確に、一種の通信を発しております！」

「そうかね？」警視庁の高官が首をかしげた。「僕には、よく判らんがね……」

「そのはずですよ。電信符号ですから。妙に調子をとっていますので、私達にもちょっと聞きづらいですが、確かにあのタップ・ダンスの足音の中には、モールス符号がはいっております！」

「そうか。よし！」と高官が云った。「横川君、君、例の物はどこに取付けてあるかね？」

「あ、レコードの吹込器ですか。あそこの、舞台のかぶり附きの隅っこに仕掛けておきました。もう立派に、このタップ・ダンスの秘密通信を、記録してしまったでしょう」

「いや有難い。それが、動かぬ証拠というところだな」

「正にそういうわけですね。おや、もう終曲です。さ、そろそろ、検挙にとりかかって頂きますかな」

横川氏の言葉をきっかけにして、三人の紳士は、決意を見せて立ちあがった。

間もなく、帝都劇場の玄関前では、雪崩《なだ》れ出る観衆の中から、異様な騒ぎがまき起った。群衆を蹴飛ばして逃れようとするメーソン。躍りかかる警官の突撃、メーソンの手許から狙いの狂ったピストルが、タン！　タアン！　と夜空へ放たれる。だが、すぐに彼の手首には、頑丈な手錠がはめられてしまった。恰度その頃、同じ劇場の楽屋からも、スウィート楽団の花形、ケティー岸田が、逮捕されたことはいうまでもない。

スパイ団の真相

実際、驚ろくべき出来事であった。

舞姫ケティー岸田は、満場の観客を眼の前にして、堂々と舞台の上から、ダンスの足の爪先で電信符号《モールス》にした秘密通信文を、タップしていたのだ。それを、観客席に何喰わぬ顔をしておさまったメーソンが受信する。ケティーの踊りが始まるまでは、退屈で、本当に居睡りばかりしていたのだが、一旦ケティーの踊りが始まると、俯向いてはいても決して睡っていたのではなく、一所懸命で目をつぶり、全身の神経を両耳に集中さして、彼女の電信符号を受信していたのだ。

彼等は、検挙されると、頑強に犯行を否定した。が、横川氏が予め舞台の隅に取付けておいた、レコード吹込器によって作られたダンスのレコードの前には、わけもなく頭を下げてしまった。そのレコードは、普通の速さで廻すとちょっと判らないが、速力を少しゆるめて廻すと、明らかにあの、ツ、ツ、ツ、トン、トン、という電信符号が現われ出したのだ。

しかも、当局の調査によると、ケティーは日本へ来る以前、上海の電信局で電信通信手《オペレーター》をしていたことがあり、同じくメーソンも、青年時代、大西洋航路の汽船の電信通信手をしていたことが判明した。

こうして、悪辣なるスパイ団の秘密は白日の下にさらされてしまったのだ。メーソン一味の検挙をきっかけとして、果然、彼等と秘密裡に聯絡をとりつつ暗躍を続けていた尨大なスパイ団の他の一味達も、続々、芋蔓式《いもづるしき》に検挙されるに到った。曰く、某通信特派員、某大商館、某々文化団体等々。彼等は、英国情報省の管下に属せる尨大なスパイ網の一部で、極東部東京委員会に属し、諜報、宣伝、謀略等の各部門をそれぞれ受持ち、巧みに親日を装い、大胆不敵の活動を続けていたのであるが、彼等の暗躍の指令系統は、他の多くの一味と同じところから出ていても、その一味同志の横の聯絡は、厳重な秘密になっているため、当局の苦心は実に涙ぐましいものがあった。

いうまでもなく、メーソンは、それ等スパイ団の内の一味の首魁《しゅかい》であり、主として諜報活動を引受けて、ケティー岸田や、その他数名の配下を巧みに使って、あらゆる諜報の蒐集につとめていたのだ。彼は、表面高級文房具商と称し、廃品回収の美名の許に、各官衙会社等から、使い古して不用意に捨てられた複写紙《カーボンし》や吸取紙の古《ふる》を蒐集し、精巧な化学装置によって、それ等の紙面に複雑に残された文字文章を解読し選択して、大使館へ提出することなぞも、その活動の一つになっていたのだ。

ところで、こうした事件が一段落ついた数日の後、帝都劇場の案内ガール春木もと子は、警視総監から感謝状をもらうために、青年探偵横川氏に附添われて、警視庁へ出頭した。

その帰り途、いささか気をよくした彼女は、ホッとした調子で横川氏へ云った。

「ほんとに恐ろしい事でしたわ。でも、もうこれで、恐ろしいスパイも、一網打尽になったわけですのね」

すると横川氏は、首を振りながら力強く云った。

「いやいや、今度捕まったのなんぞ、ほんの一部に過ぎません。まだまだ我々の周囲には、各国のスパイが、第五部隊が、益々新手を加えて、ウヨウヨと転り込んでいますよ。そしてその活動方法も、今度の事件のように、劇的で派手なものばかりではありません。一件怪しむに足らないような、何でもない姿をとって、しかも確実に目的を達しようと、迫っているのです。僕たちは一段と緊張して、無駄口を慎しみ、国民防諜の責を完うしなければならないわけです」

金髪美容師

奇妙な訪問者

カラリと晴れ渡った、ある秋の日の午後のこと、丸ノ内、八紘《はっこう》ビルの国民防諜会事務所へ、二人の、奇妙な男女が訪ねて来た。

男は、年の頃もう六十に近い老紳士であるが、眼光鋭く、鼻下に白毛まじりの立派な八字髭を貯え、和服に単衣《ひとえ》羽織を着てセルの平常袴《ふだんばかま》をはいていようという、どこか古武士を思わすような気骨稜々《りょうりょう》たる老人である。

これに反して女のほうは、年の頃二十前後、老人の娘とも見られるまだうら若い乙女であるが、これがまた老人とは打って変ったハイカラ美人。さすがに時局をわきまえてか、年齢には少し地味な灰色《グレイ》の洋服を着てはいるが、その仕立は、どうして仲々一流の意匠家《デザイナー》の手になるものか、りゅうとして五分の隙もない。おまけに頭の髪は、近頃おだやかならぬパーマネント、奇妙な渦巻を、おでこの上へ五つも乗っけている。

この二人が並んで立ったところは、どう見てもまず、提灯と釣鐘という感じだ。一方は古武士のような老人で、一方は花が咲いたようなモダン令嬢。見たところまるで別世界の人のように、風采の極端に違っている二人ではあったが、だがしかし、よく見ると、どうしたことか、二人ともひどく顔色が蒼い。それも、ただ蒼いというだけではなく、明らかに、何かはげしい不安と恐怖を、一生懸命に押隠しているらしい蒼さで、そういえば、妙に挙動もセカセカして落着がない。

「せ、先生はおられますかな？　こちらの会長さんの、横川先生はおられますかな？　わしは、○○町××神社の神主で千賀基成《せんがもとなり》という者だが、至急、秘密に、重大な要件について、是非とも先生に御相談願いたく伺ったのですが、横川先生にお取次下さい」

と、老人は扉口《とぐち》で一気にまくし立てた。

びっくりした少年給仕の取次を受けて、恰度いましがた、ある著述の仕事にひと区切りついて一服していたこの事務所の主人公、国民防諜会々長の青年探偵横川禎介氏は、気さくな微笑を見せて立上ると、二人の奇妙な訪問者に会うべく、応接室へ出掛けて行った。

青年探偵と云っても、横川禎介氏は、三十を四つも五つも越している。前身はなにをしていた人か、誰も知らない。ただ、最近某方面の委嘱を受けて、この国民防諜会を結成すると、ラヂオに、著述に、展覧会に、あらゆる方法を通じて防諜思想の普及に活躍する傍ら、防諜に関する一般の相談にも応じれば、時としては特殊な任務にもつこうという、謂わば官民協力の防諜体制の促進に、側面から活動を続けている私立探偵である、ということだけは、最近少しずつ知られるようになって来た。

横川禎介氏は、いつも微笑《わら》っている。今日も今日とて、気さくな微笑を浮べながら応接室へやって来ると、

「私が横川です。早速ですが、御要件を承わりましょう」

と、いきなり切り出した。

「やア、左様ですか。わしは、神主の千賀基成というものですが」と老人は、横川氏の電撃的な切出しかたに少し面喰った様子であったが、すぐ気をとり直して、「いや、実は、大変心配な出来事が起上りましてな、それで早速、御相談に上ったというわけでして」と傍らの娘のほうを顎でさしながら、「実は、ここに連れて参りましたこの娘は、わしの姪に当りまして比佐子と申しますが、大阪のほうに住っておりまして、実は、わしの伜《せがれ》の次郎と申す者と許嫁《いいなずけ》になっておりますので、時どきこうして上京して来るのですが、なにしろご覧の通りのハイカラ娘でしてな、わしはこの、ハイカラがむしょうに嫌いでしてな、わしの口からこう申してはなんですが、比佐子はなかなか気立のよい親切な娘でして、どことといって不服はなく、実は伜の嫁に迎える日を楽しみにして待ってい

た位なんですが、それがその、この二三年来、どうした風の吹きまわしか、わしの最も嫌いなハイカラ病にとりつかれましてな、東京へ来る度毎に段々ハイカラが激しくなって参りまして、今度も大阪を発ちます時に、その、美、美容院とやらへ寄って参ったとかで、ご覧の通りの風体《ふうてい》をして参りましたのですが、実は、本日伺いました、その重大な心配事というのも、そもそもの因《もと》をそのハイカラ病に発しとるわけでして、云ってみれば天罰覿面《てんばつてきめん》というところですが、いやどうも、祖先に対してなんともはや、申訳もない事で」

「ああ、よくわかりました」と横川氏はその場の空気をとりなすように遮切って云った。

「それでその、重大な心配事と仰有るのは、いったい、どういうことなんですか?」

「いや、それですがな、実は事が非常にややこしくなっておりまして、そもそもの始めから順序立てて申上げませんと、お判りにならないと思いますので、ひとつ、当の責任者の比佐子から、まず説明申上げるということにして——」

「そうですね。じゃアひとつ、比佐子さん——とやらから、出来るだけ正確に、お話願いましょう」

横川氏の言葉に、今まで小さくなっていた比佐子は、自分から元気をつけるようにして、やっと美しい顔を持上げた。

こうして、千賀老人のいう「重大な心配事」というのが語られ始めたのであるが、それは大体次のような話であった。

おしゃべり美容院

大阪○○通りの一角にあるクララ美容院は、今日も婦人客で賑っていた。

ギラギラ輝く広い鏡の部屋には、理髪店よりも物々しくきらびやかな結髪椅子が、ズラリと並び、それ等の椅子に腰掛けた婦人達のうしろに、寄添うようにして何人かの美容師達が、忙わしげに立働いていた。

椅子の上にのけぞるようにして、整髪してもらっている婦人客もあれば、頭の上に印度巡査のターバンよりも大きなおかまをかぶって、タラタラ汗を流しながら髪の毛を蒸されている客もあり、かと思うと、小さな木片《きぎれ》の電気鏝《ごて》を幾つも幾つも頭へハリつけて、パーマネント・ウエーブを仕掛けているのもあれば、出来上った髪の毛に油をつけて、整髪《セット》してもらっている者もある、といった調子で仲々忙しい。

むろんこうして出来上って行く髪形は、時局にふさわしい粛髪《しゅくはつ》であるが、それまでに仕上げるには、なかなか時間がかかる。そこで勢い婦人達は、退屈をまぎらすために、なにかと世間話に花を咲かすのである。

「ね、ちょっと、あたしンとこ今日から節米報国でね、毎日お昼食に、御飯をやめておうどんを頂くことにしましたの」

「あら、そんなのなんでもないわ。あたしンとこなぞ、もうひと月も前から実行してますわ。それどころか、贅沢廃止で、いつでも興亜奉公日には、三度の御飯もお握りにしてますわ」

「まア、貴女、お握り作られて?」

「あら、バカにしないでよ。これでも大和撫子《やまとなでしこ》だわ。今朝だって、たきたての御飯で二十人前もこしらえて、ご覧なさいな、手をこんなに赤くしてしまいましたわ」

「おやまア、随分こしらえたのね。あんたンちそんなに大家族? 子宝部隊ね」

「ううん、今朝のは違うわ。処女会の勤労奉仕よ。ほら、ね、今夜兵隊さんが大阪駅をお通りになるんでしょ。それでうちの区の婦人会がお見送りするの、その時差上げるお弁当を、処女会が総出で勤労奉仕したわけよ」

「まア、じゃア、皆んな割弁でこしらえたってわけね」

「そうよ。でも兵隊さんがたのことを思えば、そんなことなんでもないわ」

なかなか賑やかである。

クララ美容院は、大阪中でも、いや日本中でも、一流の美容院であった。東京の銀座に本店があって、全国の六大都市に支店を持っている、所謂連鎖店制度《チェーンストア》で、機械設備は最新式の〇国製を採用し、経営者はむろん日本人であるが、技術主任としてニューヨーク美容大学出身の親日〇国婦人を数名招聘し、それを各地の連鎖店に一名ずつ配置して、最新最高の技術指導に当らしめるという、堂々たる美容院であった。

この大阪のクララ美容院にも、そういう外人美容師が、主任として配置されていたことはいうまでもない。彼女はまだ二十七八の年若い金髪美人であるが、非常な親日家で、一緒に働いている美容師達はむろんのこと、一般の婦人客達からも「ヘレン先生」「ヘレン先生」と呼び親しまれて、人気の中心になっていた。

むろん、外人美容師のいる美容院なぞ、日本中には幾つとあるが、クララ美容院ほど規模も大きく、組織的で立派な店は少い。その上クララ美容院は、サーヴィスが優れてよい。一例を挙げると、パーマネントをかけに来た客に対しては、髪形が崩れかかった時には、一回に限り整髪を無料でして差上げるという「サーヴィス券」を発行している。むろんこの「サーヴィス券」は、旅行する人の便宜をはからって、全国六大都市のクララ美容院へは、どこへ行っても通用するという都合のよい代物《しろもの》であるが、これなぞもこの美容院の、豊富なサーヴィスの一つであるに過ぎない。

こういうわけで、クララ美容院の評判は、いよいよ高く、日本在住の外人婦人はむろんのこと、日本婦人のお客たちも、競ってクララ美容院を贔屓《ひいき》にし、店は益々繁昌を重ねるという次第であった。

夜行列車で、東京の叔父さんの家へ行くことになった比佐子は、神主で、昔気質《むかしかたぎ》の叔父さんには、気に入られないことは判っていたが、やっぱり、許嫁の従兄である青年次郎君の前へは、出来るだけあでやかな姿で現れないではいられない気持だった。

さっきから待合室の椅子に腰かけて、とりとめもない婦人客たちのおしゃべりを聞きながら、順番の来るのをもう三十分近くも待たされていた比佐子は、そろそろ苛々《いらいら》しはじめていた。

「なんて今日は、混んでるんでしょう！」

しかし、やがて彼女の番が廻ってきた。

「すみませんけど、晩の汽車で東京へ行くんですから、なるべく手早くお願いしますわ」

「かしこまりました」

けれども、パーマネントはそんなに早く出来あがるものではない。色々の施術を終ってウエーブが出来上り、やっと最後の整髪台へ腰を下ろした時には、もうたっぷり一時間半も費していた。

技術主任のヘレン先生が、甲斐々々しく仕事にかかりながら比佐子へいった。

「御旅行ですの。素的ですわね」

すっかり板についた日本語である。比佐子の頭へピンを差したり渦巻をこしらえたりしながら喋りつづける。

「東京は、わたしも好きです。懐しい人が沢山おります。でも一番懐しいのはミス・エヴァンスですわ」

「あら、エヴァンス先生、まだいらっしゃいます？」

エヴァンス先生というのは、東京のクララ美容院本店にいる技術主任である。比佐子は、今までにも上京の都度、二三度整髪に寄ったことがあるので、知っているのだ。

「いらっしゃいますとも。今度も、あちらへおいでになったら、是非寄ってあげて下さい。ミス・エヴァンスくらい、日本のお嬢さん方を愛している方はありませんわ。——おや、貴女のお髪は、お目にかかる度毎に美しくなりますね。まア、なんて日本のお嬢さん方のお肌は、キメが細かくて美しいんでしょう！」

こうして、やがて、結髪が出来あがった。

比佐子は、ヘレン先生からサーヴィス券をもらうと、料金を支払ってクララ美容院をあとにした。

意外な出来事

比佐子は、その翌日、東京の叔父さんの家へやって来た。

久し振りの珍客に、家人はみんな喜んで迎えて呉れたが、叔父さんの千賀基成氏は、すこぶる御機嫌が悪い。比佐子の頭をヂロリと見て、

「ふン。来たかな」

そう云って呉れただけだった。

けれども、叔母さんや、従兄の次郎君は、心から歓迎して呉れた。比佐子は、その人たちに連れられて、例年のように、明治神宮や靖国神社へ参拝に出掛けたりして、瞬く間に二日ばかりを過してしまった。

しかし、その間じゅう、叔父さんは殆んど口も利いて呉れなかった。今度は、よほど腹に据えかねたらしい。比佐子は、なるべく叔父さんの目を避けるようにして、時を過した。

鏡を見ると、大分髪が崩れてきた。夜汽車に揺られて永旅《ながたび》をしたせいだ。整髪しなければならない。

「そうだ。せっかくのサーヴィス券があるんだもの、こうしている間に、ちょっと銀座まで行って来よう」

思いついて、叔母さんの内諾を受け、茶の間でゴソゴソしている時だった。運悪く、すぐ近くの

お宮から、少し早目に昼食に戻って来た叔父さんに、みつかってしまった。そして千賀基成氏は、この時、とうとう憤懣の沈黙を、爆発さしてしまったのである。

「どこへ出掛けるのか？　比佐子」

叔父さんの言葉に、射すくめられたようにしゃがんでしまった比佐子は、小さくなっていった。

「ええ、ちょっと、銀座まで」

「なに銀座？　誰と行くのかな？」

「あの……ひとりで……」

「なに、ひとりで？　いかん、いかん。大事な預ってある娘だ。ひとり歩きなぞ、絶対にいかん！　いったい、なにをしに行こうというのか？」

「……髪が、崩れかかったものですから……」

「なにィ、髪が崩れた？」と基成氏の声が急に改った。「そんな髪は、はじめから崩れとるみたいじゃわい！　その上、また崩しに行こうというのか！　大阪でならいざ知らず、東京のわしの家へまで来て、そんなマネはよしてもらいたい」

「でも、これは、許されている粛髪ですもの……それに……」

もう、泣声である。

「なに許されている？　誰が許したか知らんが、わしは許さん！　それに、それに、どうしたというのじゃ？」

「サーヴィス券が貰ってありますので……」

「なんじゃ、サーヴィス券？」

「無料《ただ》で直してもらえる切符です」

「そんなものがあるから行きたくなるんじゃ。こちらによこしなさい！　よこしなさい!!」

基成氏は、サーヴィス券をとりあげた。顔をしかめて紙面を読み上げる。

「なになに、セット一回無料サーヴィス券、コノ券ハ各地トモ有効デス、ニューヨーク美容大学出身ヘレン先生責任指導、大阪クララ美容院——ウーム。こ、こりゃ、毛唐じゃな。比佐子！　お前は、いままで毛唐の髪結《かみゆい》へ通っていたのかッ！」

「まア、あなた。少しお静かに……」

いつの間にか気配を聞きつけて、やって来た叔母さんである。

「お前は、あちらへ行っていなさい！」

「でも、あんまりですもの」

「なにがあんまりじゃ。伜の嫁になる娘に、わしが注意をあたえて、なにがあんまりじゃ、あんまりなのは、比佐子の頭じゃ！　おまけに、毛唐の髪結などにかかっとる！　わしはもうこれ以上、我慢ならんのじゃ！」

「まアあなた。若い者の気持も、察してやらなくては……それに、ああいう髪は、やはり外人のほうが本場仕込みですから」

「なに、お前までそんなことをいうのか。なにが本場じゃ。日本国は髪結の本場でないというのか！　そういう不届な外人崇拝をするから、こないだのようなスパイ事件も起上るんじゃ。わしはもう我慢ならん！　これ以上ハイカラ病が昂ずるようなら、次郎の嫁にする約束も考えねばならん！　こ、こんな紙切れは、見るのも穢《けが》らわしいッ！」

基成氏は、とうとうサーヴィス券を、傍らにあった長火鉢の火の中に投げ入れた。

「まア勿体《もったい》ない。なにも焼捨てなくたって、よろしいではございませんか」

叔母さんは、火鉢の側に駈けよって、灰をかぶせた豆炭の上で、まだ燃えないでいたサーヴィス券を急いで拾いあげると、猫板《ねこいた》の上へ静かに置いて、今度は、泣崩れている比佐子の側へ寄り添った。

「さ、比佐子さんや。心配しなくてもいいんですよ。私がまた折を見て、他の美容院へやってあげますからね。なに叔父様だって、ああは仰有っても、心の中では貴女が可愛くてたまらないんですからね」

　叔母さんはそういいかけて、また叱られはしないかと、そッと後を振向いた。

　ところが、この時、不思議なことが起上った。

　基成氏は怒らない。いやそれどころか、どうしたと云うのだ、長火鉢の側へ屈みこんで、いまさっき叔母さんが、火の上から拾い上げて猫板の上へ置いたサーヴィス券をとり上げると、ブルブル手を顫《ふる》わしながら、まるで灼《や》きつくような烈しい視線で、その紙面を睨みはじめたのだ。しかも、老人はサーヴィス券を裏返して見ているのである。

「おい、おぬい！　お前いま、この紙切れを拾い上げて、猫板の上へ裏返しに置いたようじゃが、その時なにも妙な事に気づかなんだか？」

「さア、私は、比佐子の方に気をとられておりましたから……」

「ウーム。これは大変じゃ！　とてつもないものが現れているぞ！　不思議じゃ。不思議じゃ。これを見い？」

　叔母さんは、吃驚《びっくり》して寄添って来た。

　見ればなんと、今まで何も書いてなかったはずの、真白なサーヴィス券の裏面には、これはまたどうしたというのか、黄色いインキの、細かな英語文字が、それも文章にはなっていない、訳も判らぬ出鱈目の順序で、一面にギッシリと走書《はしりがき》されて浮上っているではないか！

「うーム」基成氏は再び唸った。「そうじゃ、判ったぞ！　つまりこれは、偶然火の上に落ちたものじゃから、いままで隠れていた不思議なこの文字が、炙出《あぶりだし》の理窟で浮上ったというわけに違いあるまい。うーム。いや、こいつはどうも、大変なことになりおったわい！」

　いいながら基成氏の顔色は、みるみる紙のように蒼褪めて行った。

恐ろしい罠

「いや、大変よく判りました。なるほど、伺ってみれば、大変重大な出来事です」

比佐子と神主千賀基成氏の話が終ると、国民防諜会の横川氏は、大きく頷きながらそう云った。横川氏は、二人の話している間じゅう、要所々々で詳細を質問したり念を押したりしながら、静かな態度で聞いていたが、聞き終った今はもう、まるで別人のように、全身に激しい緊張を現わしていた。

「つまりあなたは、その不思議な暗号文字の現れたのを見て、驚いて、早速こちらへおいでになったというわけですね？」

「左様でございます。学校出の伜に見せましても、こんな英語は読めないと申しますので、早速こちらへ伺いましたわけで、こちらのおところは、伜から聞いて参りました。いや、何よりもまず、実物をお目にかけましょう」

千賀老人はそう云って、懐中から二寸四方位の紙に刷ったサーヴィス券をとり出すと、横川氏の方へ差出しながら続けた。

「それで、いかがでございましょう？　先生の御意見は？　やはりこれは、スパイでしょうな？　いやもしスパイとすると、大変なことでして、こともあろうにこの比佐子が、スパイと関係があったという、まことにどうもはや……」

「そうですね」と横川氏は、サーヴィス券の裏面に浮上っている黄色の文字を見ながらいった。「いままでお話を伺ったところから判断すれば、どうもその疑いが濃厚ですね。いや、いずれにしてもこれは、軽々しく扱うべき問題ではありません。まず、その筋へ報告しなければなりません。しかし、ちょっと待って下さい」

横川氏はそう云って、紙片を持ったまま立上ると、二人を残して隣室の実験室へはいって行った。が、十分もすると再び戻って来た。

「やはりこの紙片の文字は、秘密インキで書いたものに違いありませんが、只今調べた処では、どうもその秘密インキというのは、美容院なぞで使う化粧水の一種らしいですね。適当な温度で適当時間加熱すると、隠れた文字が浮び上る。つまりあなたが火の中へ投げ込まれた時に、偶然その条件が揃ったものですから、文字が現れたというわけです。しかしいずれにしても、どんな条件があるにしても、加熱して文字が現れるようなものは、極く原始的な秘密インキです。恐らくこのインキの使用者は、それが自分の手近な処に平常あるためと、この紙片を持って歩く人間がそういうことにはとんと無頓着な婦人達であるという理由で、相手を呑んでかかった仕事でしょうが、いやしかし、これだけ判っただけではなんにもなりません。これは暗号ですからね。ABCが出鱈目な順序で無数に並んでいる。確かに暗号には違いない。が、鍵《キイ》がない。暗号を解く手掛《てがかり》の鍵がない。ふム。なんとかして、解けないものかな？」

横川氏は急に立上って、部屋の中をコツコツ歩きはじめた。時々立止ったり、首を傾げたりして、しきりに考え込んでいる様子。が、そうしてものの十分も呻吟しつづけた頃、ふと横川氏は何思ったか、急に向きなおると、燃えるような激しい視線で、比佐子の顔を、頭を、穴のあくほどシゲシゲと見詰めはじめた。と、俄かに横川氏の両眼は、生き生きと輝きはじめた。そして急に視線を掌の中の暗号文の上に落すと、頻りにブツブツ云いながら、読みはじめた様子であるが、いきなり、ポンと手を拍《たた》くと、叫んだ。

「判った。読めた。読めましたぞ！　暗号を解く鍵は、どうです、比佐子さん。貴女のその、髪の中にありましたよ！　貴女の髪です！　頭です！　判りませんか。貴女のその額の上には、髪の毛の渦巻《パーマネント》が、五つ作られて飾りつけてあります。それが暗号解読の鍵なんです！　ハイカラな、お嬢さんの電髪の髪形の中に、暗号解読の鍵を隠すなんて、なんて不敵な、素晴しい、皮肉極まるスパイでしょう！　判りましたか。つまり、このＡＢＣが出鱈目に並んだ文字の列を、五つ宛、五つですよ！　五つ宛飛ばして読んで行くと、立派な文章になるんです！　しかも、なんという恐ろしい文章だ。恐るべき諜報です！　ここで今その文章を申上げるわけには行きません。私はすぐに警視庁へ行かねばなりません。とにかく、あなた方がこの紙片を持って来て下さったお蔭で重大な諜報が、敵の手に渡ることが喰止められたことは事実です。危い危い。うっかり比佐子さんは、スパイの手先をつとめるばかりの処だったのです。詳しいことは、いずれ一両日中に再びお目にかかるでしょうから、その折説明します。それまでは、この事は絶対秘密にしておいて下さい。じゃ、今日はこれで失礼します」

そう云って横川氏は、呆然としている二人を追立てるようにして、扉《ドア》に手をかけた。

×　　×　　×

それから間もなくのこと――

銀座のクララ美容院の前へ、一台の自動車が止ると、中から三名の背広の紳士が躍り出て、美容院の中へはいって行った。

と、間もなく、店の中から、激しいガラスの割れるような音がして、続いて女達の悲鳴が捲起った。技術主任のエヴァンス先生は、思ったよりもお転婆で、抵抗したのだ。が、直ぐに捕えられてしまった。なにやら頻りに泣喚きながら連出されて来ると、自動車に乗せられて、そのまま西の方へ走り去ってしまった。

恰度その頃と時を同じくして、全国六大都市のクララ美容院へ、同じような自動車が止り、同じように外人技術主任が検挙されたことは、いうまでもない。

電髪間諜団

その翌日の午後。

千賀基成氏と比佐子は、八紘ビルの事務所で、再び横川禎介氏と対座していた。恰度警視庁の外事課から、重要な参考人として呼出しを受け、一応の取調や訓戒を受けてから、横川氏に連れられて引挙げて来た処だった。横川氏は部屋へ落着くと早速切出した。

「やアどうも、大変な事件でしたね。もう今夜の夕刊には、記事が解禁になるはずですから、じゃ早速ひとつ、お約束の詳細の説明をいたしますかな。——まず、あの暗号文ですが、あれは解読の結果、(××日、通過部隊××名、H)というのでした。実に重大なる諜報ですよ。ここのHというのは、諜報の発信者である大阪クララ美容院の主任美容師へレンの符号ですが、あの女スパイが、このような諜報をどこから手に入れたかと云いますと、警視庁の調査の結果判明したんですが、これがまた実に驚くべきなんです。

比佐子さん。貴女は、昨日ここで長い話をして下さった時に、私の質問に応じて、クララ美容院でお喋りな女客が、処女会の勤労奉仕でお握りを二十人分も握って手を赤くした、というような話をしているのを聞きながら、自分の順番を待っていたと聞かしてくれましたね。どうやら、そのお喋りが問題なんですよ。むろんその女客は、なんでもない世間話のようなつもりで、悪意もなくうっかり喋ったんでしょうが、スパイの耳はこれを逃しっこありません。勿論、自分の担当区域内における婦人会や処女会の人数位は、予めちゃんと調べてありますから、その処女会の人数に、一人当りの割当数である二十人分を掛け合わすれば、それでもう、その晩大阪駅で弁当をもらう出征通過部隊の、大体正確に近い数字が判ってしまうというわけなんです。

女スパイのヘレンは、早速その貴重な諜報を、恐らく化粧室《トイレット》へでもはいって簡単な暗号に仕組むと、二三枚のサーヴィス券の裏面へ秘密インキで書込んで、さてその諜報を、何も知らずに東京のエヴァンスのところまで運んで呉れる、手頃なお客さんを待っていたんです。大都市の美容院ですから、そんなお客はいくらもいます。ところが待つほどもなく、恰度そこへ、東京行きの比佐子さん、貴女がやって来た。そこで早速、貴女に暗号文を隠したサーヴィス券を提供して、その暗号文を解読する鍵を、こともあろうに貴女の頭髪の中へチョコンとこしらえた、というわけなんです。そうして、なにも知らずに、多少ともいい気持になってお出ましになる貴女の後姿へ、腹の中でペロリと赤い舌を見せながら、さて、第二第三の善良なる運搬者を物色する。これはもし、貴女が都合で東京行を止めたりした場合の用心なんです。しかし、貴女は真ッ直に上京して来られた。そして二日ばかりの間に、もう叔父さんの目を盗んでまでも、「エヴァンス先生」のところへ行きたがったんですからね。ハッハハハ……

いや、冗談はともかく、どうです、実に人を喰ったやりかたではありませんか。奴等は、実におそるべきスパイなんですよ。調査の結果によりますと、クララ美容院の主人公である某日本婦人は、全然なにも知らない潔白の身であることが判ったようですが、エヴァンスを首領とする数名の金髪スパイ達は、クララ美容院の連鎖店制度を巧みに利用して、経営者をうまく騙して入り込み、技術指導というような名目で、全国に恐るべきスパイ網を張っていたのです。しかも、美容院なぞには、とかくお喋りなお客さんが多い。少し注意していれば、貴重な各種の情報が、いくらでも転げ込んで来るんです。そいつを今申上げたような方法や、あるいは他の方法で、東京のエヴァンス姐御《あねご》のところへ送り届ける。エヴァンス姐御はそれを一括して、どうせ東京なら仲間の外人客も大勢来ることでしょうから、そういう連中を通じて確実に某方面へ提供する。と、まア、こういったわけなんです。

これだから、われわれも、もう少し反省しなければいけませんね。今度の事件なぞは、スパイが美容師に化けて入り込んでいた例ですが、仮令《たとえ》外人美容師なぞのいない、普通の美容院にしても、外国婦人のお客さんが、いくらでも来るんですからね。そういう連中の中にスパイがいないと、どうして云えましょう。なおまた、なにも美容院に限らず、床屋でも、銭湯でも、電車や汽車の中でも、まだまだスパイはウヨウヨしてるんですから、何気なく洩らしたふとした言葉が、重大な情報を敵の手に渡す糸口にならないと、誰が断言出来ましょう。お互いに気をつけなければいけませんね。――いやどうも、独りで喋ってしまいました。では、私はこれから、少し調べものがありますから、これで失礼いたします」

そこで二人は、横川氏に別れを告げた。

八紘ビルの階段を下りながら、比佐子は、基成氏へ寄添うようにして、静かに囁いた。

「叔父様。あたしもう、これから、叔父様の嫌いな髪は断然結わないことにいたしますわ」

すると基成氏は、立止ってヂッと比佐子の顔を見詰めていたが、

「ふム。そうか、そうか。よしよし、それならわしもひとつ、お前のお待兼ねの、次郎との結婚式を、今年中に挙げられるよう、なんとか至急に勘考《かんこう》してみようて。ふム、ふム……」

赤いスケート服の娘

一

赤坂山王、Sホテルの広い地下室では、今日も大勢のスケーターたちが、無数に彩色された水すましのように、黙々として無心に滑り廻っていた。

レコードが、絶えず広い場内に、明るい音楽をふりまいている。軽快な、揺れるようなシュトラウスのワルツだ。

そのリズムに乗って、滑る人々は、氷滑場《リンク》いっぱい大きく左廻りに、腕を腰に組んだり拡げたりしながら、心もち前屈みになって黙々と無限に流れつづけて行く。学生服もあればサラリーマンや、オフィスガールらしいのもある。時どき、まわりの手摺《てすり》から、人々の流れにさらわれるようにして滑り出しては、すぐまた手摺につかまるのは、初心者であろう。かと思うと、円い大きな流れのまん中では、颯爽として、五六人の華やかなスケート服の娘たちが、短いスカートの下から、寒さで淡紅色《ときいろ》になったむき出しの可憐な股をのぞかせながら、レコードに合せて曲滑走《フィギュアー》の練習に余念がない。

氷は張っていても、風がないので吹きッさらしの戸外よりは、却って暖かなのであろう、みんなハチ切れるような元気さである、

リンクの周壁、高い天井の近くから、広い場内を見おろすようにして、しつらえた中二階風の廊下《ヴェランダ》には、このホテルの滞在客たちであろう、数名の外人や、立派な紳士たちがソファによりかかったり手摺にもたれたりしながら、銀盤の上で戯れる人々を、珍らしそうに眺めている。

その人々の中に混って、同じように、さっきから無心にスケート場を見おろしている、一人の立派な外人紳士がある。

鼻眼鏡をかけて、何のしるしか、胸のポケットに小さな白薔薇の造花を挿し、頻りに葉巻を吹かしている、温厚な顔立の中年紳士だ。

と、一人の日本紳士が、静かに近づいて来た。

「たいへん恐れ入りますが、お火をちょっと……」

流暢《りゅうちょう》な英語で、言葉をかけた。まだ三十五六の、青年紳士である。

「さあどうぞ……」

快く貸してくれたライターで、紙巻《シガー》に火をつけると、青年は、鼻眼鏡の紳士に返しながら、話しかけた。

「ありがとうございました。──なかなか元気で、滑っておりますね」

「いやまったく。近頃、日本の若い人達もたいへん元気よくなられましたな」

「失礼ですが、あなた、スケートは？」

「いや。わたしはやりません。だが、こうして眺めているのは。たいへん快いです」

馴れ馴れしい青年の言葉に、外人紳士は愛想よく答えながら、ふと、手をあげて、胸に挿した小さな白薔薇の花にさわってみる。──なにか、気になる飾物《かざりもの》らしい。

「私も、そのくちなんですよ」

と青年紳士が云った。

「でも、こうして同じ眺めるんでしたら、フィギュアー・スケーチングのほうが、遥かに楽しめますね。ご覧なさいな。あの娘たちのおはね振りを……」

「なかなかよく、レコードに合っていますね」

「でも、やはりあの連中の中では、あの真赤なスケート服の娘が、一番うまいですよ。尤も、毎日のように熱心にやって来るんですから、うまいはずでしょうけど……それに、あの娘は、混血児なんですよ。非常に美しい……ご存知ですか？」

「え？　美しい混血娘？　どれどれ……」

外人紳士は、興味を煽られた様子で、鼻眼鏡をかけ直した。

「尤もここからでは、余りよく見られないでしょうが、近寄って見れば、素的な美人なんですよ。それに第一、あのフィギュアーが素晴しいです」

なるほど、銀盤の向うでは、五六人の娘たちに混って、ひと際目立つまっ赤なスケート服の娘が、白皮の編上靴にスケートを光らせながら、ワルツに乗って縦横無尽に鮮やかなフィギュアーを見せている。いまも、若鮎のような素速さで、大きく弧を描きながら左側の流れの前まで、迫り寄った彼女はいきなり、右脚を高くはねてキリキリッとターンすると、襞の多いスカートをまっ赤な花のように開きながら、そのまま左曲り《インカーヴ》に、高く、低く、寄せ行く浪のように滑りはじめた。

「イレーネ——という名前なんですがね、銀座のバヴァリヤという、新興喫茶の麗人なんですよ」

「ほう。なかなかお詳しいんですな」

鼻眼鏡氏は向うをむいたまま、余り気乗りのしない様子で答えた。

「すると、日独混血児——、というわけですな」

「ええ、ま、表面上はね」と青年はニヤリと笑いながら「表面上はそういうことになってるんですがね。しかし、イレーネは、大変な秘密を持ってるんですよ。——なんでしたら、どうして私が、そんなことを知るに到ったか、ひとつお話してもいいんですがね」

急に鼻眼鏡氏が、向直った。青年の顔を見て、眩しそうにパチパチ瞬きしながら、

「ははあ、それは是非とも、承わりたいですな。したが、わたしこれから、ちょっと面会人がありますから、なるべく手短かに……」

「承知しました。あちらのソファへ参りましょう」

二

「ご存知かも知れませんが、銀座のバヴァリヤというのは、例の三国同盟以来、ドイツビールで盛んに売出した店なんですが、その店のナムバー・ワンというのが、他ならぬあのイレーネ嬢というわけなんです」

人気のないソファに腰をおろすと、青年紳士は新らしい紙巻《シガー》に火を移しながら、そういって話しはじめた。

「ところが、このイレーネ嬢というのは、どうやら飛んでもない代物《しろもの》なんでしてね。どうも最近日本の一部の方面の、ま、時局柄重大な情報が、チョイチョイ外部へ洩らされて行く疑いがあるんですがね。――少し、物々しいお話で、恐縮ですが……、それで、ま、最近某方面の力が、活潑に働きはじめたわけなんですが、いろいろ調査を進めて行くと、どうもこのバヴァリヤが怪しい。いや、そのバヴァリヤに大勢やって来るお客さんたちの、中心的な存在になっているイレーネ嬢の身辺がたいへん怪しい、ということになってきたんです。で、早速極秘裡にイレーネ嬢の身分を洗いはじめると共に、その身辺に厳重な監視網をめぐらしたわけなんですが、すると、その徹底的な調査のお蔭で、彼女の日独混血児というのは、まっ赤な偽《いつわ》りで、実は某国政府の意志で故意に国籍を離脱され、一応白紙の無国籍になって、日本へ入国して来た純粋の某国婦人らしいという、ま、よくある筋書通りの事実が判明したんですがね。ところが、そこまでは判ったんですが、一方、厳重な監視網のほうがサッパリ進まないんです。むろん、絶えず尾行はつけられますし、彼女のかける電話も、手紙も、片ッ端から調べられるという徹底ぶりなんですが、それでもとんと尻ッ尾がつかめないという始末なんです。……いや、少し長過ぎますかな。お退屈ではありませんか?」

「いいえ。さ、どうぞ……」

と相手の紳士は、少し苛々したような様子で先を促した。青年は、ニッコリ頷いて、

「それでまア、イレーネ嬢の挙動が、もう一度細大洩らさず検討されることになったんですが、散々調べた揚句、彼女が外部と秘密の連絡をとっているらしい場所というのは、結局、Sホテルのこのスケート・リンク以外にない、ということになったんですが、しかし、あなたも多分ご承知の通り、イレーネ嬢は、最近毎日のように、午後になると一二時間ずつこのリンクに現れますが、決して誰と口を利くでもなく、近づくでもなく、一向怪しむべき挙動は見せずに、ただ颯爽と現れ、達者な滑りかたを見せては、男達を呆然とさせて、そのままさっさと引きあげて行くだけなんです。ちょっと困りましたね。これには……いや、ところが、そうした苦心の内偵が続けられるうちに、とうとう、イレーネ嬢の尻ッ尾は摑まれてしまったんです。やはり、彼女は、このリンクで無心にスケーチングしながら、恐るべき秘密通信をしたんです。その方法というのは、他でもありません、ほらご覧下さい。あのイレーネ嬢の、素晴しいフィギュアーにあるんです。残念ながら、先生いまはもう、仕事をすましたと見えて、自分だけの滑走を楽しんでいるらしいですが、ついさっきまでは、あの素敵な体型《フォーム》で男たちの眼を奪いながら、その実、彼女の脚の、白皮編上の靴先についたスケートは、巧みなフィギュアーを装いつつも、鋭いタッチで、ＡＢＣの所要の一文字ずつを、銀盤の上に描き出していたんです。——いや全く、驚きましたよ。衆人環視の中で、フィギュアー・スケーチングを装いながら、堂々と諜報の秘密通信をするなんて……いかがです？　これこそ、素晴しいフィギュアーではありませんか。え？」

青年の言葉に、鼻眼鏡氏は、心持蒼ざめた顔をあげると、その片頰に、チラと皮肉な微笑を浮べながら、

「なるほど、たいへん素晴しい思いつきですね。いやなによりも、その驚くべき大それた通信方法を、発見された日本の方々の烱眼《けいがん》に、感服いたしますな。しかし、残念ながら、それだけでは、なんにもなりませんな。ご覧の通り、氷の上には無数の銀線が、雑然と交錯してしまって、そのイレーネさんとやらの、秘密通信をしていたという確かな証拠は、全然残っていない……」

「いや、その点は、どうぞ御安心下さい」と青年は、相変らずニコニコしながらいった。「日本側で、イレーネ嬢の通信方法を発見したのは、今日のことではないんですよ。もう、二三日前に判ってしまったんです、そして早速、彼女のその秘密通信の現場を、十六ミリの小型撮影機で、こっそりと撮してしまったんです。いや、非常によく撮れましたよ。なんでしたら、ひとつお眼にかけてもいいんですがね。ところで、そうしてまず、イレーネ嬢に対する証拠固めに、一応出来上ったんですが、ここにもう一つ、重大な問題が残っているんですよ」

青年はそういって、鼻眼鏡氏の顔をチラッと見ると、快さそうに眼を細めながら、莨《たばこ》の灰をポンポンと落した。

「で、その残った一つの問題というのは」青年が再び語り出した。「つまりですな。そのイレーネ嬢の秘密通信は判ったんですが、その通信を、どこかにいてこっそりと受けとっているに違いない、相手の受信者の正体が判らないんです。むろん、滑っているイレーネ嬢の身近くにいるはずはありませんね。用心が悪いし、それに、彼女が銀盤の上に描いて行く通信文の文字は、大きなものですから、近くにいては却ってうまく読みとれません。必らずや、遠く離れた位置にあって、まっ赤なスケート服と白皮の編上とを目標にして、その派手なスケーターの脚先から描き出されて行く文字だけをこっそり、何喰わぬ顔をしながら、読み取っているに違いないんです。こう考えて、まず眼をつけたのは、この……いま私達のいる、この中二階の廊下なんです。すると、ここにはいつものように、このホテルのお客さんらしい紳士方が、大勢スケートを眺めていらっしゃるし、また実際ここからリンクを見降ろすと、真紅のスケーターの描き出す文字も恰度よい大きさになって読みとることが出来るんです。イレーネ嬢の通信の受信者はこの廊下の紳士方の中にいるに違いない、とまア、ここまでは順調に判明したんですが、さて、いったい、この何人かの紳士方のうちの、どなたが問題の受信者であるかということになると、ハタと行詰ってしまったんです。——そんなわけで、ちょっとの間調査も行詰ったんですが、しかし、間もなく日本人は、ある名案を考えついたんです」

青年紳士は、もう一本、新しい紙巻に火を移すと、せわしげに二口三口吸いつけながら、あとを続けた。

「――その名案というのは、他でもありません。この廊下と、あの、いま娘たちのフィギュアーを演っている銀盤の位置とは、かなり距離がありますし、スケーターは停っているということは絶対にないんですから、この点を利用して、ひとつイレーネ嬢に非常によく似た娘を探し出し、つまりイレーネ嬢の替玉を作って、その替玉嬢に偽の通信をしてもらう――という計画なんですがね。むろん、早速実行にかかりました。昨日のことです。幸い、横浜方面から、ある愛国的な混血娘さんで、イレーネ嬢にもよく似ており、スケーチングは本物以上というまことに得難い珍品を探出しましてね。予め某所の特別室へ、暫くお預りした本物のイレーネ嬢――これがまたとてつもない頑固屋さんで、絶対に口を割らないんですが――とにかくその本物から、まっ赤な服と白い靴を拝借して、早速偽者を作り上げ、昨日から活躍を始めてもらった、というわけなんです。ですから、ほら、いま、あそこで盛んに滑っているのは……実は偽のイレーネ嬢なんですよ。そういえば、少し本物よりも、フィギュアーが鮮やかなようには、お思いになりませんかな？　いや――無駄口はさておき、ところでそのイレーネ嬢、昨日の午後、早速偽通信を出して呉れたんですが、これがまたふるってるんです。御参考までに申上げますと、大体――（重要人物に紹介さす。明日午後、胸に白薔薇の目標《めじるし》をつけ、廊下に待て）――といったような文句なんですよ。しかし、これがまたまんまと成功したんですよ……おや、あなたの胸の、その白薔薇は、たいへん可憐な出来栄えですね。どちらでお求めになりましたかな……」

いままで、まっ青になりながら、青年の話を聞いていた鼻眼鏡氏はこの時サッと色をなして立上ると、いきなり右手で、胸にさした白薔薇の花をムシリとって、いまいましげに床に叩きつけ、憤怒の形相物凄く、ハッタとばかり青年の顔を睨みつけた。

青年紳士は、静かに立ちあがった。

「おや、なにかお気に障りましたかな。ここは公衆の面前ですから、なるべくお静かに願います。ところで、これからあなたを、いやお名前を申上げましょう。確か、神戸のキルボーン商会の御主人で、トーマス・エル・キルボーンさんでしたね。これからあなたを、本物のイレーネ嬢のお待ちになる某所の特別室へ御案内いたしたいと思いますが、御都合はいかがでしょう？　お車も表に待たしてあります。あ、そうそう、さっきあなたは、面会人があると仰有いましたが、あの面会人というのは、他ならぬこの私ですから、どうぞその方の御都合は御心配なく……おっと、そういえば、まだ私の名前を申上げるのも、すっかり忘れていましたっけ」

青年紳士はそういって、一枚の名刺を差出した。そこには、

（国民防諜会、横川禎介）と、記してあった。

仮面の親日

街頭写真師

太陽がすっかり西に傾いて、空の色が白く輝きはじめた。

——そろそろ、店じまいの時刻である。

向うから睦《むつ》まじげに話しながらやって来る若い男女へカメラを向けて、最後のシャッターを切った蒔田《まきた》君は、カメラの底から抜取った注文カードを通り過ぎて行くその二人連へ手渡すと、ひとつ大きく伸びをして、さてゆっくりと根拠地へ向って歩きはじめた。

蒔田君は、新米の街頭写真師である。

街頭写真師——といえば、もうご存知の読者も多いことと思う。昨今大流行の東京名物の一つで、銀座を中心として、新橋、数寄屋橋《すきやばし》から京橋、日本橋にわたる大東京の中心地の舗道に立って、胸に吊した特殊の大型カメラで、歩いて来る人々を片ッ端からパチパチと撮しては、注文カードを手渡している、あの新職業である。人々が何気なく手にするその注文カードには、

「只今あなたのお写真が撮れました。とてもよく、ハッキリと！……溌剌たる今日のあなたのお姿を。非常時局の御記念に！　故郷の父母へ！　戦地の友へ！」

といったようなことが、フイルムの番号と一緒に書いてあって、横の方に、注文者の住所氏名を記入する欄がとってあり、裏を返せば、そのまま郵便はがきで、それぞれの写真社の宛名が印刷されている。希望者は、そのカードに住所氏名を記入して切手をはって出せば、二三日のうちに、溌剌たる自分の街上闊歩写真が三枚、しかも金一円也で現品と引換で、配達してもらえるのである。

これは全く、現代人の趣向にピッタリ適った新職業だ。昔風に、芝居の書割《かきわり》じみた背景の前へ坐って撮してもらう写真よりは、街上闊歩の溌剌たる姿を、しかも知らぬ間に、無技巧に撮してもら

う写真の方が、どれだけ趣きがあるか知れないという次第。それかあらぬか、まだ元祖が現れてから数年しかならぬというに、いまでは全市に百名近くの業者を数えるという全盛で、銀座あたりはほんの数丁歩く間に、忽ち四五人にも出会うほど正に街頭スナップ時代。その売上げも大したもので、月平均一軒で最高千二三百円から八百円前後、むろん写真材料も五割高の騰貴《とうき》で、見た目ほどの儲けはないであろうが、しかし仮に一日百人撮って、三十人の注文者があったとしても、これに焼増料を加えれば、どうしてなかなか馬鹿にならない収入である。

今まで場末のあまり流行《はや》らない写真館でくすぶっていた蒔田君が、この新職業に目をつけて断然意を決し、店を畳んで銀座近くの恰好なビルに一部屋借り受け、(東京潑剌写真社)という喧《やかま》しい看板をかかげて新職業の仲間入りをしたのは、まだ二タ月ばかり前のことであるが、現像と配達に二人の若い助手を使って、自分は街頭に飛出した。今までと打って変った景気の好さに、最初のうちの妙なてれ臭い気持は忽ちふき飛んで、今ではすっかりハリ切ってしまった。

写真好きで子供のない若い細君の経子《つねこ》さんも、じっとしていられなくなってか、

「ネ、ちょっとあなた。もう少し儲ったら、あたしにもカメラを買って下さらない? あたしも断然洋装して、あなたと同じように街頭に立ってみたいわ」

「ふム、そ、そりゃア名案だね。若い女の街頭写真師――ふム。こいつアきっと大当りだよ。よし、君がその気なら、もう一つ買うことにしよう。それまでに、みっちり修業しとくことだね」

夫婦共稼ぎの計画も立てようという、大変なハリ切りかたである。

尤も、蒔田君のこうしたハリ切りかたも、商売繁昌というような私益ばかりが原因をなしているのでは決してなく、そこには全く純粋な国民的感激も、大いに働いているのであった。

「こないだの写真を、戦地へ送ったら喜ばれた」などと出征軍人の家族から礼状を貰ったり、「なによりの東京土産になりました」と九段の対面に上京した英霊の母から、はるばる喜びの手紙を貰ったりすると、蒔田君、しみじみと商売冥利《みょうり》を覚えて、一段と感奮するのだった。

そういえば、こうした数々の尊いお客さん達の中に混って、最近、一際蒔田君の感激をあおっている、一人の美しい女性がある。

その名をマデイ・ウェルハイムという、三国同盟のわが盟邦、独逸生れと称する若い金髪美人で、

「同盟国の協力に、女の身で何のお役にも立ちませんが、せめて戦地の兵隊さんに、慰問写真でもお送りして、少しでも戦線の労苦をお慰めして差上げたい」

という健気な志で、この頃盛んに蒔田君のカメラにも収って呉れ、その都度必らず注文して呉れるという、感心な親善嬢であるが、これがまた素敵な美人で、スラリとした背の高い体に、いつもその都度、色彩や型の変った美しい服をつけて、まるでロケーションの映画女優みたいな、実に自然で、素晴しく豊富なスタイルを以って、まるで蒔田君のカメラを吸いつけるように、うまく収って呉れるのであった。

いきおい写真の出来栄も上乗で、蒔田君の芸術的良心をいたく満足さして呉れるていのものであったが、これがまた、戦地の慰問写真ともなり、商売ともなって呉れるのであってみれば、実に一石三鳥の上得意様《じょうとくいさま》で、蒔田君の感激を火のようにあおるのも、全く無理ない次第であった。

ところが――なんぞはからん、この感心な金髪美人のお蔭で、これから蒔田君は、とてつもない大事件に捲き込まれようとしてるのであるから、世の中というものは全く以て皮肉なものだ。

それはさておき、行くてにそのような大事件が待ちかまえていようなぞとは、神ならぬ身の知るよしもない蒔田君。今日も頗るいい気持に、店じまいをすると、明日はちょっと河岸《かし》を変えてみるかな、なぞと考えながら、夕暮時の舗道を、木挽町《こびきちょう》の自宅、東京潑剌写真社へ向って、引揚げて行くのだった。

金髪美人の消失

「社長。お帰りなさい。お待ちしておりました」

磨硝子にエナメル文字の扉をあけて、蒔田君が東京潑剌写真社へ入って行くと、真先に出て来てこう声を掛けたのは、配達係の松山少年だった。新職業では、蒔田君も「社長」と呼ばれるのであるから、仲々居心地が良い。

「ああ、只今。——何かあったのかね？　待っていただなんて……」

大事なカメラを卓の上へ置きながら、蒔田君がいうのへ、松山少年は顔を顰《しか》めて、

「ええ、実はその、とても妙なことが起きてしまいましてね」

「何だね？　妙なことって……」

「それがその、全く変チクリンなことなんでして——実は、今日の午前中に、例の、マデイさんのお写真が、割に早く出来たものですから、渋谷のほうへ廻るついでに、赤坂のアパートへお届けしたんですけど……」

「ふム、マデイ・ウェルハイム嬢だね？　上得意様だ。すると、一昨日撮った写真だね？　それで……？」

「ええ、ところが、マデイさん、どこかへ引越してしまっていないんです」

「なに、引越した？　じゃア移転先は？」

「それがその、アパートの事務所へも訊いてみたんですが、なんでも、急に、引越しすることになったとかで、昨日、荷物を纏めて、移転先はあとで知らせるといったまま、出てしまわれたんだそうですがね。なんでも、部屋代なんぞも、とても気前よく払う女《ひと》で、アパートとしては、何も困ることなぞ残ってはいないらしいんですが、私が、写真の包みを持ったまま、困ったような顔をしてちょっとの間ポツンと立っていると、事務所の小母さんが、もしお急ぎの御用だったら、マデイさんのお勤め先へ、お訪ねしてご覧なさい、って教えて呉れたんです」

「へええ。じゃア、マデイ嬢は、どこかへ勤めていた女なんだね？」

「ええ、アパートの小母さんが教えて呉れたところでは、日本橋の○○ビルにある、日独……ええと、止宿人《ししゅくにん》名簿から写さしてもらって来ました」

そう云って松山少年は、手帳を拡げながら、

「そうそう、○○ビル四号室の日独芸術協会――というのへ勤めているんだそうです」

「フム、なるほど。それで君。その芸術協会というのへ行ったの？」

「ええ、午《ひる》から浅草方面へ配達に出たついでに、寄ってみました」

「それで、マデイ嬢に会えたのかい？」

「ええ、会いました。間違いなく、マデイ・ウェルハイム嬢に会いました」

「じゃアなにも、妙なことはないじゃないか？」

「いや、社長。ところが、私のお目にかかったそのマデイ・ウェルハイム嬢というのは、持って行った写真のマデイ・ウェルハイム嬢とは、似ても似つかぬアカの他人の老嬢《オールド・ミス》なんです！」

「え？　な、なんだって⁉」

とたんに蒔田君は、火をつけかけた巻莨《まきたばこ》を、ポンと床の上へとり落してしまった。あわててそれを拾いながら、傍らの椅子を引きずり寄せて、ドカリと腰を下ろすと、

「待ってくれ給え。もう少し、よく判るように話してくれ給え」

「はア。つまりですね。その、日独芸術協会のマデイ・ウェルハイム嬢というのは、こう、鼻眼鏡をかけた上品な顔の、でっぷりした婆さんでして、日本人の紳士達と話をしていたようでしたが、取次を受けて私の前へ出て来ると、（わたし、マデイ・ウェルハイムですが、なにごようですか？）って、ニコニコしながら訊くんです。びっくりしてしまったんですが、でもやっとの思いで、（東京潑剌写真社の者ですが、御注文のマデイ・ウェルハイムさんのお写真を、お届けに上りました）というと、急にそのオバサンは顔をしかめながら（わたし、そんな写真を、注文したおぼえありま

せん）といわれるんです。（でも、確かにこちらの協会のマデイさんから御注文なんですが、それでは、こちらに、もう一人マデイ・ウェルハイムと仰有る方がおいでになるんではないですか？）って訊いてみますと、そのお婆さんは急にキッとなって、鼻眼鏡越しに私の顔を見詰めながら、（日独芸術協会のマデイ・ウェルハイムは、わたしひとりだけです。日本の文部省でお尋ねになっても、外務省でお尋ねになっても、判ります。それに、ただいま、日本にお邪魔している独逸人の中で、マデイ・ウェルハイムという女は、わたしひとりだけのはずです。もしそういう名前を名乗る女が他にあったならば、それは必ず贋者《にせもの》ですから、注意して下さい）とそういって、急に不快そうな顔をすると、そのまま扉《ドア》をしめてしまったんです。仕方がないもんですから、そのまま私は、写真を持って引返して来たというわけなんです。随分妙な話じゃありませんか」

「ウーム。なるほど、妙だ！　サッパリわけが判らん！　ウーム」

いつの間にか蒔田君は、拾った巻莨を握りつぶして腕を組むと、しきりに呻吟《しんぎん》しはじめた。

「まア、あなた。何も妙なことはないじゃありませんか？」

いつの間にか出て来た細君の経子さんである。蒔田君と松山少年を等分に見較べるようにしながら、昂奮を押隠した顔つきで、

「そりゃあたしだって、松ちゃんからその話を聞いたときには、随分妙だと思ったけど、でも、考えてみればなんでもないわ。きっとこの写真をよく撮されるマデイ嬢というのは贋者で、全然別な名前を持った他所の女が、善良な独逸人の一人に化けて、あたし達やアパートの人達の目をくらましていたんだわ。それが、急に何かの事情で、姿を消してしまったのよ。――あたし、あなたが帰るまでは、松ちゃんにも絶対秘密にさしておいたんだけど、これは、重大な問題だと思うわ。ね、あなた。これからすぐに、国民防諜会なり警察なりへ出掛けて、この怪事件を相談してみたらどう？　あたし、そうするのが一番いいと思うわ」

「そうです。奥さんの仰有る通りです。ね、社長。少しでも怪しいと思ったら、すぐに訴え出る

のが、国民の義務だと思います」

「ウーム」

と蒔田君は、もう一度唸った。が、やがて、思いきったように顔をあげると、

「よし。じゃアひとつ、すぐに防諜会へ電話をかけて、今頃からお邪魔してもさしつかえないか、訊いてみよう」

なんだかひどく上擦《うわず》った声で、そう云った。

大発見

こちらは、丸ノ内八紘ビルの、国民防諜会事務所である。

多くもない所員達は、もう殆んど帰ってしまって、宿直の明石君と、横川所長の女秘書柴谷《しばや》菊子さんの二人が、電灯の下で内閣発行の週報を読んでいる。

時々菊子さんの美しい眉根が、ピリピリと神経質に動く。何か困ったことがある証拠だ。果して、週報を伏せると、溜息をつきながら、

「ほんとに皮肉なものね。先生のお留守の時に、事件が起るなんて……」

「全くですよ」と明石君も顔をあげて、「しかし、先生も先生ですね。黙ってお出掛けになるなんて。もう二日になるじゃアないですか。いったいどこへ行かれたんでしょう?」

「いろいろとお忙しいお体ですもの、無理もないんですけど、でも、せめて行先くらいはね。こんな時に困ってしまう」

「そうですよ。が、それにしても、いったいまた今の電話の、その、東京潑剌写真社とかいうのは、どんな事件が起上ったというんでしょうね?」

「なんでも、声の調子では、だいぶ昂奮していたようですから、大事件らしいわ。……でも、ま、先生はお留守でも、あたしたちの力で立派に処理して行かねばなりませんわ」

「そうです。そうです」

二人が、さっきから頻りに先生、先生と呼んでいるのは、いうまでもなくこの事務所の所長で、国民防諜会の会長である愛国青年探偵の横川禎介氏のことだ。

青年探偵といっても、もう横川禎介氏は、三十を五つ六つも越している。前身はなにをしていた人か誰も知らない。警視庁の某要職についていた人だという噂もあれば、いや退役の陸軍将校だという噂もあり、どれも、余りあてにはならない。しかしいずれにしても、最近某方面と密接な聯絡をとって、この国民防諜会を結成すると、講演に、著述に、展覧会に、あらゆる方法を通じて防諜思想の普及に活躍する傍ら、防諜に関する一般の相談にも進んで応じれば、時としては特殊の積極任務にもつこうという、謂わば官民一体の防諜体制確立のため活動を続けている愛国探偵で、最近矢つぎ早に二三の大事件に関係して、その快腕を発揮して以来急に有名になってきた人物であるから、読者の中には既にご存知の方もあろうと思う。

この、横川禎介氏の指導する国民防諜会というのは、我国唯一最大の民間防諜機関であって、なんでも横川氏の熱弁に従えば、氏自身は防諜会の単なる指導者に過ぎず、決してこの重大な国防組織の主体ではない。主体はあくまで会員であり、会員とは即ちその会名の示す如く、われわれ全日本の一億国民であるという。従って斯くいう筆者も、読者も、いながらにして既にその会員であり主体であろうという、実に頼もしき強力尨大《ぼうだい》な国民防諜組織なのである。

さて、まずざっと紹介はこれ位にしておいて、——ところで、この所長の横川氏が、昨日から無断外出したまま、まだ事務所へ帰って来ないのだ。よく外出する人で、地方の常会や警防団在郷軍人会等へ、泊り込みで講演に出掛けることもしばしばあるが、しかしそんな時でも、今度のように、無断で外出することはまずない。考えてみれば、奇妙でもあり心配でもある。おまけに、そこへ持ってきて、まるで横川氏の留守を狙ったように、東京潑剌写真社というのから電話が掛って、どうやら事件が持上ったらしい。女秘書の柴谷菊子さんと所員の明石君が、いささか気を揉みはじめたのも、無理はない次第であった。

だが、時間は待ってはくれない。

気を揉んでいるうちにも、時刻は過ぎ去り、間もなく扉をトントン叩《ノック》して、東京潑剌写真社の蒔田君が、配達係の松山少年を連れて入って来た。

「どうも、晩くからお邪魔いたしまして、すみません」

恐縮しながらいうのへ、

「いいえ、どういたしまして。防諜会の仕事には、昼夜の区別はございませんから、決してご遠慮は要りませんですわ」

と、なかなか菊子嬢、愛想がいい。奨められた椅子に、二人が腰をおろすのを見届けると、早速調子を改めて、

「では、御要件を承わりましょう」

と切り出した。

ここで、蒔田君と松山少年が、報告に及んだ一件というのは、既に読者もご存知のところであるから、省略するとして、金髪美人の奇怪な消失に絡まるひと通りの顚末を、熱心に聞いていた菊子さんは、蒔田君の話が終ると、早速弾んだ声でいった。

「まア、ほんとに良く、お知らせ下さいました。確かにその金髪美人の行動は、怪しむべきですわ。ひょっとすると、その贋者のマデイ嬢、というのは、大変な大者かも知れませんわ」と、ここで菊子さんは、卓《テーブル》の向うから乗出すようにしながら、同じように熱心に耳を傾けていた明石君と、チラッと眼を見交わして、

「——恰度只今、所長は不在中なんですけど、でも重大な事柄ですから、早速にもその筋のほう

へ連絡して、その怪婦人の調査にかからねばなりませんが、では、ひとつ、贋マデイ嬢の写真というのを、見せて頂きましょうか」

「承知しました。御参考になろうかと思いまして、今度の写真ばかりでなく、前に撮った写真も、恰度焼増があったものですから、色々と持って参りました」

蒔田君は、松山少年の手から、何枚かの贋マデイ嬢の写真を受取って、菊子さんの前へ差出した。

「おや、なかなかの美人ですわね。でも、全然知らない顔ですわ。明石さん、あなたはどう?」

一枚々々見ながら明石君のほうへも廻してやる。

「む。こりゃ素敵なシャンだ。う—ム。なかなか豊富なスタイルだね。早くそちらの奴も廻して下さいよ。うむ。しかし、僕は全然知らない顔だな」

「外人って、顔を見ただけでは、独逸人も英国人も、伊太利人も米人も、あたしたちには区別がつかないから、こんな時には困りますわネ」

「や、や!」

とこの時、明石君が写真を見ながら突然叫んだ。

「こ、ここの後ろのところを、うちの先生によく似た人が歩いて来る! あッ先生だ! 先生だ! 確かにうちの先生だ!」

危難は迫る!

見ればなるほど、明石君の手にせる写真には、正面を颯爽と歩いて来る贋マデイ嬢の後方十メートルばかりのところを、二三人の通行人の間に紛れそうになりながら、橋の方を向いてふらふら歩いて来る一人の立派な紳士が写っているが、よくみればその横顔はまぎれもない、防諜会々長の横川禎介氏だ。

「あらッ！」

と今度は、菊子さんが叫んだ。

「ちょっと！　こちらの写真にも先生が写っていますわ！」

「なに、そっちにも？……どれどれ。ウーム。先生だ！　確かに先生だ！　今度は、どこかの飾窓《ショーウインド》を覗いている！」

なるほど明石君の云う通り、もう一枚の別の写真にも、同じように横川氏が、贋マデイ嬢の後ろの方で、どこか大きな店の飾窓を覗いている！

蒔田君もヂッとしていられなくなって、二人の間へ割り込んだ。

「どれどれ。どの方ですか？……ああ、この方ですか。この方が横川先生ですか……ふム、待って下さいよ。ひょっとすると……」

蒔田君は急にあわてた手つきになって、他の写真をさばきだしたが、たちまち怪写真は二枚増して、蒔田君が持ってきた五通りの贋マデイ嬢の街頭写真のうち、四枚までに、どうやら横川氏が写っていようという、世にも奇妙な出来事が持上ってしまった。

「あッ、やっぱり、こちらの写真にも、写っています！　数寄屋橋を渡っていられます！——おやッ、こっちにも写っている！　これはちょっと、判り悪いですが、でもこの、柳の街路樹の側を歩いていられるのは、横川先生でしょう？」

むろんこうなると、あとの一枚のやつにも写っていたかも知れないが、しかし何分その一枚には、通行人も多く、わけても贋マデイ嬢がズット大きく写っているため、残念ながら眼には見えない。が、こんなことは四枚だけでも、結構不思議な出来事である。

それにしても、街頭を闊歩する贋マデイ嬢の後方で、横を向いたり、飾窓を覗いたり、橋を渡ったり、柳の木蔭を歩いたりして、いったい横川氏は何をしていたというのであろう？

四人の人達はしばし呆気《あっけ》にとられて、黙ってしまうと、お互いの顔を探るように眺め合っていたが、やがて菊子さんが、大きな瞳を急にキラリと輝かすと、手をポンと打った。

「ああ。判ったわ！　判った、判った。すっかり判ってくるわ！　ね、明石さん。先生は、きっとこの贋マデイ嬢を、あたし達には内密で、怪しいと睨み、もうずっと前から尾行していられたんだわ。これ等の写真が撮られる頃から、尾行を続けていられたんだわ。だからこんなに、どの写真にも、先生、うっかり撮されてしまっているんだわ。ね、きっとそうだわ」

「ふーム、なるほどね。そういえば、この頃の先生の外出は、少しはげし過ぎたね。そうだ。きっと貴女の云う通り、この女を監視していられたんだね」

「そうよ。それに違いないわ。それから、まだあるのよ！――それから先生は、この女を尾行しているうちに、とうとう相手に感づかれてしまったのよ！――きっとこの、贋マデイ嬢は、一昨日の晩か昨日の朝あたり、何気なく自分の今まで撮ってもらった写真を見ているうちに、あたし達と同じように、ふと、妙な男が、横川先生が、自分のあとを尾行《つけ》ているのを発見して、びっくりしたのだわ。むろん、先生が尾行するほどの女ですもの、贋マデイ嬢、脛《すね》に疵《きず》持《も》つ曲者《くせもの》に違いないわ。それであわてて、これは大変とばかり、まだ注文したばかりの最後の写真は受取りもせずに、昨日早々、写真屋さんの云われたように、アパートを引越してしまったというわけよ」

「うまいッ！　素敵な推理だッ！」

「黙ってらっしゃい！　まだ、あとがあるのよ。これからが大変だわ！――ところで、その、身辺に危険を感じた贋マデイ嬢は、昨日、アパートの引越しをする前か後で、仲間の者に事情を打明けて、その力を借り、うまく尾行られているようなふりをして先生を欺き、どこかへ連れ出して、先生を逮捕し、どこかへ監禁してしまったのか、それとも、先生の方で、その贋マデイ嬢が高飛びでもしようとするのを追ってどこか遠方へいらっしたのじゃないかしら。だから、あれほど物堅《ものがた》い先生が、あたし達には何の便りもなく、一昨日から姿をお見せにならないんだわ！　それに違いないわ！」

「うーム。素敵だ！　ジッに素晴しい名推理だ！　菊子嬢がこれほどまでにいい腕を持っていようとは、わしゃ今まで知らなんだ。むむ、ジッに素敵だ！」

「なにが素敵です！　つまらん感心をしてる場合じゃなくってよ。どっちにしても先生の身辺に何か起っているのよ！　生か死かの境だわ。この際ゲラゲラしていたら、柔道五段の明石鉄平、男がすたるじゃありませんか！――さ、これから直ぐにも、警視庁へ連絡しなくっちゃ」といいかけて、傍らの蒔田君に気がつき、「あ、そうそう。写真屋さん。あなたは重大な参考人ですから、お気の毒でも、あたし達と暫く行動を共にして下さらない？」

「は、はア。こ、こうなったからには、そりゃア私たちでも、で、できるだけのことは、いたしますが……」

と蒔田君がしどろもどろで応えれば、早くも勇み立った松山少年、元気な声で、

「私も是非、お仲間に入れて頂きます！」

ハリ切ってしまった。

NA海外広告社

警視庁と国民防諜会との連絡が出来て、評議の末菊子嬢の第一の推理に基づき、まず活潑な捜査の手が、監禁されたと推定される横川氏の身辺へ向けて、折から更け行く大東京の夜陰の中に着々伸ばされはじめたのは、それから間もなくのことであった。

捜査は科学的に、敏速に、極秘裡に進められ、まず全市の運送店が調べられて、早くも赤坂のアパートから怪婦人の荷物を運び出したオート三輪車の運転手が、顔色を変えながら警視庁へ出頭し

たのが午後の十時。

次いで、その運転手の供述によって、怪婦人の移軽先が、日比谷××ビルの五階にある、NA海外広告社と判明したのが十時十分過ぎ。

このNA海外広告社というのは、日本商品や観光地の海外向け宣伝広告の一切を取扱う広告社で、〇国人の経営に係り、全国主要都市に数ケ所の出張所を持って、仲々盛んに活躍している店であるが、この店内に、現在、件《くだん》の怪婦人を始めとする四五名の怪外人が、鳴りをひそめて立籠《たてこも》っているのを探知し、直ちに××ビルを中心として水も洩らさぬ私服の包囲陣の布かれたのが十一時二十分。

この包囲陣は、直ちに怪外人の一味を逮捕するのが目的ではなく、どうやら横川氏は別の所に監禁されているらしいので、その監禁場所とこのNA海外広告社との間に、何等かの連絡がつくのを摑もうための布陣であるから、相手への無用有害な刺戟を避けるべく、あくまで冷静極秘裡に監視を続けられたが、果せるかな、××ビルの裏口から、どうやら監禁所へ見張りの交代にでも行くらしい一人の怪人物が現れ、直ちに明石鉄平を始めとする豹《ひょう》のような日本警察の精鋭が三人、包囲陣を離れて怪人物の尾行をはじめたのが、明けて午前の四時三十分。

うしろにひもがついていないようとも知らぬげな怪人物のあとを追って、電信柱も痩せそうな夜明け前の酷寒の街を、さんざんうろつき廻った揚句《あげく》、築地明石町貯炭場近くの、とある倉庫の前に辿りついたのが五時十分。

直ちに新旧交代の二人の見張りをシメあげて、倉庫の扉をぶち開き、時代劇みたいに猿轡《さるぐつわ》をかまれたままグウグウ寝ている横川氏の、縛《いましめ》を解いて性《しょう》をつけたのが五時二十分。もうすっかり夜明けが迫って、隅田川には早くもポンポン蒸汽が騒ぎまわっていた。

こうして、遂に、捜査開始以来近々十時間足らずのうちに、見事、横川氏の救出は成功したのであった。

「いや、どうも有難う。実は、恰度逃げ出す方法を考えていたところでね。でもこんなに早く助かろうとは思わなかったよ」

と、横川氏、なかなか負惜しみを云うが、すぐに真面目になって、傍らの明石君へ、

「いやどうも、今度ばかりは大失敗だったよ。相手を女だと思って、つい油断したのがいけなかったんだ。ところで、問題は、日比谷××ビルのNA海外広告社というのにあるんだがね。それ、判ってるかね?」

「ええ、もう昨夜から、はってあります」

「そうか。それは上出来だった。皆さん、御苦労さんでした。あいつらは、飛んでもないスパイなんですよ。もうすっかり調べ上げてあるんですが、途中で私がこんなヘマをやったものですから、奴等もう、逃仕度です。――そうだ。こうしてはいられない。これから直ぐに課長さんに会って、踏み込んでもらおう! おっと、この二人は、このまま私の代りに倉庫へ投げ込んでおいて、それから済みませんが、どなたか警察の方に一人、見張りに残って頂きましょう」

そういって横川氏は、警官を一人残すと、もうすっかりピンピンした元気さで歩きだし、小田原町の辺りでタクシーを拾うと、一路日比谷へ向って、まっすぐ疾走しはじめた。

それから間もなくのこと――

警視庁から全国主要都市に警電が飛んで、NA海外広告社の数ケ所に及ぶ出張所取押《とりおさ》えの指令が発せられると同時に、一隊の精鋭からなる例の日比谷の包囲陣は、俄然ヂリヂリと縮められて、横川氏、明石君を先頭とする人々は、××ビルへめがけて蝗《いなご》のように飛びかかって行った。

恰度この時、五階のNA海外広告社からは、見張りの交代の帰らぬのに早くも気配を察してか、大きなトランクを提げた首魁《しゅかい》らしい大男が、例の金髪美人を従えて、まるで旅行にでも出るようなトボケ顔して出て来たが、階段から、エレベーターから、壁虎《やもり》のように匍《は》いあがる司直の影を認めると、たちまち形相《ぎょうそう》を変えて仲間を呼び、床を蹴って屋上へ逃げ上った。――

タン、タァン!

狙いの狂ったピストルが、高射機関銃のように朝の空に舞上って、日比谷の一角に時ならぬ嵐が、道行く人々を驚かした。

が、直ぐに静かになってしまった。

爆撃用立体地図

「やれやれ案外手数が掛りましたね。でも、もうこれで片附いたわけです。じゃア早速ひとつ、NA海外広告社の、正体をお目にかけましょう」

一網打尽にされたスパイ一味が、警視庁へ護送されて行ってしまうと、現場の広告社に残った横川氏はこう云って、警視庁の○○氏や、防諜会の連中、それから写真師の蒔田君等を前にして、例の首魁から取上げた大きなトランクを開きにかかった。

「あの大男は、今度の一味の首魁で、マック・ホルステッドといい、この広告社の社長でO国人なんですがね。いや大変な代物《しろもの》ですよ。それからあの金髪美人は、なんでも、さっき柴谷君の話では、日独芸術協会のマデイ嬢と名乗っていたそうですが、むろんこれはアカ嘘で、本名はサリー・ウェンドバーという、ホルステッドと同じO国人のあばずれで、どうやらあの男の愛人といった代物です。私が、このNA海外広告社に目をつけはじめたというのは、元はといえば、そのサリー姐《ねえ》さんからでしてね。というのは、この前私が、関西方面へ講演に出た折に、サリーがホルステッドと睦じげに手をつなぎながら、観光客みたいに装って某要塞地帯をうろつき廻っているのを見つけたからですよ。それ以来私は、この連中のひそかな監視をはじめたんですが、するといよいよ挙動が怪しい！――おっと、このトランクの錠前は仲々頑固だね。明石君、君あけてみてくれ」

トランクを明石君にまかせておいて、今度は横川氏、写真師の蒔田君のほうへ向直った。

「時に、写真屋さん。あなたは、例のその写真というのを持って来たでしょうね?……そうそうそいつをひとつ見せて下さい。なんしろ、この街頭写真のお蔭で、縛られたり助けられたりしたんですから、私にとっちゃア懐しい写真ですよ」いいながら蒔田君の手から、例の数枚の、贋マデイ嬢ことサリー・ウェンドバーの街頭写真を受けとると、その一枚々々に鋭い視線を配ってから、一同の方へ差出し語調を改めて、「――やっぱり写っている! 皆さん、この写真を見て下さい。これを見れば、サリー嬢の不審な挙動というのも判ります。あなたがたは、この写真の中に、私が写っていることはもう御存知でしょうが、実はもう一つ、もっと重大なものの姿が写っていることを、見逃していますよ。え? 判りませんか?……よく見て下さい。背景です。バックですよ。――ホラ、どうです。ここに写っているのは○○銀行でしょう? それからこちらに写っているのは、明らかに○○新聞社でしょう? それからこいつは、省線の××町ガードと△△劇場。こっちのやつは半欠《はんかけ》ですが、よくこの建物の特徴を見れば○○百貨店に違いありません。……いや、こういっただけでは、なんのことか判りませんでしょうね。手ッ取早くいえば、サリー嬢は自分の姿を撮してもらうために、色々とおめかしをしたりして、写真屋さん、あなたの前へ現れたのではなくて、そんなおめかしやスタイルは、この重要建築物の背景を得るための、あなたのカメラを吸い寄せようとする巧みな技巧に過ぎないんです。つまりサリー嬢の目的は、戦線慰問写真なんて真赤な嘘で、自分の姿よりも、この背景が欲しかったんです。むろんあなたばかりでなく、他の街頭写真屋さんにも同じ手を使って撮してもらい、東京の中心地の主だった建物の写真を、ドシドシ集めていたんです。むろん地方の海岸や、要塞地帯や、それから東京市内でも、官衙街《かんがかい》だとか工場地帯だとかいうような、比較的人通りの少いところでは、自分のカメラで、こっそりパチパチとやっていたのですが、銀座や日本橋のような人通りの激しいところでは、まさかこの時節に写真を撮すわけにはいきませんからね。それで、何も、知らない街頭写真屋さんを、うまく利用したというわけなんです。もちろん、あなた方写真屋さんたちにしても、立派な防諜国民で、心得がなかったわけではないでしょうが、なにぶんサリーが巧みに親善嬢に化け込んで、スラリとしたスタイルでうまく写真屋さんを誘い込んだものだから、ついうっかりこんな結果になってしまったんです。

いうまでもなく、これ等の写真は空襲時の参考にするのですが、官庁や工場等ならいざしらず、こんな、銀座や日本橋の建物なぞは、心配するに及ぶまい、とあるいは思われるかも知れませんが、それは大変な間違いです。独逸のロンドン空襲をごらんなさい。官庁や工場ばかりでなく、ピカデリー・サーカスなぞの繁華街の目星《めぼし》い建物に片ッ端から必中弾を浴びせて、市民を極度の恐怖に駈りたて、銃後の思想を攪乱して戦闘意識をソギ取ろうとしているではありませんか。危険です。実に危険です。建物の全体が写らなくても、一部分の特徴だけでも掴めば、もうそれで充分空襲の目標にはなるんです。……

あ、トランクが開いたかね。――どれどれ。うむ。やっぱり有る有る。これだ。皆さん。これを見て下さい。これが、このＮＡ海外広告社のスパイ一味が永い間かかって、新聞雑誌から切抜いたり、商売上集って来る観光地の広告から抜いたり、今はなしたように自分達でパチパチやったりして、凡ゆる方法で集めた全日本の地形や建物の写真を利用して作り上げた、恐るべき爆撃用立体地図なんです！」

見ればなるほど、呆気にとられた人々の前へ、横川氏がとり出したのは、重要都市をはじめ何十枚という大きな全国の分県地図で、その地図面の上にはいたるところに、数字番号や奇妙な符号がいっぱいに記入してあり、裏を返せば、なんとそこには、無数の複製された地形や建物の小さな写真が、地図面に記入してあったと同じ番号や符号の順序に、整然と並べて印刷されてあるではないか！

蒼くなってしまった蒔田君へ、横川氏が云った。

「写真屋さん。ま、そんなに心配しなくてもいいですよ。なるほど今度の事件では、あなたの写真はうっかりスパイに利用される処でしたが、またそのお蔭で私が助けられ、こうして、この恐るべき悪魔の地図を取押えることが出来たんですからね。ただ、今後は充分注意して下さい。いや私は、あなた方写真屋さんだけに言うのではありませんよ。むしろ、それよりも全国に何十万といる素人《アマチュア》カメラ・マンに向って、声を大きくして叫びたいのです。空襲の時、飛行機に乗って始めて我国へ飛んで来る敵兵にとっては、どんなにつまらぬ写真でも、実に貴重な道標《みちしるべ》となり、目標となるのですから、我々はお互いに、法律の範囲のいかんに拘らず、凡て屋外撮影は、遠慮しなければなりませんのです……」

×　×　×

蒔田君は、すっかり蒼くなって家へ帰ると、細君の経子さんに一切を話したあとで、こうつけ加えた。

「――あ、それから、君にもカメラを一つ買うって約束だったが、もうあれ、よそうや。高い金を払って、こんな、○国製のレンズのついた機械なんか買うなんて、口惜しくて、口惜しくて出来ないよ。それよりか、そのお金で国債を買おう。ね。国債を……」

疑問のS

街頭の怪異

「とんでもない時に、東京へ出て来たもんだな」

大きな田舎臭いカバンを提げたまま、薄暗い新橋駅頭に降り立った稲葉武平《いなばぶへい》は、そういって妹のセツ子を振返った。

「ただでさえ生れてはじめての東京だ。それが、こんなに暗くちゃ、サッパリ見当もつかんよ。田舎者には……」

「兄さん。あんたがそんな心細いことを云っては、あたしはどうしていいか判らなくなってしまうよ」

妹のセツ子も、大きな風呂敷包をかかえたまま、おびえたような眼つきで、キョトキョトとあたりを見廻した。

恰度、これから向う五日間に亙る防空演習の第一夜で、既に警戒管制に入っている街々は、これが東京かと思われるほどの薄暗さであった。しかも、もう十時近くの、時間もおそいせいか、人通りも割に少なく、時々自動車が、遮光したヘッド・ライトを化物の眼のように光らせながら、忙しそうに走り去るばかり。

風はソヨとも吹かないが、霧が薄くおりているようだ。

「とにかく、電車通りまで出て、そこで人に尋ねてみよう。島次《しまじ》さんの家は日本橋だから、そちらの方へ行く電車へ乗れば、行けるわけだ。……どうも、防空演習の東京へ、ノコノコ出て来ようとは、思いがけなんだ」

「だからやっぱり、出掛ける前に、島次さんのところへ、手紙を出しておけばよかったのにね」

二人は駅前の広場を、危い足取りで横切ると、新橋北口の電車通りの方へ向って歩きだした。なにしろ二人とも、生れてはじめての東京である。しかもその東京が、灯火《あかり》を暗くして、おまけに不気味な薄霧までかぶっていようというのだから、心細いことひと通りでない。多くもない通行人の姿も、霧を透して見るせいか、異様に大きくボヤけている。

「兄さん、もっとゆっくり歩いてよ。なんだか、東京って、気味の悪いとこね」

「まさか、追剝《おいはぎ》も出まいがな」

——まったく追剝は出なかった。がしかし、追剝の代りにこの時、兄妹は、とてつもない不思議な出来事にぶつかってしまった。

それは、二人が、キョロキョロと辺りを眺め廻しながら、大きな洋菓子店の前を、新橋交叉点のほうへ曲ろうとする直前のことであった。

いきなり、何思ったのか、セツ子は鋪道の上に立止まると、

「あれ！」

と叫んで兄の武平に抱きついた。

「兄さん。あれなによ。あの音。あの音。聞えるでしょう？　ああ怖い！」

武平もギクッとなって立止ると、思わず眼を瞠《みは》り耳をおったてた。

聞える！　正に聞える！

いやそれは、聞えるなぞという生やさしいものではなかった。ハッキリと、二人の体を顫《ふる》わすほどに、恐ろしい潮鳴りのような怪音が、ゴゴゴオーッと聞え出したのだ。

武平はあわてて、あたりを素早く見廻した。

が、附近の道路の上にも、向うに見えるガードの上にも、薄霧こそはかかっていたが、その時は、電車はおろか、自動車もオートバイも、一台として通ってはいなかった。風さえソヨともせぬ静寂きわまる霧の夜だった。

武平は急いで空を見た。が、そこには、不気味な黒味を帯びた霧の夜空があるばかりで、飛行機らしいものも飛んではいない。

その怪音は、そんなに離れたところから聞えて来るものでは決してなかった。それは、二人のすぐ側から聞えて来た。まるで、絶対に人眼につかない特別の迷彩でも施した戦車か何かが、二人の一間と離れない眼の前を、通り過ぎて行くかのようであった。

丸い血色のいい、健康そうなセツ子の顔も、いかにもお百姓らしい武平の赭顔《あからがお》も、すっかり血の気を失ってしまった。

しかしこの時、その二人の驚きにとどめを刺すようなもう一つの怪事が、間髪を入れず起上った。というのは、たった今、姿なき怪音に吃驚《びっくり》して武平に抱きついた時に、セツ子の手から、それまで歩きながら顔の脂を拭きとろうとして持っていた二三枚の鼻紙が、ヒラヒラと鋪道の上に舞い落ちたのであるが、この時、その内の一枚が、これはまたなんと、風もないのに、二人の眼前五六尺の地上から空中へ、まるで見えない手でつまみあげられでもしたように、フワフワワフワッと舞いあがったかと思うと、今度は糸の切れた凧のように、武平の鼻ッ先へフワリフワリと流されて来た。

昔の怪談にある、風なきに自ら紙が舞い歩くという（舞紙の怪）――あれとそっくりのやつである。しかも処もあろうに、大東京の中心地、銀座の近くで起上ったのだ。

二人はギョッとなると、物もいわずに駈けだした。角を曲ると、もう電車通りで、数名の通行人にも、自動車にも逢うことが出来た。新橋停留所の方へ歩くにつれて、段々鋪道も賑かになった。

しかし、たださえ生れてはじめての、それも薄暗い灯管下の東京で、ビクビクしている二人である。それが、上京早々とてつもない怪事にぶつかったのであるから、いくら人通りの賑やかなところへ来ても、おいそれと心臓の鼓動がやむものではない。二人は交叉点までやって来ると、折から通り合せた警防団員らしい青年の一人に、そそくさと方角を尋ねて、日本橋方面の電車へ逃げ込むように飛乗ってしまった。

電車が動き出すと、武平はホッとしてセツ子の耳にささやいた。

「ああ驚いた。いったいあれは、なんだろうな？」

「なんだか知らないけど、東京って、随分怖いところだね。あたしは、急に心細くなってしまったわ」

「全くだ。だが、そんなに心細がっても困るよ。そんなじゃア、これから東京のお嫁さんにはなれないからな」

「やっぱり、島次さんには、前以って手紙で打合せておいて、迎えに出てもらったほうがよかったわね」

「いやいや、島次さんが、そんな打合せに応じて呉れるようなら、こんなにして押しかけて来る必要はなかったんだよ。とにかく、会って話せば、あの人の気持も、なんとか判るだろうよ」

話しているうちに、だんだん二人の気持も、落つきを取戻してきた。

そして電車が日本橋へ近づくにつれて、始めて見る大都会のさまざまな刺戟のために、二人の頭の中からは、今しがた出くわした怪しい出来事の記憶は、段々、霧の夜の幻ででもあったかのように、影の薄いものになって行って、その代り、これから訪れようとする訪問先のことで、頭が一杯になって来た。実際二人は、ある大事な要件でもって、上京して来たのだった。

こうして、それから間もなく兄妹は、どうやら無事に目的の家へ着くことが出来たのであるが、しかし、この二人の純朴なお上りさんが、上京早々にぶつかった奇怪な経験は、あとになって数万の東京市民を、ある恐ろしい危険から救い上げる貴重な手掛りとなったのである。

島次君の災難

稲葉武平とその妹のセツ子が、さっきからしきりに口にしていた「島次さん」というのは、その名を楠島次と呼ぶ、二人にとっては従兄に当る青年で、ずっと前から、セツ子を嫁に迎える話になっていたのであるが、それが、どうした事か、約束の時期はとうに過ぎたのに、何度手紙で催促してもウンともスンとも云って来ない。とうとうしびれを切らした兄妹は、両親の命に従って、遠い近畿の田舎から、思い切って押掛け談判にやって来たという次第。

その楠島次君は、日本橋の余り繁華でないある裏通りで、通勤の雇婆《やといばあ》さんと小僧さんを一人使って、貧弱な大衆食堂を経営していた。

（芳野軒《よしのけん》）と店の名前を染抜いた暖簾《のれん》も、なんだか薄穢《うすぎた》なくて、暗い街の中でそれを探すに、兄妹はかなり苦労をしたほどであった。

「ああ吃驚りさせるね。こんなにおそく、こんな暗い晩にひょっこりやって来るなんて。何故手紙を一本呉れなかったの。武平さんもセッちゃんも、人が悪いよ。でもまア、よく来て呉れたね。何もないが、ゆっくりして行って下さいよ」

島次君は、さすがに吃驚したらしかったが、それでも快くもてなして呉れた。

しかし武平は、座につくや否や、単刀直入に要件を切り出した。

島次君は面喰って、眼をパチクリさせながら、花嫁の押掛け談判を聞いていたが、やがて、非常に真面目な顔になって云った。

「いやどうも、万事私が、筆不精をしてしまったのが悪かったんです。でも、これには大変なわけがあるんですよ。セッちゃんを貰いたいという私の気持は、今も変りはないんですが、武平さんも知っての通り、通〇丁目の電車通りに店を持っていたあの時のままでいれば、今頃はとっくにセッちゃんを迎えて、平和に商売をしていられたんですがね。それが、三月前に飛んでもない事件が起上って、こんな裏町へすっ込んでしまうことになってからというものは、あとからあとからと、変テコなことばかり続いて持上って、近頃は結婚どころか、商売の方さえも、身がはいらないほどなんです」

「へェー、そいつは初耳だ。島次さんの店が、三月前に通〇丁目から今のここへ変ったことはハガキを貰って知っていたが、そのことについて、そういう大変な事件とやらが起っていたとは、何とも知らせてもらえなかったんで、全然知らないでいた。いったい、そりゃどういうことが起上ったんだね?」

「いや全く、大変なことでしたよ。東京では新聞にまで出てしまったが、余りいい話ではないので、武平さんやセッちゃんの方へは、知らせないようにしていたんですよ。が、まア、こうなりゃすっかり話しますから、ひとつゆっくり聞いてもらいましょう」

そういって、島次君は、もう店をしまうと、自らこしらえた夜食なぞを運んで来て、さて、次のような奇怪きわまる物語を、しはじめたのであった。……

楠島次君は、田舎の親類仲間でも評判にされているような、年の若いのに似合わぬ働き者であった。

田舎の小学校を出て、東京のある大きな食堂へ奉公して以来十数年、文字通り黒くなって働き続け、お蔭で二年ほど前には、今の店のある近くに、独立してささやかな食堂を営むことになった。恰度この頃、小僧さんを雇いに田舎へ帰ったのだが、その時、セツ子を嫁に貰う話が持上った。しかし、島次君は、少し大きな野心を持っていて、その野心が成功するまでは、セツ子さんに待ってもらうことにした。

「電車通りへ店を持ちたい」

それが、島次君の野心であった。

そして働き者の島次君は、とうとう今から半年前に、その野心を実現させ、見事に日本橋の電車通りへ、（芳野軒）の暖簾を下げることが出来た。二間間口のささやかな家ではあったが、角店《かどみせ》で、なかなか繁昌した。

「よしよし。この調子で少し落着いたら、セッちゃんを迎えることにしよう」

そう思って、その時を楽しみにしていたのであるが、ところが、電車通りへ開店してから三ケ月ばかりたった頃、とうとう大変なことを起してしまった。

それは、中毒事件であった。

（芳野軒）である食事をしたお客さんのうち、三十八名という人々が、帰宅後猛烈な急性腸カタルようの中毒症状を起して、そのうちの約三分の一の人達が、かなりの重症にまで陥った。

島次君は蒼くなった。

むろん警察からは、直ちに調査され、その結果、（芳野軒）で腐敗物を客に提供したことが明らかとなって、十日近くの営業停止を喰った。

幸い、中毒はかなり烈しいものではあったが、人命にかかわるようなことはなく、患者達は一様に快方へ向って行った。が、（芳野軒）がこの過失のために受けた損害は、徹底的であった。

新聞には出されるし、眼に見えて客足は少くなってしまったし、それまでかなり貯めていた儲けも、患者たちへの見舞やらお詫びやら、医療費やらで、殆んど使ってしまった。

「仕方がない。もう一度出直すんだ」

そう決心して、電車通りの経費のいる店を引払って、今の裏町へ引越した島次君ではあったが、彼の心中には、傍の者では窺い知ることの出来ない無念さがあった。

それは何よりも、

「飲食店は、まず清潔第一でなくてはいかん」

と、常日頃から自らも信じ、雇人達へも聞かせていた信条が、そんな覚えもないのに、はからずもブチこわされてしまったからだ。

「ね、大将。あの富公の奴のしでかした事に違いありませんよ。だからあいつ、お店が休んでいるうちに、逃げ出してしまったんですよ。あいつは全く、衛生という事は構わん奴でしたからね」

故郷《くに》から連れて来た腹心の料理見習は、しきりにそう云って、もう今は居ない富公という臨時雇の、色の白い美青年の料理人を非難した。

「そうかも知れない。が、今更そんなことを云っても仕様がないよ」

島次君はそういって、新規蒔直《しんきまきなお》しの方に力を注ぎはじめた。

「半年か一年のうちに、きっと勢を盛り返して、もう一度電車通りへ出てやる」

時どき、賑やかな電車通りへなぞ出掛けたりすると、島次君は、固くそう心に誓うのだった。

通○丁目の、今まで（芳野軒）を張っていた店のあとへは、（ボン・ベーカリー）という外人経営の洒落たパン屋兼喫茶店がどこからか越して来て、大分繁昌するらしく、盛んにお客を呑吐《どんと》していた。

ところで、このまま済んでしまえば、話はなんでもなかったのであるが、それから一ト月ばかり後に、大変な情報が、島次君の耳にもたらされたのである。

越して来た喫茶店

電車通りに店を開いていた時は、（芳野軒）の全盛で、給仕女の他に、故郷から連れて来た腹心の正市と、例の臨時雇の富公と、それからもう一人秋夫という青年を、料理場に使っていた。

この内富公は、営業停止を受けている間にどこかへ逃げ出してしまい、もう一人の秋夫の方は、今の裏町へすッ込む時に、店が小さくなるからという理由で、相談して転業してもらうことにした。

島次君は、仲々出来のいい、その上頭のいい若大将で、この秋夫青年を転業させる時に、退職金が少ししか払えないかわりに、秋夫君の希望に従って、彼を、三ケ月速成の東京機械工補導所へ、自分のところで一切世話をして入所させることにしたのであった。

この秋夫君が、ある晩、ヒョッコリ島次君を訪ねて来たのだ。

「ごぶさたしています。実は、今日、大変なニュースを耳にしたものですから、早速お知らせに上ったわけです」

すっかり機械工の卵らしいテキパキした口調で、二階へ坐り込むと秋夫君はいった。

「ほう、なんだね？　大変なニュースというと……」

「実は、なんです。補導所の仲間から、昨日聞いたばかりのニュースですが、お店にも関係したことですので、早速、秘密でおしらせに来たんですが」

「なに、この（芳野軒）にも関係したニュース？」

「ええ、そうなんです……」と、膝をのり出して語った秋夫君の話の内容こそ、実に怪奇千万なものであった。

補導所へ新しく入ってきた森田という男がある。青山〇丁目の電車通りに、福島館という宿屋兼業の高等下宿を経営していたのだが、その家に幽霊が出るということになって、宿泊人が四散してしまった。それも、裏二階に下宿した若い男が、最初に白衣を着た陰惨な幽霊におびやかされて気絶したことから話に尾ひれがついて評判になり、化物屋敷、幽霊部屋などという噂は、しつこく言いはやされて稼業《しょうばい》が出来なくなった。それで建物を売り払って、森田君は転業しなければならなくなったのだが、怪談などということよりも、むしろ怪奇な事実は、この科学的知識の発達した今日、幽霊ばなしなどというたわいもない細工を、執拗に流布して立退きを余儀なくさせた何者かの魂胆《こんたん》である。

しかも、最初に気絶した男が、どうやら、芳野軒から逃げ出した富公らしいということ、また、福島館の跡にドン・ベーカリーという外人経営の喫茶店が店びらきをしたという事である。

最初に、秋夫君の注意を惹いたのも、幽霊ばなしではなく、ドン・ベーカリーの開店という事実だった。オヤと思って根掘り葉掘り訊き出せば訊き出すほど、疑問が探まった。何かしら、そこには得体の知れない怪奇な理由があるように感じられ、その謎の解けない焦だたしさに、じっとしてはいられなくなって、島次君のところへ駆けつけたのであった。

疑問のS

「ウーム。なるほど妙だな。すると外人経営の喫茶店が、日本橋と青山に二軒出来たんだな?」

島次君は、すっかり乗出して来た。

「さア、まだ他にもあるかも知れませんが、私が知っているのは、今のところその二軒だけです」

「なるほど。ウーム。ちょっと考えたくなるね。日本橋の（芳野軒）も、青山の（福島館）も、両方とも妙なことから商売にケチがついて店をたたむ、するとそのあとへ、両方とも云い合したように（外人経営の喫茶店）が坐り込む……ふむ。なるほどちょっと妙だな」

「妙でしょう。無暗に人を疑っちゃアいけないかも知れないが、私アそのことを森田から聞いたとたんに、こいつアひょっとすると、何かのからくりで（芳野軒）と（福島館）の商売にケチをつけ、うまく後釜に入り込んだんじゃアあるまいか、とそんな風に考えてしまったんです。ところが、例の逃げた富公ね。あいつがどうも、この陰謀の手先に使われていたんじゃないかと思われる節があるんで、その（福島館）で、いちばん先に、幽霊を見たなんてバカなことを云いだした若い男の人相が、どうやら、これが富公そっくりなんです。どうも私は、あの富公は、横浜あたりの混血児《あいのこ》の不良で、誰かに買われているんじゃないかと思いますね。どうも、そういえばあの男、妙に日本人ばなれのした綺麗な顔をしていましたよ」

「ウーム。どうもこれア大変なニュースだな。もし秋ちゃん、お前のいう通りだったとしたら、これは大問題だ。俺は当然訴え出て、いまのところから（ボン・ベーカリー）を追出して、もう一度（芳野軒）を繁昌させにゃならんよ。いや、どうも有難う。しかしこれは、充分な証拠を摑んでからでないと、却って大変なことになるだろう。よし、ひとつこれから、仕事の隙を見ては、ひそかにあのパン屋の尻ッ尾を嗅ぎ出し、押えつけてやろう。いいやどうも、実に大ニュースを教えて呉れたね。ありがとう。ありがとう」

それ以来島次君は、ガラリと人間が変ったようになってしまった。

故郷の稲葉家からは、度々セツ子の嫁入りの催促が来るのだが、ろくに返事も出さない。いやそれどころか、商売にも余り身がはいらない有様となった。

まず、たった一枚だけ持っている既製品の背広を着て、時どき、電車通りの、曾つて自分の店のあったあとである（ボン・ベーカリー）へ出掛けては、二階の喫茶室で、余り好きでもないコーヒーを飲むことにした。

すると島次君は、間もなくそこの給仕娘の一人から（ボン・ベーカリー）の支店が、日本橋の他に、青山と、銀座通りと、上野広小路と浅草の菊屋橋近くとの三ケ所に店名は違うが、それぞれ電車通りに店を持っていることが判った。

むろん、店主はそれぞれ外人で、大体日本橋通りのが、本店ということになって東京に合計五軒の店を持っているのである。

これだけのことを知ると島次君は、今度は、銀座と上野と、菊屋橋へ出かけて、その三軒の店について、順々に執拗な調査をはじめた。今や島次君は、猜疑と復讐の鬼となったのである。

さて調べてみると、その三軒の店も、凡て割に最近開店したばかりであることが判った。そして三軒とも、やはり前に商売をしていた人が立退くと、すぐ買取ったり借受けたりして、店を開いたことが判った。

島次君は、その三軒の店の以前に住んでいた人達が、どういう理由で立退くことになったかを、異常な興味を持って、附近の家の人達から聞き出しはじめた。

すると、次のようなことが判ってきた。

まず、菊屋橋近くの（ダン・ベーカリー）の、以前の住人というのは、タクシー屋であった。が、この家では、抱えている自動車の運ちゃん達が、一種のストライキみたいなことをやって皆罷《や》めてしまった。給金を上げて呉れというのではないから、ストライキのように不届なものではないかも知れぬが、とにかく一層いい収入の方へでも転業するのか、皆やめてしまった。そして、新しく雇入れる運ちゃんも、誰れかお客さんの中にでも煽動する奴がいるのか、雇われてきたかと思うとすぐやめてしまう。

こうして、働く手足をもぎとられたその店は、自動車を動かすことが出来なくなって、すっかり弱っている矢先へ、（ダン・ベーカリー）が乗り出したらしい。

次に、上野の（サン・ベーカリー）の先住者は、理髪店であったが、これは以前から商売をやめたくて、新聞の広告欄なぞへ「譲り店」の広告を出していた位であるから、別に問題はない。

ただ、その理髪店を譲り受けた人というのが、新らしい床屋の看板をかけたまま、仲々商売をはじめず、そのうちに気が変ったのか、鏡や理髪台を叩き売って店を投げてしまい、そのあとへ（サン・ベーカリー）がはいったというのである。

それから最後に、銀座の店の先住者であるが、これは少し面白い。最近流行の汁粉屋《しるこや》さんである。ところがこの汁粉屋さんの汁粉の中から油虫が出てきたのである。それが一度や二度ではない。時々出るのである。さア、お客さんの女の子達が騒ぎ出した。

尤もこれだけでは、店をやめるほどのことにはならぬかも知れぬ。ところが悪いことには、この油虫問題が、二三の新聞の投書欄で、無名の投書家によってコッぴどく叩きつけられた。これが致命傷で、すっかり人気をなくしてしまった。そのあとへ、何喰わぬ顔をしてはいったのが（ギン・ベーカリー）である。

「どうやら富公のような、住込みの出来る手先が、もう一人位居るんだな。そいつが、自分の世話をする汁粉の中へコッソリ油虫を投込んでは、その一方、新聞へ投書をしたりしたに違いない」と島次君は睨んだ。

さて、こうして三軒の店の調べが終ると、いよいよ島次君は、この外人経営の繁華街乗出しの裏には、悪辣な陰謀があったことを確信するに到ったのだ。

ところが、残念なことには、確かにそれに違いないとは思いながらも、果してそれ等の陰謀が間違いなく（ボン・ベーカリー）の手によってなされたものである、という確かな証拠は、まだ一つも摑めないのである。

「チェッ。富公の行衛《ゆくえ》でも判れば、ひッつかまえて泥を吐かせるくらい訳はないんだがなア」

島次君は、しきりに口惜しがりながらも、なんとか方法はないものかと考え続けた。

ところが、二日ばかりウンウン云って考続けた島次君は、ふと、自分の考え方に、飛んでもない間違いのあるのに気がついた。

「おや、待てよ。俺は今まで、（ボン・ベーカリー）が、電車通りへ面したような繁華街へ乗出すために、こういうあくどい陰謀を企ててきたとばかり考えていたが、どうもこいつは間違いらしいぞ。そうだ。もし奴等が、それほどまでにして繁華街の店を手に入れたかったのならば、上野や日本橋や銀座はいいとしても、青山や菊屋橋のような、余り繁華街でもないところへ手をつけるのは妙だ。それよりも、新宿や、神楽坂《かぐらざか》のように、もっと繁華な街がいくらもあるではないか？……そうだ、そうだ。奴等は、確かに盛場へ出たいのが目的ではないんだ。これは、もっと別の目的で、どうしてもこの五ケ所へ店を持ちたくて、奸策を弄したに違いない。ではその目的というのは、いったいなんだろう？　こんな妙な五つの場所へ、無理に割り込んでまで店を張って、いったいどんなとくがあるというのだろう？」

島次君は、とうとう古ぼけた東京の地図を持出して来た。そしてその地図の上の問題の五ケ所のところへ丸をつけて、考えてみた。

判らない。

今度は、その五ケ所の丸と丸との間へ線を引いて、五つの丸を結びつけてみた。すると、妙に歪んだ、英語のＳという字のようなものが出来た。考えてみる。やっぱり判らない。

島次君は遂に商売の方もほとんど投げだした形で、頭ン中にその妙な疑問のＳ字を浮べたまま二日三日と過してしまった。

そしてとうとう東京は、第〇回目の防空演習にはいり、その第一夜の暗闇の中を、オドオドしたような顔をしながら、遥《は》るばる田舎から、しびれを切らした武平とセツ子が、お嫁入りの押掛け談判にヒョッコリやって来た、という次第であった。

美しき女店員

「いやどうも、とんだ長ばなしでしたが、実はそういったような次第で、つい心にもなく、お手紙も書けなかったというわけなんですから、どうか、悪しからず勘弁して下さい」

そういって、永い話を終った島次君は、武平とセツ子へ、シンからすまなそうに頭をさげた。

「ふーン。なるほどどうも、聞けば聞くほど、けッたいな話だね。やっぱり東京は広いだけあって、怪しげなことも幾らも起きているんだね。そうだ。そういえば、さっきわし達も、新橋の駅を降りて歩きかけた時に、とても奇妙なことにぶつかってね……」

と、ここで武平は、例の新橋の街頭における奇怪な出来事を思い出し、そいつを詳細に島次君へ語り聞かせるのであった。

島次君は、首を傾げながら、武平の話す（姿なき怪音）や（舞紙の怪）をヂッと聞いていたがやがて武平が話し終ると、急に笑い出しながら云った。

「アハハハ……なるほどね。そいつは吃驚したでしょう。いや、田舎から出て来たばかりの人では、誰だって吃驚しますよ。私達のように、しょっちゅう東京の街ン中で暮してる人間にとっては、なんでもないんですがね」

「え？　なんでもない？」

「ええ、なんでもないんですよ。それはね、きっとあなた方は、その時、地下鉄の排気孔、というか、息抜き穴の前に立っていたんですよ。恰度新橋の、あの辺の下には、地下鉄が通っていますからね――始めて東京へ出て来たばかりだし、おまけに薄暗い街だったんで、全然気がつかなかったんでしょうが、地下鉄の排気孔というのは、鋪道の隅に、畳を縦に二三畳つないだ広さで、細長く口を開けているんですが、これに、鋪道と同じ高さで頑丈な鉄格子の蓋がしてあるのでちょっと東京の人間でも気がつかない位ですよ。きっとその排気孔のそばをあなた方が通りかかった時に、恰度また下を、地下鉄が通りかかったので、それで、全然姿の見えない怪しげな轟音が聞えて来たんですよ。おまけに排気孔ですから、外には風が吹いていなくてもその孔の上だけは、いつも多少の風は吹きあげてあるわけですから、その上へセッちゃんの鼻紙の一枚が偶然落ちて、フワリフワリと舞上ったというわけなんでしょう。アハハハ……いや全く、なんでもないんですよ。それに、そういう排気孔は、新橋のそこだけにあるんじゃありません。銀座にも、日本橋にも、上野にも、東京中の地下鉄の沿線には、無数にありますよ――」

と、ここまでいいかけて、島次君は、何故かふいに口をつぐんでしまった。

妙なことが起きあがった。

島次君の顔色は、何思ったのか見る見る変ってきた。まるで自分がうっかり喋った言葉の中から新事実の発見をでもした人のように、目ばかり異様にギラギラと輝やかしながら、ヂッとあらぬかたを見詰めていたが、やがて、ポンとばかり手を叩くと、いきなり叫んだ。

「判った！　判った！　疑問のS字の意味が判った！」

「な、なにが判ったのかね？」

「いや、大変なことが判ったんです。武平さんの話のお蔭で判ったんです。チェッ、いままでこいつに気がつかないなんて、なんて俺もボンヤリだろう。いや他でもないんですよ。さっき話した疑問のSという字の、形の意味が判ったんです。ありゃア恰度東京の地下鉄線の形と同じですよ。つまり、さっき云った、あの（ボン・ベーカリー）という怪しげなパン屋の五軒の店は、五軒とも恰度、浅草から、上野、日本橋、銀座、青山を通って渋谷へ抜ける、地下鉄の沿線の上に建っているんです！　ウーム。こいつア大発見だ。……しかし待てよ。パン屋と地下鉄と、いったいどんな関係がある？……判らん。サッパリ判らん……」

島次君は考え込んでしまった。が、ふと何かを思いつくと急に眼を輝やかしながら、

「ああそうだ。もし、あの（ボン・ベーカリー）が、外国のスパイなんかだったとしたらどうだ？……ウーム。そうだとすると、どうも何かありそうだぞ！　いや、確かに怪しい話だ！……だがしかし、どうもこうなると、何かありそうでもあり、なさそうでもあり、こちとらの頭には荷が勝過《かちす》ぎてサッパリ判断もつかん……ウム。そうだ。こいつアどうも、いっそ、防諜会の人にでも訴え出て、相談した方がよさそうだぞ。そうだ。そうする方が安全だ」

島次君は、咄嗟に決心した。

「よし。こうなりゃ、善は急げだ。明日の朝早速出かけよう！」

というようなわけで、その翌朝早くから、あっけにとられている武平とセツ子に家を頼んで、島次君は、丸ノ内八紘ビルの国民防諜会へやって来た。

国民防諜会――といえば、既に読者諸君もお馴染みのとおり。最近一年足らずの間に、矢つぎ早

に数々の大事件に関係して、その快腕を発揮して以来、急に有名になってきた愛国青年探偵横川禎介氏の指導する、我国唯一最大の民間防諜機関である。

事務所の扉をあけて島次君はさすがにいささか固くなって訪れると、防空演習中のこととて、特に早くから出勤していた所長の横川氏は、早速会って呉れた。

例のニコニコと人馴《ひとな》つこい微笑を浮べながら、椅子をすすめると、早速、気さくな調子で要件を尋ねて呉れた。

島次君は、いままでの一切の出来事を、細大洩らさず説明した。

横川禎介氏は、ヂッと腕組みしたまま島次君の話を傾聴していたが、だんだん話が終りに近づくにつれ、なにが非常に大きな感動を受けたらしく、しきりにソワソワしはじめたが、やがて話が終ると、すっかりキビキビした調子になって、口を切った。

「いや、よく判りました。貴男の努力を感謝します。確かにこれは、重大事件です。よく知らせて呉れました。むろんその（ボン・ベーカリー）系については、当局にしても、防諜会にしても他の在留外人同様に一応の調査はしてあるんですが、それによると、あの（ボン・ベーカリー）系の五人の経営者は、凡て海の向うの〇国人ですが、非常な親日家で、最近時局の緊迫化にともなって、本国大使館からの引揚勧告もあったんですが、それさえ拒絶して、自分達は飽くまで愛する日本にとどまって、日本国民と共に暮すのだ、とまアそういう事になっているのですが、貴男の話で、これがすっかり怪しげなものになってしまいました。むろん、外人の中にも、真に日本を理解し、日本の力になろうとする人達もあるんですから、外人といえば、片ッ端からこれをスパイ視するようなことは、大国民として慎しむべき態度ですが、しかし、油断だけは、決して誰に対しても、してはならないわけです。しかも貴男の場合のように、少しでも怪しげな、これはというような根拠を摑んだような場合は、絶対に躊躇《ちゅうちょ》すべきではありません。いや、全くよく知らせて呉れました。私達は、これから直ちに、徹底的な調査を始めます。

それで貴男にも、いずれまたお目にかかれると思いますが、事件がすっかり解決出来るまでは、この問題は絶対秘密にしてもらわねばなりません。判りますね。いやどうも有難う」

横川氏はそう云って、島次君の肩に力強く手を置いた。

こうして、五軒の（ボン・ベーカリー）系に関する奇怪な問題は、島次君の手から俄然国民防諜会の手にうつされ、横川氏の指導によって、直ちにその日から、迅速果敢な徹底的調査が開始された。

まず、日本橋の（ボン・ベーカリー）の店頭に、恰度その日の朝までブラ下っていた（女店員募集）の札が、ヒョッコリ外ずされると、昼頃から、非常に美しい一人の女店員が、新たに入店したらしく、喫茶室に顔をみせるようになった。

誰れあろう、防諜会の紅一点、横川禎介氏の女秘書柴谷菊子さんである。恰度募集の出ていたのを利用して、まんまと喫茶ガールに化け込んだという寸法。

夕方になると、大勢の客達に混って、一人の青年が——まず打見たところ、スポーツ好きの会社員、といった風采の青年がやって来て、喫茶室の一隅に席をとり、パンとコーヒーを注文してさりげなく辺りへ鋭い一瞥を投げかける。

これまた誰あろう、防諜会きっての猛者《もさ》、柔道五段の明石鉄兵君だ。

すると、柴谷菊子嬢扮するところの美しき女店員がやって来て、注文の品を鉄兵、いや青年客の前へ並べ、ついでに、サラサラと書下ろした勘定書の伝票を卓上に伏せると、いとも見事な水臭さで、サッサと引上げてしまう。

青年客は、かれこれ二十分ばかりねばると、やがて物憂さそうに立上って、伝票を掴みながら店先の勘定場の方へ歩いて行く。ところが、青年客が手にした伝票というのは実は二枚重なっていて、その内の一枚はいつの間にか青年のポケットへ滑り込んでしまい、残りの一枚がバラ銭と一緒に勘定台へのせられる、なぞということは誰も気がつかない。

店を出ると青年は、いや明石君は、そのまままっすぐ丸ノ内八紘ビルへ馳けつける。もたらされた伝票の上に、鉛筆でサラサラと書かれた文句を読み終った横川氏は、

「御苦労。この調子で二三日続けて呉れたまえ。なに二日か三日で尻ッ尾は掴むよ。他の四軒のほうは、他の連中に委せておく」

恐ろしき陰謀

こうして、早くも三日目になると、果して横川氏の狙い通り、すっかり有力な情報が整ってしまった。

それによると――

まず、(ボン・ベーカリー)系は五軒とも、それぞれの店の奥に小さなパン工場を持っていて各自の店でパンを作っていること。

工場の下には地下室があって、そこに材料の小麦粉やパン種が貯蔵されているが、この地下室へは、パン種である酵母の貯蔵に特殊の注意が要るという理由で、店主以外は入れさせないこと。

日本橋本店の主人公レット・バトラーの両掌《りょうて》を見るに、パン屋の親爺にしては少し節くれ立っていて肌が荒れ過ぎており、洗濯物の中に混っていたレットの古ズボンの膝のところが、土でよごれていたこと。(小麦粉ではないですゾ)

なおこの奇怪な土は、五軒の店が共同で材料仕入に使用するオート三輪車の箱の隅にも、僅かながら残っていること。

五軒の店の店主達は、毎月一回ずつ、営業成績報告のためと称して日本橋本店に会合する習慣になっており、今月分の会合は、実に今晩、八時頃より行われるはずであること。等々。

以上である。

俄然、防諜会本部は色めき立った。

警視庁と、しきりに電話の連絡がされる。

やがて、夜が来た。

防空演習もいよいよ最後の日程に入り、想定は一段と実戦化して、暗々たる東京の夜空には、不気味なサーチライトがしきりにひらめき、敵機はまさに太平洋岸に迫らんとする。

その東京の夜暗を縫って、公用のマークをヘッド・ライトにかぶせた数台の自動車が、日本橋通〇丁目へ向って疾走しはじめる。

と、十分後には、（ボン・ベーカリー日本橋本店）に、水も洩らさぬ包囲陣が布かれた。

遠くで、高射機関銃の活潑な音が起った。

（ボン・ベーカリー）の二階の喫茶室へ、横川、明石その他を先頭にする数名の私服が、三々伍々、何喰わぬ顔をして入って行く。空襲下といえども、時刻は早いのであるから、完全に遮蔽された室内ではまだ営業を続けている。

菊子嬢の女店員が、コーヒーと一緒に伝票を卓上に伏せる。一行は立上って階段を下りると、外へ出ると見せてツカツカと奥へ走った。

流れる殺気！

とたんに、工場の二階から怒声と叫喚。

パン、パン！

ピストルの音だ。

メリメリドスンと梯子を響かせて、工場へ転げ落ちた一人の赤毛男が、地下室の扉へ焼夷弾を叩きつけた。爆発。発火。炎上！

――恐ろしい混乱がやって来た。

屋内の男女は、金切声を上げて逃げ惑う。わけてもひどいのは、表二階の喫茶室にいた連中だ。茶碗や皿を投げ出すと、顔色かえて我れ先きにと階段口へ殺到する。押合い。揉み合い。ガラガラッと手摺《てすり》がこわれて、階下へ転落する男、女。——あとで判ったことであるが、この時三人の怪我人が出た。平素はバスを待つために、キチンと一列に並ぶことの出来るあの「訓練された市民」の中からである。しかもこの被害たるや、焼夷弾その他の攻撃から直接受けたものでは決してなく、それを避難せんとして周章狼狽した、そのためにこそ起上った惨害なのだ！

ところで、一方、工場のほうでは、この時不思議なことが起上っていた。

いつの間にどこからやって来たのか、頭巾にモンペ姿の凛々《りり》しい婦人をも混えた一群の軽装した人達が、ズラリと並んで、これはまたクソ落つきに落つきながら、確実敏捷な動作で、水のはいったバケツや消火弾を手送りしている。——通〇丁目第〇隣組防火群の人々だ。その沈着果敢な動作と、真剣な眼の色の中には、演習も実戦も区別はない！

はたして、効果は覿面《てきめん》。さしもの火勢もみるみるおとろえて、大事に到らず消え果ててしまった。

ところで、もうこの時には、五人のスパイ達はとっくに取押えられて、自動車でどこかへ運び去られてしまい、横川氏と二三の主だった係官達は、焼け落ちた扉口を潜って、地下室の奥深く這入ってしまっていた。

——作者も、急いで追ッ駈けよう。

まず、地下室は思ったよりも広く、八畳間位あって、倉庫らしく小麦粉を入れた袋や、その他の品が一面に積んであり、突当りの壁の隅に、どうやらこれは、仕掛扉《しかけど》らしい小さな口が、表通りの方角へ向ってポッカリあいている。

その中へはいってみると、なんとそれは、壁から、向うの大地の中へ掘り抜いた狭い地下道だ。真ッ暗闇で、おまけに下り坂と来ている。構わずドンドンはいって行くと、五六間も歩いたかと思われる辺りでもう行詰っている。地下道の正面には、なんと厚いコンクリートの壁が現れて、その前で懐中電灯をつけながら、横川氏はなにかしきりに説明をしている。見ると、正面のコンクリートの壁の中ほどに、最近あけたばかりらしい、人間の頭が入る位の穴が口を開いている。かなり深いらしいところを見ると、壁の厚さも察せられる。

横川氏が云った。

「皆さん。ここの位置が判りますか？　そして、このコンクリートの壁はなんだと思いますか？……そうです。お察しの通り、ここは電車通りの真下で、この壁は地下鉄の壁ですよ。――奴等は、五人共恐るべき○国の破壊謀略班で、まず、この地下鉄に眼をつけ、色々な奸策を弄して五人の前住者を追出し、それぞれの後釜に入って五軒の店を開くと、巧みに親日喫茶店に化けて営業を続けながらも、実は本当の仕事として、毎晩夜中に、この地下道を掘り続けていたんです。むろん、工事の遅速はあるとしても、他の四軒の店の地下でも、ここと同じことが行われていたんです。そして、長くもない距離ですから間もなくこの地下鉄の壁にまで行き当ると、鑿岩機《ドリル》で壁に穴をあけはじめたんです」

横川氏は、いつのまにかどこからか探し出したらしい、礦山用の小型鑿岩機を持上げて見せた。

「むろん、このコンクリートに穴をあける時には、地下道とは違って激しい鑿岩機の機械音がしますから、ひょっとして壁の向うの線路を工夫でも通って怪しまれたりすることのないように、恐らく向側を電車が轟音を立てて通過する時にだけ、仕事をしただろうと思いますね。――ところで、じゃア何故奴等は、こんなところへこんな穴をあけていたか、といいますと、それは、この穴から地下鉄の中へ、ある時期に、毒瓦斯を注ぎ込むためなんです！　恰度、独逸機の空襲下におけるロンドン市民が、地下鉄へワンサと避難したように、もし東京が空襲を受けるようなことでもあれば、帝都の市民もきっとこの地下鉄へ避難するでしょう。その時に、この穴から、いや五ケ所にあけられたこのような穴から、猛烈な毒瓦斯を注ぎ込んで、一挙にして地下鉄全線を恐るべき墓穴と化そう、という目的なんです！

恐しい事を考えたものだ。そうそう、さっきあの地下室の倉庫で、御注意申上げたでしょう。あの小麦粉の袋の肌へ×印を書いた奴が、十袋ばかり一番奥の方に、大切そうにして蔵ってありましたね。あれが恐らく、あとで調べれば判りますが、その時使う毒瓦斯の材料だと思います。そしてむろん、あのレット・バトラーを首魁《しゅかい》とする五人のスパイは、その時期まで、断乎として日本に踏みとどまろうとする決死隊なんでしょう。恐ろしい事です。これでこの悪辣な一味の陰謀は未然に防がれたわけですが、今後とも、私達は御互に油断なく警戒して私達の帝都を守らなければなりませんね。そして同時に隣組や家庭で作る防空壕をもっともっと尊重しなければならないわけですね。……おや、電車の響きが聞えだしましたね、ひとつ、この穴の向側にはめてある蓋を取ってみましょう」

横川氏はグイと乗出すと、穴の中へ片手を突込んで、どうやらコンクリートで作ったらしい、丸い蓋のようなものを抜出した。すると、冷たい風がサッと吹込み、同時に烈しい轟音が、穴の中から飛び出して来た。と、急に穴の向うが明るくなったと思うと、次の瞬間、物凄い風を投げつけながら、地下鉄電車の屋根らしい黒いものが、ガアーッとばかり穴の向うを通り過ぎて、すぐまた元の闇に戻って行った。……

×　　×　　×

もうあれから、数ケ月が過ぎてしまった。

事件はすっかり片が附いて、例の臨時雇の富公は、もう一人のスパイの手先と一緒に、横浜外人街の怪しげな巣の中で捕えられてしまったし、島次君も、中毒事件の冤罪？　が晴れて、念願通り、今は再び電車通りへ、（ボン・ベーカリー）のあとへ新しい店を開いて、すっかり繁昌している。

いや、そればかりか、（芳野軒）の暖簾の蔭からは、赤い襷《たすき》をかけた「セッちゃん」の、初々しい新妻姿が、チラチラと見えるのである。

なにしろ、まだ田舎から出て来て、ほんの少ししかたっていないのであるから、気持だけは一所懸命でも、どうも忙しい（芳野軒）のお内儀さんとしての働き振りは、まだまだ充分板についていないようだ。

がしかし、この通○丁目の隣組のお内儀さん達の中では「セッちゃん」はすっかり人気者になっている。というのは、こないだこの組の大家さんが、広くもない庭の一部を提供して、みんなで隣組の防空壕をこしらえた時に、鶴嘴《つるはし》やスコップの扱い方にかけては、お内儀さん達のなかで「セッちゃん」がいちばん堂に入っていたからである……。

街の潜水夫

月夜の怪物

ボン、ボン、ボン、ボン……

どこからか、時計が十二時を打つのが、聞えて来る。

東京山の手の盛り場、S――にほど近い新市内の一角であるが、あたりの家々はすっかり寝静まって、古風な言葉でいえば正に、草木もねむる丑満時《うしみつどき》――

向うのガードの上を、省線電車が、ひとしきり轟音を残して走り去ってしまうと、あとはそれこそ、針の落ちる音も聞えそうな静けさがやって来た。

さっきまで、時どき大通りの方から聞えていた、自動車の走るあの粘りを含んだタイヤの音もいつしか忘れたように途絶えてしまった。

ただ、静かに、月が出ている。

皎々《こうこう》と冴え返った月の光りは、寝静まった深夜の街々を、まるで海の底のように、青々と照らし出しているのだ。

と、その月光を背に受けながら、ゴタゴタと建て込んだ余り広くもない一本の道路の上を、いましがたの省線電車から降りたのであろう、二人の男女が、肩を並べて西の方へ歩いて行く。

二人とも、まだ若い男女で、男の方は、いやにガッチリ小肥りに肥っており、女の方は、スラリとした若鮎のような姿態で、靴音も活潑に歩いている。

「ね、明石さん。もう結構ですわ。ここまで送って頂けば……」

女のほうが云った。

「いやア。ま、そう遠慮したまうな」

と男も歩きながら答える。

「いくら菊子嬢が女丈夫だからって、なにせ夜道だ。もう時間も、だいぶ遅いんだし」

「そうよ。だからあたしも、心配するのよ。もし、省電でもなくなってしまったら、それこそ明石さん、貴男がお家へ帰れなくなってしまうじゃない」

「いや、僕のことは心配なさるな。電車はなくなっても足がある。――とにかく、女の一人歩きは危いよ。お送りするのが礼儀というものさ」

「まア、ひどく親切ね。明石さんが、そこまで親切とは思わなかったわ。少し、親切過ぎるか知ら……」

「おやおや、曲解してもらっては困る。好意というものは素直に受けるものだよ。ま、とにかく、もう少しその辺まで、お送りするとしよう」

と、なかなか粘ってついて行く。

ちょっとみると、夜遊び帰りの町娘と、そいつに馴れ馴れしく絡みつく近所の不良、とでもいった風情だが、事実は、どうして仲々そうでない。

記憶のよい読者の中には、この短い会話の中で、二人が互いに呼び合っている名前を聞いて、ハテナ？　どこかで聞いたことのあるような名前だが？　と、首をひねられる方があるかも知れない。全く、この二人は、お察しの通り、丸ノ内八紘《はっこう》ビルの国民防諜会事務所に勤める青年所員で、男の方は防諜会切っての猛者《もさ》、柔道五段の明石君。娘の方は、所長の横川禎介氏の女秘書、才色兼備の柴谷菊子嬢である。

二人は、いつもならば、もうとっくに家に帰って睡っているのだが、今日は少し心配事があって、遅くまで事務所に残っていたのだ。

というのは、所長の横川禎介氏が、今日の昼頃から行方不明になってしまったからだ。といっても、最近しばしば重大事件に関係して、その快腕を天下に謳われはじめた愛国探偵横川禎介氏の事であるから、昨今の陽気に気がふれて家出したのでもなければ、借金に首が廻らなくなって夜逃げしたのでもない。きっとまた、重大な事件でも嗅ぎつけて、正義の暗中飛躍をはじめたのであろう。いままでにも、こんなことは度々あったことであり、馴れてはいる二人であったが、でもさすがに事態の成行は気にかかり、遅くまで居残って待っていたが、十一時になっても帰って来ないと、とうとう思い切って、一応自宅に引揚げることにしたという次第。

——さて、その明石君と菊子嬢は、深夜の山の手街を、恋人同志のように肩を並べて歩いて行く。向うの工場の方にそそり立つポプラの木が、青白い月光の中に微風を受けて、まるで深海の底のコンブのように揺れている。

と、この時

実に突然、意外きわまることが起き上った。

二人の歩いて行く道路の、すぐ前の露地から、バタバタッと急な足音が聞えて、いきなり二人の目の前へ、世にも異様な怪物が飛び出したのだ。

「キャアーッ」

菊子嬢が、物凄い悲鳴を上げて明石君に齧《かじ》りついたのも無理はない。

見ればその怪物は、全身に不思議なブヨブヨの服を着て、頭は、なんとフット・ボールのようにまン丸く、その正面には異様に大きな一ツ眼玉があいており、後頭部からは、太いゴム管みたいなものが、背中に背負った黒い小さな荷物の方へ垂れ下っていようという。

そいつが、満身に月光を浴びながら、いきなり二人の眼前へ出合頭《であいがしら》に飛び出すと、怪物自身もいささか面喰らった様子で、瞬間、キョトキョトッと二人を見交わしたが、いきなり手に持った兵隊さんの円匙《えんぴ》のような小型スコップで、これまた呆然としている明石君の頭へ、ガンとばかり一撃を喰らわし、ヒラリと身をひるがえすと、二人がいま来た方の道路へ一目散に駈け去りはじめた。

柔道五段の明石君も、頭上に不意打をくらってはたまらない。思わずヨロヨロとなって崩折れながら、唸るように叫んだ。

「ウーム。待てぇッ。潜水夫⁉」

消える潜水夫

まったく、驚くべき出来事であった。

前にもいったように、ここは山の手の繁華街S——にほど近い市街の一角で、海も河もない大東京の真ン中だ。その深夜の市街の真ッ只中に、こともあろうに異様な潜水夫が躍り出して、いきなり通行人に危害を与えようという。いかに物馴れた防諜会員といえども、これでは腰を抜かすも無理はない。

だが、さすがに明石君は、一瞬、たちまち立ち直った。そして頭を押え、顔をしかめながら叫んだ。

「おお、そうだ。思い出したぞ、菊子さん。今朝、先生が、またどこかへ行ってしまわれない前に、しきりに『潜水夫、潜水夫』と、妙な言葉を呟いておられたではないか！　そうだ。きっとこの、いま飛出した奇怪な潜水夫は、今朝から先生が、妙に気にしていられたその潜水夫と、何かの関係があるのかも知れない。……そうだ。僕はこれから、あの乱暴な怪潜水夫を追ッ駈けてひッ捕えるから、菊子さんは、そこらの交番ででも電話を借りて、大至急、所へ連絡して呉れ給え。当直の沖君に、先生がもし帰られたら、直ぐ報告してもらえるようにね……」

云いざま明石君は、サッと身を翻えすと、頭を押えながら、フラフラした足どりで、もうだいぶ距離のはなれてしまった怪潜水夫のあとを、むさんに追跡しはじめるのだった。

取ッ組合いなら誰にも負けない明石君であるが、なにしろ体が肥っているから駆けっことなるとあまり得意ではない。おまけに頭をガンと一つやられているので、走りながらもなんだかフラフラして夢見心地だ。

潜水夫はと見れば、一度立止って後ろを振返ったが、その丸い大きな頭についた一ツ眼玉から、追跡者の姿を認めると、再び西瓜《すいか》のような頭をふり立てながら、ヒョイヒョイと舞うような恰好で、月に照らされた深夜の街を走って行く。見かけによらぬ早い奴だ。

明石君は追ッ駈けながらも、なんだか海の底を走っているような錯覚をおぼえて、思わず自分の頭をポン殴りながら、これまた夢中でスピードを出す。

「なにくそッ。曲者《くせもの》、待てえッ！」

だが、潜水夫は、魚のようにものも云わずに走って行く。

いや、よしんばなにか云ったとしても頑固な潜水兜をかぶっているのだから聞えるはずはない。後頭部から飛び出したゴム管と、背に背負った呼吸用の二本の鉄の圧搾酸素容器《ボンベ》を、ヒョイヒョイと揺すりながら走って行く。

だが、さすがに潜水夫も、その異常な装備の窮屈さに参ってか、追々速力もにぶって、二人の距離はだんだん縮まって行く。

やがて潜水夫は、電車通りへ達すると、その街角をヒラリと右に折れ曲った。と、何を見たのかいきなり舞い戻って、今度は電車通りを、左の方へ駈け去って行った。

「おのれッ、もうひと息だ！」

明石君は、頭の痛みに顔をしかめながら、最後の力をふり絞って、一段と馬力をかけると、間もなく相手につづいて街角を左に曲り、電車通りへ飛び出した。

と、たったいま潜水夫が曲りかけてやめてしまった通りの右のほうから、サーベルを、ガチャガチャ鳴らしながら、巡邏中《じゅんらちゅう》らしい一人のお巡りさんが駈けつけて来ると、

「誰だ？　なにしとるッ？」

と叫んだ。

「あ。お巡りさんですか。私は怪しい者ではありません。国民防諜会の明石という者です。詳しいことはあとから申しますが、あそこへ逃げて行く潜水夫、あいつは怪しい奴です。スコップようの兇器を持って人を殴りつけました。急いで一緒に追ッ駈けて下さい」

「ああ、防諜会の方ですか」

と、お巡りさんも急に叮嚀な調子になって、早くも明石君と一緒に駆け出しながら、

「なんですって、あいつは潜水夫ですって? ふむ、道理で妙な恰好をしとると思った。だがいったい、どうしたというんです。ここは、海から二里もはなれた山の手ですよ。なんだってまた、こんな陸地の街ン中へ、潜水夫なぞが……」

「いや、私にも、そいつがサッパリ判りません。とにかく、只者ではありません。怪物です!」

二人はドンドン駈けはじめた。

だが、潜水夫も、事態容易ならずと悟ってか、どうやら最後の死力を出しはじめたらしく、急に歩度を伸しはじめ、今度は通りの向う側の露地の中へ、アッという間にかけ込んでしまった。

お巡りさんは、ポケットから呼笛をとり出して、いきなり吹きならした。

「ウム、向う側は、道がこみ入っとるから面倒だぞ」

と、通りの向うの四角にある交番から、二人ばかりのお巡りさんがガチャガチャと駈け出して来た。その応援者の姿をチラリと見ながら、二人は潜水夫の飛び込んだ横丁へ、駈け入った。

なるほど、こちら側は道がこみ入っている。

潜水夫は、ヒョイヒョイと細い道路を、右に左に折れ曲る。苦しい追跡になった。だが、もうその頃には、応援の警官も数がふえて、明石君を加えて味方は総勢五人となった。

あとひと息――

と、この時、ひときわ森《しん》とした静かな町へ逃げ込んだ潜水夫は、もはやこれまでと悟ってか、いきなり傍らの石塀へ飛びついた。二度飛びついて二度目にやっと飛びあがると、アッという間に塀

の内側へ飛び込んでしまった。

「おお、ここは〇〇寺だ」

と、最初のお巡りさんが叫んだ。

「この石塀は、このお寺の周囲《まわり》をグルッと取巻いている。ふン。こうなりゃ、袋の鼠だ。よし。私が、一人で飛び込もう。みんなは、塀の周囲に散らばって、どこからも絶対に逃げ出さないよう、監視していて呉れ」

そういって、そのお巡りさんは、塀を乗り越えて行った。

残った三人のお巡りさんは、素早く塀に沿って、寺の左右と裏側へ駈け去った。明石君は、閉された門の前に立って、表側の見張りについた。

それから十分――

なに事も起らない。

と、急に、塀の上へ、さっきのお巡りさんが顔を出した。明石君へいう。

「ここから、逃げ出しませんでしたか？」

「え？　何も来なかったですよ」

「妙だなア。いくら探しても、お寺ン中には居ない」

「なに、居ないですって⁉」

と、明石君は思わず叫んだ。そして、急に苛々しながら、不安に満ちた声で叫んだ。

「いや、もう一度探して見て下さい。場合によっては、お寺の方に起きて頂いてもいいんです。居ないなんて、そんなはずはない‼」

不思議な盗品

さて——話は、しばらく前に戻って、ここは、丸ノ内八紘ビルの国民防諜会事務所である。昼間はあれほど賑やかなこの界隈のビル街も、夜となればひっそり閑として、まるで深山の奥へでもはいったよう。いや、その昼夜のはげしい豹変振りは、むしろ深山なぞより気味悪いくらい。そのビル街から、八紘ビルの夜間通用門を通り、いましも、ひどく疲れた様子で、防諜会の事務所へ帰って来たのは、誰あろう所長の横川禎介氏。

どこを今頃までうろついていたのか、ドサリドサリと足を引きずるようにして戻って来た。防諜会の事務所には、業務の性質上、毎晩当番がある。今夜の当番は、青年科学者の沖君だ。廊下の外に足音を聞きつけると、ハッとばかりソファから毛布を蹴って起き上り、扉《ドア》をあける。

「やア、先生ですか。お帰りなさい！」

「ああ、只今。留守中、異常はなかったかね？」

「ありません。ただ、先生のお帰りが、余り遅いのでみんな心配して明石君や菊子さんなぞ、ついさっきまで残っていましたが、いましがた引揚げました」

「やア、それはすまなかったね」

と横川氏は、帽子を机の上に置いて、椅子に掛けながら、

「どうも僕には、時どき虫を起す癖があって、皆に心配かけてすまない」

「そんなこと、なんでもないです。……でも、今日はいったい、どこへお出かけになったんですか？……明石君なぞは、先生が、今朝がた、まだお出掛けにならない前に『潜水夫、潜水夫』って、しきりに妙なことばを呟いていられたからきっと、横浜あたりへ行っていられるんじゃないかな、なぞといったくらいですよ。いったい、どこへ行っていられたんですか？」

「ふム。……じゃア、白状しようかね」

と、横川氏は、煙草に火をつけながら、ポケットから、折たたんだ一枚の〇〇新聞をとり出すと、

そこの三面記事の隅の方を指さしながら、

「まず、これを見てくれたまえ」

といった。

そこには、ちょっと、眼につかないような、小さな一段記事で、次のようなことが書いてあった。

潜水服盗難――芝区芝浦〇〇町中里工業所に昨夜半賊侵入、金庫の金には目もつけず、傍らの倉庫にあった潜水服一着を失敬して逃走。今様浦島、竜宮へでも行くつもりか。

「たったこれだけの、つまらぬ記事だよ」

と、横川氏は云った。

「恐らく誰にも、ちょっと気づかれそうもない小さい記事だ。だが、その記事を、今朝ここで読んだ時に、僕は、実に素的もない興味を覚えたんだ。なによりも面白いのは、その窃盗の目的だよ。――いったい、その泥棒氏は、その潜水服なぞ盗んで、どうするつもりなんだろうか？　売って金にするつもりか？　いや、違う。そんな特殊な品物なんぞ売ったりしたら、すぐ足がついてしまう。では、その記者氏の洒落た文句のように、竜宮へでも出かけたか？　まさか。お伽話でもあるまい。とするとその男は、自分で潜水服を使用するより以外に目的はない。つまり、海か河へ潜って、何か仕事をするつもりなんだ。ところで、そんな仕事をするんなら、なにも自分でそんな潜水服なぞ着用しなくたって、金には目もくれなかった男だ。潜水夫を雇うくらいの金がないはずはない。にもかかわらず、自分で潜水服を着用しようという。ここまで考えると、その男の仕事の性質というのが、大体すぐ判る。つまりその男は、絶対に他人に知れないようにして、海か河へ潜り、どんな仕事か知らないが、とにかく絶対秘密の仕事をしようというのに違いはない」

「なるほど、そう伺えば、非常に面白い記事ですね。それで、先生は……」

「ムン、それでまア、とにかく昼から、ブラリとその、芝浦の中里工業所というのを訪ねてみたんだ。そして色々話を聞いてみると、その家は、主として水中作業の請負人で、潜水服なぞ幾つもあるんだが、盗まれた品というのは、新式のもので、兜についた長いゴム管を通じて船の上から助手が空気ポンプを押さねばならぬような代物《しろもの》ではなく、自分の背中にチャンと酸素瓶まで背負い込んで、自由に独りで海底を泳ぎ廻れる新式の物だそうだ。そしてしかも、その泥棒氏は、その酸素瓶も、新らしく一杯つまっているやつを二本、潜水服と一緒に失敬してるってことだった。僕は勇躍して、その家を出た」

「ふーン、いよいよ面白いですね。それで、早速先生は、海上監視に出たってわけですね」

「まア、そんなところさ」

「横浜ですか?」

「いや、違う。横浜方面は明日にしようと思う。明石君達にも手伝ってもらってね。とにかく今日は僕一人で漫然とやってみた。まず、芝浦は窃盗の現場だから、犯人も当然そこには出ないわけと睨んで、大森、品川あたりから、月島、洲崎《すざき》あたりにかけての海岸を、昼間のあいだブラついてみた。釣竿なんか持ってね。それから両国で晩飯を食って夜は隅田川を、永代橋から白鬚橋《しらひげばし》まで両岸とも、今までかかって克明に調べてみた。が、残念ながら、今日は収穫なしだ」

「なるほど、でも先生。そいつは大ごとですね。明日から所員達がお手伝いするにしても……。いっそ、水上署あたりで、モーターでもお借りになったらどうですか?」

「バカを云い給うな。相手は自分から潜水服を着て、水底に潜ろう、というほどの自信のある男だよ。船乗りか、水に関係のある人間に違いないんだ。そんな奴の前へ、お馴染の水上署のモーターなぞが顔を出したら、いっぺんにことをこわしてしまう。なにもそれほど、むつかしい事ではないよ。根気の問題だよ。明日はひとつ、手広く手配して、貸船屋も全部調べてみよう。ひょっとして、それらしい荷物を持った男が、船を借り……」

この時、卓上電話のベルが、けたたましく鳴り出した。沖君はすぐに受話器をとった。

「あ、モシモシ……あ、そうです。え？　先生？　先生はもう帰って来られましたよ！　え？　ハイハイ」

と、受話器を横川氏の方へ出しながら、

「先生。柴谷さんからですよ。菊子さんからです！」

「なんだろう？　いま時分」

横川氏は眉根をしかめながら、受話器を受けとった。

「あ、モシモシ。柴谷君かね。横川です。どうも、心配かけてすまなかったね。……え？……どうしたって？……なに、なんだって？……ええッ!?　潜水夫が出たッ!?……ウーム。そ奴だ！　そ奴だ！　そ奴に違いない!!……モシモシ、いったい君は、いまどこにいるんですか？　品川？　芝浦？……えッ？　なんだって、山の手のS——？……君の家へ行く道だって？……飛んでもない！　まるで見当違いだッ！　よしッ！　これから直ぐに駈けつけます！」

すっかり、顔色が変ってしまった。そして受話器を置きながら、思わず沖君へ唸った。

「ウーム、大変だ。潜水夫が山の手へ出現した。奇怪千万！　こりゃまるで、陸へ上った河童《かっぱ》じゃわい！」

青い眼の男

こちらは、例の、怪潜水夫の逃げ込んだお寺の境内である。

だが、ここでは、不思議なことが起きあがっていた。

さっき、表側の塀の上に顔を出して、外に監視している明石君へ、潜水夫の姿が見えないと不審

気に告げた警官は、明石君にはげまされて再び境内へ姿をかくすと、やがてまた顔を出して、

「妙だ。どうしても見つからない」

と告げたのだった。

そこで、苦虫を嚙み潰したような顔になった明石君は、早速警官と相談して、いままで右側の塀の外を見張っていた警官に、表側と右側との間の角に立ってもらって、その両側の監視を続けてもらい、一方、左側の塀の外に立っていた警官に、今度は左側と裏側との間の角に立ってもらって、そちらの両側の監視を続けてもらうことにして――つまり、お寺の周囲の見張りを二人にへらして、余った二人――明石君ともう一人の警官の二人は、前の警官と一緒になって、今度は総勢三人で大々的にお寺の境内を、捜査することになった。

なにしろ、市街の真ン中の小寺院といえども、お寺であるからにはその広さも決して馬鹿にはならない。様々な建物あり木立ありで、人間の隠れそうな処は沢山ある。

三人は意を決して庫裡《くり》を訪れると、お寺の人にも起きてもらった。

ねむそうな顔をして不機嫌そうに起きて来た和尚さんは、それでも事情を聞くとびっくりして早速、

「そうですか。いや、そういう生臭い奴に逃げ込まれては、寺も迷惑です。徹底的に探してみて下さい」

と、賛成してくれた。

そこで早速、三人は灯火《あかり》を借りて、境内の隅々から、お堂や建物の縁の下まで、およそ人間の隠れそうな処は、片ッ端からあばきはじめた。和尚さんも気になってか、建物の中をあちこちとゴトゴト探し廻っている様子。

ところが、どうしたことかサッパリみつからない。もし外へ逃げ出せば、外の見張りが大声をあげるはずだから、外に逃げたわけはない。にもかかわらず、寺内にはどこにも見当らない。妙だ。

――とうとう、三人は参ってしまって、迷惑をかけたことを寺へ詫び、一応引揚げることにして、

和尚さんに送られながら、門を出ようとした。

と、この時、外から、急を聞いて駈けつけた横川禎介氏が、菊子嬢と一緒にやって来た。

「やア、ここにいたのかね、随分探したよ。向うの交番で、なんでもこの方角へ駈け込んだというものだから、こちらへやって来たんだが、表に見張りのお巡りさんが立っていなかったら、すんでのことにはぐれるとこだった。――ところで、どうしたね。例の曲者は？」

そこで、明石君が、ことの顚末をうちあけると、横川氏は急に眼を輝かせながら、

「なに、いない？　いないなんてことがあるものか。みつからないいんだろう。よし。ひとつ僕が探してみる」

と、早くも本堂の方へ歩きはじめた。みんなも仕方なくついて行く。

やがて横川氏は、広場を横切って本堂正面の石段を登ると、その一番上に腰をかけながら、グルッと寺内を見廻わして「あそこは見たか」「あちらはどうだ」といちいち顎をしゃくり、明石君と問答していたが、ふと、俯むいて考え込んだ。

軒蔭の闇にいるはずのその横川氏の顔は、どういうものかまるで後光のさした仏様みたいに、ボーッと仄かな光りに包まれている。見れば、すぐ眼の前の石段の脇にある、蓮の花の形をした銅製の天水桶の、澄み切った水面に、さっきから静かに映っている月の光りが、反射しているのだ。

と、――

なに思ったか、いきなり横川氏は、石段をかけ下りると、その蓮の花形の天水桶に両手をかけ、エイッ、とばかりひっくり返した。

とたんに、ザアッと流れる水の中から、なんと異様な潜水夫が転がり出し、すぐに立ち上るとあわててキョトキョトとあたりを見廻し、そのまま門の方へ向って駈け出した。

「ワーッ」

あっけにとられた人達が、やがて事情を悟って走り出す。

間もなく、門の外へ出たところで、潜水夫は捕えられた。魚のようにバタバタもがく奴を、皆にしっかり押えさしておいて、横川氏は、まン丸い兜の首根ッこにある、幾つかのネジをはずしはじめた。と、潜水夫の体が、急にグニャグニャと柔かくなった。

「失敗《しま》った！」横川氏は叫んだ。

兜をとると、その中から出て来た男の顔は、舌を嚙み切って、眼玉をムキ出し、死にかけている。——髪の毛の薄い、青い眼の男だった。

奇妙な皿

それから間もなくのこと——

ほど近くのY——警察署に、運び込まれた怪潜水夫の屍体を中心にして、調査がはじめられていた。まっ先に、横川氏は、屍体から潜水服を脱がした。

シャツに、パンツだけの、裸の大男が出て来た。身元を知る手掛りは、なにもない。

横川氏は、死人の両の手の平と、足の裏を見た。

「こいつは、船乗りですよ、日にやけた顔色といい、手の平の綱胼胝《つなだこ》といい、人相の割に、足の裏の綺麗なことといい、船乗りに違いありません。多分、横浜あたりに入港中の外国船の水夫《セーラー》に違いありません」

それから、横川氏は、脱がせた潜水服をとりあげた。

襟のところの裏側に（中里工業所）と記されてある。

横川氏は満足の笑《えみ》を洩らしながら、今度は、潜水服のポケット調べをはじめた。

と、胸のところのポケットの中から、パラフィン紙に包まれた不思議な品が現れた。

横川氏は、静かにその包みを開けかかる。

と、中から、まるで印肉入《にくいれ》みたいな蓋つきの、精巧なガラスの皿が、二つばかり重なって出てきた。中には、なにか血のような色をした赤いものがはいっている。

横川氏は、ふとその皿の蓋でもとろうとするように、手を出しかけたが、急に何思ったかハッとなると、手をひッ込めて、

「ウーム……」

と、思わず唸った。

そして、みるみる顔色をかえながら、その奇妙な皿を急いでパラフィン紙に包んで、元の場所へ大事にしまうと、いきなり明石君へいった。

「おい。この男は大変もない奴だよ。ウーム。どうやら、真相が判りかけて来たぞ！　とにかく、こうしてはいられない。明石君。君がさっき、柴谷君と二人で、いちばん最初この潜水夫にぶつかったという、その露地はどこなんだ。これから大至急その露地へ案内して呉れたまえ。――あ、それから、この潜水服は、署の方へ、大事に保管しておいて下さい。それから、署の方も、私がいま見た妙な皿には、絶対に手をふれないようにして下さい」

そういって横川氏は、明石君を眼で促すようにしながら立上った。

警官は二人ばかり、同行することになった。

そして間もなく、――

黙々として歩く横川氏を先に立てて、一行は、明石君と菊子嬢が、いちばん最初潜水夫とぶつかった、例の静かな街角へやって来た。

「ここなんです。ここの露地から、いきなりバタバタと飛び出して来たんです」

明石君の言葉に、横川氏は満足そうに黙ってうなずくと、ドシドシとその露地へはいって行った。みんなもあとからついて行く。

と、ものの半丁も行くか行かぬに、なにを見たのか、いきなり菊子嬢が、

「あらッ」

と叫んで立止った。

――見れば、十間ばかり向うの、道路の片隅に、月光に照らされて、なにか黒いものが横たわっている。

一行は、すわとばかり、駈け寄った。

――それは、黒い詰襟の服を着た男で、倒れたまま横向きになって月の光りを受けているのは中年の温和そうな顔だった。

だが、屈み寄って、急いでその男の手をとった明石君は、急に明るい顔をあげた。

「あ、大丈夫です。死んではいません。気絶しているだけです」

そして早速、得意の柔道の手で、蘇生の仕事にとりかかった。

市民の池

「先生。あたしなんだか、怖くなってしまいましたわ。さっき先生が大変だ、そろそろ真相が判りかけたと仰有ったのは、この小父さんのことでしたの」

明石君の膝に抱えられた失神者の顔を見ながら、菊子嬢は横川氏へ云った。

「うム。いや、ここに、この人が倒れていようとは、僕も思わなかった」

「じゃ、どうして先生は、この露地へまッ先にやっていらしたの?」

「うム。それは、急に大事なことを思いついたからだよ。――君達も不審に思っているだろうが、潜水夫が、ところもあろうに、海も河もないこの山の手へ出現したと聞いて、実は僕は、ひじょう

に驚き、疑問に思ったのだよ。……ところが、さっき、あの奇妙な皿を見た時にどうやらその謎は、解けかかったんだ。君。この、いま吾々のいる土地は、ひと口に山の手のある町といっても、他の山の手の町とはちょっと違うんだよ。なるほど、ここには海も河もないかも知れない。がその代り、非常に大事なものがあるはずだ。――柴谷君。君は、この近所に住まっているのだから、よく知っているだろうが、この露地を向うへ行くと、いったいどういう処へ出るかね？」

すると、菊子嬢の顔色はサッと変った。そして思わず眼をひらきながら、叫んだ。

「先生。判りました！　先生は、この露地を通り抜けた処にある、あの浄水池のことを、――東京水道局の〇〇浄水池のことを、仰有ってるんでしょう？」

「その通りだ。――そして、恐らくその小父さんは、その〇〇浄水場の監視員の方に違いない！」

この時、失神者がやっと蘇生した。そして、明石君の腕の中に抱えられたまま、不意に叫んだ。

「くそッ。潜水夫だ！　潜水服を着た男だ！　離せ！　離してくれッ！」

そこで、横川氏は小父さんの側へ寄添い、潜水夫は既に逮捕され、自殺してしまったから安心するように知らせると、小父さんはみるみる落着をとり戻し、やがてハッキリ正気に返って、横川氏の狙った通り〇〇浄水場の者である事を告げ、明石君と警官の肩につかまって、一行と共に浄水場の方へ歩き出しながら、亢奮した語調で云った。

「いや、全く驚きましたよ。――こういうわけなんです。今夜は、どうも少しむし暑くて寝苦しかったものですから、起上って窓をあけてみたんです。すると、向うの沈澱池の縁の方で盛んに水の上に波紋が見えるでしょう。恰度月夜で、よく判ったんですが、こいつは妙だぞと早速飛び出してみたんですが、するとあの潜水夫が、沈澱池の中から出て来て、陸へ上ろうとパチャパチャやっていたんですが、私の姿を見るなり、恐ろしい速さで飛び出し、芝生の堤を駈け下りると鉄条網を飛び越して、いっ散に街の方へ逃げ出したんです。そこで私も、こいつ逃すものかと追ッ駈けたんですが、今のところまで追ッ駈けて、もうひと足で捕えるという時に、奴めいきなり振り返って、手に持っていた小さなスコップみたいなもので、私の頭をガンとばかり殴りつけたんです。それから私は、なんの事やらサッパリ判らなくなってしまったわけですが……いや、全く、とんでもない狼藉者《ろうぜきもの》ですよ」

やがて、一行の前には、宏壮な浄水場の全景が現れた。見渡す限り広々とした幾つかの四角な池の集りは、満々たる清水をたたえて月光を浮べ、周囲の地面は美しい芝生に覆われて、縁の灌木がズラリと植えられ、さながら美しい水の公園地帯だ。

元気になった小父さんの案内で、一行は間もなく構内にはいり、急を聞いた当直員達も駈けつけて来た。

「あの堤から向うが全部沈澱池なんですが、あの右のやつの縁から、潜水夫は出て来たんです」と小父さんは池を指しながらいった。「でもいったい、なんの目的で、沈澱池へ潜るなぞという不敵なマネをしたのか、とんと見当もつきません。しかしまア、沈澱池でまだよかったんですが、これが、こちらの濾過池《ろかち》ででもあろうことなら、それこそ大変ですよ。――ご存じかも知れませんが、あの沈澱池は、遠くの貯水池の方から運ばれた原水中の浮游物を、沈澱させるところでして、そこで綺麗になった水が、今度はこちらの濾過池の底で砂《すな》濾《ご》しにされて飲料水となり、あちらの地下にある配水池へ流れ込む、という順序なんですが、いったいまた、なんと思って……」

「申し上げましょう」と横川氏が力強く遮切るようにして云った。「――実は、さっき貴男のお話で、あの怪潜水夫が、沈澱池から出て来たと伺って、実は私も、安心したわけなんです。あいつは、恐るべき男ですよ。――私は思うに、あの男は、沈澱池へ入るのが目的ではなかったんです。目的は、底に濾過砂の敷いてある濾過池にあったんです。それを、うっかり間違えて沈澱池へはいり、あわててマゴマゴしている処を、貴男にみつかったのだと思います。なによりの証拠に、あの潜水夫は、円匙のような小形スコップを持っていました。つまりそのスコップで以って濾過池の底の厚い砂層を掘り起すつもりだったんです。そしてその底へ、恐ろしい品物を埋めるつもりだったんで

——明石君や警察の方は既にご存じと思うが、さっき私が潜水服のポケットからみつけ出した、あの品物がそれなんです。——あの奇妙な血の色をした寒天培養基の中には、何百万何千万という恐るべき細菌培養基なんです。恐らく、あの血の色をした寒天培養基の中には、コレラ菌かなにかがウジャウジャと群れていたことでしょう」

「ウーム、じゃアつまり、その恐ろしい沢山の黴菌を、この濾過池へ投げ込むつもりだったんですか？」

「そうです。ただ投げ込んだだけでは、濾過砂の中で完全に殺菌される装置になっていますから、投げ込まずに水に潜って、大事な砂の層を掘り起し、その底の方の、もう直接吾々が飲むばかりの、貴重な浄水の流れる中へ埋め込んで、再び砂を綺麗にかぶせて知らぬ顔をしているつもりだったのでしょう。——あいつは、恐るべきスパイなんです。一挙にして東京市をコレラ地獄に陥入れ、銃後を攪乱して抗戦力を低下せしめようとする、恐るべき敵国第五列の細菌謀略です。先年事変が始って間もなくの頃、九州の某地で奇怪な伝染病が流行をきわめ細菌謀略の疑濃厚となりましたが、あれの大規模なやつを東京に見舞おうと企てたんです。危い。危い。——幸いこの小父さんのように身命を賭して市民の池を護ろうとする、勇敢な係員方がおられますから心配ないわけですが、しかし今後は、吾々一般市民といえども、凡てこういう重要な施設はその秘密を固く守り、常に関心を以って監視しているべきですね。特にこれから暑さにつけてもこうした当局者の日常の苦心を思って、衛生に注意し、かりそめにも水なぞ粗末に扱うことは、慎しむべきですね」

「先生」と明石君がいった。

「——この細菌謀略班は、あの潜水夫一人だけでしょうか？」

「バカを云い給うな。あの男なぞはホンの手先に過ぎないよ。あの男は、親玉連中の秘密指令を受けて、細菌を受けとり、この浄水場の地理を詳しく教えられると、潜水服を盗み、夜暗にまぎれてここへ忍び込んで、潜水服に着替えて飛び込んだというわけさ。その辺を探して見たまえ。きっとあいつの脱ぎ捨てた服が落ちているから。――しかし、そんな服を探したからって、その中から、その親玉連中の正体を摑めるような手掛りなぞは、出て来っこないよ。何故って、あの潜水夫は、その親太連中の秘密を守るために、捕えられるとすぐに自殺してしまったほどの、したたか者だからね」

「じゃアいったい、先生はどうなさるおつもりですか？　放っとかれるんですか？」

「冗談じゃアない。僕は、今から二十四時間以内に、その主謀者連中を一網打尽にしてみせる。――但し、それには条件がある」

と、警官達の方へ向って、

「どうかこの事件は、当分の間絶対秘密に御手配願います」

と云った。

水を嫌う客

さて、その主謀者達を、二十四時間以内に一網打尽にするため、横川氏のとった奇抜な方法を簡単に紹介して、この物語を終ることにしよう。

横川氏は、それから直ちに八紘ビルに引上げると、夜中にもかかわらず全所員の非常呼集を行った。やがて集った俊敏無類の数名の青年達は、横川氏の密令を受けると、八方に散って、東京市内の主だったホテルへ駈けつけた。

そしてそれぞれのホテルで、そこの支配人に、防諜会の名において極秘に依頼したその密令の趣旨というのは、次のようなものであった。

――つまり、いま泊っている外人客のうちで、今夜以後、いかなる形においても、絶対に水道の水を使用しなくなった客が出て来たら、直ちに報告するよう、ボーイさん達に頼んでもらいたい。

というのであった。

この結果は、二十四時間どころか、十二時間たたないうちに、現れてしまった。
○○ホテルに滞在中の、某国観光客と称する五人の男女の客がその翌朝、顔を洗う時に、揃いも揃って、今まで水を使っていたくせに、わざわざ煮え湯を作らして、そいつを冷《さま》したやつでブクブクガロガロとうがいをしはじめたという。むろん顔も、その湯ざましで洗い、食後の水も、そいつをガブガブ呑んだという。
で、この連中が、これから○○ホテルを引揚げて北海道方面へ向おうとしているところを、直ちに「ちょっとお待ち下さい」と連れて来て調べてみると、案外手もなく泥を吐いてしまったのだった。

「――こんな大規模な細菌謀略をやるやつは、自分自身に伝染の危険も考えなければならないからまず定住者ではないと睨んで、とりあえずホテルを狙ったというわけさ。ハハハ……。ところで、約束よりも十二時間ばかり早かったようだが、すまなかったね」

あとで、横川氏からこう皮肉られると、明石君、思わず顔をしかめて、頭へ手をやった。と、いきなりハッとなって飛上った。

頭のてっぺんが、今日は見違えるほどの大きなコブになって、さわると火がついたように痛いのである。

その大形《おおぎょう》な恰好を見て、後ろにいた菊子嬢は、思わず吹き出した。が、すぐに振り返った明石君の、ランランたる怒りのまなこに接すると急いでシャンと取りすまし、いともしおらしい調子で、しみじみといった。

「ね、明石さん。あたしもう、これからはいつでも、帰りのおそくなった時には、素直に家まで送って頂くことにしますわ」

――これで、万事円満。

紅毛特急車

珍ニュース

「お早うございます」

所長室の扉《ドア》をあけて、元気よくはいって来た女秘書の柴谷菊子嬢は、そういって挨拶をすますと、ニコニコ微笑しながら、

「先生。素的な珍ニュースを、お聞かせしましょうか？」

と、いきなりいった。

——丸ノ内八紘ビルの、国民防諜会事務所である。

「おやおや。出勤早々の珍ニュースかね。ふム。是非ひとつ、拝聴さしてもらうかな。まア。掛けたまえ」

と、所長の横川禎介氏は、相変らず気さくなものだ。

国民防諜会——といえば、既に読者諸君の中には、御存じの方もあろうと思う。最近一年足らずの間に、矢つぎ早に数々の大事件に関係して、その快腕を発揮して以来、すっかり有名になってきた愛国青年探偵横川氏の指導する、我国唯一最大の民間防諜機関である。

肩書はやかましいが、所長の横川氏は、極めて気さくな人物だ。

「いったい、どんな珍ニュースかね？」

と、相変らずニコニコ微笑しながら、菊子嬢を促すのである。

ところが、美しい女秘書は、それには答えず、ニッと意地悪そうに笑うと、妙にすました口調で、

「先生。あなたは、日本の国の鉄道で、一年間に、どれくらい忘れ物があるか、ご存じ？」

「おやおや。妙なメンタルテストがはじまったね。さア、私は、なんでもひと通りは心得ている

つもりだが、そういう細かな数字の問題は知らないね。そんなことは、もし必要とすれば、明石君か沖君に頼めば、十分間で調べてくれるからね」

「あたしなら、立ちどころに申上げますわ」

「おやおや。ヘンに絡んで来るね。じゃア云ってみたまえ」

「はい」と菊子嬢はひどく気どった調子で、「鉄道省の旅客課でまとめられた、昨年度の統計によりますと、まず現金の忘れ物だけでも、ザッと百万円。それから、品物の方では、一番多いのが風呂敷包、それから洋傘《こうもり》、帽子という順で、この帽子なぞ、中折帽子やパナマ帽は別として、夏のカンカン帽だけでも約十万個、これを積み重ねますと富士山の高さの二倍半に達します。去年の夏、先生が省線電車の中でお忘れになったカンカン帽も、むろんその中に含めてありますが……」

「おいおい。君、そんな……」

「それから少し風変りな忘れ物では、位牌《いはい》が八件、神棚が五件、遺骨の一件、なぞがございます。次に、これ等の尨大な忘れ物を場所的に見ますと、全体の七割近くが列車内、あとの三割某が、ホームや待合室等の駅構内、ということになっております。先生、いかが？」

「ふーム。現金百万円とは莫大なものだな」

と、横川氏も、いまは兜をぬいだ形で、

「品物の方も馬鹿にならんね。この物資愛護の時局に、勿体ないことだ」

「ほんとですわ。しかも事変以来、毎年どしどし殖える傾向にあるんですって」

「ふム。やはり、交通混雑時代の影響なんだろうな。しかし、いったい君はまた、どこからそんな知識を仕込んできたのかね」

すると菊子嬢は、急に顔をほころばせながら、

「白状いたしますわ。――実は、昨夜、あたしの家の隣組で、常会がありましたの。それで、あたしの家から三軒置いて西隣りに、清川さんって、東京駅の遺失品扱所に勤めていらっしゃる鉄道

員の方があるんですが、その方から、昨夜常会が終ってから、お茶のみばなしに色々うかがったんですわ」

「なるほどね。ふム。常会に出ると、なかなか物識りになるね。ところで、君の所謂、珍ニュース——というのは、いまの話かね?」

「まア、先生。いままでのなんか、ほんの序の口ですわ。これからが、本物の珍ニュースですわ。やはりその、清川さんからうかがったんですけど、それはそれは奇妙な忘れ物事件が起上ったんですわ」

そういって菊子嬢が語り出したのは、だいたい次のような、まことに変テコな話であった。

奇妙な遺失品

清川豊次君は、東京駅の遺失品扱係だった。

ひと口に遺失品扱係といっても、なにしろ帝都の表玄関、大東京駅のそれであるから、謂わば日本一の忘れ物係である。

毎日、車掌さんや、駅手や、掃除係の諸君が、ワンサと持って来るさまざまな忘れ物を、いちいち整理して帳簿に記録すると同時に、告示板に二週間表示をし、取りに来た忘れ主があれば、克明に調べて渡してやり、取りに来ない忘れ物は後ろの倉庫へ、キチンと整理して積上げ、一年間の保管をするという、なかなかの忙しさだった。

時には贋者《にせもの》が取りに来たり、一つの品物に二人の落し主が現れたりして、ただでさえ天下の忘れ物の中でイライラしている清川君を、ひときわ悩ませたりするのである。そんな時、きまって清川君は、思うのであった。

「あーア、なんて世の中にはボンヤリが多いのだろう。一年余りも保管しておけば、帽子や傘など大抵役に立たなくなってしまう。この物資愛護の折柄、遺憾千万な話ではあるが、なによりもこういう忘れ物のために、全国の何百何千という、警察や停車場やその他に勤める我々貴重な人的資源が、あったら無駄な労力を費さなければならないのだ。なんて旧体制な人々だろう」

ところで、この清川君のところへ、極く最近、正確にいえば、二週間近く前から、忘れ物の大関とでもいうべき奴が、現われはじめたのである。

現われはじめた、というのは、一度だけではなく、殆んど毎日のように、出て来だしたからである。しかも、なんとその忘れ主達は、どうやらみな夫婦らしいのである。

つまり、男物と女物と一対になった色々な品物が、現れるのである。まだ一度も取りに来ないが、よほど忘れっぽい夫婦達らしい。

いちばんはじめ、車掌さんが持って来た品は、空気枕である。男物と、派手な色彩の女物と、二つ並んで空気が抜けたまま、東京止りの東海道線の客車の中に、忘れられていたのである。

ところで、一日置いてその翌日出て来たのは、男女一対の日和《ひより》下駄である。爪革《つまかわ》の柄で男女の区別は一目瞭然。恐らくその夫婦は、東京まで来たが、上天気なので、フェルト草履にでも履替え、そのまま、座席の下へ忘れてしまったのであろう。呑気なものだ。

すると、その翌日、今度は、櫛入れのついたなかなか立派な懐中鏡が、男女一対、やはり東海道線の、客車の化粧室の棚に置忘れてあったのである。顔でも洗って、お洒落に夢中になって忘れたのであろう。

その次に出て来たのは、膝掛らしい小型の毛布である。女持の方は、薔薇の花の模様なんかついて、仲々洒落ている。こいつは、客車の網棚の上に、二枚一緒にバンドをかけて、忘れられてあった。

むろん、忘れ物はほかにもあるのであり、毎日それを扱うのを仕事にしている清川君のことであるから、最初のうちは別になんとも思わなかった。が、こういう二人組の忘れ物が、それもきまって東海道線の客車の中から、いつものように出て来はじめると、さすがに商売人で無感覚になってしまった清川君も、つい昨今の陽気と思い合せて、うた悩ましい想念を、抱かざるを得ない次第であった。

「うーむ。厚生省が、生めよ殖やせよで盛んに宣伝するものだから、全国いたる処に新婚夫婦が簇生《ぞくせい》して、お蔭で鉄道省のわしが悩まされるとはこれいかに？　だ」

ところが、清川君の悩みなぞには頓着なく、新婚夫婦はぞくぞく上京する。

次に出て来た忘れ物は、眼鏡である。太いロイドと、やさしい縁無し。チェッ！

その次にやって来たのは、これはまた、なんと可愛い男女の人形一対。ボール箱に入って紐がかかっている。

「おや。これは、子供の夫婦かな？　いやいや土産物なのだろう。すると、早くもこの新婚組は国策に沿って二人も子宝を儲けたのかな？」

なんて考えているうちに、その翌日、今度は、手袋が、座席の隅に忘れられてあった。

男物は、儀式用の白手袋。女物は、藤色のレース編。

「ふーム。どうやらこの若夫婦、従兄弟の結婚式にでもやって来て、今頃は、手袋をなくして困っているんではないかな？」

ところで、その次には、座席の下から、大小二足の、雨天用のオーバー・シューズが現れた。どうやらこれは、前の日和下駄と同じでんで、天気になって忘れたものであろう。

すると、一日置いてその翌日。いちばん最初空気枕を拾って来た車掌さんが、

「おーい、清川君。また出たぞォ、夫婦枕が。……車掌たるも、またつらいかなだね」

そういって、柄こそ違うが、こないだの空気枕と、同じような品物を二つ届けて来た。

と、今度は、登山用のルックサックだ。

大小二つのその袋は、仲睦まじくハイキングにでも出掛けた帰りか、中身は空で、網棚の上に投上げてあった。くたびれ過ぎて忘れたか？

「チェッ。やり切れねえなア。あーア、俺も、ハイキングにでも出掛けたいわい！」

と、ここに到って、とうとう清川君は、悲鳴をあげてしまったのだった。

全く、むりもない次第である。昨日今日と、二日ばかりは休みであるが、ここ二週間足らずの間に、以上述べた通り、十件に亙る二人組の忘れ物が、殺到したのであるから、豈《あ》に清川君のみならんや、お釈迦様でもちょっと困るかも知れない。

そんなわけで、その晩家に帰った清川君は、恰度常会があって、時間後に和気藹々《あいあい》たる懇談がはじまった時、最初は、それとなく忘れ物に対する人々の注意を促すつもりで茶呑咄《ちゃのみばなし》が、つい実が入りすぎて、奇妙な悩みまで、喋ってしまったという次第。

大発見

「……ね、先生。いかが？　珍ニュースでしょ？」

話し終った柴谷菊子嬢は、そういって、利潑そうな眼玉をパチパチと瞬きながら、横川禎介氏をのぞき込むようにした。

「うーム。なるほど、こりゃア面白い話だね」

横川氏も少なからず動かされたていで、思わず腕を組み込んだ。

「ところで、先生は、この珍現象を、どうお思いになって？　やはり、遺失品係の清川さんと同じように、厚生省の宣伝効果が現われて、夫婦円満時代が出現したせいだとお考えになります？」

「いや、厚生省の宣伝は、立派な国策だから、そんな珍現象は別としても、既に着々効果が現われているよ。早い話が、第一君が、こういう話に絶大な興味を持って、私のところへまで聞かせに来るという、その気持を考えただけでもすぐ判るよ。もう、君自身も、結婚したくてウズウズしてるんじゃないかね」

「まア、先生。ひどいわ」

菊子嬢は、まッ赤になった。

「いや、失言々々。ところで、大変面白い話だったが、私の考えは、その国策云々とは、少し違うね。第一、国家の奨励するところの結婚は、そういう物資をおろそかにするような、忘れっぽい夫婦をこしらえるための結婚ではないんだからね。私が、その妙な忘れ物の話に興味を持ったのは、もっと別の意味でだよ。その話は、ちょっと聞くといかにも尤もそうな面白い話だが、考えてみると、実に奇怪な矛盾をいろいろと孕んでいる。それで非常に面白い。どんなってひと口には云えないが、とにかく聞き捨てにならない話だよ。いや、よく教えて呉れました。ま、君も、精々いいお婿さんを探すんだが、結婚したからって、余り夢中になって、物を忘れたりして粗末にしてはいけないよ。ハハハ……」

それで菊子嬢は、もう一度まッ赤になると、いささかふくれた形で、プイと自分の席へ引揚げると、サッサと仕事にとりかかった。

横川氏も机へ向直って、数日前から始めている著述の仕事にとりかかったが、時どき、ペンを休めては煙草を吹かし、しきりに、

「うーム……うーム……」

と考えつづけているのは、どうやら妙な忘れ物のことが気になるらしい。

こうして、昼が過ぎ、夜が来て、その日一日は、何事も起らず過ぎ去って行った。そして、その翌日となった。

ところが、出勤した横川氏は、どうしたというのか、今日は朝から、仕事も投げ出してしまって、ものも云わず、しきりにウンウン呻吟しはじめた。どうやらすっかり本式に、忘れ物にとりつかれてしまったらしい。

菊子嬢はなんだか気味悪くなって、ソッと事務室へ抜け出すと、所員の明石君や沖君と、先生の妙な様子について、ヒソヒソ話をしはじめた。

と、その時、いつまでもひっそりしていた所長室で、どうしたというのか、突然、ドンと机を叩く音が聞えたかと思うと、

「判った。判ったゾ！」

と叫んで、いきなり横川氏が、事務室へ飛出して来た。顔色がすっかり変っている。

「おい、今日は何日だったかね？」

「九日ですわ」

菊子嬢が答えると、

「なに九日？　そりゃ大変だ。おい、柴谷君。昨日の君の話の、例の忘れ物の一件、あれが判ったんだ！　ありゃ、飛んでもない陰謀だぞ。重大事件だ！　愚図々々してはいられない。これから早速、東京駅へ出掛けねばならんが、そうだね、行きがかり上、柴谷君に同行してもらおう。所の方へは、いずれ後から、連絡をつけることにしよう」

と、早くも横川氏は、打って変った機敏な態度で、外出の仕度にとりかかるのだ。

暗号停車場

やがて、菊子嬢を伴った横川氏は、東京駅の降車口へやって来た。

と、遺失品扱所へは行かずに、まず、いきなり何思ったか、遺失品告示板の前へ立つと、割に大きなその黒板の表面へ、喰入るような視線を投げかけた。

「ふム、思った通りだ」

やがて横川氏は、そう満足そうに呟くと、

「見てご覧」

と、菊子嬢へ、顎をしゃくって黒板を指した。

告示板表の面は、細い罫線で幾つかに区切られ、その沢山の行間には、白墨の字がギッシリつまっていた。ここ二週間以内に発見された忘れ物の、品名、形状、数量、発見場所等が、発見の月日順に記されて、告示されているのである。二週間公衆の面前へ告示して、後一年間の保管をする、というのが規定である。

ところで、見れば、例の十件に及ぶ奇妙な二人組の忘れ物も、まだ告示の期限は切れないのだし、忘れ主は出て来ないので、消されずに記されている。

むろん、忘れ物はそれだけではなく、他の色々な忘れ物と混って並んでいるのであるが、けれども、この十件の特殊な男女同伴《アベック》の忘れ物は、品名、形状の説明を見れば、一目瞭然判ってしまう。

「でも、先生。いったい、これがどうしたと仰有るの？」

思わず菊子嬢が顔をしかめると、横川氏はニヤッと笑いながら、

「ふム。これがそもそも、大事件解決の糸口だよ。君。この告示板に書いてある、十件の忘れ物の品名を、記載順に注意して見てご覧。――まず、最初が、空気枕。それから、日和下駄。次に懐中鏡。毛布。眼鏡。人形。手袋。オーバー・シューズ。再び空気枕。ルックサック――と並んでいるだろう？」

「ええ、並んでますわ。でも、これがどうしたというんでしょう？」

「判らないかね？　じゃア教えよう。この並んでいる十個の品名を仮名書にして、最初の一文字

ずつ拾って横に読んで行ってご覧。空気枕のク、日和下駄のヒ、懐中鏡のカ、というようにして……。すると、どうだね。――ク、ヒ、カ、モ、メ、ニ、テ、オ、ク、ル――となるだろう？　なんだか、電報の文章みたいになったね」

「……素的。先生！」

いきなり菊子嬢が横川氏にしがみついた。

「うム、判ったかね。そうだよ。これは、実に奇抜な暗号なんだ。こいつを意訳すると、（九日かもめにて、送る）ということになる。かもめというのは、云うまでもなく特急かもめ号のことなんだ。なに者かが、なにか秘密の大事な品物を、九日、即ち今日の特急かもめ号で送って来る、という意味の巧妙な秘密通信なんだ。さア、こんなとこにいつまでも愚図々々していられない。あちらへ行こう」

と、横川氏は歩きだした。

それから間もなく、二人は、遺失品扱所の室内で、例の清川君、それから報せを受けてかけつけた東京駅の助役さん、旅客課員等と、緊張した空気の中で、しきりに要談を交していた。

「とにかく――」

と横川氏が云った。

「ただいまも申上げた通り、これは何者かが、なにか大事な品物を、今日の午後五時二十分着の特急かもめで送って来るという暗号通信でして、忘れ物だなんて、飛んでもないインチキですよ。つまりこれ等の忘れ物は、凡て、何者かが、こういう暗号通信をするために、故意《わざ》と忘れた偽《いつわ》りの忘れ物なんです。むろん、その暗号の材料に使った十個の忘れ物を、それぞれ男物と女物との二つずつにしたのは、暗号受信者が、他の忘れ物と混同しないように、巧みに考えた、つまり見出しというわけでしょうかね。それで、この十組の偽の忘れ物は、その暗号の発信者が、わざわざ東海道線で東京までやって来ては、車内へ故意に忘れていったのではなくて、どこか、遠くの方にいて、やっている仕事だと思います。例えば、大阪とか、神戸とかに発信者はいて、例のその忘れ物にした品物を、毎日、一つずつ持っては停車場へ出かけ、旅行はせずに、入場券だけ買って、見送人のような振りをしながら、旅客達と一緒に汽車へ乗り込み、それぞれ適当な場所へ置いて、何喰わぬ顔をして下りてしまう。そして、汽車は、忠実正確に、その品物を運んでくれ、東京へ着いてお客さん達が下りてしまうと、その品物だけは、もともと乗った時から持主はなくなってしまってるのですから、独りだけ残され、忘れ物ということになって清川さんの御厄介になり、暗号とも知らずに、告示板へ品名等を記載されて行く。すると、今度は受信者が、東京駅の旅客のような顔をしながらブラリとやって来て、コッソリその告示板から秘密の通信文を読んで消え去る——とまア、こういうからくりなんです」

「いや、よく判りました」

と助役さんが云った。

「どうも、驚くべき奴ですな。すると、今日の特急かもめで送って来るというその大事な品物もこの忘れ物と同じ方法で送って来るのでしょうな？」

「むろんそうです。人間が手に持って来る位なら、なにもわざわざこんな秘密通信をして、受信者へ予め知らせる必要なんぞありませんからね。つまり、今日の神戸発上り特急かもめには今までのとは違った貴重な『主のない荷物』が、積まれて送られて来るのです。そしてその荷物は今度は忘れ物とはならずに、多分、東京駅かどこかで、出迎人のような振りをしてまぎれ込んだ受信者によって、受取られることになるのでしょう。——どうもその、運賃も払わず密送してくる荷物というのは、こんな大がかりな暗号を使って、相手に予告する位ですから、よほど秘密な、大事な荷物らしいですね。とにかくこれは、生やさしいただの犯罪なぞではありません。だいたい、暗号通信なぞをするのは、普通の犯罪者なぞではなく、文書の戦時開封処置を恐れる間諜の仕業に違いないんです。

――ところで、残念ながら私達には、まだいまのところ、その奇怪な発信人も、受信人も全然姿が摑めないんですから、この上は、これから早速かけつけて、今日の上り特急かもめに、どこか途中からで結構ですから乗り込んで、まず、その車内のどこかに必らず積まれてあるに違いない、その『主のない荷物』を、探し出さねばならないと思います。それで、是非御協力が願い度いと思います」

「承知しました。鉄道としても、是非御協力願って、万全の処置を講じたいと思います」

と、助役さんは時計をちょっと見て、

「ええと、恰度いま、十時を少し廻ったところですから、上りの特急かもめは、そうですね……今朝の八時二十三分神戸発ですから、いま頃は、彦根、米原《まいばら》あたりを走っているでしょう。それで今度、十時半東京発の、下関行急行にお乗り願えば、恰度二時半頃、静岡で、上りかもめに乗り替え、引返して頂くことが出来るでしょう。かもめの専務車掌へは、名古屋駅を通じて、早速電話で連絡しておきましょう」

「じゃ、私は、出かけましょう」と横川氏は早くも立上って、傍らの菊子嬢へ云った。

「君は、これから直ぐに、警視庁と署の方へ、連絡をつけてくれたまえ」

上り特急かもめ号

さっきまで頂きにかかっていた笠雲が、いつの間にかカラリと霽《は》れると、富士は、秀麗なその全姿を惜しげもなくあらわして、紺碧の駿河湾まで一直線に、広々とした裾野を見せはじめた。

その曠野へつづく絶勝の海岸線を、まッ白な煙りをサアッと引いて、後尾に展望車をつけた素晴しい流線型の急行列車が、東へ東へと、矢のように驀進《ばくしん》していた。

たったいま、静岡駅をあとにした上り超特急かもめ号である。

その列車の前部に連結された三等車の中で、いましも、時ならぬ手荷物検査がはじめられていた。

赤い腕章を腕に巻いた、見るからに凜々《りり》しい専務車掌氏は、通路に立って、

「皆さん。御迷惑でございますが、ちょっとお荷物を調べさしていただきます」

挨拶すると、早速、網棚や座席に置いてある旅客の荷物を、一つ一つ落ちなく指しながら、

「このトランクはどなたのですか?」

「このカバンは?」

「こちらの風呂敷包みは貴女のですか?」

「この袋はどなたのですか?」

と、荷物の所有を調べはじめた。

その車掌氏のあとから、一人の紳士がついて行く。ちょっと見ると、忘れ物でも車掌さんに探してもらっている人のようだが、いうまでもなく、たったいま静岡駅から、折返しこの列車に乗り替えた横川禎介氏である。東京から一緒に来た警視庁の外事課員と、電話連絡を受けて名古屋から乗込んだ愛知県の移動刑事は、それぞれ客席に収まって、そ知らぬ顔で待機している。

ところで、列車は相変らず満員で、調査も思うほどにははかどらず、なかなか『主なき荷物』は出て来ない。

二十分、三十分――横川氏の眉根には、さすがに、かすかながらも苛立ちが見えはじめた。

と、四輛目の、四号車の終りまで来た時だった。

片隅のボックスに、二人の若い男が並んで腰かけ、なにやら高声にペチャペチャ喋っており、そのすぐ前には、これはまた一人の肥った紳士が、満員車内に二人分の席をとって、グウグウ不徳な高鼾《たかいびき》をあげていたが、その三人の頭の上の網棚から、とうとう『主なき荷物』が現れた。

それは、割に大きな、黒い旅行鞄だった。

車掌氏が、その鞄の所有を訊ねると、喋っていた二人の男は、面倒臭そうに「吾々のではない、この人のだろう」と、前の居睡り紳士を顎で指し、ゆり起された居睡り紳士は、すこぶる御機嫌ななめのていで「なに、その鞄？　わしのじゃないわい」と吐き出すようにいった。

「では、この鞄の所有者は、乗っていられないのですね？」

車掌氏は、三人ばかりでなく、他の乗客へも聞えるように云った。皆んな頷いた。

「では、ちょっと伺いますが、どこからこの上に乗っかっていたか、ご存知ないでしょうか？」

すると、喋っていた二人は、

「さア、吾々は大阪から乗ったが、どうもその時からもう、あったようだね」

と、再び面倒臭そうに云い、肥った紳士は、

「わしは神戸から乗ったが、乗るとすぐ、汽車の動かん先から、寝てしもうたで、知らぬわい」

と答えて、再びウトウトしはじめた。

「やはり、神戸で積んだものですね」

車掌氏は、鞄を下ろしながら、そう横川氏へ囁くと、重そうなその鞄を提げて、先に立って食堂車寄りの車掌室へやって来た。

いつの間にか二人のあとから、外事課員も移動刑事もやって来た。

横川氏は、刑事と車掌に立合ってもらって、すぐにも七ツ道具を取出すと、馴れた手つきで、鞄の錠をあけにかかった。

間もなく錠は外れた。鞄の口は開いた。

と、その中から現れた代物《しろもの》をひと目見て、人びとは、思わずハッと息を呑んだ。

それは、誰も見たことのないような、品物だった。

まるで、あの酸素なぞを入れておく圧搾容器《ボンベ》のような恰好の、黒い鉄の筒で、頭の方にややこしい細工があり、その細工の先に、どうやら懐中時計位の大きさの、精巧な作りの時計がついている。

「ふム、どうせ、こんなことではないかと思った」

と、他の人ほどは驚いていないらしい横川氏が、静かに云った。

「皆さん。これは、一種新式小型の、時計仕掛けの爆弾ですよ!」

「えッ。時計爆弾?」

「そうです。時計爆弾です! が、そんなに後退りなさらんでもいいです。ご覧なさい。この時計の針は、恰度三時四十分のところで止っております。いまは、まだ三時ですから、大丈夫ハゼりゃしませんよ。ちょっと待って下さい。なんだか妙に軽いから、調べてみましょう」

「あ、いいですか? 大丈夫ですか?」

「御心配なく」

横川氏は、落ついた手つきで、いっぱい詰められた新聞紙の中から、その恐ろしい品を取出すと、頭のところの細工をひねくりはじめた。と、間もなくその細工がポコッとはずれて、鉄の筒の蓋が取れたような恰好になった。

横川氏は、その筒の中をのぞき込みながら、思わずニヤリと笑っていった。

「ふム、そうか。――ご覧なさい、中身はからですよ。火薬の代りに、どうです、細長いゴム風船が詰っていますよ……そうだ。皆さん。これは、試験用の爆弾ですよ。この新型時計爆弾の信管装置を試験する目的なんでしょう。つまり、この時計の針の指している三時四十分になると、ここのところの撃針が飛出して、この風船玉を破るわけなんです。ところで、車掌さん。三時四十分というと、この列車は、いったいどの辺を走っていますか？」

「そうですね。ええと、これから沼津発が、三時二十四分ですから……あッ。恰度、丹那トンネルの真ン中です！」

「えッ、丹那トンネルの真ン中？」

「そうです。あのトンネルは、通り抜けるに約九分間かかりますから、一分や二分早くなっても遅くなっても、恰度トンネルの真ン中です！」

「うーム」と横川氏は思わず唸った。「なるほど。そうか……判った。うーム、恐ろしい奴だな……皆さん。この爆弾密送事件の犯人は、いうまでもなく、悪辣な第五列の破壊謀略班です。奴等の目的とするところは、単なる一列車の破壊ではなくて、戦時における重要な輸送路の破壊にあるのです。幸い、今日のは、その実地試験ですから、心配はないですが、奴等は、もし今日のこの試験に成功した暁には、いざという時期を狙って、そうだ、恐らくこの東海道線の丹那トンネルなぞだけではなく、全国の主要な鉄道の急所を狙って、こういう時計爆弾を、このような犯人の姿の見えない密送方法を以って送り、軍用列車や、避難列車や、重要貨物列車等の通過する貴重な輸送路を、破壊しようと企てているのです！　ふン。だがもうそれは、これですっかりオジャンになってしまったわけだ」

「いやどうも、驚くべき奴等ですね」と移動警察氏が云った。「しかしそれにしても、時計爆弾を、貨物列車ならともかく、こんな旅客列車へ積み込むとは、少しひど過ぎますね」

「そうです。全く、悪逆無類です。しかし、奴等にしてみれば、こうするよりほかに方法がないんです。何故かと云いますと、御存知の通り、旅客列車は発着の時間が正確無類ですが、貨物列車はその点不正確です。それで、貨物列車なぞへ積み込んだのでは、せっかくの時計爆弾も、狙いを外してしまうからです。奴等、第五列部隊の間諜共にとっては、人間の命なんぞ、虫ケラほどにも思っていませんからね。——ですから、結局、吾々国民は、常に落ついて、注意深く行動しなければならないわけですよ。余分な享楽本位の旅行なぞは、出来る限り慎しむようにして、もしまた、旅行なぞするにしても、車内で余分なことをベラベラと高声で喋り合って夢中になったり二人分の座席を陣取ってグウグウと不徳な鼾をかきつづけたりすることは、断然慎しむべきですね。吾々関係者は、今後一層、万全の注意と警戒は怠らないとしても、いつなんどき、頭の上の網棚に、このような爆弾が乗っかっていないとも限らないわけですから……おや。もう、沼津ですね」

「ここで、お降りになりますか?」

「いや、とんでもない。降りたりするもんですか。これからまだ、大事な最後のひと仕事があるじゃァありませんか」

暗号受信者

こうして、沼津を発った列車が、熱海、小田原と一気に走り越して、湘南の山野を刻々東京に向って近づきつつある頃、ハゼない爆弾のはいった黒い鞄は、例の肥った紳士が、まだ居睡りつづけている元の場所の網棚へ返されて、車掌氏を除いた三人の関係者は、それぞれ客席の各所に腰を下ろし、何喰わぬ顔をしながらも、絶えず鋭い監視の眼を、鞄の方へ投げつづけるのであった。

やがて、列車は、横浜を過ぎて、東京駅に到着した。

長い旅路を終った人びとは、ホッとした形で総立になり、それぞれの荷物を持って、ゾロゾロと降りはじめた。

横川氏をはじめとする三人の人々も、静かに立上ると、旅客たちのあとから、ゆっくり降りるようにしながら、ここぞとばかり、鋭い視線を鞄へそそぐ。

と、この時——

いつの間に現れたか、一人の紅毛紳士が、三号車の通路の方からやって来て、車内をグルッと見廻すと、一つだけ残っている例の鞄を、いかにも出迎人ででもあるかのように無造作なしかたでヒョイと取り、そのまま大股に歩み去ろうとする。

——瞬間。

ダッとばかり、豹《ひょう》のように飛んだ移動刑事が、背後から羽交締《はがいじ》めに組みついた。

とたんに、紳士の帽子が飛んで、長い赤毛がサッと乱れる。

パン、パン！

狙いの狂ったピストルが、車内の天井にはまった電灯の傘を、微塵に砕いて叩き落す。

が、次の瞬間、ダダッと乱れる足音の中で、外事課員の持った手錠がピーンと鳴ると、そのまま静かになってしまった。

入れかわりに、金筋制帽の助役氏がはいって来た。無言の微笑を横川氏へ向ける。

「あの先生を叩いてみれば、相棒達も、一網打尽になりましょう」

そう横川氏は、助役氏の微笑に答えて、ふと傍らを見ると、思わず失笑した。

いつの間にはいって来たのか、菊子嬢と、遺失品係の清川君が、たったいま紅毛紳士が、落して行ったばかりの帽子を拾って、互いに顔を見合している。

——どうやら今度は、本物の忘れ物らしい。

空中の散歩者

奇怪な悪戯

ある暑い日の、昼近くのこと——

銀座の街角を歩いていた二人づれの男が、急に立止って、大空の一角を見ながら、

「わあッ！」

と異様な叫びをあげると、いきなりゲタゲタと笑いはじめた。

すると、その近くを歩いていた他の男女達も、一様に立止って空を見上げ、

「わあッ！」

と同じように叫んで、これまたゲラゲラ笑いはじめた。

と、今度は、その次の人々が……そして、そのまた次の人々が……十人、二十人、五十人、百人……と、遂には銀座中の人々が、一斉に鋪道に立止って、空を見あげ、口々になにやら叫びながら、ゲラゲラゲラゲラと止めどもなく笑いはじめる。

不思議な騒ぎは、鋪道から車道に伝染《うつ》り、店舗に伝染って、店の日除《ひよ》けの蔭からも、電車の窓からも、バスの窓からも、顔、顔、顔……が、一斉に空を見上げてゲラゲラと笑いざわめく。

いったい、何事が起きたというのだ。

見れば——

なんと、それもそのはず、大空の一角には、（求めよ国債、銃後の力）と、債券売出しの赤い四角な広告文字を、大きく長々とブラ下げた空の愛嬌者、銀灰色の広告気球《アド・バルーン》が、綱の根元からひき千切れて、フワリフワリと風のまにまに、天空さして昇りはじめているではないか。

確か、いましがたまで、M百貨店の屋上に、繋留されていた広告気球である。

めったなことには驚かない銀座の人々も、さすがに、これにはいささか吃驚《びっくり》したと見え、いまや街中の人々が一人残らず空を見上げて笑いざわめき、下を見ている人間なぞは一人もいなかった。

……

それはさて、これらの人々の誰にもまして、最も驚ろいた人間が、一人ある。

ここは、M百貨店の屋上――

「おーいッ。気球屋さアん。気球屋さんはどうしたアッ」

小鳥売場の主任店員が、大声で呶鳴っている。

「大変だぞ。気球《バルーン》が逃げちまったぞオ。気球屋さんはどこへ行ったア！」

すると、反対側の階段室から、紺の背広にノー・ネクタイの青年が、ハンカチで手を拭きながら飛出して来たが、すぐに、大空の一角へ、長い広告文の尻ッ尾をブラ下げながら昇って行く気球を見ると、

「うわあッ！」

と魂《たま》消《ぎ》るような叫びをあげて、恐ろしくうろたえながら、気球の繋留《つな》いであった一隅へ駈け出した。

興亜空中宣伝社から、M百貨店へ毎日出張して来ている、気球の番人氏である。

「どこへ行ってたんだね。大変じゃないか」

「ト、トイレットへ行ってたんです。そ、その間に……あ、畜生！　こいつア、誰かが切りやアがったんだ！」

番人氏は、鉄柵に縛りつけたまま、短く垂れ下っている繋留索の端を拾いあげて見ていたが、急にこう叫んで、あわてながら周囲を見廻わした。綱の端は、何か剃刀みたいな鋭利なもので切られたと見え、一刀のもとに切断されている。が、誰もそんな悪戯をしたようなものの姿は、もう見えない。

「畜生！　とんでもない悪戯だ」

番人氏は、蒼くなりながら、歯を喰いしばっていたが、ふと、空を見上げて、折から西南の微風に流されながら、呑気そうにフワリフワリと空の散歩をしはじめている気球の姿を認めると、急に、こうしてはいられないという様子で、呆ッ気にとられている店員をあとに残して、夢中で階段を駆け下りはじめた。

やがて、街頭へ飛出した番人氏、街中の人々が空を仰いでゲラゲラ笑っているのを見ると、もう一度、

「畜生！」

と叫んで、自分も思わず空を見上げたが、大事な気球が、もう大分小さくなりながら、東々北の方角へ、相変らずフワリフワリと流れて行くのと認めると、急いで来合せた電車へ飛び乗った。

走って行く電車の窓から首を出し、苛々しながら逃すまいと、必死になって気球の姿を追求める。が、間もなく番人氏は、大失敗に気がついた。気球は大体東に向って流されているのに、この電車は真北へ進む上野行きだ。

番人氏は、日本橋であわてて飛び下りると、いらいらと空を見ながら、あやうく自動車に轢《ひ》かれそうにして車道を横切り、本所行の電車へ飛び乗ると、再び走り出す電車の窓から首を出し、時どき、両側に並んだ大きな建物の蔭へ、隠れたり現われたりする気球の姿を、舌打しながら一所懸命に追求める。

こうして、番人氏は、隅田川を渡り、本所の街へやって来ると、そこで再び乗換えて、今度は少し北へ、それからまた乗換えて、今度は省線で……という風に、際限もなく車を乗換えては、汗グッショリになりながら、こちらの苦心も知らないで、いともノンビリと、赤い広告文字の尻ッ尾をブラ下げながら、フワリフワリと空の散歩を続けて行く気球の姿を、血眼になって追い続けるのであった。……

重なる怪事

汗びっしょりになって、ヘトヘトに疲れ切った番人氏が、瓦斯を抜いて畳んだ広告気球を重そうに背負って、やっとM百貨店の屋上へ戻って来たのは、もうそろそろ閉店時刻に近い、夕方のことであった。

「やア、よく捕えられたね。いったいどこまで飛んで行ったかね?」

内心笑いを押えながらも、同情を籠めた調子で小鳥売場の主任が声をかけると、番人氏は肩で息をしながら、

「いや、どうもえらい目にあいました。最初は千葉の方角へ行くかと思いましたが、ずッと北寄りになって、とうとう印旛沼《いんばぬま》の北まで飛ばされました。一時は随分高くまで登りましたが、さすがに気球《こいつ》も、瓦斯は洩れるし、くたびれはしたと見えて、雑木林の中へ降りて来るところを、捕えたという次第です。どうも驚きました。ところで、悪戯の主は、わかりましたか?」

「冗談じゃないよ。そんなものが判るものかね。もうあの時だって、素早く姿を隠したと見えてみつからなかったじゃアないかね。ここはデパートだから、お客さんの中にはどんな人間が紛れ込んでるかも知れないんだから、君が気をつけるより他に、仕方はないんだよ」

「どうも、お騒がせして済みません。でも、私だって、何も不注意をしていたわけじゃなし、トイレットへ行ってる間なんですからね。チェッ。仕様のないやつだな」

「あれから、店の宣伝部長も来られて、結局、君の不注意、ということにされてしまったんですからね。とにかく、店としては、お客さんの手前余り騒ぐことは出来ないんだからね。ま、今後を注意してもらうんだね」

と、いうようなわけで、結局この出来事は泣寝入りということになり、もう閉店時刻になっていたので、番人氏は、格納函《かくのうばこ》へ気球を仕舞って錠を下ろすと、重い足取りで帰って行った。

ところで——

このまま済んでしまえば、気球逃走事件も、なんでもなかったのであるが、それから五日ばかりの後のこと、なんとまたしても、何者かに綱を切られて、広告気球が逃げ出したのだ。しかも、例によって再度の悪戯の主は、影も見えないのであった。

東の風に吹かれて、西へ西へと流されてゆく広告気球を眺めて地団駄《じだんだ》踏んで喚き立てる番人氏が、いかに口惜しがっても、どうしようもないのである。愚図々々していれば、大事な気球は行衛《ゆくえ》不明になってしまう。番人氏は気を取りなおしてか、再び前と同じように、あたふたと駈け出しはじめた。

その番人氏が、やっとのことで気球を押えて、ヘトヘトにくたびれながらM百貨店の屋上に戻って来たのは、やはりもう夕方近い頃のことであった。

「いったい、どうしたというのかな。君、誰かにこんな悪戯をされるような、恨みを受けるような、覚えでもあるのかね」

今度は、宣伝部長が、直々《じきじき》出て来て云った。

「へえ、どうも相済みません。でも、恨みなんて、そんなものは他人《ひと》から受けた覚えはありません。恨みを受けるどころか、私の方が恨みたいぐらいです。この暑い日盛りを、村山近くの禿山の中までも駈けさせられたんじゃア全くやり切れませんよ。いったいどこのどいつがこんな太いマネをするのか、探し出して警察へでも突出してやりたいくらいですよ」

「まア、そうムキになったって仕方がないよ。困るなア君の方だけじゃアない。僕の方だって、今まで頼んでいた東京空中宣伝会社に較べると、君の方は大分料金が安いから頼んでみたんだがこれじゃア全くなんにもならないよ」

部長はそういって、御機嫌斜めのていで引揚げて行った。

すると部長と入違いに、交番のお巡りさんがやって来て、一応、番人氏から、前後二回に亙る奇怪な悪戯の情況を聴取すると、お巡りさんは云った。

「うーム。なるほど、少し悪質な悪戯だな。いや、実は、今日、通行人が空を見上げているうちに、掏摸《すり》にやられた人間が二人もあるんだ。それから、この前の時には、自転車に乗っていた小店員が、安全地帯へ乗上げて人間と衝突している。とにかく、随分人騒がせな悪戯だよ」

「ああ。すると、こいつはてっきり、その掏摸の仕業かも知れませんね」

番人氏が、目を輝やかせていった。

「いや、そういう事は、警察の方へ委せておいてもらいたい。とにかく、君達は君達で、何度もこういうことが起きないように注意してもらいたい。もし少しでも怪しい人間がやって来たら、すぐ知らせて呉れ給え」

そういってお巡りさんは、迷惑そうな顔をしながら、階段を下りて行った。番人氏も、気球を格納函へ仕舞うと、重い足取りで引上げて行った。……

横川氏登場

それから、四日ばかり後のこと――

ここは、丸ノ内の八紘ビル、読者もお馴染の、国民防諜会の事務所である。

「あーア、暑い暑い。こう暑くてはやりきれないわ」

いままで読んでいた写真週報を伏せて、こう呟きながらノビをしたのは、この事務所の所長で、有名な愛国青年探偵横川禎介氏の女秘書、才色兼備の柴谷菊子嬢だ。

「——どうやら先生は、また例によって御病気が始ったようね、この調子では、今年の夏は、遂に一日も、海水浴に行けないかも知れないわ」

「贅沢いうなよ、菊子さん。海水浴なんてのんきな話ではないよ、先生が例の病気がはじまってから、もう三日になるんだ。相当大きな事件かも知れないぜ」

と云ったのは、今までしきりにペンを動かして何やら仕事をしていた、防諜会切っての猛者《もさ》、柔道五段の明石君だ。

「そうよ。確か、銀座で二度目の気球脱走事件があった、あの翌日からですもの。毎日毎日、急に人が変ったようになってしまって、あたし達にもろくに口も利いて下さらない。黙りこくって行衛も告げずに、朝から晩までどこかへお出掛けになる……しかも、今度は、毎日弁当御持参よ。パンと水筒を持って、いったいどこへお出掛けなんでしょうね。……」

「ま、とにかく、先生ああいう妙な病的状態が始ったら、必らず何か事件を嗅ぎつけられた証拠に違いないんだから、ま、神妙にして、御連絡のあるまで待つべきだね」

「……ね、明石さん。あたし今度の、先生の病的状態は、あの銀座の、気球の悪戯事件と、何か関係してるんじゃないかと思うけど、どう?」

「そうだね。二度目の悪戯事件のあった翌日から、先生の例の病気が始ったところからみると、そう思われぬこともないが、しかしどうも、なんだね。あの気球事件は、そんな、先生が目をつけるような、大事件とは思われないね。なんしろ、東京中には、気球なんか、毎日幾個所にも上っているんだからね。そいつを偶々《たまたま》、物好きな男が、街の人々をあッと云わせようと思って、ちょっと悪戯をしてみる、といったようなことは、ありそうなことだからね」

と、いいながらも明石君は、肥った体を窓際へ運んで、襟元を拡げながら、扇子を使いはじめたが、急になにを見たのかハッとなって、思わず扇子をとり落すと、銀座の方の空を見ながら、こう叫んだ。

「わあッ。またやった。早く来て御覧、菊子さん。また気球が逃げ出したよ」

恰度その頃——

銀座のM百貨店の屋上では、またしても広告気球を切られた番人氏が、カンカンになって口惜しがっていた。

が、それでも、すぐに空を見上げると、例によって債券売出しの広告文字をブラ下げた、可愛い天体のような銀灰色の広告気球が、悠揚迫らぬ態度で上昇しながら、朝がたから吹いている北寄の微風に誘われて、フワリフワリと南のほうへ流されはじめているのを認め、

「チェッ」

と舌打ちしながら、捨ててもおかれぬ顔つきで、あわてふためいて階段室のほうへ駆け出して行った。

すると、この時、人気のなくなったその屋上の一隅から、六間と離れないところに、昇降機《エレベーター》の電動室の裏側に隠れるようにして、お稲荷さんの祠《ほこら》があるのだが、その祠の狐格子の中で、ゴソゴソと妙な気配がしたかと思うと、なんと、急に一人の人間が——年の頃三十五六、洋服を着て立派な人品ながらも、どうしたというのかまるで子供の遠足みたいに、肩から水筒をかけ、片手に喰べかけの食パンを持った一人の男が、いとも満足そうにニヤニヤと笑いながら、扉をあけて祠の中から出て来たのである。

——既に読者も御賢察の如く、これぞ他ならぬ、国民防諜会の横川禎介氏だ。

前から打合せがしてあったと見えて、別に驚ろきもしていない小鳥売場の主任のところまでやって来ると、

「いや、どうもいろいろと御厄介になりました。お蔭で、三日間の苦心が報いられ、遂に悪戯の犯人を見つけましたよ。しかし、どうも、気球の上る十時前から、狭いところでお稲荷さんと御一

緒に暮しているのも、なかなか苦しいことでしたわい。——では、いずれ後ほど……」

そういって横川氏は、主任に別れると、急に活潑な態度になって、一気に一階まで駈け降り、その一隅の公衆電話へはいると、すぐに丸ノ内の防諜会を呼び出して、菊子嬢と、明石君に、すぐM百貨店の入口まで来るように吩咐《いいつ》けた。

それから、二十分ばかり後。

早くも、勢い込んでやって来た明石君と菊子嬢を連れて、横川氏は早速尾張町から築地行の電車へ乗り込んだ。

いったい先生は、どこへ何をしに出かけるのであろう？　そしてまた今しがた、あの気球の飛び上って行ったばかりのM百貨店に、今まで先生は何をしていたのであろう？

菊子嬢や明石君にとっては、いろいろと聞かせてもらいたい疑問だらけだ。が、さすがは防諜会の職員だ。絶対に無駄口を利かない。黙々としている横川氏に従って、二人とも神妙に黙ったまま座席は市民に譲ってやって、黙々と吊革にブラ下っている。

やがて、勝鬨橋《かちどきばし》の袂まで来ると、横川氏は電車を降りて、二人を従えながらやって来たのは、なんと明石町の水上警察署。

呆ッ気にとられている二人を控室に待たしておいて、署長室へ出掛けて行った横川氏は、そこで署長さんと暫くなにやら話していたが、やがて出て来ると、二人を連れて建物の横を廻り、すぐ傍らの隅田川に面した水上署の繋船場へやって来た。

するとそこに、いつの間にか、制服に顎紐も凛々《りり》しい署員の人が二人待っていて、三人を、何艘も並んでいる快速艇の一つへ案内した。

白い船体には、隼号《はやぶさごう》と船名が記してある。

間もなく、快いエンヂンの律動が起上った。

「うん。気球の番人が、陸路を追跡しているよ。いずれ適当なところで、モーター・ボートでも借りるつもりだろう」

「じゃア、その番人さんと競争ってわけね。ずいぶん物好きだわ」

「いまに、万事わかるよ」

「でも、これじゃ、この艇《ふね》、余り速くはないですね。気球にはなかなか追付けないわ」

「急いではいけないいんだ。それも、いまに判る」

「ま、なんでもいいですわ。お蔭様で海へやって来られましたもの。でも、やっぱり一度は水にはいらないと、なんだか物足りませんわ」

「君達は、どうも始めて快速艇に乗せてもらったんだから、無理もないが、この艇が、いまにスピードを出す時が来たら、どんなことになるか知らないんだね。ま、そうしていたまえ、そのうちに物凄いことになるから……」

話しているうちに、隼号は、お台場の間を抜けて、洋々たる東京湾へ乗出して来た。海の色が急に黒ずんで来て、波が大きく、艇が動揺しはじめた。時どき白いしぶきがサッと躍る。

気球はと見ると、もう羽田の沖あたりだ。悠揚迫らず浮んでいる。隼号も、急がず、一定の速さで、遠くの方から追って行く。それでも、艇が羽田の沖あたりまでやって来ると、海水浴の人達が、去り行く気球へ向って、この時ならぬ空の訪問者に愛嬌を覚えてか、やんやと歓声を送っているらしいのが、見受けられた。

こうして、追うでもない追わぬでもない不思議な追跡を続けること約一時間。横浜沖あたりまでやって来る頃から、さすがに気球は、瓦斯でも洩れてか、段々疲れたように下降しはじめた。

と、この時――

遥か右舷前方の海上を、子安《こやす》の海水浴場あたりから出て来たものらしく、一隻の娯楽用の小型モーターー・ボートが、全速力で、気球が下降して行くあたりの海面へ向って、疾走して行く。

「さア、お願いします」と横川氏が運転席へいった。「あのモーターに番人が乗っているんです、あいつに渡さないで、いきなり飛出して、こちらで横取りして下さい！」

急に、隼号のエンヂンの音が変ってきた。

と、見る。たちまち周囲の海面が、盛れ上るようになって、洪水のような恐ろしい勢いで後ろへ流れはじめたかと思うと、いきなり船首に当って、パアッと飛び散った物凄い滝のような飛沫《しぶき》が、そのまま三人の頭から真ッ向にかぶさって来た。菊子嬢が思わず悲鳴をあげる。が、飛沫は次から次へと襲って来るので、急いで持っていたケースから、ケープを引ッ張り出してあわてて体へまとった。が、もうその時は既に、ス・フ入りの洋服はビショ濡れである。

「どうだね。これこそ真の海水浴というものだ」

横川氏は、うらめしそうに睨んでいる菊子嬢の眼に、答えるようにこう投げつけると、そのまま、自分もビショ濡れになりながら、ヂッと前方へ視線を凝らす。

気球は、もうどんどん下降する一方だ。五百米、三百米、二百米、百米……と、もう間もなく長い綱の尖端《さき》を水面につけるであろう。そいつをめざして、番人の乗っているというかのモーター・ボートは、全速力で近づいて行く。が、その何者よりも速く、隼号は飛沫をあげて驀進《ばくしん》するのだ。はやい、速い。実に速い。やがて気球の綱の端が水面についた。番人のモーターが、そいつへめがけて駈けつけようとする。と、間一髪！　ヒラリと鮫《さめ》のように身を躍らして、相手の船首を掠めた隼号は、アッとみる間に早くも気球の下に躍り込んで、綱の端は、警官と横川氏の手によってシッカと捕えられた。隼号は、速力をゆるめる。狭い甲板《デッキ》の上では、横川氏と警官が、エッサエッサと気球の綱を手繰り寄せる。広告文字も巻き取った。大きなお月様のような気球が頭の上に降りて来た。甲板へ着いた。

と、いきなり横川氏は、穏し持ったナイフを振りあげて、飛び上るようにしながら、なるべくバルーンの上の方を、サアッとばかり切裂いた。スウーッ！　と妙な風が起って、既にしぼみかかっていた気球は、忽ちグニャグニャと崩れて、見る間に一片の、巨大な醜い布切れと化した。

と、おお、なんと——

その布切れの下で、まるで蚊帳《かや》をかぶった子供のように、バタバタと暴れているものがある。横川氏は、すかさず布切をまくりあげるように返しはじめたが、すぐに気嚢《きのう》の底部の瓦斯弁の近く、どういうものかそこだけゴム引布が一段と厚く、ゴワゴワしているところを引ッ張り出すと、そこに幾つも虫が喰ったようにあいている、二銭銅貨大の奇妙な穴へ、チョイチョイと指を突込んでは手早く何やらしていたが、たちまち、エイッと力を入れて引ッ張ると、なんとゴム引布の一部が、急に蓋が取れたように丸く口をあけて、その中から、なんと異様な一人の男が躍り出した。

妙に顔のむくんだような浅黒い色の男だったが、飛出るや否や、手に持っていた写真機のような機械で、いきなり横川氏の頭を殴りつけようとした。が、間髪を入れず手許に飛込んだ水上署員の手によってバッタでも押えるように捕えられてしまった。

「皆さん。御紹介します」と横川氏がいった。「興亜空中宣伝社の主人公です」

捕えられた男は、眼をムイて横川氏を睨みつけた。が、横川氏は笑いながら、相手の手から写真機のようなものをふんだくると、

「ふム。なかなか、精巧な望遠カメラだね。いや、カメラばかりじゃアない。その気球の、気嚢底が二重になっている装置なんかも、どうして仲々立派なものだよ」と今度は署員の方へ、

「こいつをしっかり縛って船底へ入れておいて下さい。そして、大至急、今度はあのモーターを追跡して下さい」

といった。

見れば、たったいま隼号に鼻先を掠められたかの番人のモーターは、意外な形勢に吃驚してか、舳《へさき》をめぐらしてもと来た方角へ、まっしぐらに逃げだしている。……

再び、隼号は、物凄い飛沫をあげはじめた。

恐るべき陰謀

番人のモーターは、今や死物狂になったと見えて、仲々速い。おまけに今度は向い風で、徒に飛沫ばかり高く、ともすると獲物を見失い勝だ。その飛沫を満身に浴びながら、横川氏はだれへともなく云った。

「この男も、それからあの番人も、実に恐るべき奴ですよ。表面はまんまと日本名を使って日本人にばけていますが、重慶政府直属のスパイ団、藍衣社《らんいしゃ》の派遣してよこした人間です。善良な国民政府下の中国人なぞではさらにありません。――もう、判られたでしょうが、こいつらは一年ばかり前に、上海を経由して日本へ潜入すると、二人とも以前永らく日本にいたことがありますから、早速巧みに日本人に化けて、京橋のSビルに一室借り受け、広告気球社を開店して、もう前からある立派な邦人経営の空中宣伝社よりも、ずっと安い料金で商売を始め、東京中の方々の盛場へ広告気球と見せかけて、実はこの不敵な装置の観測気球を持廻って繋揚し、狭い二重底の中へ忍び込んであの穴から望遠カメラで、東京中の精密な空中写真を、撮影しつづけていたのです。ところが、最近になって、東京の精密な空中写真はすっかり完成してしまったので今度はついでに東京附近の重要地帯を撮影しようとわざと気球が切られたように見せかけて、三回に亙って東京を中心とする三方面へ飛出したのです。最初の時は、〇〇方面の海軍の重要施設を、二度目の時には〇〇や〇〇方面の陸軍の重要施設を、そして今日は、この東京湾の要塞地帯を……と、恐らく今日が、最後でこれで商売を畳んで何喰わぬ顔をして逃げ出すつもりだったでしょうが、天網恢々疎《てんもうかいかいそ》にして漏らさず、遂にこうして押えられる事になったのです。あッ、右です。右です。物凄い勢で逃げていますよ。もう一息だ」

番人のモーターは、我が荒鷲の空襲を受けた英艦のように、右へ左へと体をかわしながら、煙幕のような水煙りを立てて驀走している。

「後で調べれば判るでしょうが」と横川氏は続ける。「恐らくこれは、こうして出来上った、普通では絶対に入手出来ない恐ろしく精密な、しかも最近の新らしい東京附近の大俯瞰《だいふかん》写真は、直接重慶政府が使うものではないでしょう。今後多量に輸送されようとしている援蔣武器に対する、交換品の一つとして米英両国へ提供されるであろうことは、推察に難くありません……おや、大将もう大分疲れてきたようだな。もうほんの一息だ」

「うーム。それにしても、先生には、もう最初から今度のことは判っていたのですか」

明石君が、もうやり切れないというように裸になりながら、はじめて口を切った。

「いや、とんでもない。二度目の気球脱走事件までは、僕も全然気がつかなかった。が、二度目の時に、その気球が二度に飛んで行った経路《コース》を聞いて、ハッと霊感が来たんだ。が、余り吾ながら突飛《とっぴ》もない考えだったので、誰にも告げずに、こっそりと、あの興亜空中宣伝社というのを、内偵してみたんだ。すると社員というのは、日本人の何も知らない給仕を入れて、たった三人だけなんだ。それでもう一歩突込んで内偵してみると、その二人の大人というのが甚だ臭い――とまアいうようなわけで、今度は、弁当持で、M百貨店の屋上のお稲荷さんの祠へ隠れて、ひそかに監視を始めたんだ。二日間何事も起きなかった。ところが三日目の今朝十時頃、番人がやって来て気球を揚げようと仕度にかかっていると、客のようなフリをしながら屋上へ出て来た、その宣伝社の社長？氏が、誰もいない隙を見て番人と眼配せすると、サッとばかりあの袋の穴から中へ忍び込んだのだ、弁当とカメラを持ってね。それから番人は何喰わぬ顔をして圧搾器《ボンベ》から水素を入れると、気球を静かに上げて、さてそれから約二時間は何事もない。が、昼頃になって、風向きを見ていた番人氏は、急にポケットから取出した剃刀みたいなもので、気球の綱をサッと切ると、そのままどこかへ飛んで行って、小鳥部の店員が騒ぎ出すと、自分が切った癖に、いかにも大変だというような顔をして、飛出して来た、というわけなんだ。なんでもないよ。あッ、よし。明石君、飛び移れ！」

ダダアッと物凄い飛沫をあげて、隼号がモーター・ボートの横ッ腹へ、のしあげるようにぶつかって行くと、驚破《すわ》とばかり明石君、裸のままで甲板を蹴ると、モーターの操縦席に恐ろしい顔をして身構えている番人の体へ、ガッとばかり飛びついて行った。

勝負は、瞬くまについてしまった。……

× × ×

それから間もなく、京橋Sビルにある、興亜空中宣伝社の書類金庫から、尨大な大俯瞰写真が押収されたことは、いうまでもない。がそれと同時に、ここに、この事件の結末を飾るきわめて愉快なニュースが、防諜会へもたらされたことを、つけ加えておきたい。

それは他でもない。三度に亙って気球が逃げ出して行った、その経路に当る広大な地方一帯で——東京市はいうまでもなく、各地方の市町村においても、この数日来、いつもより一段とはげしく、物凄い勢で債券が売れ、関係者を驚殺せしめている、というニュースである。

海底諜報局

作者の言葉

いよいよ始った。

米英に対する宣戦の大詔は渙発され、帝国対米英は戦争状態にはいった。遂に来るべきものがやって来たのだ。我が勇猛果敢なる陸海部隊に対し、ＡＢＣＤ各国の烏合の衆は、小癪にも抗戦を開始しつつある。だが、これと同時に、帝国々内に対する彼等の第五列的暗躍もまた、いよいよ本格的に熾烈化しつつあることを我々は忘れてはならない。

過日、ある知人が私に云った。いよいよ正面切っての戦争ともなれば、帝国々内に残留する敵国人は、まずその目的を拘束されて、秘密戦は終熄しないまでも一応下火になるであろう、と。

飛んでもない妄言である。事実は全く逆であって、長期武力戦と共に秘密戦は一段と飛躍的に活潑となり、今まで白昼堂々と帝国々内をノサバリ歩いていた敵国間諜は、これから、俄然地下に潜入していよいよその本領を発揮し、あらゆる秘密手段を講じて、諜報に、宣伝に、謀略に、益々陰険悪辣な大活躍を開始することは火を見るよりも明らかなところだ。我々は断乎として、これ等の見えざる敵を厳重に監視すると共に、政府の施策を絶対に信頼して必勝の信念を固く持し、あらゆるデマを排撃して、断々乎として我等の祖国を守り通さねばならない。

私が、この物語の執筆を終ったのは、ちょうど戦端開始の旬日前であった。従って物語は、全体として戦争前夜の状態において書かれてあるが、しかし、作品の中に盛り込んである精神と心構えは、戦争開始後の今日といえども毫も変化はなく、いやそれどころか、一段と強調されるべきものであることはいうまでもない。

とはいえ、むろん本書は、固苦しい理窟の書物ではない。戦時下一日の任務を終った各職域の勤労戦士諸兄に、あくまで明るく面白く、楽しみながらも国土防衛の関心をいささかでも高めてもらいたい意図のもとに書上げた、謂わば（武装せる慰安の読物）である。

また、私は、今まで他の小説を執筆する傍ら、防諜小説も幾つか発表して来た。が、特にこの長篇においては、海の護りの重大さを強調したく、特に材を海洋に取って執筆した。大東亜戦は既に火蓋を切った。敵は、海の向うにいる。海国民たる我々は、まず海を渡らなければならないのだ。一億こぞって海に親しみ、海を識り、海を征服しなければならないのだ。

私はこの本を以って、敵に投げつける（紙の爆弾）の一つだと自ら信じている。敵が放ってよこすであろう謀略の（紙の爆弾）に対する防衛の（紙の爆弾）の一発だと信じている。むろんこれからの防諜防衛は、いよいよ広範囲の国内体制全域に亙って行われねばならない。従って、二篇や三篇の防諜小説で以って、それらの全体に対する示唆を盛込むことなぞ到底不可能である。そこで私は、出版その他の事情の許す限り、この第一弾についで、今後も第二弾第三弾と、次々に新らしい（紙の爆弾）を放ちたいと思っている。幸いに本書を手にされた読者諸兄が、筆者と共に、このささやかな（紙の爆弾）をして有力なる発火をさして下さらば、望外の倖せである。

昭和十六年十二月

大阪圭吉
しるす

潜水夫の失踪

一

青い海のまン中に、不思議な恰好の船が一艘、浮んでいる。

その船の周囲に、無数の鷗が、白い美しい曲線を描きながら、思うさまに飛びかわしている。

船も鷗も、紺碧の海も、南海の太陽にギラギラと照りつけられて、油絵のように鮮かだ。

北緯三十二度×分、東経百二十九度×分——九州西方の、東支那海に続く海洋のまッ只中で、不思議な恰好のその船と、白い鷗の姿以外は、一片の帆影も見えない縹渺《ひょうびょう》たる大海原である。

不思議な船は、やがて錨を巻くと、鈍い速度で前進をはじめる。が、間もなく停って、再び錨を下ろし、なにやら作業をつづけるらしい様子。

ずんぐりとたけのつまった奇妙な形で、六七十噸《トン》のその小汽船は——恰度、横浜や神戸や、東京や大阪の港で、大汽船の間を無暗に汽笛を鳴らしながら、忙しげに駈け廻っているあの港の愛嬌者——煙突ばかりヤケに太く、船足の重そうなあの曳航船《えいこうせん》を、少し大きくしたものと思って頂けばまず間違いない。船腹には、

（第二更生丸）

と書いてある。

横浜市住吉町に本社を有する、波切海事工業所《なみきりかいじこうぎょうしょ》の工作船だ。

——アメリカ政府が、日本に対する経済謀略の一つとして、屑鉄の輸出禁止を断行して以来、国

民の愛国心は一段と燃え上った。

（街の鉱脈を探せ！）

（家庭の鉱脈を掘り出せ！）

（戦争資源は断じて我等の手で！）

ほうはいとして捲き起った金属回収運動の火の手は、いまや燎原の火の如く全国土に燃え立っている。だが、それは、陸地ばかりのことではない。

海にも（海の鉱脈）がある。

昭和二年以後だけで、日本近海に一千百余隻、百五十二万余トンの夥しい沈没船が、あたら海底に廃船の憂身をかこっているのだ。

（海底の鉱山を掘り出せ！）

（沈没船を引揚げろ！）

逞しい合言葉をかかげて、全国の船舶解撤業者たちは、続々と海へ乗り出し、沈没船引揚げの大事業を開始している。

波切海事工業所も、その一つであった。

去年の夏から始めて、もう二隻の沈没船引揚げを大体完了すると、早くも三隻目の引揚計画にとりかかったのだ。

場所は、北緯三十二度×分、東経百二十九度×分。九州西方の海上で、昭和十二年六月、石炭を満載して長崎から上海《シャンハイ》へ向わんとする途上、颱風の襲撃を受けてもろくも沈没した支那汽船、中華海運公司《コンス》の重慶丸千八百トンがその目的物なのだ。

いうまでもなく、沈没船引揚げには、ピンからキリまで、精密な科学的技術と不撓不屈の海国魂が物をいう。まず最初に、その目的とする沈没船の所在と位地を確かめ、それが、海の底に、どのような恰好で沈んでいるかを調べてからでなくては、引揚げの計画も成り立たない。

波切海事工業所の工作船、第二更生丸は、いま、はるばる南海の一角に乗り出して、その最初の調査を行っているのだ。

さっき、第二更生丸の甲板《デッキ》から、われるような万歳の叫びが湧き起ったのを見れば、はやくも沈没船重慶丸を探しあてたのであろう。

乗組は、全部で九名。

船長は猛川武、総指揮格は岬技師、それに犬山潜水夫と、運転士、綱持、ポンプ係等の船員が六名。みんな七月の海風に半裸となって、黒い油をぬりたくったような、隆々たる逞しい筋肉を見せて、南海の太陽も顔負けせんばかり。

恰度いま、青い海の底に重慶丸の船影をみつけた潜水夫が、これから沈没状態の調査にかかる前のひと時を、浮上って甲板に休息しているのだった。

「さア、そろそろかかってもらうか。海の静かなうちに片附けようぜ」

やがて、技師の指図に従って、潜水夫は潜水兜《ヘルメット》をかぶる。綱持の水夫がかけ寄って、着たままの濡れた潜水服《ドレス》の襟口へ、丸い大きな潜水兜の口を合せ、ナットで締めつける。

潜水夫は立ちあがった。

太いゴムホースと命綱《ライフライン》を引きずったままの異様な姿で、舷側の梯子《タラップ》を降りはじめる。

「ポンプはじめえ！」

空気ポンプに直結した発動機が、甲板の上に薄青い廃気《エキゾスト》を投げつけて、活潑に活動をはじめる。綱持は綱を繰り出す。びっくりした鷗の群が、マストの日章旗をかすめて急上昇だ。

タラップをはなれた潜水夫は、青い透明な水の中へ、夥しい水泡を吹き出しながら、手足を妙な工合にひろげたままの姿勢で、沈んで行く。黄色いゴム引きの潜水服が、みるみる青く、染まって、やがて海の色と同じになってしまう。ただ、何百何千という無数の泡が、水面に浮上って来て、波間にサイダーでもぶちまけたような快音を、シュッシュッと残しながら消えて行く……

水深、百四十呎《フイト》。

船長は、潜水深度表と時計を睨む。

技師は、連絡電話器に耳をすます。

——いつもの息づまるような緊張が、第二更生丸の甲板に漲りはじめた。

「もしもし……」

早くも潜水夫の第一声が、電話線を伝って来る。まだ、四十呎潜ったばかりだ。

「もしもし……どうやら、重慶丸のマストが見えます。前の方に……」

「マストがね。……傾いてるかね、まッすぐ起きてるかね?」

岬技師が、受話器を持ったまま、体をのり出すようにする。

「まッすぐにおッ立ってます。少しも傾《かし》いではいませんよ……先が折れてるらしいです。いやに太いマストだと思った……」

「じゃア、船の姿勢は正常なんだな?」

「そうです。オシャカさまみたいに、キチンとエンコしています」

犬山潜水夫の声は、微笑《わら》っている。

「よろしい。ずッと沈んで見てくれたまえ」

「承知しました」

再び沈黙。

ホース持ちが忙しい。

ポンプの発動機は一段と圧力をあげ、命綱とゴムホースが、グングン碧い波間に呑まれて行く。

「ちょっと、待って下さい。船首《バウ》です」

その声のあとから、コキンコキン、なにやら小突く音が聞えると、

「船首の鉄板に、素的もねえ鮑《あわび》がいっぱいくッついてますよ」

コキンコキン。

岬技師が苦笑しかけると、すぐに、潜水夫の真面目な声が上って来る。

「やっと取れました。たしかに重慶丸です。もうペンキなぞボロボロですが、鮑のお蔭で、どうやら重の字が判読出来ます……じゃア、下りますよ」

三度、沈黙。

ホースがグングン伸びて行く。

五分、十分――

「着きました。底です……えらいコンブだ」

「底の地盤を知らせてくれ給え」

「こちら側、左舷は、舷側の近くまで岩盤がせり出してますが……待って下さいよ……」

潜水夫は、海底を歩き出したようだ。

時間がかかる。が、やがて、

「右舷は、ずっと、砂利と砂地らしいです。……尤も、五六間《けん》先は真ッ暗で、よく判りませんが……」

「船の底は、どれ位砂地へ食い込んでるかね？」

「……さア、約一米突《メートル》――です。ちょっと船首のほうを下げたままで、沈んで来たって恰好ですね……ああ、岬さん。少し苦しいです……」

犬山潜水夫の声が、妙にかすれて来た。

「苦しい？」

技師は受話器を耳にあてたまま、船長の方を見た。

「ちょうど、水深百四十三呎です」

船長が答えた。そしてちょっと首をかしげながら、

「少し無理かも知れませんね。あの潜水服では……」

技師は、顔をしかめて黙ったまま送話器へ向うと、

「……じゃア、上ってくれ給え。その船の甲板まで……そこで、出来れば、船艙口《ハッチ》を見てもらいたいんだが……」

ホースの捲き込みがはじまった。

技師は続ける。

「逓信省《ていしんしょう》の——船舶局の、記録では、沈没当時の重慶丸は、約千三百トンの石炭を満載したまま、浸水しているんだが、そいつがどうなっているかね。片側へ崩れ寄ってるか、それとも正常のままで……」

「……とめて下さい。甲板です。少し船を進めて下さい……」

更生丸は、静かに動き出した。

「どうだね。判るかナ?」

「ああ、だいぶ明るくなりました。……なんて不恰好な船橋《ブリッヂ》だ。眼の前にニューッと聳えていますよ」

「南海の竜宮《りゅうぐう》——といったところだね。さア、その竜宮の入口を探してくれ給え」

技師は、励ますように、快活な声を出した。

「とんでもない。竜宮どころか、これアまるで、海底の化物屋敷ですよ。青暗い底なしの海水を背にして、薄白く光っています。コンブの林も、まるで暴風の夜の竹藪みたいです……」

「よし。船艙口は判るかね。……船室《ケビン》のほうへずっと寄って……」

「…………」

潜水夫は、黙ったまま動きつづける様子だ。きっと、沈没船の甲板の上を、まるで高速度撮影映画に出て来る人物のような、緩慢な歩速で歩いているに違いない。

気圧が高いために、疲労が早く来るとみえて、無言の受話器から、ハッハッとはげしい息づかいが聞えて来る。

と、――

この時である。

突然命綱にはげしい衝動がグイッと来て、ホース持が思わずよろけた。と、同時に、

「ああッ！」

どうしたというのか、つんざくような恐怖の叫びが、いきなり電話線を伝って、岬技師の耳をガンと打った。

つづいて、世にも奇怪な言葉が、

「ああ。なんちゅうこった！　人間！　人間が生きているッ！　女だ。女だッ！……」

それから、嚙みつくような声で、

「……あげて呉れ！　あげて呉れ！　はやくあげろッ！……」

命綱が、はげしく動揺しはじめた。

第二更生丸の甲板には、瞬間、異様な恐怖が流れた。いったい、どうしたというのだ。

技師は、最初、潜水夫の叫んでいる奇怪な言葉の意味が判らなかった。が、反射的に顔をあげると、ホース持へ眼配した。

命綱が、みるみる捲きとられて行く。が少し上ったところで、

「ストップ！」

船長が命令する。

高圧の海の底から出て来る時には、少しずつ登っては休み、登っては休みして、だんだん低い気圧に体を馴らしながら、出て来なければならない。そうしないと、恐ろしい潜水病にやられてしまう。

だが、いま、犬山潜水夫は、そんな注意も習慣も忘れたかたちで、綱がとまると、火のついたような声で、

「なぜとめるんだ！　あげろ！　はやくあげろッ！」

人がまるで変ったように、喚きさわぐ。

甲板の上では、急に人々がざわめきはじめた。技師と船長が、なにやら口早に言葉をかわす。やがて、綱が、再び動きはじめた。

が、少し登ると、またとまる。すると潜水夫は、恐怖の叫びをあげる。綱は、動き出す。そしてまた止まる。恐怖の叫び……だが、だんだん上に登って来るにつれて、潜水夫は静かになって来た。そしてとうとう、いままで命綱に伝っていた動揺は、ピッタリとまって、まるで錨でもブラ下げたような、グッタリした重みに変って来た。

不安が、人々をかり立てて、綱はグイグイと引きあげられる。

間もなく、潜水夫が、水面へ上って来た。ダラリとなったまま動かない。水夫たちが駈け寄って、梯子から抱きあげるようにして、甲板へ運びあげ、ナットをはずして、潜水兜をとる。

と——紙のように蒼褪めた顔に、鼻血を少しばかり出したまま、犬山潜水夫は失神しているのだった。

二

七月の陽射も、既にかたむきはじめた。

波頭を金色に光らした海の上へ、黒い煙を吐き出しながら、第二更生丸は帰港の途に就いている。

船室の中には、犬山潜水夫が、あのまま、昏々として眠りつづけているのだ。

岬技師が、操舵室へやって来た。

「船長。一応、下関へ寄ってみて下さい。どうも、犬山の容態が心配なんです」

「……よござんす。下関には、わしの識ってるいい医者がありますでな」

猛川船長は、ヂッと水平線を睨んだまま、苦りきって答える。

「そうですか。それは有難い。どうも病気の事は、われわれの手に負えない。……あれは、ただ衝動《ショック》を受けただけではなく、潜水病の恐れも、あるんじゃないかと思いますね」

「少し、あわてて、あげ過ぎたかな」

「手足を動かしてやると、リウマチ病者《やみ》みたいに、顔をしかめますよ。それに、時どきうわごとをいう……」

「どんなことをいいます」

「それが……例のバカバカしいやつですよ。――海の底に、人間が生きているなんて……まるで、今様《いまよう》浦島だ！」

「ははは……」

船長が、強いて元気そうな、笑声を出した。

「つまり、竜宮で乙姫《おとひめ》に逢って来た、ってわけですかい」

「いずれにしても、バカげ切った話ですよ。沈没船の、それも、沈んでから五六年にもなろうという廃船の中に、人間が、女が、生きているなんて、そんな奇怪な、バカげたことが信ぜられますか。いったい、犬山って男は、もともとどうかしてたんじゃアないですか？」

「いや」

と船長は、苦しげに首を振った。

「なるほど、古い沈没船の中に、人間が生き残っているなんてことは、馬鹿げたことで、信じられないことですわい。だがね、岬さん。あの犬山って男は、わっしはもう永い交際《つきあい》なんだから、よく識ってるが、しっかりした、立派な潜水夫《ダイバー》ですよ。これから先のことは、保証出来んが、いままでは決して、頭がどうかしているなんて男でもなければ、また出鱈目をいうような種類の男でも、断じてありませんわい」

「ふむ。すると貴方は……」

「まア、とにかく、こんなことは、わっしも生れて始めてですわい。三十年の船乗生活の間には、ずいぶん色んな目にも遇ったが、こんなことにぶつかったのは始めてだ！」

老練な船長は、前方の海面をみつめたまま、そう吐出すように云って、黙ってしまった。

岬技師は、椅子に腰を下ろして、両手を揉み合せながら、

「――いずれにしても、こんな突発事故のために、調査半ばで引揚げるなんて、残念至極だ」

「仕方がありますまい。肝心かなめの潜水夫は、一人しか連れて来てないんですからな……」

「――もし、下関で医者に見せた結果、帰港を急がなくてもいいような容態だったなら、船長。私は、出来れば、新らしい潜水夫を傭ってでも、もう一度引返して、調査を完了して行きたい気持ですよ」

「じゃア、さっき、横浜《ハマ》の本社宛に打った、あの無電はどうなるんですかい？――事故のため一応引上げる……」

「仕方がない。取消すまでですよ」

「ふむ。そういうことに、うまく行ってくれれば結構だがね。しかし、岬さん。どのみちあの水深では、潜水服も、もう少し抵抗の強い奴でなくては駄目なんだし……一応、出直したほうがよくはないですかな」

この時、賄方《まかないかた》を引受けている若い水夫が、駈けつけて来た。

「犬山さんが、眼を開きました！」

「なに、犬山が眼を開いた？　正気づいたのか？」

「ええ。ですが、それが技師さん。どうにも妙なんですぜ」

「なに、妙だって？　よし」

技師はすぐに立上ると、水夫と一緒にタラップを下って、船首の狭い士官室へやって来た。

そこの吊床《つりどこ》の中で、犬山潜水夫は、パッチリと眼をさまし、手足の関節が痛むらしく、リウマチ患者みたいに、青い顔をしかめている。どうやら、軽度の潜水病の症状だ。

だが、妙なのは潜水夫の眼である。両眼ともまともに開いてこちらを見ているのだが、それはまるで、なにを見ているのか判らないような、妙に焦点のボヤケた視線だった。

可怪《おか》しなことは、そればかりではない。

岬技師がツカツカと歩み寄って、

「犬山。犬山君。気がついたか？」

声をかけると、いきなり潜水夫は、恐ろしい顔で技師を睨みつけながら、

「あげてくれ！　あげてくれ！　はやくあげろッ！」

叫んだものである。

それから、あっけにとられている岬技師を、吸い込むような視線でヂッと睨みつづけていたが、いきなりクルリと向うむきになると、肩をすぼめてシクシクと泣きはじめた。

（これはいかん！）

技師は、複雑な驚きを浮べた表情で、うしろに立っている水夫を振返った。

「さっきから、あの調子なんです」

水夫が、腫物にさわるような様子で、ソッと囁いた。

技師は、再び操舵室へ上って来た。

「どうだったんです？」

舵輪《だりん》をつかんでいる運転士の背後《うしろ》から、船長が声をかけた。

「いや、どうも困ったことになりました。まだ、もう少し時間が経ってみなければ、なんとも云えませんが……眼はさましたが、意識はまるでメチャクチャなんです」

「ほう。どれどれ……」

船長は、髯面《ひげづら》をしかめて、タラップを下りて行った。が、五分もすると、戻って来て、大袈裟に首を振りながら、

「これはどうも、困ったことになりましたね。岬さん。……あなたの仰言《おっしゃ》るとおり、もう少し経ってみなければ判らないが、いまのままの様子だと、てっきり、これへ来てしまってますわい」

そういって、太い拇指《おやゆび》で、自分の頭を小突いてみせた。

「それに」

と技師がいった。

「……やっぱり、潜水病のほうもあるらしい。いっそあの時すぐに、もう一度海底《そこ》まで下ろして、充分時間を使って、ゆっくり（吹き返し）をやっとけば、なんとかそのほうだけでも助かったろうに、今となっては手遅れだ。尤も、あの時にしたって、あの犬山の様子じゃァ、そんな芸当は出来ないわけなんだが……」

「とにかく、取りあえずわし共で、出来るだけの処置をつくして、もう少し時間を待ってみましょう。どうせ、明日の朝には下関へ入港《はい》れるんですから、どの道それまでの辛抱ですわい」

船長はそういって、憮然として髯面を撫ぜあげた。

——やがて夜が来た。そして時間は、刻々に過ぎて行った。

が、人々の万一の期待を裏切って、犬山潜水夫の容態は、少しもよくならない。眼はもう、あれ以来立派にさましているのだが、相変らず焦点の合わない妙な視線で、それもたいていは向うむきになったまま、気味の悪いほど、ヂッと黙り続けている。そして誰かが行って声をかけでもすると、二度に一度は、急に体をふるわしながら、

「あげてくれ！　あげてくれ！　はやくあげろッ！」

と、おびえたように叫ぶのである。

——翌朝、第二更生丸は、下関へ着いた。

早速、猛川船長の識合《しりあい》の医師に来てもらう。症状が症状なので、連れ出すわけに行かなかったからだ。

テキパキとした好もしい態度のその医師は、発病前後の様子を、詳しく人々から訊ねたり、叮嚀《ていねい》な診察をしたあとで、だいたい、こんな風に診断を下した。

「——なにか烈しい衝動を受けて、精神に異状を来たしていることは確かです。もう少し時間をかけて診察しなければ判りませんが、だいたい鬱憂病の初期症状ではないかと思いますね。それに一種の被害妄想を伴っている。——それから、やはり潜水病《ケイソン》も併発しています。軽いものですが、残念ながらこの方は少し手遅れで、全治は引受けられません。精神異常のほうは、鬱憂病である限り、手当次第によっては、わりに早くなおるでしょう。心配ありません——しかし……」

と、医師は眉をよせながら、

「その、沈没船の中で、本人が受けた衝動というのは、お話によると、ずいぶん不思議な出来事ですね。まア、常識的に見れば、なにか錯覚でも起したんじゃないかと思われますが、しかし、海底を歩くのを商売にしている潜水夫が、精神に異状を起すほどのはげしい衝動を受けたとすると、その話も一応考えさせられますね。——例えば、その沈没船に、沈没当時、女の密航者かなにかが乗っていて、その女の屍体が、魚の入る隙のない、水浸しの密閉された船室の中かなんかで、一種の屍蠟みたいなものにでもなって、原形を保っていたとすると、そいつと偶然ぶつかったりしたら、どんな人間だって、気狂《きちが》い位にはなりかねませんからね……」

と、船長と識合の医師は、どうやらその方に、少からぬ興味を覚えているらしい。

岬技師は、医師のそういう興味を一笑に附して、これからどうするかについて、船長と相談した。

「それはやはり、これからすぐに横浜へ、一応お帰りになったほうがいいですよ」

と、医師はすすめた。

「なんしろ、病人が病人ですから、途中充分に監視しながら、少しも早く帰られて、あちらの病院で、充分に、落ついて、療養させるのがいいでしょう。そしてまた専門の医師に診てもらえば、果してどういう種類の精神病かということも、一層よく判るわけですからね」

「そうだ。そうして、もし先生のいわれるように、うまい工合に犬山の精神異状がなおれば、果して犬山が、沈没船の中で、なにを、どんな風にして見たのか、もう少し詳しい真相を、説明させることも出来て、サッパリするわけだからな。——岬さんは笑うかも知れんが。実際、若い水夫達は、新体制でいいけれど、年寄りの水夫の中には、どうもまだ、ああいうことがあると、昔の船乗りらしい気持が残っていて、とかく、縁起をかつぎたがるからな。そいつを片づけんことには、サバサバせん……」

と、船長も、医師の意見に賛成した。

技師は黙って、唾をのみ込んだ。

方針は定《き》まった。

その日のうちに第二更生丸は、下関をたって、横浜へ向った。

三

夜業の起重機《クレーン》や、荷役巻揚機《ウインチ》の轟々《ごうごう》たる響きの中にまじって、慌だしい汽艇《ランチ》の汽笛が、ひっきりなしに聞えて来る。

懐しい横浜港の夜である。

あれから数日後のいま――海岸通りの岸壁へ、第二更生丸は戻って来たのだ。

入港前に、予め住吉町の本社とは、無電で連絡がとってあったので、更生丸が、疲れた可憐な船体を岸壁に横づけにすると、迎えの社員に先立って、間もなく一台の自動車《ハイヤー》がやって来た。

気の狂った犬山潜水夫を、病院へ送り届ける自動車《くるま》なのだ。

猛川船長も岬技師も、帰港直後の煩務があるため、保土ケ谷の病院へは、とりあえず若い水夫を一人附添えることにして、犬山潜水夫を自動車に抱え込み、その水夫と一緒に、ひとあし先に出発さした。

――がこれがそもそも、間違いのもとであった。

「すぐあとから、駈けつけるからな」

附添いの水夫にそういい聞かせて、自動車を発《た》たせると、技師も船長も迎えの社員との応接やその他のさし当っての仕事に、二十分ばかり、すっかり忙殺されてしまった。

それから、大急ぎで二人は、社の人事係の者と、鶴見から呼びよせた犬山潜水夫の細君との二人を伴って、自動車で病院へ駈けつけたのであった。

車中、船長が、潜水夫の細君へ、その夫の病状を簡単に説明した。

「行って見れば判るが、決して心配するほどの容態ではないよ」

と船長は、優しくいった。

「下関の医者だって、すぐに直るといったし、わし共もまた、一日も早く、恢復してくれるのを、期待しとるわけじゃ。――詳しくはあとで話すが、ちょっと妙なことがあってな。その問題を解決するためにも、犬山君が早くなおってくれれば、大いに助かるというわけじゃ。とにかく、もうここまで来れば、心配することはない」

そういって船長は、雄大な髯面を撫であげた。

岬技師は、拡げた両膝の上に、二つの肘をのっけて掌を揉み合せながら、黙ったままヂッと前方を見つめていた。

間もなく自動車は、病院の玄関へついた。

船長が先に立って、受付へ出かけ、なにやら二夕言《ふたこと》三言《みこと》、窓口へ掛け合っていたが、急に大声を出した。

「な、なんですって？　患者はまだ来ないんですって？」

それから、妙に間の抜けた顔で、技師達のほうを振り返りながら、

「バ、バカなこった。二十分も前に発たした犬山達が、まだ着いていないってことだが……」

「え？　まだ来ていない？」

技師が驚いた声を出す。

「そんなバカなはずはないんだがな。水夫の松田にもよく云い聞かせてあるんだし、運転手にだって、チャンと保土ケ谷のこの病院だと知らせてあるんだからな」

いささかうろたえ気味の船長の言葉に、

「私が、もう一度訊いてみましょう」

技師が代って、受付へ立ったが、すぐに向き直ると、首を振りながら、

「駄目です。確かに来ていないそうです」

「……途中で、故障でも起したんじゃないでしょうか？」

潜水夫の細君が心配そうに声をはさんだ。

「……そんなことならいいですがね、しかし、それにしても、もう時間はかなりたっていることだし、大体道順は一つなんだから、もし途中で故障なぞ起したんなら、私達は出会ってるはずなんだが……」

「妙ですね。まさか住吉町なぞへ寄ることもないでしょうが、念のため、一応社の方へ問合せてみましょう」

人事係の社員が、受付へ交渉して、電話を借りに出かけた。

「こうしているうちにでも、来てくれればいいんだがな」

船長はいらいらした様子で、戸外の闇の中へあちこちと首をのばした。

が、自動車は来ない。

人事係が、青い顔をしながら、電話から戻って来た。

「いや、どうも、妙な話になりましたよ。――社の方からは、無電の打合せによって、予め、近くの横浜タクシーに頼んでおいたんですが、そこの車が一台、空車のままで今しがた社のほうへやって来て、(御註文によって岸壁の更生丸まで出かけたが、もう他所《よそ》の自動車で患者は運び出されたあとだったから、戻って来ました)といって、料金を請求して行ったそうですよ」

「なんですって？　ずいぶん妙な話ですな。そりゃア……」

と船長は、狐につままれた形で、

「すると、犬山君と松田を乗せて発った車は、社のほうで頼んで呉れた横浜タクシーの車じゃアないっていうわけになるが……」

「そういうことになるんですよ。ずいぶん妙な話ですが……つまり、社のほうで頼んだ横浜タクシーの車が、岸壁へ出かけるよりずっと前に、どこか他所の妙な車がやって来て、犬山君と松田君を運び出したというわけなんです。それで、社のほうでは、(そんな車は頼んだ覚えはないから、きっと横浜タクシーの車が早く来ないので、船長が業《ごう》を煮やして、勝手にほかの車を頼んだのだろう)と、そう思っていたそうですよ」

「冗談じゃない」

船長は思わず顔を歪めた。

「誰がそんな、余分な車を頼んだりするものかね。忙しくてテンテコ舞いしてたんだからね。……だが、いったい、その車はどこの車なんだろう。誰も頼みもしないのに、すーッとやって来て、病人を攫《さら》って行ってしまうなんて……」

「それは船長。あなた方のほうが、よくご存知でしょう。私達が、岸壁へお迎えに出るより前に、その車は、あなた方の前へ現れたわけなんですから……」

「いや。わし共も全然知らない。わし共は、てっきり、社のかかりつけの、横浜タクシーだとばかり思っていたので、車なぞ注意して見もしなかったですわい」

「運転手は？」

「運転手も、どんな男だったか、サッパリ思い出せないですわい。なんしろ、夜の岸壁で、おまけに、犬山君のほうにばかり気をとられていましたからな。岬さんは、覚えていますか？」

「私も、全然覚えはありませんね」

と技師は、キッパリ首を振って、

「しかし、これはどうも、奇怪極まる話ですね。誰も頼みもしないのに、社で頼んだ車を出し抜いて大事な病人を連れ出し、そのまま、いまだ病院へも来ていないなんて……確かに怪しい自動車だ」

この時、受付の看護婦が、住吉町から電話だから、誰か出てくれと、声をかけた。

人事係が、早速出かけて行った。

が、間もなく、前より一層青い顔をして戻って来ると、

「——いよいよ妙ですよ。病人の附添いにつけてやったと仰有《おっしゃ》る、水夫の松田が、いま、一人きりで、ひどく亢奮して社へ戻って来たそうですよ」

「え？　松田が一人で？」

「そうなんです。なんでも松田は、病人につきそって、例の車に乗っていたんだが、大分郊外近くまで疾《はし》ったと思うころ、ある病院の前で車がとまって、運転手が着きましたって扉《ドア》をあけたので、保土ケ谷の地理だの、病院だの全然知らない松田は、いい気になって降りたところ、どうしたこと

か急に運転手は、車にサッと飛乗ると、アッという間に、病人だけを乗せて、闇の中へ走り去ってしまったっていうんです。それで、びっくりした松田は、よく気を落つけて、薄闇の中でその病院の門標を調べてみると、なんとそれは、教えられた病院なぞとはまるで違った病院で、しかもなお調べてみると、そこはまだ保土ケ谷なぞではなくて、その途中の太田町あたりだということが、やっと判ったんです。そこで、すっかり面喰らってしまった松田は、どうしていいのか突嗟に分別もつかず、迷った揚句、とにかく電車で一応住吉町へ引上げ、社から電話で、こちらへ連絡をつけてみるつもりだった、とそう申立てているそうです」

「うーム。いよいよもって怪しい自動車だな。つまり松田を、途中の飛んでもないところでオッポリ出して、病人だけを攫って逃げてしまった、というわけなんだな……」

船長はそう云って、苦しそうに髯面をなぜあげた。

潜水夫の細君が、なにか云い出そうとするのを遮るようにして、人事係はいった。

「――それで、課長が直接電話に出たんですがとにかくそんなわけだから、もしまだ病人がそちらに届けられていないようなら、なんとか善後処置を相談しなければならんから、一応こちらへ引上げて来て呉れっていうことですがね」

「うム、そうですね。とにかく、これは一応、そうするより仕方がないですね」

技師が、思い切ったように賛成した。

そこで一同は、もしあとで、おそくなって病人が届けられるようなことがあったなら、すぐ住吉町の社のほうへ連絡してもらえるよう、受付へ頼んで、病院をあとにした。

だが、一同が住吉町へ引上げて来てからも、何時間たっても、病院からはなんの音沙汰もなく、そのまま遂に、気の狂った犬山潜水夫は、なに者かの手によって、人々の前から姿を消してしまったのである。……

謎の混血娘

一

窓から涼しい海風が、吹込んで来る。

白いレースのカーテンが、その微風を受けてフワーリと軽く舞い上ると、その隙間から階下の表通りがチラリと覗く。

本牧《ほんもく》行のバスの屋根。

向うの鋪道の、赤いポスト。

犬を連れた外人婦人が、鼻をトガらして歩きながら、カーテンの蔭へ消えて行く……

住吉町〇丁目の十字路にある、波切海事工業所の社長室だ。

正面の肘掛椅子に、ドッカリ腰を下ろしているのは、社長の波切重助《じゅうすけ》氏。

その横で、テーブルの上に片肘をつきながら、顔をしかめているのは、事業課長の勝本氏。

窓を背にして腕を組みながら、組んだ片手で、さっきからしきりに髯面を撫であげているのは、いうまでもなく、第二更生丸の猛川船長。

岬技師は、社長の正面に腰をおろして、両肘を両膝にのせ、手を揉み合せながら、ヂッと歯をくいしばったまま、うつむいている。

——第二更生丸が帰港して、犬山潜水夫が奇怪な失踪をとげてから、三日目の午後のことである。

また、風が吹き込んで来て、白いカーテンの隙間から、横浜の風景がチラリと覗く。

「いやこれは、昨夜《ゆうべ》寝ながら、ふと思いついたんだが、どうもその、犬山君が海の底の沈没船の中で、女に出会ったというのは、ひょっと、長崎辺の海女《あま》かなんかが、水に潜っているのと、偶然ぶつかったんじゃないかな？……」

社長の言葉に、船長はむっくり乗り出すと、大きく首を振りながら云った。

「とんでもない。そんなことがあるもんですか。なんしろあの時、海の上には、更生丸以外はボート一艘も、見えなかったんですからね、まさか、水平線の向うから、潜りづめに潜ってあそこまで来られるような海女もありますまいし」

「ふン、そうか。船はいなかったのかね。それじゃアダメだな。すると、やっぱり……」

「とにかく、わっしも、船乗生活をはじめてこの年になるまで、こんな変テコな、バカバカしいめに出会ったのは、始めてですからな。なんしろ、自分のこの眼で見たことではないですから、ほんとうのことはなんともいえないわけですが、肝心カナメの本人であり、ただ一人の目撃者である犬山も、これから病気をなおしてやろうという、大事なところであんな風にひッ攫われてしまうし、これではどうにも、手のつけようもないわけですわい」

給仕が、冷たい麦湯のお代りを持って来た。

波切社長は、そいつをひと口のみながら、事業課長のほうを向いた。

「勝本さん。警察のほうは、その後どうなっとるかね。例の怪しい自動車なぞ、まだ判らないかな？」

「ええ、警察のほうは、あの晩、あれから届け出て以来、すぐに調査にかかっていてくれるようですが、まだ全然、手掛りはないらしいですね」

「しかし、あの晩、病人に附添って行って、まんまと途中でおッぽり出されたという水夫――なんといったかね。ウン、松田君か。その松田君なら、自分をおッぽり出して行った運転手の顔ぐらい、覚えていそうなものだがね」

「ええ、それは、ボンヤリながら覚えてはいたようですがね。なんでも、厚ぼったい、むくんだような顔つきの男だったたって、いってましたが。しかし、そんなことぐらい覚えていたって、なんにもなりませんよ。——どうも、私の考えでは、犬山を誘拐した人間は、相当計画的に事を運んでいるようですから、捜査は、ちょっと手間がとれるんじゃアないかと思いますね。それに、こちらにとっては大いに心配なことでも、忙しい警察の立場から見れば、人間が一人行衛《ゆくえ》不明になったくらいのことは、そう珍らしいことでもないんですからね」

「だって君、これは、ずいぶん奇怪な事件なんだよ。犬山君が沈没船の中で女を見た、というようなことなんかも、警察へ話しておいたのかね？」

「ええそれはもう、船長からもちょっと説明されましたが」

「しかし」

「ええわっしからも、判ってるだけのことは、よく話しときましたがね」

と課長は引とって、

「——警察としては、そんなバカげたことをマトモに取上げてはいませんですよ。まず、潜水夫の錯覚だろう、という風に考えて、その事と誘拐事件とは、別にして調査を進めているらしいですね」

「ふーム……」

社長は、もうひと口、麦湯をゴクリと呑んだ。

いままでヂッと黙っていた岬技師が、この時たまり兼ねたように、顔をあげて云った。

「どうも私は、こういうお話を伺うために、お邪魔したのではないですがね。失礼ですが、こんなことをいつまで話していたって、ラチはあかないんじゃないかと思います。事件のほうは警察へまかしておいて、私達は、予定の仕事をドシドシ進めて行くべきだと思いますがね。なにしろ、重慶丸の調査は、まだ完了していないんですから……愚図々々してると、この夏中に重慶丸の引揚げは、出来なくなってしまいます」

「うン。そりゃ判る。岬君の気持はよく判る」

と社長は乗出して、

「しかし肝心の潜水夫をとられてしまったんじゃア、手も足も出ないじゃないかな」

「ええ、ですから、失くなった犬山君のことは警察へまかしておいて、他の潜水夫を連れて、すぐにでも、もう一度出発したいんです」

「それがねえ、岬君」

と課長が引取った。

「知っての通り、あとの三人の常備者は、第一更生丸に乗組んで、銚子の方の現場へ出てるんだ。今月末でないと、その方も片附かない始末でね」

「じゃア、臨時雇は出来ませんか」

「そりゃア、人がありさえすりゃア、いくらでも雇うが、もうこの夏にはいってから、遊んでる潜水夫なんて一人もないよ」

「……じゃア、私が探してみましょう。なんとかして探してみましょう」

「しかしね、岬君」

と社長が云った。

「それにしても、まア、船長の意見もあることだしね」

「と仰有ると？」

「いやア、実アねえ」

と船長が、苦しそうに髯面を撫でながら云った。

「わしが心配していたようなことが、どうやら出来上りましたんじゃ。——岬さんにも、もうその心配は、前に一度話しておいたと思いますが……どうも、今度のようなことがあると、とかく、船乗りの中には、縁起をかつぎたがるのが出て来易いから、困るんですわい」

「と仰有ると、船員の中に、誰か乗船を反対する者でも出来たんですか?」

「まア、そういうわけだね」

「いったい誰なんです?」

船長はちょっと顔をしかめてから、

「――二番ホース持の杉下と、火夫の袴田なんだがね……でも、まだ二人とも、罷《や》めてしまったわけではない。ま、わしがなんとか説き伏せるつもりですから、この方はわっしに委せといてもらいたい」

「それで、ほかの連中はどうなんですか?」

「いや、ほかの連中は皆《み》んな元気ですよ。――そりゃアむろん、今度の出来事なんか、変テコなことだと思ってるらしいが、そのために仕事を嫌ったりするような、似非《えせ》水夫じゃアない」

「ふム、それなら、結構じゃアないですか。杉下と袴田が、嫌なら嫌で、なんとか補充を二人探し出して、すぐにも出発しようではありませんか。――なるほど、今度の出来事は、確かに不愉快きわまる出来事には違いありません。しかし、そのために、そんなことのために、私達が予定の仕事をおくらして行くなぞということは、それこそバカバカしい話ですよ。御存知の通り、私達のいまとりかかっている事業は、個人の顧慮や利益のために――いや、一会社の損益のためにすら、左右されていい性質の事業では、断じてないんですからね。いかなる障害が起ろうとも、私達は敢然それを踏みこえて、着々予定の仕事を、完遂して行くべきだと思います」

「うム。それは、むろんその通りだよ」

と社長が云った。

「――実際、廃船の解撤なぞということは、私益にこだわっていたりして出来る事業ではないからね。それはよく、判ってるんだよ。ただね、当面の問題として、いま船長も話されるような事情もあったりすることだから、そいつをなんとか片附けないことには、再出発も出来ないわけだからな……」

「じゃア、私は、なんとかして新しい潜水夫を探してみますから、船長は、一応いまの二人を、至急に説得してみて下さい。どうしてもダメでしたなら、躊躇なく補充を探して下さい。そして、少しも早く、海へ乗り出しましょう。またそうすれば、あの沈没船の謎だって、自然に解けてしまうわけですからね」

「よろしい」

と船長は大きく頷いた。

「そういうこととあれば、あの二人のほうは、わしが責任を以てなんとかしましょう。そして、少しも早く、出帆できるようにしてみましょう」

社長の頭の上で、時計が五時を打ちはじめた。その間伸びのした音を追いかけるようにして、窓の向うから、はるかに造船所のサイレンが聞えて来る。

二

「岬さん。今夜はわしにつきあって下さいよ。船乗仲間の行く、いい店を知ってますからな。久し振りにビールでも呑んで、大いに戦闘準備にそなえなくっちゃアいかん」

船長と岬技師が、公園の横を抜けて、夜の通りを南京街《ナンキン》のほうへ歩いて行く。

船長は、バカに元気がいい。

あれから、住吉町の本社で夕食をすまして、街へ出て来た二人である。

間もなく、飲食物の匂いがむッと鼻をつく、ゴテゴテした通りの一隅から、一軒の酒場を船長はみつけ出した。

店の名は、

（汽阡《きせん》）という。

間口は狭いが、奥の広い店だった。

客は、たてこんでいる。なるほど、船員が多い。

二人は長いテーブルの一隅に陣取って、早速ビールを呑みはじめた。

「どうです、岬さん。なかなかいい店でしょうがな。酒場といっても、怪しげな店ではない。この店へは、うちの社の船みたいな、ま、どちらかというと、小さな船の船員たちが、盛んにやって来るんですが、それでも、このうちへ来て一杯やっていると、みんないつの間にか、大船長や名水夫の気持になってしまうという、かたじけない店ですわい」

船長は、いい機嫌で、給仕の女を笑わせはじめる。

が、岬技師は、少し前から、黙ったままヂッと奥のほうの一隅を見詰めていたが、この時、ふと、船長へ眼配した。

船長はその方を見た。そして急に、眼の色を変えた。

――壁紙のかわりに帆布《セイル》を張り、古風な油灯《ランタン》や錨を飾りつけた奥の壁を背景にして、したたか酔っぱらった二人の船員が、妙に顔色の青白い、栗色の髪をした洋装の女を中にはさんで、テーブルに向い、こちらに尻を向けて、しきりにメートルをあげているのが、客の頭や、煙草の煙の間から見えている。

「ウーム」

と、船長が思わず唸った。

「――ありゃア、ホース持の杉下と、火夫の袴田ですわい！……」

「例の、脱退組ですね」

技師の皮肉な言葉に、

「いや。まだ、そういうわけでは、ありませんわい。そうだ……」

びっくりした顔をみるみる引き歪めながら、船長が腰を浮かそうとするのを、技師はひきとめた。

「まア、よしなさいよ。せっかく、名水夫とやらになっているんでしょうから」

「いやいや。あれじゃア(酩水夫)ですわい。それに、あの二人のことは、わしの縄張りで、わしに責任があるはずですからな……」

「でも船長。まアよしなさいよ。なにもこんな場所でしなくったって、話はあとでも出来るんですから……。それに、二人だけではない。どうやら、妙な相棒もついてるようですからね……」

それで、船長は、不承々々腰を落つけた。が、いままでの元気は急になくなって、しきりに舌打ちしながら、黙ってビールを呑みはじめた。

「あの女は、ここのひとかね?」

技師が、給仕の女へ、杉下と袴田の真ン中に腰掛けて、煙草を呑みながら笑っている女のことを訊ねた。

「いいえ、違いますわ。お客さんと一緒に、来てるんですわ」

と、それから急に小声になって、

「あのひと混血児《あいのこ》さんらしいわ。尤も、この界隈では、そんなの珍らしくもないですけど……」

「カフェか、バーの、女なんだね?」

「たぶん、そうでしょ。でも、とても気前のいい、面白そうなひとですわ。お会計を、お客さんに払わせないんですもの。ゆうべも、あのお二人と一緒でしたけど……」

「ゆうべも、あの二人は来たのかね」

「ええ、あの通り、たいへんお元気でしたわ……」

技師は、黙って船長の顔をヂッと見た。

船長はいよいよ意気を失って、黙ったまま苦々しげに顔をしかめていたが、急に残っているビー

ルをまずそうにのみほすと、

「もう出ましょう。今夜はとても、大船長にはなれそうもない」

そういって、立ちあがった。

そして表へ出ると、技師と並んで歩き出しながら、こらえかねたように、思わずうそぶいた。

「うーム、畜生！　乗船を嫌ったりしおって、なんてザマだ。あんな、けったいな女なぞにひっかかりおって、……岬さん。あんたの気持は、よく判りますよ。わしは、自分の面目にかけても、あの二人の、女々しい性根を入れかえてやりますよ。ついでに、あのけったいな混血娘の行状も、念のため、調べてやりますわい。よく、ああいう女を使って、船員の引抜きをやらかすてあいがありますからな……」

そういって、船長は、ぶるるッと髯面を撫であげた。

三

それから、三日後の日の、午後三時頃――

桜木町のガードに沿って、顔色の青白い一人の女が、横浜駅の方角へ歩いて行く。

桃色のワンピースに、靴下なしのサンダルという軽装で、日盛りなので帽子はかぶらず、日傘《パラソル》をさしている。

派手な格子縞のそのパラソルの下で、豊かな栗色の断髪が、サッサッと微風に躍る。

――三日前の晩、船長と技師が、南京街の（汽阡）で見た、あの混血娘なのである。

ところで――その女のうしろのほう、一丁ばかりはなれたところを、用心深い足取りで、これまた女と同じ方角へ歩いて行く、一人の男がある。

女の歩速が早くなると、男も同じように足をはやめ、女の歩速が遅くなると、男も同じように足をおそめる。——どうやら、女のあとを、尾行しているらしい。

安物の背広を着て、パナマ帽をかむったりしているので、ちょっと見損なうが、背高ノッポで、陽焼けのした黒い顔をよく見れば、なんのことはない。ついこないだの晩、第二更生丸から、気の狂った犬山潜水夫の附添として、病院行の怪自動車に乗り、途中でまんまとしてやられた、例の水夫の松田君である。

——ガードの上を、上野行の省線電車が、ガーッと轟音を残して走り去る。

やがて、女は、電車通りをそれて、道を左に曲る。

松田君は、少し速足になって、曲り角まで駈けつけると、そこからチラッと先に曲った女の後姿を確かめておいて、さて、おもむろに距離をおいて、新らしい道へ、女を尾行《つけ》はじめる。

幸い、パラソルの柄が派手なので、ほかの女の通行人と、見誤るようなことはない。

混血娘は、橋を渡って、紅葉坂を登って行く。

ゴテゴテした屋並みが少くなって、青々した木立から、蟬の声が聞えはじめる。

紅葉ケ丘だ。

急にうしろのほうから、涼しい海風が吹きつけて来る。

振り返れば、すぐ眼の下に、いま来た道やガードを越して、手の届きそうなところに横浜港が見えはじめる。右のほうには、新港町の大岸壁や税関桟橋が望まれ、正面から左手へかけて、長住町から、山内、橋本、瑞穂町に至る無数の小桟橋が櫛の歯のように現れ、大小無数の船、船が、まッ黒な煙を、白い蒸汽を、吹き出し、吹きあげながら、あるいは動き、あるいは停りして、大国際港の潑剌たる姿が、一望のうちに見えはじめる。

だが、この丘は、なんという静けさであろう。時どき、汽笛や、起重機《クレーン》の響きが聞えて来るほかは、周囲の青い木立で鳴きつづける単調な蟬の声に、睡気を催しそう。

日盛りのことなので、散歩の人影も割に少い。二、三の通行人や、女学生の群れに逢うばかり。

やがて、丘の頂《いただき》。

左は、大神宮へ通ずる木立で、右へ行けば、掃部山《かもんやま》公園。

女は、道を右に曲って、公園のほうへ歩いて行く。

すぐ右手、眼の下の港の方から、涼しい海風が吹いて来て、時折、女の、美しい栗色の髪の毛を、柔かな焔のように舞い立たせる。

女は、歩速をグッと落して、海の見える丘の散歩を楽しむように、ゆっくりと歩いて行く。

その後のほうから、尾行者の松田君も、木間《このま》がくれに、無心な散歩者のような振りをしながらついて行く。

公園が近づいた。

蟬を取っている子供。

幼い子供の守《も》りをしているらしい老婆。

二人づれの若い男女の散歩者。

——やがて、女は、見晴しのいい丘の一角に立止った。

ベンチが二つある。海の方を向いたのと、公園の方を向いたのと……

女は、誰かを待合せるらしく、公園の方を向いているベンチに腰を下ろした。

松田君は、蟬を取っている子供達の仲間に近づいた。

「小父さんが蟬とってやろうか?」

「うン、とってちょうだい」

子供の手から蟬竿を受取って、あちこちの木立を物色しながら、時どき、女のほうを盗み見る。

「あッ、ダメだい、小父さん。逃がしちゃったじゃないか……」

恰度三時だ。

女の待人は、まだ来ないらしい。女は立ちあがって、ベンチの附近をぶらぶらしはじめた。海のほうを向いて、深呼吸するように胸を張ったり、手に持ったパラソルをクルクル廻しながら歩いたり、苛立たしそうに爪を嚙んだり……

「チェッ。また今日も来ねえのかな。いやンなっちゃうな。もう、これで三度目だ」

松田君は、蟬をとりながら思わず呟いた。

三度目――。そうだ、ここでちょっと、松田君が女のあとをつけている理由を説明しておかねばならない。

読者も既に御賢察の通り、松田君が彼女のあとをつけているのは、三日前の晩、南京街の（汽阡）で、彼女を見かけた船長の命令によることはいうまでもない。が、尾行をはじめたのは、今日がはじめてではない。もう、一昨日《おととい》の昼間から、はじめているのである。

一昨日の朝、船長から彼女の調査を命ぜられた松田君は、前に怪自動車から、おッぽり出された失敗をとり返すのは、この時とばかり張切ってしまって、早速（汽阡）へ出かけ、いろいろと、つてをたどって苦心の結果、やっと調べたところによると、――彼女は、（汽阡）から程遠からぬ同じ南京街の、（小湊《こみなと》）というバーに、一週間ほど前から出ている女で、名前を峰マリコと称している、混血娘であることが判った。

ところで、マリコは、（小湊）に住込んでいて、船長が疑っているような、性の悪い女ではなさそうだ。外出なぞもたいへん少く、ただ、毎日、午後に散歩をする事と、風呂へ出掛ける以外には、殆んど（小湊）から外へ出ていない、可怪《おか》しいといえば、その散歩だけがいささか可怪しい。毎日きまって、午後の二時少し過ぎから、四時少し過ぎ頃まで、判で捺《お》したようにキチンと散歩に出かける。

「そりゃ、お父さんが外人なんだそうですもの、その影響を受けて、マリコさんも、生活が規則正しいんでしょう」

と、仲間の女は、云い添えたが、松田君はおさまらない。早速その、午後の散歩というのをひそかに尾行してみることにして、直ちに実行にとりかかったのだ。

ところが、マリコの散歩はなかなか長距離で、横浜公園から尾上町、桜木町と抜けて、紅葉ケ丘の掃部山公園まで、一気に歩くのである。そして、読者も既にご存じの通り、例の場所で腰をおろして休息をし、三時を過ぎた頃になると、苛々と立ちあがって、深呼吸をしたり、パラソルをクルクル廻しながら歩いてみたり、爪を噛んだり……

（判った）

と松田君は、思わず心の中でうなずいたものである。

（つまりこいつは、ここで誰かを待合せて、逢おうというつもりなんだな。よし、その待人というのを、ひとつ拝見してやれ）

松田君は、そう、彼女の散歩の目的を悟ると、木立にかくれて、それとなく監視をはじめたものである。

ところが、どうしたのか、彼女の相手はなかなか現れない。遂に彼女は、諦めたようにその場を引きあげると、もと来た道を、疲れたあしどりで、引返しはじめ、とうとう（小湊）へ戻ってしまったのである。

（よし。今日はダメなら、明日もう一度つけてみてやれ）

松田君はそう決心して、その翌日、再び尾行をおこなった。

昨日と同じ時間に、同じような道を通って、同じところへ出かけ、同じようにして彼女は人を待ったのであるが、だが、その日も待人は遂に現れず、待呆けを喰らった彼女は、意気悄然として（小湊）へ戻ったのである。

尤も、意気悄然としたのは、彼女ばかりではない。長距離尾行者の松田君も、はなはだクタびれてしまって、そろそろいやになりはじめたのであるが、

（よし。もう一日だけ、辛棒してみよう。明日こそは……）

そう思いかえして、今日、こうして三度日盛りの道を、はるばるとこの丘まで辿り来って、子供の蟬取りを手伝いながら、ひそかに監視をつづけはじめたという次第であった。……

「あッ。また逃がしちゃった。下手だなア小父さんは、いったいどこを見てるんだい。も少し上のほうの、木の股ンところにいたんだよ」

「ああそうか。よしよし、今度みつけたなら、きっと捕えてやるからね」

「もう一度だけだよ。もし今度逃がしちゃったら、もう竿を返しておくれよ」

蟬は、なかなか捕えられない。

峰マリコの待人も、なかなかやって来ない。ずいぶん薄情な、恋人らしい。

とうとう、彼女は諦めたようだ。決心したように、ベンチのところを引上げると、青白い横顔を見せて、また元来た道を悄然とあるきはじめた。

「チェッ。また今日もか。勝手にしやアがれ！」

松田君は思わず叫んだ。

「……小父さん。なにいってんの？　ダメだよ、大事なところでヘンなことをいってちゃ……ホラ、ご覧。また逃しちゃった！　ダメだなア。もう返しておくれよ」

松田君は、子供に蟬竿を返すと、ズボンのバンドをしめなおして、これまた悄然と、もと来た道をあるきはじめた。

女は、昨日と同じ道を、同じようにして戻って行く。松田君も、同じ道を、同じようにして、女のあとから戻って行く。そして、四時過ぎ——とうとう何事もなく（小湊）の前まで彼女を見届けると、遂に松田君はあきらめて、大きくタメ息をひとつ吐《つ》きながら、さて、前より一層クタびれた足どりで、元町にある船長の家まで、出かけたものである。

「いや。ご苦労々々。そうか、それは大変だったな」

と、松田君から、一伍一什《いちぶしじゅう》を聞かされた船長は、そういって、長距離尾行者の労をねぎらった。

「――そうか、三日も続けて、それは大変だったな。だが、それだけでも判れば結構だよ。わしはもっと、性の悪い女かと思ったが、まア、それ位なら、大したこともなさそうだな。――尤も、その掃部山の逢曳というのは、ちょっと問題になるかも知れんが、それとて、案外出会ってみれば、その相手というのも、つまらねえただの恋人なんだかも知れんからの。なにか悪だくみがあって、女を使おうというような男なら、相手に待呆けなぞさせてはおくまい。――それに、もうそんなことにばかり、時間を使ってもおられんからな。今日も岬さんから知らせがあって、明日の十時までに、一度、住吉町へ出掛けねばならんことになっとるから、ひとつその時にでも、君の今日の報告を、一応あの人の耳へも入れておこう。……だがな、君なぞは心配ないだろうが、あんな、妙チクリンな女なぞに、誘惑されたりしてはいかんぞ。あんな、素性の判らん女なぞにな……」

船長はそういって、いたわるような眼ざしで、ギッと松田君を見つめたものである。

動かぬ工作船

一

午前十時十分前――

(株式会社、波切海事工業所)

ガラスに、エナメル文字で、そう書抜いたドアをサッとあけて、岬技師が、一人の異様な男をつれてはいって来た。

年のころ二十五六の、まだ若い青年であるが、体格は恐ろしくガッチリしていて、奇妙なツンツルテンの、団服らしいカーキー服の下から、ハチ切れそうな筋肉が盛れ上っており、無帽で、イガグリ頭をムキ出しにした真ッ黒な顔には、素朴ながらも鋭い視線をたたえた、二つの眼玉が光っている。

「社長、いるかね?」

岬技師の言葉に、異様な青年をウットリ見惚れていた受付の給仕は、急いで微笑を作りながら答えた。

「え、いらっしゃいますよ」

「猛川船長は?」

「ええ、船長さんも、二十分ほど前から来ていられます」

「ありがとう」

技師は、青年のほうへ向直って、

「ちょっと、そこの椅子へ掛けて、待っていてくれ給え。すぐ来るからね」

云い残して、一人で事務室を横切り、社長室へはいって行く。

部屋には、波切社長と、事業課長と、それから船長が、煙草を吹かしながら、なにやら話をしていたが、技師の顔を見ると、船長はすぐにいった。

「や、いらっしゃい。待ってましたよ。いったい、何用だったんですかい?」

「いやア、どうもお呼立《よびたて》して、すみません」

技師は、一同に挨拶してから、

「――実は皆さん、新らしい潜水夫の、候補者をみつけたもんですからね」

「え。もうみつかったのかね?」

社長が乗出した。

「ええ。実ア、意外なとこから、いいのがみつかりましてね。ほかでもないです。あの、犬山君の弟なんです」

「なに、犬山君の弟？」

「そうなんです。犬山君の郷里の、熊野灘で漁師をしてるんだそうですが、こんど犬山君があんなことになってしまいましたので、細君からの電報を受取って、昨日はるばる上京して来たんだそうです。恰度昨日、鶴見の家で会ったものですから、早速話をしてみたというわけなんです」

「ふン、そういえばあの細君、田舎へも電報打ったっていってたが、それなんだね」

船長が乗出せば、課長も、

「それはまた、うまい話があったものだね。——それで、仕事は出来そうなの？」

「ま、とにかく。一応本人を、お目にかけましょう」

岬技師は、受付へ引返すと、そこで神妙に待っていた例の異様な青年を伴って、再び社長室に戻って来た。

「皆さん、この人ですがね」

技師の言葉に、一同の視線が一斉に集ると、青年は、少し固くなりながら、

「私は、御厄介になっとります犬山の弟で、勇三というものです」

「やア、それは……」

と社長は、青年の精悍な姿に眼をみはりながら、

「どうも、兄さんのことでは、大変心配をかけましたな。が、まア、会社としては、責任を以て、警察はじめ、各方面に手配を続けておるわけだから、もう少し経過を待ってください。——ところで、早速だが、ちょっと岬君からも、話を聞いたが、君は、潜水は、出来るのかね？」

「潜りですか？」

と青年はニコリと笑いながら、

「出来ます。去年の秋まで、二年ばかし戦地へ行っとりましたが、その間以外は、十四の時からずっと今日まで、熊野の海で鮑を取っとりましたから……十五尋《ひろ》ぐらいまでは、素潜りで行けます」

「十五尋?」

と社長が眼をみはった。

「十五尋といえば、九十呎《フイト》じゃアないか。……それを、素潜りで……?」

「——水眼鏡だけで、いつも潜っとりました」

「驚いたネ。これは。——じゃア、潜水服をつければ、兄さんを負かしてしまうね」

青年は、これには答えず、社長室の中をヂロヂロと見ていたが、

「こういうとこにいるよりは、海の底のほうが、暮しいいです」

恬《てん》として、うそぶいた。

技師は笑いながら、

「いや、典型的な海国男児ですよ。昨夜も家へ来てもらって話したことですが、勇三君は、オリンピックには、水上競技はあっても、水中競技——深く、長く潜って、色々の作業をやらかす、といったような種目がないから、気に喰わん。外国はともかく、せめて海国日本の体育競技には、その種目がなくちゃならん——というような意見を、たたかわしたもんですよ」

課長も笑いだしながら、

「ははは……そうなると、さしずめ、レコード保持者ってところだね」

「よろしい」

と社長がいった。

「ではひとつ、早速犬山君の、代りを勤めてもらおうじゃアないか。どうだね勇三君。やってもらえるかね?」

「はア、兄が、中途で気が違ってしまったという、その沈没船の仕事がやらしてもらえるでした

ら、兄の仇を打つつもりで、やってみます」

「それは頼母《たのも》しい。——じゃア勝本さん。早速人事のほうへ案内して、勇三君の希望もあることだろうから、あちらで、三木さんと相談してみて下さい」

話はきまった。

課長と青年が出て行くと、技師は、船長に向いながら、

「これでまず、潜水夫は出来た。あの青年なら、百万の味方を得たようなもんです。沈没船に関する特殊な智識は、これからみっちり仕込みます。ところで船長。あなたのほうは、どうなってますか？　例の、脱退組の二人のほうは……？」

船長は髯面を撫上げた。

「うーム。実ア、それなんだがね。……どうもそれが、面目もない次第で……いまも、社長さんへは話したんだが……やはりその、補充を入れることにしましたわい」

「二人は、どうしてもダメでしたか？」

「ンまだ、全然見込みがないわけではないが、しかし、急場の間には、合いそうもないですでな」

「それで、補充のほうは……？」

「火夫が一人、話が出来かけとるんだが、ホース持のほうは……」

「二番ホース持ですから、無経験でもいいじゃないですか。……では、それでひとつ、大急ぎで話を進めて、ホース持も探して、すぐにも仕度にかかろうではありませんか」

「そうだね。ま、そうしてみましょうわい。岬さんの方が、意外にうまく行ったんで、これア、気の揉めることですて……」

船長は、それから、話題を改めて、ゆうべ水夫の松田君が、船長のところへ持込んだ、例の混血娘、峰マリコの行動に関する報告を、逐一岬技師に語って聞かせた。

「ははア、なるほどね。どうもその、掃部山の逢曳の話なんかは、ちょっと怪しむべき行動のよ

うだけれど、しかしもう、今となっては、そんな女なぞなにをしようと我々の仕事には、直接影響はないんですからね」

技師は、だが、そういっただけで、あまりその女の話には興味もないらしく、ひたすら仕事の前進にのみ、心をとられている様子だった。

二

油の浮かんだ水面に、帆柱や錨綱がゆらゆら映っている。

海岸通りの岸壁。

そこからはり出した小さな桟橋に、船腹を横づけにした第二更生丸の上では、水夫達が出船の仕度に忙しい。

タラップを渡って、新らしい機具や食糧を積みこむ者。

マストやデッキの上で、出船の装備を整える者。

ボイラーには既に火がはいったとみえ、太い煙突からは、もくもくと煙が流れ出ている。

その煙の影を体にうつしながら、船長は指図に忙しい。

——あれから船長は、丸二日間足を棒にして駈けずり廻り、やっと二人の船員の補充をつけて、きょう、いよいよ出帆の運びに至ったのだ。

思いがけない色々な出来事のために、再出発は今日までおくれたが、しかし、いま、体制は立派に整った。乗員は誰もかも元気いっぱい、ガッチリと心を組んで、新らしい出発にはり切っている。

やがて、岬技師が、新人潜水夫犬山勇三君を連れてやって来る。

船長が駈けつける。

三人は、ホースやポンプや、その他潜水装備について、細かな点検をはじめる。

自動車がとまった。

波切社長が、課長と一人の社員を連れて、わざわざ見送りにやって来る。

出帆の仕度は、完全にととのった。

纜《ともづな》が解かれ、タラップがあげられる。

船長と技師は、操舵室の窓から、見送りの一行へ挨拶する。

いまや、船長は得意である。ないも（汽阡）でビールを呑まなくとも、こうして社員達に見送られながらいよいよ出帆ともなれば、小さな工作船の船長も、遠洋航路の大汽船の船長に劣らぬ、堂々たる貫禄を見せてくるのである。

カランカラン、
と、小さな合図の鐘が鳴って、汽笛が、
ボーッ、
と仔牛のような唸りをあげる。

いよいよ、出帆だ。

「後退《ゴースターン》！」

号令がかかる。

機関《エンヂン》の快い律動が、聞えて来る。

が――

船は、動かない。

船長は、操舵室の横窓から、身を乗り出すようにして、船尾のほうを見る。そこの水面には、泡も立っていない。

「おい。どうしたんだ。早く出さんか！　後退だッ……」

船長は、もう一度伝声管に呶鳴りつける。

機関の律動が、一段と高くなる。

が——

まだ船は、動かない。

船長はいささかあわてた顔つきで、もう一度窓から身を乗り出して船尾を見る。だが、水面は相変らず、静かなものだ。

船長はいらいらして、うしろの運転士のほうを振返ろうとした。

と、この時——

ガガガガガガガ、ヅヅゥーン……

異様な衝動が船尾のほうから伝わって来たかと思うと、

「あ、畜生!」

と、いままで舵輪をつかんでいた運転士がいきなり叫んだ。

「船長! 変ですぞッ! 舵輪が動かなくなったッ」

「な、なに、動かねえッ!」

船長は顔色をかえて、運転士のところへ駈けつける。が、すぐに伝声管へ、

「ストップ! 機関を止めろッ!」

呶鳴りつけて、カタ、コト、靴音を鳴らしながら、機関室の梯子のほうへ駈けつけて行く。

——急に、船内が騒がしくなった。

間もなく船長は、機関室から飛び出して来ると、水夫達へなにやら喚きながら、船尾のほうへ駈け出して行く。

「どうしたんだ!」

「どうなったんだ!」

技師も、潜水夫も岸壁の見送りの連中も、みんな一斉に船尾のほうへ駈けよって、船長と同じように、下の海をのぞき込んだのである。

——そこの水面には、夥しい油が浮出し、あたりいちめんに拡がりはじめていた。

三

南の海の絵のような水底へ、最初の身を躍らせようと張切っていた若い潜水夫は、まず横浜の港の、濁った水の中へ、潜らねばならなくなった。

（どうやら、推進機《スクリュー》に故障が起きたらしい）

わずか一尋前後の潜水なので、裸になると水眼鏡を持ったまま、第二更生丸の、船尾の海へ飛込んだ。

眼鏡をつけて、クラリと身をくねらして潜ると、もう二三分は出て来ない。濁った水の中から、逆様になって水を蹴っている白い蹠《あしうら》だけが、時々見える。——人びとは固唾を呑んで、のぞきつづけた。

と、やがて、潜水夫は顔を出した。

上からのぞき込んでいる船長を見あげながら、

「——どうも、えらいことになっとりますよ……」

「え？　ど、どうなっとる」

「推進機と舵との間へ、腕くらいの太さの鎖が、巻きついとります」

「なに、クサリが？」

「はア、それも、まるで推進機のプロペラと舵とを縛りつけでもするように、三重にも四重にも巻きつけたります」

「ど、どういうことだ。それは……?」

「どういうことだか判りませんが、そうなっとるところへ持ってきて、ムリにエンヂンをかけちまったものだから、推進機のプロペラも、舵の下のほうも、鎖にネジれこまれたような形になって、クシャクシャに毀れちまっとります」

「なに、クシャクシャに?……」

「はア、クシャクシャに毀れちまっとります。ちょっと鎖を引っぱってみましたが、喰い込んじまってビクともするものじゃアありません。どうも、えらいことになっとりますよ……」

「ウーム……」

船長は蒼くなってソリ返ってしまった。が、すぐに気をとりなおすと、みるみる今度は赤くなりながら、急いであたりを見廻し、すぐ側に立っていた運転士をみつけると、

「おい、君。操舵検査はしてなかったか?」

「いいえ。昨日の夕方、出帆ときまった時に、チャンとひと通りしてあります」

「ウーム。――すると、昨夜のうちに、何者かが、出帆を妨げようとして、ハメこみやアがったな! 畜生ッ!……」

それから桟橋に立っている連中のほうへ向って、「お聞きの通りです。――残念ながら、ひとまず出航をとりやめて、至急善後策を、御相談願いたいと思います」

纜《ともづな》が再び投げられ、タラップがもう一度下ろされる。

社長一行が、呆れはてて硬わばった顔をしたまま、タラップを登って行く。

――操舵室で、とりあえず緊急の会議が、開かれた。

その結果――

まず、鶴見にあるかかりつけの船渠《ドック》から、修理専門の潜水夫が呼寄せられた。

潜水夫は、第二更生丸の破損箇所を鑑定して、すぐに云った。

「なるほどヒドい。こりゃアとてもダメですね。船渠入りですよ。……さア、あげてみなくちゃ判りませんが、まず、二三週間はかかるでしょう」

「なに、二三週間？」

「ええ。なんしろ、スクリューの軸まで、曲ちまってますからね」

——なんとも、仕方がない。

とりあえず、積込んである荷物を全部降ろして、すっかり裸にされると、動かん工作船第二更生丸は、社有の小さな曳船に曳かれて、その日のうちに、鶴見の船渠へ廻航される。

波切海事工業所には、小型の港内の曳船や平底船は別として、第二更生丸級の装備を持った工作船は、三艘しかない。そのうちの二艘は、目下引上工事中の銚子沖の海へ出張っており、残る第二更生丸は、故障を起してしまった。これでは手も足も出ない。みんな、すっかり力を落してしまった。

岬技師は、黙ってしまってものもいわない。

船長は髯面を撫上げながら、唸りつづける。

若い潜水夫は、腕をさすりながら脾肉《ひにく》の歎だ。

——その晩、住吉町で、改めて幹部が、会合した。

「どうも驚いた。いったいこれは、どうしたということでしょうな。猛川さん」

さすがの波切社長も、きょうは少なからず昂奮している。

「いやどうも、申訳もありませぬわい。わし共としましては、充分の仕度も点検も、すましてあったんですが、まさかスクリューと舵へ鎖が巻きつけてあろうなぞとは、思いもよらぬことですからな」

「昨日の夕方の操舵検査には、何事もなかったんですから、昨夜のうちに何者かが、悪戯をしかけたとしか……」

運転士の言葉に、社長は乗出して、

「いや、これは、悪戯なぞといった程度のものじゃアない。明かに、出航を妨害しようとして企てられた。悪質きわまる仕事だと思う。早速警察へも、届けなければならん……」

船長は眼をムいて、一座を見渡しながら、

「まったく、その通りですて……いったい、なに奴がこんな不敵なマネをしくさりおったのか、わしはこれから、そいつをみつけ次第、首ッ玉と足に鎖を巻きつけて、ネヂ切ってやりますわい」

「――どうも、これは」

と、課長が乗出した。

「考えてみますに、われわれはいま、なにか非常に悪質な陰謀の、対象になってるんじゃないかと思われますね。……犬山君が誘拐されたまま、いまだに出て来ないことといい、船員が二人も脱退したこととといい、それから、今日のこの、とんでもない破壊行為といい――こう考えて来ると、これはみな、どうも偶然バラバラに起上って来た出来事ではなくて、何者かが、われわれの事業を妨害しようとして、外部から企てている一連の陰謀ではないかと、思いますね」

「ふム、なるほど」

社長がいった。

「すると、いったい、誰がそういう陰謀を仕掛けて来るのだろう。そしてまた、なんのために、そんな陰険なマネをするのだろう。――同業者かな？　マサカね。廃船の引揚げなんて、金儲け主義の仕事じゃないから、陰謀を弄して相手を痛い目に合わせてまでも、競争しようというほどの阿呆もおるまいし……いったい、何者が、何のために敵対して来るのか。そいつがサッパリ判らんじゃないかな？」

「私は、こう思います」

と、岬技師が、始めて口を開いた。

「私達の仕事が、ある悪質な陰謀の対象になっている、ということは、これはもう、課長の仰有る通りで、疑いもないところだと思います。そして、その陰謀の主も、社長の仰有る通り、同業者でないことは、間違いないと思います。ではいったい、誰がこんな陰険なマネを仕掛けて来るかというと、――むろんまだ、相手は姿を見せていないんですから、その正体をあばくわけにも行きませんが――どうも、これは、そもそもあの沈没船に、大きな関係があるんじゃないかと、思います。陰謀の主は、私達があの沈没船に近づくことを、非常に恐れている。そして、いかなる妨害手段を講じてでも、私達の引揚事業を喰い止めようと、あるいは少しでも永くおくらせようと、企てている――と、こう考えるのが、正しいんではないかと思います」

技師は、煙草に火をつけると、語調を改めて、

「――実は、私は、いままで、あの犬山君が、沈没船重慶丸の中で、奇怪な目に出会ったということを、あり得べからざることとして頭から一笑に附し、殆んど問題にしていませんでしたが、これはどうも、私の間違いだったらしいです。そしてまた私は、いままで仕事に熱中したあまり、遮二無二再調査への出発を急いで、もし万一、あの沈没船の中に可怪しなことがあるとしても、とにかく重慶丸を引揚げてしまえば、万事解決しちまうんじゃないかと考えて、少しも早く出発することにばかり、気をとられておりましたが、これもどうやら、私の軽卒だったらしいです。私達の闘いの目標は、海の底の重慶丸ばかりではなく、私達の周囲にもある。私達はまず、私達の周囲にあって、しきりに挑戦しかけているこの見えない敵を引きずり出し、そいつを叩き伏せてからでなくては、安全に重慶丸を引揚げることは出来そうもない、ということが、どうやらやっと、判りかけて来ました」

「そうだ。岬さんのいう通りですわい」

と、船長が力強く云った。

「わしにはどうも、岬さんのように巧く考えを表わす力がないが、腹ン中では、ボンヤリながらも、そういう風に考えとりますんじゃ。なにかこう、モヤモヤッとしたものがわし共の周りにあって、そいつがいつもわし共を苦しめとる。でそいつをこう、カーッと叩き破って出発せんことには、まるで眼隠しされて夜道を歩かせられとるような塩梅《あんばい》で、どうにも気持がカラッとしません。これはわっしだけではない。乗組の者も、殆んどみんな、考えとることだと思う。で、みんな、実は、腕がムズムズしとるんですわい。せめて敵が、片影でもみせれば、たちまちワーッとばかり攻めかかって、思うさまにウップンを晴らすことも出来るわけですがな。……そんなわけですから、いまの岬さんの御意見には、わし共大賛成ですわい。じゃアひとつ、一戦を交えますかな。あんたがそういう風に、陣頭に加わって下さるとならば、わし共は、断乎として戦いますすじゃ！」

どうやら、小さな工作船の船長、今度はまるで、大艦隊の司令官にでもなったような、すさまじい元気を見せはじめた。

技師は笑いながら、

「いや、大いにやりましょう。が、しかし、戦いといっても、なんしろ相手は、全然姿を見せていないんですし、それに私は、単なる技術屋であって、どうも、沈没船の引揚げなぞには少々経験を持っていても、こういう性質の問題になると、サッパリ自信がありません。それで、これはやはり、専門家の協力を仰ぐことにしたほうが、いいと思います。どうでしょう。社長さん」

「うン、それはむろん、そのほうがいいね。だが、専門家といっても、そんな適当な人物が、あるのかね？」

「ええ。実は、いまちょっと、腹の中であてにしている人があるんですがね。その人ならば、恐らくこの事件も、立派に料理してくれるだろうと思います。が、しかし、頼みに行っても、果してその人が、こっちの依頼を聴き入れて、引受けて呉れるかどうかは、当ってみないことには判らないんです。がまア、一応その人に相談してみようと思いますから、ひとつ私に委せてみて下さい。

むろん、その人は、謝礼などを取るような人ではありませんが……」

「謝礼を取らない？　金が要らないのかね？　金は使ってもいいんだよ」

社長が、驚いたような顔をして、眼をみはる。

「ええ、ところが、謝礼を取るような性質のところでは、ないんです。お話すれば、有名な人ですから、知ってる方もあるかも知れませんが、しかし、一応相談をかけてみてからでなくては、引受けてくれるかどうか判らないんですから、ま、それまでは、私に委せてみて下さい」

技師はそういって、煙草の吸殻を、皿の中へ投げ込んだ。

国民防諜会

一

東京の空である。

債券の当籤《とうせん》番号をブラ下げたアドバルーンが、銀灰色の可愛い姿を浮べている。

バルーンの下のほうに、遠く細長い雲が一つ。

その雲の下から、黒い煙のようなものが動き出して、だんだんこちらへ近づいて来る。どうやら鳩の群れらしい。ぐるーッと大きく弧を描きながら、高いコンクリートの建物の屋根に、隠れてしまう。

建物と建物の間から、大きな音がして、五輌連結の省線電車が疾りいで、ガードを渡って行く。

市内電車が三台。

バスとバス。

鋪道の上には、あふれるような人の波だ。

――ちょうど、朝の出勤時間なので、勤めに出るビル街の人びとがあふれるばかり。

その人混みの中を、数寄屋橋《すきやばし》のほうから、新聞社の前を通って、丸の内の方角へ歩いて行く、一人の紳士がある。

年の頃三十五六。紳士といっても、決して通りの人達から、目立つような立派な風采をしているわけではない。至極平凡な、おとなしい背広を着て、コツコツと正常歩であるいている。

中肉中背。容貌も、これといって目立つところはない。ただ、キッと一文字に引き結んだ口のあたりに、なんともいえない特長を見せている。

といっても、むろん怒っている顔ではない。全体の感じは、むしろ柔和な顔つきで、両方の眼には、微笑しているような、柔かな光りをさえ湛えている。が、それにもかかわらず、その引き結んだ口のあたりには、一種いいようのない、威厳があるのだ。

さしずめ、

（口を結んでいる男）

とでもいったなら、その平凡な紳士の特長を、不充分ながらも、云い表わすことが出来るであろうか。

ガードの上を、再び省線電車が、疾り過ぎる。また、鳩の群れ。

紳士は、人波にまぎれそうになりながら、相変らずコツコツと、鋪道の上を歩いて行く。

やがて、ガードの近くへさしかかった。

有楽町の駅の前に、一人の年をとった婦人が、日の丸の国旗を四つに畳んで、小さな板の上にのせ、片手に墨汁の壺を持って立っており、その前に、四五人の人達が、小さな行列を作って、なにやら順番を待っている。

行列の前を、恐ろしい人波が、流れている。

紳士は、その婦人の姿をチラッと認めると、なんのわだかまりもない足どりで、すぐに人波を横切り、小さな行列のいちばんおしまいへ、ポツンと立ちどまって、静かに順番を待ちはじめる。

四人が三人になり、三人が二人になり……間もなく、紳士の番が来た。

紳士は寄添って、婦人の手から筆をうけとると、日の丸の白地にいっぱい書き並べてある人々の名前の横へ、同じくらいの大きさで、叮嚀に、

（横川禎介《よこかわていすけ》）

と、署名した。

それから、黙ったまま軽く一礼して、婦人に筆を返すと、再び前のような足どりで、何事もなかったようにガードをくぐり、ビル街のほうへコツコツと歩いて行く。

（横川禎介）

――紳士の名前が判った。

読者の中には、この名前を見て、ははン、とうなずかれた方もあるに違いない。

全く――横川禎介氏といえば、決して無名の人物ではない。丸の内八紘《はっこう》ビルに事務所を有し、最近とみに活潑な活動をはじめつつある、我国最大の民間防諜機関（国民防諜会）の主宰者で、ここ一二年の間に、矢つぎ早に数々の大事件に関係して、その快腕を思うさまに発揮して以来、急に有名になってきた愛国青年探偵であり、その縦横の活躍振りは、既に各方面の雑誌に紹介されて、一部の読者にはかなり馴染深い人物であるからだ。

だが、筆者はここで、まだ一度も横川氏の活躍に接したことのない、はじめての読者のために、一応、横川氏並びに、同氏の主宰する国民防諜会に就いて、簡単な説明をしておかなくてはなるまい。

青年探偵といっても、もう横川禎介氏は、見た通り三十を五つも六つも越している。前身はなに

をしていた人か、誰も知らない。

（警視庁の某要職についていた人だ）

という噂もあれば、

（いや、退役の将校だ）

という噂もあり、どれも、余りあてにはならない。

しかし、いずれにしても、最近某方面と密接な聯携をとって、この国民防諜会を結成すると、ラヂオに、講演に、著述に、展覧会に、あらゆる手段を通じて防諜思想の普及に努力する傍ら、一般の、防諜に関する一切の相談にも応じれば、また、進んで特殊の任務にもつこうという、いわば官民間の滑剤となって、挙国的防諜体制の確立強化のために、八面六臂の活躍を続けている人物であることだけは、間違いない。

また、横川氏は、決して七六ケ敷い人物ではない。気さくな、人なつこい性格で、既に読者も知らるる通り、いつも、微笑しているような柔かな光りを眼中に湛えているが、そのくせ口もとはキッと引き結んで、余計なことは口が腐っても喋らない。むろん、一旦必要とあらば、それこそ立板に水を流すが如く、堂々懸河《けんが》の弁をも辞さないのであるが、平素《ふだん》はまるで、唖《おし》みたいに黙りこんで、絶対に無駄口をきかないのである。

それからまた、横川氏の頭脳が、恐るべきものであることも、つけ加えなければなるまい。

第一に観察力が非常に緻密で、まるで学者のように、どんな細かなことでも見逃さない。そして、少しでも不審な点なり、腑に落ちない個所があったりすると、どんな事物に対しても、疑問のままで投げ出すようなことは断じてしない。あくまで喰い下って、合理的に合点出来るまで、追求し工夫する。はなはだ科学的な態度というべきであろう。

しかも、そこへ持って来て、無類な、天才的ともいうべき、空想力を備えているのであるから、正に鬼に金棒である。どんなに表面をとりつくろった、陰険きわまる謀略でも、必ず正体を見抜いてしまう。横川氏のこの手腕にかかって、いままで何人の、吾国を害さんとする悪辣な外諜が、摘発されたか判らない。

なんでも聞くところによると、某々国の大使は、その側近に対して、

「日本に、煙《け》むたいものが三つある。その第一は、最近頓《とみ》にたかまって来た国民の防諜的関心であり、第二は、沈着、俊敏、無類の当局の態度であり、第三は、横川というおかしな男である。こう、三拍子揃ってきては、もうこれからは、日本から新しい情報を引出したり、日本に対して新しい働きかけをしたりすることは、ちょっと六ケ敷くなって来た」

と、ひそかに洩らしたそうである。

これに関して、横川氏は、直に一つの意見を持った。

「なにを云うか。こういう愚痴の如き、お世辞の如き言葉こそ、明かに吾々をして油断せしめようとする、陰険きわまる謀略の一つではないか。なるほど、日本国民の防諜心が急速に高まって来てからは、今までのように白昼堂々大手を振っては仕事がしにくくなったであろう。が、だからといって、彼等の活躍は不活潑になったであろうか。否！　断じてしからずだ。白昼大手を振って仕事が出来にくくなったそれだけに、彼等の活躍は一方いよいよ地下潜行的となり、いよいよ陰険悪辣をきわめ、日夜吾国の各層各方面に対して、不断の秘密戦を益々強化しているではないか。われわれは断じて油断をしてはならない。それどころか、いよいよ志を固くして、見えざる敵から、断乎として国土を防衛しなければならない」と。

さて、このようにいろいろと書き並べて来ると、横川禎介という人物は、まことに理想的な日本人であり、強烈きわまる防諜戦士であって、心ある読者の中には、いささか作り物じみている、と不満を覚えられるムキがあるかも知れない。

が、横川氏は、幸か不幸か、決して左様《さよう》な、一点非の打ちどころもない理想の人物ではなく、たった一つではあるが、実に人間として、日本人として、見逃すことの出来ない欠点を持っているの

である。

玉に瑕《きず》ともいうべきその欠点とは、なんであるかというと、ほかでもない。——実は、まだ横川氏は、奥さんを持っていないのである。

三十五にもなって、しかも生めよ殖やせよのこの時代に、奥さんを持っていないなぞとはまことに穏かならぬ次第であるが、しかしこれとても、決して横川氏自身が、奥さんを持つことを嫌っているのでは断じてない。——国策の何たるかをわきまえずして防諜戦士もへちまもないのであってみれば、人一倍国策そのものの如き横川氏が、奥さんを貰うのを嫌ったり恐れたりするわけは断じてない。いやそれどころか、実をいえば、心ひそかに、(貰いたい)と思ってはいるのであるが、いかにせん、縁というものばかりは、人力ではなんともならん。いろいろと国事に奔走しているあいだについ貰いそびれて、今日に至ったという次第。

だが、まだ横川氏は若い。いまからでも決しておそくはない。ましてや、ひそかに(貰いたい)との意志は抱いているのであるから、いずれそのうち、立派な花嫁を迎えることであろうが……

——どうも、紹介にみが入り過ぎて、筆者は少し、横川氏の私事に干渉しすぎたようだ。このへんで一応筆端を戻し、もう一二重要な事柄に、ふれておきたいと思う。

ところで、八紘ビルの事務所には、所長の横川氏は別として、直接その手足となって働く所員は、男女合せて幾人もいない。が、会員として、直接間接をとわず国土防衛のために協力する所謂(国民防諜会々員)なるものは、実に夥しい数にのぼるのである。

横川氏にいわすれば、その会員の数は、正に一億を突破するという。

即ち、われわれ日本国民の凡てが、防諜会の会員であり、有力なるその主体なのである。むろんなにも、会員としての六ケ敷い資格も条件もない。老いも若きも、男も女も、われわれの偉大な祖先から受けついだこの美しくも尊い国土を真に愛し、身を以てその安泰を外敵から守らんとする日本人である限り、年齢も性別も職業も、身分も問わず、おのおのの職域、それぞれの地域にあるがままのその姿で、立派な防諜会々員であるという——もう少し突込んでいえば、いま、かく語っている筆者も、また、この本をひろげて、この物語を読んでいられる読者のあなたも、そのままの姿、そのままの位置で、既にして立派な、有力なる会員であり、少くとも今日からは、いまからは、横川氏と同じように口をキリッと引き結んで、見えざる敵との戦いに、一段の拍車をかけなければならないという、実に強力尨大なる一大国民組織なのである。

さて——

防諜会の紹介に、思わぬ時間を費している間に、もう例の、無言の紳士横川禎介氏は、だいぶの距離を歩いたようだ。筆者は急いで、あとを追わねばなるまい。

有楽町のガードをくぐって、もう殆んどビル街の中心に近い、とある鋪道の上を、横川氏は歩いている。

筆者が、不遜にも、

（彼は奥さんを貰いたがっている）

なぞと、ひそかに読者に囁いたことなぞは、とんとごぞんじない様子で、例の如く、口をキリッと引結んだまま、街路樹の蔭をコツコツと歩いている。

と、やがて、堂々たる八紘ビルの姿が、横川氏の前に現れた。

横川氏は、静かに、そのビルの長い階段を登りはじめる。

間もなく×階の、国民防諜会。

ドアをあけて、事務室の中へはいると、

「おはようございます」

女秘書の柴谷《しばや》菊子嬢が迎え出て、隣りの応接室のドアを眼で差しながら、

「あの、お客様ですけど……」

といった。

「え？　お客さん？」

横川氏は、帽子をかけながら、

「いったい、誰なんだね」

「こういう方なんですけど……もう、十分ほど前からお待ちかねです」

菊子嬢は、盆にのせた一葉の名刺を、差出した。

そこには、こう書いてある。

（波切海事工業所、岬憲作）

二

「お待たせしました。私が横川です」

ドアをあけて、応接室へはいって来た横川氏が、思ったよりも意外に若々しい人物だったので、
岬技師はやや驚いた様子だ。

「どうもお忙しいところを、早くからお邪魔しまして……」

「いや、どういたしまして」

横川氏は気さくな微笑を浮べながら、

「ま、どうぞ、お掛けになって下さい」

椅子をすすめながら、それとなく鋭い一瞥を、相手へ投げかける。

技師は、腰をおろしながら、いささか固くなって、あたりを見廻した。

なんの装飾もない、応接室である。

ただ、壁間に一面の額が掲げてあって、そのうえに、誰の筆になるものか、

満蒙風雲急
志士赴国難
悠々入死此
笑殺碧眼奴

どうやら、日露戦当時の有名な志士が、重大使命を帯びて北京《ペキン》を去るにのぞみ、残したと伝えられる壮烈な詩が、書かれている。

「――して、御要件は?」

横川氏が、早速切りだした。

「ええ、実は、少し唐突なお願いで、恐縮なんですが」

技師は、ちょっと、どう切りだしたものかと迷うように、言葉を切ったが、すぐに思い切ったようにつづけた。

「……実は、なんです、只今、私達の会社で、沈没船の引揚げ事業をはじめているのですが、それについて、最近、はなはだ奇怪な妨害事件が頻発いたしますので、是非ひとつ御明断を仰ぎたく、御相談にあがったのですが……どうもそれが、はたして、こちらへ御相談にあがるような性質の事件であるかどうか――つまり、防諜上の関係があるような事件であるか、それとも、全然別の種類の事件であるか、その点、どうも私達には、ハッキリしたものが摑めませんので、実は、少し気持が臆していたわけなんですが……」

「ああ、そのことでしたら、どうぞ御心配にならないで下さい」

と、横川氏が遮切るように云った。

「この防諜会へは、どんな性質の事件を持込まれても、差支えないんです。――どうも、防諜とか、防諜会とかいうと、まだ一般の皆さんは、なにかこう、秘密を盗もうとするスパイだとか、爆弾をさげてウロウロしているスパイだとか、そういう者ばかりを目標にして、それに対して防衛をする仕事のようにばかり、考えられる傾向が残っているようですが、これはたいへん狭い解釈でして、むろん私達の重要な目標の一つが、そういう所謂敵国の第五列に置かれていなければならないことも、事実には違いありませんが、しかし、決してそればかりであっては、ならないのです……」

横川氏は、急に云いたいことがいっぱいになってきた、というように眼を輝かせながら、

「むろん、もうあなたも、こんなことは御存知だろうと思いますが、いったい防諜とは、武力戦以外のすべての秘密戦に対する全体的な防衛なのでして、この意味から云って、防諜という言葉は少し受ける感じの意味が狭過ぎ、むしろ防衛とでも呼ばなくてはピンと来ない、と思われるくらいに広義なものなんですが……いま、私達は、これをもう一歩広く解釈して、その蔭に直接敵国の魔手が躍っているといないとにかかわらず、国内で国民が、知らず知らずの間に行っている凡ての利敵行為をも防諜の最も重要な目標の一つとして取りあげているわけなんです。つまり、闇取引でも、買溜めでも、売惜みでも、金属の出惜みでも、不良少年の問題でも、あるいは単なる殺人事件でも、窃盗事件でも、そのほか凡て、高度国防国家建設のための真の新体制確立にとって、禍いとなるところのもろもろの出来事は、それが国民のいかなる階層で起ることであろうと、全部、日本の新体制確立を恐れる外国をして、多かれ少なかれ手を叩かして喜ばせるところの純然たる利敵行為でありますから、私達防諜会ではそれら一切をも事業の目標として、その絶滅のために、一億の防諜戦士と固く手を結んでたたかっているわけです。ですから、その意味で、一見どんなにスパイと関係のないような出来事でも、単なる犯罪事件であっても、私達は当局と密接な連携をとって、進んで処理に当りますから、ドシドシ持込んで下さい」

横川氏は、ここでちょっと語を切ると、少し顔を赭《あか》らめながら、

「や、どうも、つい意余《こころあま》って、前置が長くなりましたが、とにかくそういうわけですから、決し

て気臆れなぞなさらずに、遠慮なく聞かせて下さい。それに、いまちょっと、伺ったところでは、沈没船の引揚げをしていられるとのことでしたが、それでしたら、目下喫緊《きっきん》の国家的事業ですし、もしそれに対する妨害行為であるとすれば、何者が、なんのために企てているにしろ、こいつは絶対に見逃すことは出来ません。大いにお力になりますから、是非ひとつ聞かせて下さい」

　横川氏の力強い言葉によって、岬技師が、いままでひそかに抱いていた危惧は、あとかたもなく吹き飛んでしまった。

（ああ、やはり、いい人に相談してよかった）

　技師は、はかり知れぬ頼母しさと満足を覚えながら、早速、いままでに起上った怪しい出来事の凡てを、始めから出来るだけ正確に説明するのだった。

　――沈没船重慶丸の怪事から、犬山潜水夫の発病と奇怪な失踪、二人の船員の脱退と不思議な混血娘の行動、それから昨日の、第二更生丸の出帆妨害事件に至るまで、既に読者も知らるる通りの一件を、細大洩らさず説明するのだった。

　横川氏は、口をキッと結んだまま、そもそもの話のはじめから、異常な興味を持って聞いている様子だった。

　技師はひと通りの説明が終ると、昨夜住吉町で、社長や船長の前へ披瀝したと同じような、この事件に対する自分の解釈をも、簡単につけ加えることを忘れなかった。

　話が終ると、横川氏は思わず、

「うーム」

　と唸って、

「どうもこれは、面白い、といってはなんですが、近頃耳にしたこともないような、実に奇々怪々な、興味深いお話ですな。いや、よく御相談下さいました。まだ、深く考えてみなくてはなんとも云えませんが、ザッとお話を伺ったところでは、この事件に対する私の考は、只今のあなたのお考えと、全く同じです。――これは確かに、この沈没船の中に、なにか重大な秘密があって、その秘密を守るために、何者かが、あなた方の引揚げを中止させるか、あるいは少しでも先へ延期させようとして、あなた方の再調査への出発を、あらゆる手段を講じて妨害しているに違いありません。そして、お話では、色々と妨害行為をしているようですが、その中で、その犬山という潜水夫を、病院へ連れて行かれる途中で誘拐してしまったという事件は、これは、あなたがたの再出発を妨害するというよりは、犬山潜水夫の病気が全快して、その潜水夫の口から、潜水夫が海底の沈没船の中で見たという秘密の詳細が洩れるのを恐れて、未然にあなた方の手から奪い去ったと見るべきでして、これは、あとの妨害行為なぞよりはずっと悪質のものですね。恐らく誘拐犯人は永久にあなたがたの手へ潜水夫を返さないつもりでしょう。これはどうも、相当慎重にかからないと、その潜水夫の身に、万一の間違を起すような結果に、ならないとも限りませんね……」

横川氏は、深くその点を憂えるように、技師の顔をヂッと見詰めたが、すぐにつづけた。

「いや、お話はよく判りました。少し調査を進めてみなければ、鬼が出るか蛇《じゃ》が出るか見当もつきませんが、どの途見逃すことの出来ない大事件には相違ありません。よろしいです。早速お引受けして、これから直ちに御協力することにいたしましょう……ところで、問題の中心は、その重慶丸という沈没船にあるようですが、私達の敵は、私達のすぐ近くにいるようです。私達は、まずその敵をみつけ出し、叩き伏せねばなりません。そこで、早速戦闘開始ですが、まず、これからすぐにとりかからねばならないことは、お話にあった、二人の脱退船員を一応調べてみることと、その二人の蔭にまつわっていたという混血娘の行動を調べてみること、この二つですね。それで、その混血娘――なんとかいいましたね？」

「峰マリコ――と称していますが」

「そうそう、その峰マリコと称している混血娘が、毎日掃部山へ、待呆けばかりの、妙な逢曳に出掛ける時間は、三時でしたね。するとそれまで、まだ半日の余時間がありますから、その前に、まず、二人の脱退組のほうを片附けましょう。――いまのところ、この事件では、その二つが最も重大な手掛りです。沈没船の中で起上った怪事やその秘密については、そうした調査を進める傍ら、ひとつ充分に研究してみることにいたしましょう。――ところで、その二人の船員の、所在は判っているでしょうね?」

「ええ、住所は、判っておりますが」

「では、私はこれから、三十分もしたなら、御地へ出掛けますから、あなたはひと足先にお帰りになって、その二人を、なんとか口実をもうけて、一度社のほうへ呼出しておいてもらえませんか……まア、退職の手続に関することでも、もう一度乗船を勧誘することでも、なんでもいいではありませんか」

「承知しました」

横川氏はそれから、沈没船重慶丸の、沈没当時における、判明している限りの状況や、その正確な沈没位置等を、もう一度訊きとると、そいつをメモに書き入れた。そして、全身に満々たる闘志を見せながら、岬技師をドアの外へ送り出した。

三

横川禎介氏が、横浜住吉町の波切海事工業所へ、姿を現わしたのは、それから間もなくのことであった。

ただし、横川氏は、一人きりではない。若い、美しい、女性を一人伴っている。

秘書の、柴谷菊子嬢である。

――前から横川氏をごぞんじの読者にとっては、この女性もまた、お馴染の人物であろう。横川氏の遠縁にあたる家の娘で、防諜会結成当時から横川氏の秘書となり、複雑多忙な同氏の身辺雑務をテキパキ処理していようという、タイプも打てれば英語も使える才色兼備の新女性だ。

尤も、タイプも打てれば英語も使うなぞというと、さだめし欧米かぶれの鼻持ちならぬ娘のように聞えるかも知れないが、事実は決してそうではない。そのようなことは、日常彼女が、目立たない地味なものではあるがシャンとした洋装をしていると同じように、彼女の職掌上の必要がもたらしたところの特殊の才能であって、その溌剌たる淡紅色の美しい皮膚の下に、脈々として波打っている愛国の血潮は、横川氏のそれにくらべて決して濃くとも薄くはないという、立派な大和撫子《やまとなでしこ》なのである。

防諜会には、直接横川氏の股肱《ここう》として、彼女のほかにも、柔道五段の明石君、青年科学者の沖君、情報係の鐘崎君等々多士済々《たしさいさい》の猛者《もさ》連中が揃っていて、横川氏がなにか行動を起すような際には、時により場合に応じて、単身出掛けることもあれば、またこれらの連中の中からその時々に必要の人物を連れ出すこともあって、菊子嬢なぞも、もういままでに何度大小の事件にお伴をしたか判らない。しかもその都度彼女は、かなり危険な仕事にも進んで従事し、立派に助手としての任務をはたして来たのである。

女といえどもバカにならない。

横川氏にいわすれば、

(柔よく剛を制す)

であって、百人の男子が逆立ちしても及ばぬ仕事を、眼の色一つでテもなく片附けてしまうというようなことも、実際多々あるのだから仕方がない。

それかあらぬか——今日も今日とて、横川氏は、沈没船事件の最初の調査に、早速彼女を連れ出して来たのだ。

尤も、きょうの調査行に彼女を伴ったのは、恐らく、場合によっては例の疑問の混血娘と、何等かの折衝が生ずるかも知れない場合を、おもんぱかってのことであろうが……

さて——

横川氏と菊子嬢が、住吉町の波切海事工業所についた時には、ひと足さきに帰った岬技師の手配によって、例の二人の脱退船員——二番ホース持の杉下と火夫の袴田が、既に出社して、人事課で退職のことについて、改めて交渉をはじめているところだった。

横川氏は早速一室を借り受けると、その二人に来てもらって、自分の身分を簡単にあかすと、すぐ次のように質問をはじめた。

「私はいま、君たちも御承知の、ある重大な事件の調査をはじめているのだが、君たちも、立派な日本人であり、海国男子なのだから、どうか私の質問に、男らしく、正直に答えて頂きたい——ほかでもないが、一昨日の夕方から、昨日の朝にかけて、君たちはどこになにをしていられたか、差支えない限り、ひとつ正直に話して下さい」

この突然の質問に対して、二人はいささかムッとしたような顔をして、不服そうに横川氏を見返したが、間もなく気をとりなおして、自分達の行動を説明しはじめた。

それによると、一昨日は二人とも、夕方の六時頃から八時頃まで、南京街の（汽阡）でビールを呑み、それから、杉下は、オデオン座の活動をのぞいて、十時半頃日の出町の下宿へ帰り、袴田は（汽阡）からそのまますぐに、吉浜の海員アパートへ帰った、ということであった。

横川氏は、二人を待たしておいて別室に戻ると、すぐに菊子嬢に、二人の答えた通りを説明し、間違いがないかどうかを、実地に出張して調べるように命じた。

——どうやら横川氏は、一昨日の晩、第二更生丸に破損を加えた犯人が、二人ではないかどうかを、一応確かめてみるつもりらしい。

菊子嬢は、（汽阡）や、杉下の下宿や、海員アパートの所在を、岬技師から訊ねると、身を翻すようにして、横浜の街へ飛び出して行った。

横川氏は、再び前の部屋へ戻ると、改めて二人に対して、どうして第二更生丸への乗船を拒んだのか、そのことについて、諄々と説き訊ねるのだった。

「君たちだって、立派な新時代の海国男児じゃアないか。なるほど、その沈没船の調査に当っては、可怪しなことが起上ったかも知れないが、しかし、だからといって、そんなことで君たちが海を恐れたり、仕事を嫌ったりするなぞとは、私には信じられないことなんだ。海に関する伝説や迷信が横行したのは昔のことで、科学によって武装された新らしい海国魂の前には、どんな怪奇も、恐怖も、吹き飛んでしまうはずだ。どうして第二更生丸が厭になったのか、場合によっては力にならんこともないから、ほんとうの理由を聞かしてくれ給え。――早い話が、君たちそうして、更生丸をやめてしまって、今後の生活をどうして行くつもりなんだね？」

二人とも、はじめのうちは、言を左右にして、なかなか横川氏の質問の真意にふれようとしなかった。

が、やがて、遂に白状した。それによると――二人とも、近く、ある大きな船に、好い条件で乗組むことになり、既に契約金も手に入れて、そのために、第二更生丸は蹴ってしまって、毎日呑みまわっているのだ、ということだった。

「いったい、なんという船なんだね？」

横川氏の気軽な質問に、杉下が答えた。

「さア、そいつは、まだ判ってねえんですがね。どんな船で、いつ出帆するかってこともね……」

「判っていない？　これは驚いた。よくそんな、ボンヤリした話で、君たちは、大事な自分の身のふりかたを、まかせられたものだね？」

「そりゃア、契約金の払いッぷりだって、悪くねえんですから、間違いねえ話だってことは、判りますよ。それに、船の名前や、出航の時期なんかは、やはりこちらの会社へ悪いから、云わないんだと思うがね」

「ほんとうに、船の名前を、知らないのかね？」

「ええ、それはほんとですとも」

「ふム。しかし君たちは、船員の使用統制令なぞという法律が出ていて、そういう不徳義な引抜きが、許されないということぐらい、知ってるはずなんだがね」

「それは知ってますが、なんでも、そんな心配のいるような船じゃないからってことで、一切先方へまかせたりますんで……」

「ふーム」

横川氏は、ちょっと黙ってしまった。が、すぐに二人の顔を、ヂッと見較べながら、

「では、いったい、誰が君たちに、そういう話の口をきいてるんだね？」

「さア、それは……」

「誰なんだね？」

「…………」

「いえないのかね？」

「…………」

「じゃア、私がいおうか。——峰マリコだろう」

「え？」

と、二人は顔色をかえて、

「……ど、どうしてそれを、御存知なので……？」

簡単に、カマにかかってしまった。

横川氏は、質問を打切って、二人を人事課のほうへ返した。

すると、岬技師の知らせで、猛川船長と、例の長距離尾行者、水夫の松田君が、やって来た。

横川氏は、三人で一緒に昼食をとりながら、松田君から、混血娘のことをいろいろと細かく訊ねたり、船長に、二人の脱退組を、今後ともそれとなく監視していてもらいたい、というようなことなぞを、話したりした。

二時頃になると、やっと、菊子嬢が戻って来た。

「先生、二人とも、現場不在証明《アリバイ》が出来ましたわ」

と菊子嬢は、早速報告する。

「ほほう。アリバイが出来た?」

「ええ。杉下って人のほうが、オデオン座へ寄ったというのは、どうしても証明出来ませんけど、あとは全部、時間も殆ど正確に合っております。そして二人とも、帰宅後は、今朝まで一歩も外出しておりません」

――どうやら、あの晩、第二更生丸のスクリューへ鎖を巻きつけたのは、この二人ではないらしい。

横川氏は、しばらくヂッと考え込んだが、すぐに時計を見ながら、云った。

「いや、どうも、ありがとう。お蔭で、よく判ってきた。いよいよ問題は、混血娘だ。――ところで、もうそろそろ大事な時間も近づいて来るから、君、いそいで食事をすましてくれ給え。そして、出掛けるんだ。掃部山の散歩にね……」

丘の出来事

一

「――ええ、全く。毎日きちんと、掃部山へ、その奇妙な逢曳に出掛ける以外は、少しも怪しいところはないんです。……どうも気になったものですから、実は船長に内密《ないしょ》で、その後も一度、尾行て見ましたがね。やっぱりねえちゃん、出掛けますよ。そして、相変らず待人は来ず、力を落した様子で戻って行くんですがね。どうも私は、こりゃア逢曳なぞじゃアなくって、やっぱりただの散歩かな、と思い惑ったくらいなんです。いくらなんと思ったって、私共では、尻ッ穂《し》が抑えられないんですから、仕方がないですが、でも、タシカその掃部山の一件だけは、妙チクリンなものですよ。――あ、ここで待っていましょう。ここが目立たなくて、いちばんいい場所ですよ」

混血娘峰マリコの尾行にかけては、すでに偉大な経験者である松田君は、そういって、広場の人混みの中へ、立ちどまった。

――桜木町の駅前である。

(なるほど、ここなら目立たなくて、いい場所だな)

横川氏も菊子嬢も、そう思って、(老練な先輩)の言葉に、思わず感心の微笑を浮べながら顔を見合せると、静かにあたりを打眺めた。

――駅の大時計は、午後二時二十五分。

日盛りの広場には、乗降りの客の流れが、絶え間もない。その間に立って、バスを待ったり、時間を待合せたりするらしい人々の姿が、三々五々見えている。

トランクを持った洋服の男。

水兵さんとお婆さん。

横文字の新聞を、ポケットからはみ出さした外人紳士――

横川氏の一行も、その中のひと組となって、ボンヤリ時間を過しはじめる。

バスがとまって、また大勢の客が、広場へ流れ出る。

「本牧行《ほんもく》でございます。お乗りになりませんかア。はい、発車いたしまアす」

乗らない三人に埃を浴びせながら、バスは走り去る。

——二時三十分。

港のほうから、太い長い出船の汽笛が聞えて来る。

また、バスがとまる。

「あ、来ました。来ました」

と、この時、松田君が囁いた。

「ほら、あそこの鋪道を、桃色の服を着て、パラソルをさしながらやって来ます、向側の鋪道ですよ。判りますか?」

なるほど、松田君のいう通り、読者も既にごぞんじの、混血娘峰マリコが、電車通りの鋪道を、馬車道のほうからこちらへやって来る。妙に青白い彫《ほり》の深い顔が、すぐ眼につく。

例によって、桃色のワンピースに、靴下なしのサンダルという軽装で、豊かな栗色の髪の毛を、いてがみのようにサッサッと小さく躍らせながら、やって来る。

「なるほど、なかなか美人だね。顔色は少し悪いけど……」

横川氏が、菊子嬢のほうを見ながら、小声で囁く。

娘は、やがて駅前を通り越すと、真ッすぐに向いたまま、横浜駅の方角へ歩いて行く。

適当にやり過してから、三人は、あとをつけはじめた。

ガードに沿った、反対側の鋪道を、あるきはじめる。

「先生。こんなに大勢して、大丈夫か知ら……?」

菊子嬢が歩きながら、ふと心配そうに囁く。

「大勢だから、却って安全だよ。まさか、こんなに大勢で、しかも男女入混った三人連れで、尾行していようなぞとは、誰にしたってうなずかれまい。——尤も、公園へ近づいたら、松田君だけは、少しあとになってもらったほうが、いいだろうがね」

横川氏の言葉に、松田君は神妙にうなずきながら、

「承知しました。それにもう、私は、これで五度目ですからね。いくら面の皮が厚くても、少々気がひけますよ」

「まさか、いままでに、気づかれてるようなことは、ないだろうね?」

「ええ、それはもう、決して、そ、そんなはずはない……と思いますが……ね……」

と、松田君は、急に心細い声になって、語尾のほうをまぎらしてしまう。

横川氏は微笑いながら、

「いや、たいがい大丈夫でしょう。気づいているなら、出て来るはずはないんですからね。――もし、気づいていながら、こうして出て来るのだったなら、これはよほど自信のある、人を食った娘に違いない。尤も、なにも悪いことをしていないんなら、これはまた、別問題だがね……」

再び、黙ったまま、歩きつづける。

間もなく、峰マリコは、例の通り、紅葉坂へ通じる左側の横町へ、折曲った。

横川氏は、無言のまま松田君と顔を見合すと、少し歩いてから電車通りを渡り、おもむろに曲り角に近づいて行く。

娘は、もういつの間にか橋を渡って、紅葉坂のほうへ歩いて行く。

三人も、静かにあとをつけはじめる。まるで、公園へ散歩にでも行く人のような、ふりをしながら……

坂道では、上のほうからおりて来る、学校帰りの女学生の群れに、幾組も出会った。

丘の上に近づくと、註文通り、松田君は、少し遠慮しはじめた。

見晴しが、よくなって来た。

涼しい海風が、吹きつけて来る。

――こうして、間もなく混血娘と、三人の尾行者たちは、前後しながら、公園の近くまでやって来た。

娘は、例のベンチのところへ辿りつくと、誰かを待つらしい様子を見せて、例の如く、静かにベンチへ腰を下ろす。

横川氏の態度が、この頃から異常な緊張を見せはじめた。口をキッと結んで、眼を光らせながら、相手の挙動を見張りするための、絶好の場所を探すらしく、あたりを物色する様子。

だが、気に入った場所が見当らないとみえて、すぐに菊子嬢へ眼で知らせると、そのまま立止らずに、二人並んで、いかにも仲のよい男女の散歩者、といった具合に、桜の木の批評なんかしながらベンチにかけた娘の側を通りぬけて、奥のほうへ歩いて行く。

三四十間も行ったところで、遂に絶好の場所がみつかった。

海のほうへ向って、少しばかりポケット型に突出した丘の一角で、国民学校の子供が二人、なにやら写生をしている。

――娘のいる位置よりは、少し低いかも知れないが、その位置との間に、適当な繁みがあって、こちらからはよく見えても、向うからはちょっと気づかれそうもない、理想的な場所である。

横川氏は心をきめたように、静かに足をめぐらすと、子供たちのほうへ近づいて行った。

――どうやら、子供の相手をするようなふりをしながら、監視をはじめるつもりらしい。

二

「おや、君たち、なにを写生してるの？」

ニコニコ微笑を浮かべて、子供のほうへ近づきながら、チラリと、向うの混血娘のほうを見る。

――相変らず、ベンチに腰掛けたままだ。

「小父さん。あまり側へ寄っては厭だよ」

子供たちは、恥かしそうに絵を隠しはじめた。

「君たち、港を写生してるのかい？」

「ううん。僕たち港なんて写生しないよ。絶対に……」

子供たちは強く首を振った。

横川氏は、思わず微笑って、菊子嬢と顔を見合せながら、

「なかなか、しっかりした小国民だネ」

「小父さん。警察の人かい？」

「いいや、違うよ」

「じゃア、なぜ、そんなこと訊くの？」

「だって、君たち、絵を隠してしまうから、訊いてみただけさ」

――いいながら、もう一度、向うを見てみる。

まだ、腰掛けたままだ。

「じゃア、小父さん、見せるよ。……ほら、ご覧。桜の木を写生してるんだよ」

「ウーン、なるほど、なかなかうまいね」

「おだてたってダメだよ。僕たち、そんな、下の方を見て写生するような、悪い子供じゃないんだもの……」

後ろのほうから、松田君がやって来た。

「どうも少し、気がひけたものですからね、側を通らずに、ずうッと遠廻りをして来ましたよ」

汗を拭きながら、菊子嬢にささやいている。

「あ。あの小父さん。こないだ、蟬とってくれたひとだね」

子供の声に、松田君はニヤニヤして、頭をかきながら、草の上へ腰をおろす。

横川氏は、向うの娘のほうへ、注意深い視線を投げながら、再び、子供の相手をつづける。

「君たち、どうして、下の方を見て写生してはいけないの?」

「おや。小父さん、知らないの?」

横川氏が、わざとトボケた顔をして見せると、

「なアンだ。小父さん、知らないの! ダメだなア……だってあそこに、この附近から、下の方を向けて写真を撮ってはいけないって、札が立ってるじゃないの。……ここは、二十米《メートル》突以上の、高いところなんだよ。だから、ボーチョージョーいけないんだよ」

——混血娘は、ベンチから立ちあがった。

横川氏は、菊子嬢や松田君と顔を見交しながら、腕時計を見る。

——恰度三時だ。

いつまで待ってもやって来ない待人に、いらいらしはじめたような風情で、混血娘峰マリコは、ベンチの附近をぶらぶらしはじめた。例の通り、海のほうを向いて深呼吸をしたり、手に持ったパラソルを廻しながら歩いたり、苛立たしそうに爪を嚙んだり……

横川氏はそのほうへ、異常な注意をこめた視線をそそぎながら、いよいよトボケタ声で、

「なるほどね。ボーチョージョーいけないのかい。でも、それは、絵のことではなくて、写真のことなんだろう?」

「ううん、ちがうよ。それは、絵のことは書いてはないけど、だって、絵だって、うまく写生すれば、写真と同じように、下の方の大事な景色が判ってしまうもの。そんな絵が、うまくスパイに利用されたら、大変だよ。だから、立札に書いてなくたかって、写真と同じように、遠慮しなければいけないのさ」

「ウーム……」

「なアんだ、小父さん。ほんとにそんなこと知らなかったの？　ダメだなア。ウカウカしてると、スパイの手先にされちまうよ」

「ムーム……」

横川氏は、向うの峰マリコのほうを見ながら、しきりに唸りはじめた。

「キヨシ君。もう、よそうか？」

「うン、よそう。描けないよ」

愉快な小国民たちは、バタバタと写生道具を片附けはじめる。

「ウーム……」

横川氏の眼が、急にギラギラと輝きはじめた。もう、子供たちには構っていない。

「じゃア、行こう」

「行こう。……さいならア」

子供たちは、公園の奥のほうへ、駈け出して行った。

この時――

「……わかったぞッ！」

不意に、横川氏が、押殺したような低い声で叫んだ。そして、ベンチのほうを指差しながら、

「おい。あれを見給え、……傘だ。峰マリコのパラソルだ！……」

菊子嬢と松田君が、ギョクッとなってそちらを注視すると、そのうしろから浴びせるように、横川氏はつづけた。

「うム、とうとう見破ったぞ。問題はあのパラソルなんだ。よく見てご覧。――あの娘、手に持ったパラソルをクルクルと廻しているだろう。右廻しにクル、クルと小さく二度ほど廻すと、今度は逆に、左廻しにクルッと一度廻す。また右廻し……トン、トン、ツー、トン……か……」

横川氏は熱中して妙なことを云い出す。

——なるほど、見れば峰マリコは、例の派手な格子縞のパラソルを、柄を横にねかして手に持ったまま、なにげなく弄ぶように、クル、クルと、右に廻したり、左に廻したりしながら、静かにベンチの側をあるいている。

派手な格子縞が、動きの悪い水車のように、動いたり、とまったり、逆に動いたり、またとまったり……いったい、それがどうしたというのだろう？

だが、菊子嬢の不審の視線に答えるように、横川氏はつづけた。

「……トン、ツー、トン、ツー……か。うウ、読めるぞ。——おい。あのパラソルはものを云っている！　なにげなく弄んでいるように見せながら、その実、パラソルを通じて、恐るべき秘密通信をしているのだ！　電信符号《モールス》を利用した暗号通信なんだ！　柴谷君。君も、モールス符号は読めるだろう。ほら、あのパラソルを右へ廻すのは（点）なんだ。そして左へ廻すのが（線）なのだ。だから右へ二度廻し、左へ一度廻せば……（点）（点）（線）……トン、トン、ツー……となる。その調子だ。——ほら。今度は、左廻し、右廻し、また左廻し……ツー、トン、ツー、ツー……トン、ツー、ツー、ツー……トン、トン、トン、ツー……」

横川氏は、身を屈めるようにして、木蔭から向うをヂッと、まるでものに憑かれたようにして見詰めたまま、しきりにぶつぶつとつぶやきはじめる。

驚いたのは、菊子嬢と松田君だ。

横川氏の意外な言葉に、一瞬、胸板をえぐられでもしたようにサッと顔色を変えて眼を瞠ったが、だが、さすがは菊子嬢、次の瞬間には、もうヂッと木蔭に身を硬ばらしたまま、横川氏と同じように、不思議な水車——ものいうパラソルへ、燃ゆるような視線を注ぎはじめた。

それとも知らぬ峰マリコは、パラソルをクル、クルと廻しながら、静かに三間ばかり向うへあるいて行くと、立ちどまって、パラソルを気軽に持ちなおし、今度はこちら向きになって、同じようにクル、クルと軽く廻しながら、いかにもやるせない、といった風情で、こちらへ向って静かに歩きはじめる。

少しも、ぎごちないところはない。きわめて自然なポーズで、どこにもありそうな待人風景である。

横川氏は、いよいよ夢中になって、つぶやきつづける。

菊子嬢も、なにやらブツブツいいはじめた。

松田君ばかりが、あっけにとられたかたちで、キョトキョトと、向うを見たり、こちらを見たり
……

――峰マリコは、パラソルを廻しながら、三間ばかりこちらへ来ると、再び、持ちなおし、向きなおって、相変らずクル、クルやりながら、ブラリブラリと引返しはじめる。なんとも、じれったい、やるせなげな風情である。

と――

やがて峰マリコは、ピッタリ、パラソルを廻すのをやめてしまった。そして、サンダルの爪先で地面を蹴ったり、爪を噛んだり、あたりを見廻したり、しはじめる。

「うーム」

と横川氏が唸った。

「どうやら、終ったらしい。読めたかね？　柴谷君……」

「…………」

菊子嬢は黙ったまま、昂奮にほてった顔を呆然と見せるばかり。

「いささかびっくりしたらしいね。――いや、僕も少々驚いた。たぶん、こんなことでもしてるんではないかとは思ったが、まさか、パラソルを利用して、これほど巧妙な秘密通信を、していようとは思わなんだ。もう、あの混血娘はただものではない。松田君は、何度も続けて尾行したお蔭で、パラソルの秘密は判らなくても、なにやら怪しげな散歩ばかりする娘だと、気づくことが出来

たのだが、しかし、ふと一度や二度見かけただけの人では、絶対に怪しむことなど出来まい。愛人でも待合わしている娘としか、思われない巧みさだ。――そうだ。いまの信号を、僕が読みとっただけ日本語に訳してみようか。はじめのほうは、判らないでしまったが、（身ニ迫ル）という言葉があって、それから、（引上ゲテ可ナリヤ）と続いていたのだ。つまり、恐らくあの娘は（危険が身に迫ってきた。引上げてもよいか？）とでもいう意味の問合せを、何者かに向って、発信していたのに違いない！」

「……よく、判りましたわ」

菊子嬢が、熱い息と一緒にささやいた。が、すぐに、不審の眉をアリアリと寄せながら、

「でも、先生。いったい、誰に向って信号したのでしょう？　受信者は、どこにいるのでしょう？」

「そんなことは君判ってるじゃないか。――パラソルの背の向いていた方角に、受信者はいるんだ」

「じゃア、やっぱり、この丘の下に……？」

「そうさ。向うの、海だか、港だか、ガードの附近だか、知れないけど……」

「でも、あんな離れたところから、パラソルの、複雑な廻りかたが、判るか知ら？」

「なに云ってるんだ、君。望遠鏡という手があるじゃないか！」

横川氏は、ピシャリと叩きつけるようにそういうと、愚図々々してはいられないといった様子で、急に腰を浮べ、ヂリヂリと静かに場所を移動しはじめた。

少し前方の、一層深い木蔭へ逼《は》うようにして辿りつくと、そこから振返って二人を眼で招いた。

菊子嬢も松田君も、身を動かして、横川氏の側へ寄添った。

――そこからはもう、峰マリコの姿はよく見えないが、その代り、丘の下の港の風景は、前の位置より一層広々として、眼下に見渡せるのだった。

三

涼しい海風に乗って、港の騒音が吹きつけて来る。

地鳴りのような荷役巻揚機《ウインチ》の響。

重々しい起重機《クレーン》の唸り。

汽笛と汽笛。

けたたましい轟音は、ガードを疾る省線電車だ。

横川氏は、それらの響が一つになって盛上って来る、素晴らしい港の眺望の中へ、顔を突出すようにしながら、しきりに何者かを物色しはじめた。——峰マリコの秘密通信を受けとった相手が、当然返してよこすに違いない、返信の出場所を探すのだ。

が、相手は、なかなかみつからない。

ゴテゴテとした家並み。

ガードの上に光る線路。

波止場と倉庫。

無数の船。

水羊羹を流したような青い海。

防波堤。——それから向うは、縹渺たる東京湾だ。

横川氏は、急にいらいらしたように身を起した。伸びあがるようにして、木蔭の隙間から、峰マリコのほうを窺ってみる。

マリコは、青白い顔を海のほうへ向けて、胸を張りながら、風に吹かれている。

（これはいけない）

横川氏は再び屈み込むと、夢中になって港の眺望の中へ顔を突込みはじめた。

「柴谷君。君も探してくれ給え。あの娘の放った信号に対する返信を探すのだ。マリコはもう、海のほうを向いている。返信は、もう、どこかではじまっているかも知れない」

「……でも、先生」

と菊子嬢も、海のほうへ顔を突出しながらいった。

「相手もやはり、パラソルを使うのでしょうか？」

「なにを使ってるか、そんなことは予知出来んよ」

「望遠鏡を持って来ればよかった」

「バカを云いたまうな。相手のほうは望遠鏡を使ってるらしいが、マリコは肉眼で、深呼吸をしたり爪を噛んだりしながら、見てるんだよ。だから吾々だって、肉眼で見られるはずなんだ。――うム、そうだ。マリコが肉眼で見られるほどだから、相手の信号は、パラソルなどを使ってはいない。もっと大きなものだ。肉眼で、楽に見ることが出来るほどの、大きなものに違いない！」

「まア、素的！　その通りですわ」

「つまらん感心をしてないで、サッサと探したまえ！」

二人は、いや松田君も一緒になって、もう一度改めて、広い風景の中をグルグルと見渡しはじめた。

と――

急に横川氏の視線が、一点に釘づけになった。そのまま、動かない。

「ウーム……」

やがて、横川氏は唸りはじめた。そして、みるみる眼を輝かせながら、うめくように叫んだ。

「ウーム。判った。判った。とうとう、みつけたぞ！……」

眼の前の、港の一隅を指差しながら、
「ほら、あそこだ!……左。左。左の隅っこだ。ほら、大きな倉庫が並んでいる前に、小さな桟橋が、櫛の歯みたいに沢山海へ向って突出しているだろう……ウム……ツー、ツー、トン、ツー……その桟橋の附近には、なんだかゴタゴタと、あまり大きくない汽船やランチかいっぱい碇泊《とま》っているが、その船の中で……トン、トン、ツー、ツー……その船の中で、そら、煙突の横から、しきりに白い蒸汽を洩らしている船があるだろう。あの船だ。いや、あの白い蒸汽だ!……トン、ツー、トン、ツー……見給え。あの白い蒸汽を。出たり、とまったり、出たり、とまったり……長く続けて出たかと思うと、ポツンと短く吹き出たり……あの蒸汽の出かたが、モールス符号になっている!」

菊子嬢も松田君も、息をつめたまま、身動きもしない。

――なるほど、見れば、横川氏の指差すあたり、沢山の船がゴテゴテと碇泊している中で、しきりに綿の塊みたいな白い蒸汽を、長く、あるいは短く、鮮かに吹きあげつづけている船がある。廃汽《エキゾースト》なのだ。

だが、その廃汽の吹き出しかたが、モールス符号になっているとは、なんという意外な心憎さであろう。

思えば、広い港の風景の中には、船からも工場からも、黒い煙や白い蒸汽が、あちらこちらと絶え間なく吐き出されているために、うっかり見過すところだったのだ。

横川氏は、白い蒸汽を見つめたまま、つぶやきつづける。

「……ツー、ツー、トン……ツー、トン、トン……ツー……」

菊子嬢は、眼を瞠ったまま、ものもいわない。額の後れ毛が海風に戦《おのの》いている。

と、やがて、白い蒸汽がパッタリ止まって、出なくなってしまった。

あんまり一所懸命に、一点の白い蒸汽ばかり見詰めていたので、三人とも、瞬間、眼先がポーッとなった。

「残念だ。とうとう終ってしまったらしい」

横川氏が、肩を落して云った。

「もう少し、早く気づけばよかった。――だが、とにかく、要点だけは、これで摑めた。もっと前から、なにか信号があったらしいが、最後の、（引上ゲヨ）というのだけは、どうやら読みとれた。まア、これだけでもいい。……だが、いったい、あの船のいる場所は、どの辺なのだろう？」

すると、松田君が、熱ッぽい声を出した。

「――あれは、〇〇倉庫の向うですから、山内町の桟橋でしょうね。……いや、中央市場よりずっとこちらだから、表高島町になるかな？……いやいや、やっぱりどうも、山内町らしいですね……」

「ふム。いずれにしても、あの船こそ、峰マリコと同様、いやそれ以上に、怪しむべき船なんだ。マリコを操っている人間が、あの船に乗組んでいるんだ。そして、今日まで毎日、午後の三時を期して、陸上のマリコと、巧みな方法で秘密通信を交換していたんだ。みんな、あの船をよく覚えておいてくれ給え」

「でも、先生。あの近所には、同じような船が何艘もいて、特徴がないんですもの、ちょっとむつかしいですわね」

「あの辺は、内国貿易の桟橋に近いんで、それであんなに、小さな船が沢山着いてるんですよ。貨物船も、漁船も、曳航船も……あらゆる船がおりますよ」

「いや、いずれにしても」

横川氏は押しつけるように云った。

「あの船の姿は、よく覚えておいてもらわねば困る。小さな二本マストに、一本煙突……尤も、それだけではほかの船とも同じで、ちょっと特徴にならんかも知れんが……そうだ。船がうまく覚えられなかったなら、あの船の碇泊している位置を、あの位置を、よく頭へ入れておいてくれ給え」

「先生。あの、赤い屋根の倉庫を、目じるしにしたらいかが？　あの、屋根の赤い倉庫のすぐ前の桟橋ですから……」

「そうだ。それでいい。とにかく、よく覚えておいてくれ給え……さア、もうこうしてはいられない」

横川氏は、身を起すと伸びあがるようにして、木蔭の隙間から、峰マリコのほうを窺った。と――

横川氏の顔色がサッと変った。そして、いささかうろたえながら、叫んだ。

「失敗《しま》った、マリコが、マリコの姿が見えない!?……」

――まったく、例の、三四十間はなれたベンチの場所に、つい今しがたまで立っていた峰マリコの姿は、いつの間にどこへ消えてしまったのか、影も形も見えないのである。……

波止場の冒険

一

「おい。急いでくれ給え。愚図々々してると、大事な相手を逃がしてしまう！」

横川氏の言葉に、菊子嬢も松田君も、一斉に木蔭の繁みから躍り出した。

三人とも、ほとんど駈け出さんばかりの足どりで、いまさっきまで峰マリコのうろついていた、ベンチのところまでやって来た。

だが、マリコの姿は、どこにも見えない。

マリコどころか、日盛りの広場には、犬の仔一匹いない。

ただ、周囲の木立から、蟬の声が聞えているばかり。静かなものだ。

「うーム。残念。ついうっかり、船のほうにばかり気をとられていたものだから……」

「でも、先生。まだ、そんなに時間は経ってないんですもの、急げばきっと追いつけますわ」

「そうですね」

と松田君が、あたりを見廻しながら云った。

「この奥のほうへ行くようなことはないんですから、やはり、もと来た道を、引返してるに違いありません」

いううちにも、横川氏は、もう歩きだした。黙ったまま、駈け出さんばかりの早足で、もと来た道をドンドン引返しはじめた。

菊子嬢も松田君も、すぐあとにつづく。

坂道の上に出た。

が、下の坂にも、上の道にも、峰マリコの姿は見えない。

横川氏は、思わず舌打ちした。

が、すぐに、前よりも一層早い足どりで、躊躇なく坂道を下りはじめた。

歩きながらいう。

「どうも、ひょっとすると、吾々の尾行を気づいたのかも知れないね。この逃げ足の早さはどうだ。……とにかく、あの娘は、マリコは、(危険が迫ったから引上げたい)というようなことを、怪汽船の仲間へ問合せたくらいだから、この事件に吾々が乗り出したことぐらいは、どうやらもう、嗅ぎつけたに違いない。それで、ひたすら、引上げを急いでいるんだ」

「でも、あたしたちが横浜へ来たことなぞ、どうして判ったんでしょう?」

「なにも、この僕と君とが出張って来たなぞということは知らなくても、なんとなく身辺に、危険が迫ったと悟ったのさ。僕達の顔なぞ、知らないはずだからね。――とにかく、あの娘は、第二更生丸が帰港する直前から、(小湊)だの、(汽阡)だのという、船員仲間の人達が出はいりする場所に現れて、あの二人の脱退組をそそのかして、乗船を喰いとめたり、第二更生丸の動静に関する情報を、蒐めたりしていたに違いないから、波切工業所の幹部達が、あの連中に対する闘いを決意したことぐらい、どこからとなく嗅ぎつけたとしても不思議はないよ」

恰度この時、坂道の下のほうから、子供を連れた一人の婦人が登って来るのに出会うと、横川氏は歩みよって、叮嚀に訊ねた。

「ちょっと伺いますが。――いま、この道を、桃色の服を着て、派手な格子縞のパラソルをさした若い娘さんが、下りて行くのをお見かけになりませんでしたか?」

婦人は、胡散臭げに三人の顔を見交したが、すぐにいった。

「――ええ、そのひとでしたら、橋の向うで行会ったようでしたが。……ずいぶん急いで、電車通りのほうへ出て行きましたよ」

「ありがとうさん」

(やっぱり、この道を戻っていたのだ)

三人は、いよいよ足早に歩きだした。

間もなく、橋を渡って、桜木町の電車通りへ出た。

が、峰マリコの姿は、もはやどこにも見当らない。広い賑やかな電車通りの鋪道には、忙しそうな歩行者の姿が重なっていて、それらしい姿も見当らない。

三人は、電車通りを渡って、向い側のガードに沿って、比較的人通りの静かな鋪道に立って見た。が、やはりマリコの姿は見当らない。

横川氏は、立ったまま、もう一度残念そうに舌打ちした。

「とにかく、こうしていたって仕方がないんですから、ドシドシ歩いてはどうですか。そのうちには追いつきますよ」

松田君がいった。

「歩くといって、いったいどこへ行くのかね?」

「それはきまってますよ。あの娘は、もと来た道を戻ったに違いありませんから、そっちのほうへ、ドシドシと……」

「待ちたまえ」

横川氏は遮切った。そして、考えながら、静かにいった。

「——今日の峰マリコは、君が今まで尾行ていたいつもの峰マリコとは、違うのだ。マリコはもう、仲間から、引上げの命令を受けたんだ。だから当然、あの娘の行先には、疑問を持たねばならないわけだ。——第一に、引上げる、といっても、いったいどこへ引上げるのか? 第二に、一応住込先の(小湊)へ戻って、それからその疑問の目的地へ引上げるのか、それとも、(小湊)なぞへは寄りっこなしに、あのままで直接、その目的地へ引上げるか?……」

「さア、そいつアどうするか、判りませんね」

「でも、先生。その引上げ先というのは、例のあの、怪しい船のことではないでしょうか?」

「たぶんそうだろうとは思うが、確かなことはなんともいえないね……」

「いや、どうもそれは」

と松田君が、横川氏を遮切るように、口を挟んだ。

「——あの辺には客船なんて一艘もいなくて、みんな男臭い船ばかりなんですから、そんなとこの船の中へ、若い女が引上げて行くなんて、ちょっと考えられませんね」

「そうでもないさ」

と横川氏が、微笑いながら云った。

「だいたい今度のこの事件は、はじめから考えられないような事ばかりだよ。海の底の沈没船の中に女がいた、なんていうのに較べれば、波止場に繋がっている貨物船へ、女がはいって行くぐらいの事は、なんでもないよ」

と、横川氏は語調をかえて、

「とにかく、あのまま見逃さないようにして、マリコのあとを追ってさえ行けば、いま云ったような疑問は、すべて自然に解決されたんだが、敵もさるもの、ちょっと油断したばかりに、まんまと見失ってしまった……もうこの上は、吾々自身の力で、直接疑問にぶつかって行かねばならない。——そこで、いま、とるべき途が二つある。一つは、どこまでもマリコのあとを追って、探してみることで、もう一つは、例の怪汽船をつきとめることだ。それで、僕と柴谷君は、これからその船のほうへ出掛けるから、松田君は、念のため、一応その（小湊）へ出掛けてみてくれないかね」

「承知しました」

「それで、もし（小湊）にマリコが寄っているようだったら、充分注意して監視し、どこかへ引上げるような時には、すぐ尾行をはじめてもらう。そしてその間、適当に、公衆電話かなんかを使って、住吉町の社のほうへ、連絡をつけてもらう。あそこには、岬さんがいるから、あそこを連絡本部ということにしよう。僕からも、電話で頼んでおきましょう」

「判りました。それでは、もしマリコが、（小湊）にいなかったら、どうしましょう」

「いなかったら、仕方がないから、一応住吉町へ引揚げて、そこで待っていて下さい」

「承知しました。じゃア、出掛けます」

「あ、電車かバスで、行ったほうがいいね。もしマリコが、一応（小湊）へ行ったとしても、恐らく今日は、歩いてなぞ行かないでしょう。もう、向うへ着いてるかも知れない。だから君も、なるべく急いだほうがいい」

三人は、二組に別れた。

横川氏と菊子嬢は、肩を並べて、横浜駅のほうへ歩いて行く。

松田君は、桜木町の駅前まで歩くと、そこでバスに乗った。

一人になると、松田君の心臓は、妙にドキドキと鳴りだした。

（船乗りも面白いが、こういう仕事も、悪くないな）

窓の外の、流れる街を見ながら、そんなことを思う。

（どうも初手から、怪しい女だと思ったら、はたしてそうだった。人を待つようなふりをしながら、パラソルで信号を送るなんて、なんて油断のならねえあまッちょだ。――だが、もうこれで、三度も、いや船長に内密でやったぶんも入れて四度も、はるばると女のあとを追って、暑い道を通いつづけた、労苦も酬いられたというわけさ）

思わず、満足の微笑を浮べて、

（そうだ。やるぞ。もうこうなったら、断じてあんなあまッちょ、逃がしっこないぞ！）

なんだかまるで、大探偵にでもなったような、いさましい気持になりはじめた。

窓の外の横浜の街さえ、妙にみすぼらしく見えだした。

やがて、山下町。

バスを乗り捨てると、ひどくはりきった足どりで、瀟洒な洋館のズラリと並んだ鋪道を少しあるき、（小湊）のほうへ通ずる横町へ、颯爽と乗込んで行った。

と、この時。

その横町から、松田君が乗込む直前に出て来て、松田君から身をかわすようにしながら向い側の鋪道に立った、一人の若い女がある。

水色の地味な洋服を着て、小さなトランクを提げたりしているが、豊かな栗色の髪の毛を頂いた青白い顔は、まぎれもない、峰マリコである。

もう、だいぶ陽射しも傾いたせいか、パラソルなぞも差していず、チャンと靴下をはいて、靴を履いている。

――どうやら、入れ違いに、早くも住込先の（小湊）を、引上げて来たものらしい。

向側の鋪道に立ったまま、ちょっと振り返り、横町の中へはりきった足どりで乗込んで行く、松田君の後姿へ、片眼をつぶってニヤリと笑うと、そのままサッサと歩き出して、人混みの中へ姿を消してしまった。……

二

ちょうどその頃――

省線のガードを潜って、北のほうへ向う高島通りを、横川氏と菊子嬢はあるいていた。

途中で、住吉町へ電話をかけたりしていたので、意外に手間取ってしまったのだ。

二人とも、口をキッと結んだまま、コツコツと歩いて行く。

「この辺から曲れば、あの赤い屋根の倉庫のある、ゴテゴテした波止場のほうへ出られるだろう」

横川氏の言葉で、間もなく二人は、右側へ折れ曲って、小さな通りへはいって行った。

――なにしろ横浜も、この辺は始めての二人であるから、大体の見当をつけて歩くより仕方がない。

（とにかく、海へ出さえすれば、判るのだから……）

そう思って、ドシドシ二人は、東のほうへ向って歩きつづけた。

割に静かな通りだった。

行くほどに、商店らしいものが追々影をひそめて、いかにも下町らしい仕舞屋《しもたや》や、倉庫みたいなものが眼につきはじめた。

道は、左に折れ、また右へ曲る。

いよいよ静かになって、倉庫らしい建物の数がだんだん殖えてきた。

二人はそうして、二十分も歩きつづけた。

が、まだ海へは出られない。

「あの丘の上では、海なぞすぐ眼の下に見えていましたのに、こうして歩いてみると、なかなか遠いんですのね」

菊子嬢が、とうとう苛々してきたように口を切った。

「うム、とかくそうしたものだね。だが、もう間もなくだろう。空気が、なんとなく磯臭いし、ポンポン蒸汽の音も聞えるようだ」

が、それにもかかわらず、海はなかなか見えない。海のかわりに、やがて、とうとう道が行止って、袋小路になってしまった。

横川氏は立止って、思わず舌打ちした。

「困ったね、これは、……愚図々々していて、あの船に出帆されでもしたら、元も子もなしだ。——とにかく、こっちの路地へはいってみよう」

二人は、倉庫の間の狭い路地へはいって、東の方角へ抜けてみた、するとまた、前と同じような通りがあって、その通りの一方は、同じように行止りの袋小路になっている。

横川氏は、もう一度舌打ちした。

——まったく、妙なところだった。横浜もこのあたりへ行ったことのある人は、経験があるであろうが、似たような倉庫ばかり立並んだ、同じような道路ばかりがいくつもあって、港の方角なぞサッパリわからない。

「どうもこれは、まるで迷路だネ。こんなくらいなら、もっと先で、通行人によく尋ねておくんだった。——とにかく、こうしてもいられんから、ドンドン東のほうへ抜けてみよう。ここからは、海は東の方角なんだから」

二人は、再びその道路を突切ると、倉庫の間に路地をみつけて、踏込んで行った。石灰と豆粕と乾鰊《ほしにしん》を混合せたような、一種独特の臭気の漂う、ゴミゴミとしたその狭い路地を、二三度途中で折曲りながら歩きつづけた二人の前へ、やっと海が現れた。

だが、それは、倉庫の建坪いっぱいにソギ取ったような、入海になっていて、花崗岩《かこうがん》の岸壁には、桟橋一つなく、伝馬船一艘碇泊っていない。

尤も、前の入海には、小さなポンポン蒸汽や平底船が、忙しそうに何艘も何艘も動いている。そして、はるか右手の彼方には、大汽船の碇泊する新港町の大岸壁の突端が僅かに見えており、沖合には巨船が何艘もとまっている。

視線を左手にめぐらすと、すぐ前の入海をへだてた対岸には、これまた沢山の倉庫が並んでいて、その前には幾つもの小桟橋が突出しており、そこには何十艘というランチや小汽船が繋がれて、薄い煙を吐いている。——どうやら、目指す波止場はこれらしい。

「おい、柴谷君。どうも僕たちは、飛んでもない距離の目測違いをしてしまった。目的の波止場は、ほら、対岸の、あそこらしい。——丘の上からは、横浜全港がひと目で見渡せたが、こうして見ると、その一部分でも道を違えるほど大きなものらしいネ。ふーム……」

「先生、つまらぬ感心をなさらずに、早くあちらへ参りましょう」

「そうだ。すぐにも出掛けねばならん。愚図々々していて、相手の船に逃げられでもしたら大変だし、それに、もうだいぶ陽も傾いた。だが、待てよ」

横川氏は、身を乗出すようにして、左手の入海の奥を覗き込んだが、

「うわア、これはいかん。この入江はだいぶ奥が深い。それに橋一つかかっていないから、僕たちは、もう一度高島通りまで引返さねばなるまい。チェッ。渡船もないんだから仕方がない。よし、すぐ引返そう」

二人はあたふたと引返しはじめた。

もう一度、長い時間を費して、迷路のような街を通り抜けて、やっと高島町まで引返して来ると、そこから、改めて方角を東にとり、新しい道にはいって行った。

もう、この方面には、民家らしい建物は殆んど見当らない。大きな工場や、倉庫や、広々とした荷物置場がつづくばかり。

貨物を満載したトラックが三台、埃をまき立てて行違いに通り過ぎた。

船員が二人、陽焼けのした逞しい顔を見せながら、歩いて行く。

その赧《あか》ら顔を見て、ふと何かを思い出したように、歩きながら菊子嬢がささやく。

「先生」

「なんだい」

「あの、峰マリコね。あたし、さっき、あの女の引上げ先を、あたしたちがこれから捜しに行くその怪しい船だろう、っていいましたけど、なんだか急に、自信がなくなりましたわ」

「どうしてだね?」

「だって、もしあの女が、その船に引上げるというのだったら、あの女の生活の本拠は、その船にあるってことになるでしょう?」

「まあネ」

「すると、すいぶんヘンですわ」

「なにが?」

「だって、いつも船に乗っている女でしたら、もっと陽に焼けているはずなんですもの、あの、峰マリコの顔色の悪さったら、ありませんわ」

「ふム。やっとその点に気づいたかね」

と横川氏は微笑いながら、

「――いや、確かにあのマリコの顔色は悪い。態度も服装も、なんとなく明るいくせに、あの顔色ばかりは、気持の悪いくらい青白い。……が、それだからといって、必ずしもあの女が、その怪汽船に引上げないとは、断言出来ないよ。――このことは、僕も大いに考えてみるつもりだ。が、いまは、そんなことにかかわっている場合ではない。とにかく、日の暮れてしまわないうちに、少しも早く、あの船を確かめなければならないんだ」

横川氏は、そういって口を結んでしまうと、そのままサッサと歩度を伸しはじめた。

やがて、大きな建物の並んだ側を通り過ぎて、しばらく行くと、だんだん波止場の雰囲気が、濃くなりはじめた。

倉庫の立並んだ隙間から、船員や荷揚仲仕の逞しい姿がチラつき、ランチの汽笛や、巻揚機の響が聞えて来だした。

やがて、広い、賑やかな波止場へ出た。

桟橋が、いくつも突出していて、大小無数の船舶が、あるいは動き、あるいは碇泊し、目まぐるしいばかりの盛大さだ。

――どうやら、やっと、目的の場所へ来たらしい。

なるほど、ここから振返ると、紅葉ケ丘から野毛山へ続く丘陵地帯は、暮れ近い斜陽を受けてスッキリと輝きながら、すぐ指呼のあいだに見えている。

だが、それにしても、なんという広さであろう。丘の上からは、ほんのひと摑みにも見えたこの一帯の波止場が、こうして実地に立ってみると、どこまで続いているのか見当もつかないくらいだ。だいたい、あんなに小さく見えた船舶の姿も、ここまで来てみるとどうしてなかなかバカにならない大きさばかりだ。

「さて――」

と横川氏は、立ちどまってつぶやいた。

「赤い屋根の倉庫が、目印だったね。だが、こういくつも並んでいたんじゃ、判らない。とにかく、少し歩いてみよう」

二人は、片側に大小の倉庫が並び、片側に、無数の船や幾つもの桟橋の並んだ波止場の通りを、あるき出した。

横浜の港といえば、新港町の大岸壁や、税関桟橋から山下公園へかけての、瀟洒な一帯をしか知らない菊子嬢は、こんな方角にも、こんなに盛大な波止場があったのかと、半ば驚きの眼をみはって、あたりを見廻しながら歩いて行く。

やがて、かなり歩いたと思われる頃、やっと赤褐色の塗料を屋根へ塗った、目的の倉庫がみつかった。

二人は、急に緊張した足取りになった。

「この倉庫の、前の桟橋だったね」

桟橋もすぐに判った。

丘の上からは櫛の歯のように見えても、ここまで来れば、かなりの大きさで、一つの桟橋に、何艘もの船が横づけになっている。

「二本マストに一本煙突の船だったね」

二人は桟橋の上へ歩きだしながら、あの時の船をみつけ出そうと、周囲の船を急いで見廻した。が、すぐに二人は、眉根をしかめて、顔を見合した。

——その桟橋には、一本マストの船ばかりで、二本マストの船の姿は、一艘も見当らないのである。

三

「先生。見えないではありませんか」

菊子嬢が、弾んだ声でささやいた。

「うーム……」

唸ったまま、横川氏はあたりを見廻している。菊子嬢はいよいよ心配そうに、

「あたしたちが意外に手間取ってしまったので、その間に、もうあの船は出帆してしまったのではないでしょうか?」

「うーム……だが、まア、待ちたまえ」

やがて横川氏が、落ついた声で云った。

「どうも僕たちは、さっきから色々と失敗をやらかしているようだが、これはみな、僕たちが距離の目測を違えたからなんだ。そしてまた高いところから見下ろした遠方の景色と、そこを下りて実地にその場所へ立った時の景色とは、一致していないってことを、充分考慮に入れていなかったからなんだ。つまり、僕たちがあの丘の上で見たこの波止場の情景は、いま、僕たちがここで見るこの波止場の情景を、ずっと縮めたものだったんだから、あの丘の上から見て、赤い屋根の倉庫のすぐ前に見えた桟橋と、この実地に立って見て、その赤い屋根の倉庫のすぐ前にあるこの桟橋とは一致するわけはないはずだ。僕たちの探している桟橋は、もう少し向うにある桟橋に違いないいんだ」

「……判りました。ほんとにそうですわね」

「僕たちは、桟橋違いをしていたんだ。だから、なにもあわてて、心配することはない。少し面倒にはなったが、まだ例の船は、出てしまったとは限らないんだ。さア、元気を出して、もう少し頑張ろう。もう陽は沈みかけた。愚図々々していると、真ッ暗になってしまうよ」

横川氏は、桟橋を引返しはじめた。そして前の波止場の通りまで来ると、いままで船の蔭になっていて見えなかった向うの桟橋を指差しながら、

「ほら、ご覧。すぐ向うの桟橋にも、そのまた向うの桟橋にも、二本マストの船はいくつも碇泊っているじゃアないか。心配することはない。吾々の目的はあの船の中にあるんだ」

二人は、急に元気づいて、あるきはじめた。

やがて、すぐ次の桟橋の根元まで来ると、横川氏はささやいた。

「さア、これから手分けだ。僕はこの桟橋の船を調べるから、君はもう一つ向うの奴を調べてくれ給え。この桟橋には、一艘、二艘……四艘もいるが、すぐ向うのには、ほら、一本マストは沢山いても、二本マストは二艘しかいないだろう。あの二艘をよく調べてくれ給え。波止場の見物でもするようなふりをしながら、よく調べるんだ。船の名前や、種類はむろんのこと、船員の様子やそのほか全体に、怪しいところはないか調べるんだ。こんなところには、外国船はいないだろうが、それでも、満洲や中国の船はいるかも知れないから、その点も充分注意してね……」

菊子嬢は黙ってうなずくと、横川氏と別れてもう一つ先の桟橋へ向った。

なるほど、その桟橋には、一本マストは三四艘碇泊っていても、二本マストは二艘しかいない。──尤も、一本マストだの二本マストだのといっても、決して千噸級の大船なぞではなく、せいぜい二三百噸から四五百噸までの、小汽船ばかりである。が、それでも目白押しに、堂々と桟橋に横づけになっている。

菊子嬢は、早速波止場の風景を見物するような振りをしながら、ブラブラ桟橋を歩きはじめた。尤も、波止場風景の見物をするといっても、あたりにはもうそろそろ夕暮が迫って来て、対岸の新港町から、はるか彼方の山手台にかけて、美しい薄靄がかかり、この桟橋の附近にも、一ッ時前から見れば、人影もめっきり少くなっているのだ。

二十分もブラブラするうちに、菊子嬢は、もうその二艘の二本マストを調べてしまった。

一艘は、(若松、五島丸)としてあり、他の一艘は(神戸、共栄丸)としてある。いずれも、貨物船らしい、小さな平凡な船で夕食でもとっていると見え、船員もひっそりとして殆んど影も見せず、どことといって怪しむべきふしもない。

菊子嬢は、引返して、横川氏のいるもとの桟橋へやって来た。

こちらには、二本マストも沢山いるので、横川氏はまだ終っていないらしい。桟橋の一番突端に立って、沖の夕景を眺めるような様子をしながら、すぐ側に碇泊している（大連、興安丸）というのへ、それとない視線を送っている。

菊子嬢は、その側へ寄り添うと、囁いた。

「先生。すみましたわ。二艘とも別に怪しいところはありませんけど……名前は……」

いいかけるのを遮切るようにして、

「判った。詳細はあとで聞こう。そして気の毒だが、そのもう一つ向うの桟橋を調べてくれ給え。早くしないと、真ッ暗くなってしまう。僕も、ここが済み次第行く……」

菊子嬢は、黙ってうなずくと、新しい桟橋へと向うべく、横川氏のいる桟橋を引上げはじめた。

ところが――

そうして菊子嬢が、横川氏のいる桟橋の、根元の近くまで引上げて来た時のことであった。

すぐ眼の前の岸壁の通りを、これから菊子嬢の行こうとしている方角へ向って、スーッと風のように通り過ぎた、一人の若い女の姿がある。

水色の地味な洋服を着て、小さなトランクを提げ、青白い顔をして、栗色の髪の毛を夕風になびかせていた。

瞬間、菊子嬢は、ギクンとなった。

丘の上で見た時とは、服装こそ違え、まぎれもない峰マリコではないか！

咄嗟に、菊子嬢はふり返って、向うにいる横川氏を呼ぼうとした。が、次の瞬間、殆んど反射的に、歯をくいしばっていた。

（バカなことをしてはいけない。声なぞ出したら逃がしてしまう！）

――それどころか、いまはもう、横川氏を呼びに戻っている場合でもない。愚図々々していたら、また見失ってしまう。

(もしやと思った予想がまんまと当って、やっぱりマリコの引上げ先は、あの怪しい船にあったのだ。しかもいま、その船へこうして引上げて来た彼女の姿に、はからずもバッタリ出会ったのだ)

そう思ううちにも、もう菊子嬢は、忍びやかに歩き出していた。

(そうだ。今度こそは、どんなことがあっても見失ってはならない。こうして、うまくあとをつけて行きさえすれば、もう面倒臭い調査もヘチマもないわけだわ。自然にこの女が、疑問の船を教えてくれる……)

歩きながらも彼女の心臓は、小さな獣のように躍りだしていた。その躍る胸を押え押え、足音を盗んでマリコのあとを追いはじめた。

波止場にはもう人影は見えなかった。

薄暗がひたひたと逼い寄って、その中から淡い灯が美しく水にくだけていた。

峰マリコは、夕風に吹き舞わされた紙片のように、ひらりと身をひるがえして、すぐ次の桟橋へ曲って行った。

どの桟橋へ曲るかと、眼をみはりながらあとをつけていた菊子嬢は、思わずハッとなった。

――すぐ次の桟橋といえば、いまさっき彼女が調べたばかりの処ではないか。

(すると、あの二艘の二本マストのうちに、問題の船があったのだろうか? あんなに平凡な、そしてれっきとした日本船の中に……?)

驚きに乱れる心を押えながらも、すぐにつづいて、その桟橋へ折曲ると、横づけになっている船の胴へ身をすりよせるようにしながら、少し先を歩いて行くマリコの影を追いつづける。

(いったい、どちらの二本マストなのだろう。五島丸? 共栄丸?)

だが、その疑問は、間もなくマリコ自身が解いてくれた。

五島丸の前を素通りして、共栄丸の前まで来ると、マリコは立ちどまった。

菊子嬢は、恰度側にあった、太い短い鉄製の繋船柱へ、急いで身をかくした。

マリコは立ちどまると、なにげない様子でヂロリと周囲を見廻した。そして誰も見ていないと悟ると、素速く共栄丸の短い鉄梯子《タラップ》を登って、アッというまに船内へ姿を消してしまった。

繋船柱の蔭から、菊子嬢は静かに身を現わした。そして再び、足音を忍んで前進する。

マリコが登って行った、鉄梯子の下まで来てみる。

(確かに、共栄丸だわ！)

確かめると、満足そうにうなずいて、やおら引返そうとした。

と、この時である。

いままで彼女は、マリコが消えて行ったタラップのほうに気をとられて、ついうっかりしていたのだが、少し前から共栄丸の船首にうずくまって、不審げに彼女の挙動を見下ろしていた一人の黒い影が、急にひらりと身をひるがえすと、音もなく太い纜《ともづな》を猿《ましら》のように滑り降り、スーッと彼女の背後に迫り寄ったかとみるや、いま正に引返そうとしかけた彼女の後から、まるで虫でも押えるように声も立たせず、逞しい両腕の中に彼女の体を巻き込んでしまった。

浅黒い、むくんだような顔つきの男だった。

細い眼を光らして素速く周囲を見廻すと、足だけもがいている菊子嬢の体を、軽々と抱えて見るまにタラップを登り、音も立てずに船内へ消えて行った。

――コンクリートで固めた桟橋の側面へ、しきりにぶつかって来るらしい波の音ばかりが、ドブンドブンと静かに聞えていた……

船底の囚人

一

桟橋の突端に立って、暮れ行く港の美しい灯影《ほかげ》を眺めるようなふりをしながら、すぐ傍らに碇泊している小貨物船――（大連、興安丸）へ、それとない注意の視線をそそいでいた横川氏は、やがて、

（ふム、別に、怪しむべきふしもなさそうだな）

口の中でつぶやいて、踵をめぐらすと、今度は反対側に繋がれている、残りの一艘のほうへ、ブラブラと出かけて行った。

一本マストの小汽船の間に、挟まれるようにしてとまっているその船は、だが、船首が帆船型《スクーナー》に突出した大型の遠洋漁船で、舷側に漂っている異様な臭気にぶつかると、横川氏は顔をしかめて、ろくに船名も調べず、そのままブラブラと引きあげはじめた。

（だいぶ、薄暗くなって来たな。さア、大急ぎで、柴谷君の応援に出かけよう）

そう思って、その第一の桟橋をあとにすると、夕暗に包まれた岸壁の通りをあるきだした。

（この、ひとつ置いて、向うの桟橋だったな）

歩きながら、横川氏は口の中でつぶやく。

――なるほど、さっき菊子嬢は、すぐ次の、共栄丸や五島丸の碇泊っている第二の桟橋を一応調べて、もう一度第一の桟橋へ引返し、そこにいた横川氏から、では今度は、もう一つ向うの、第三の桟橋のほうを調べにかかってくれ、との命を受けて、横川氏のもとを立去ったのだ。

そして、その第三の桟橋へ向おうとする途中で、はからずも菊子嬢は、問題の混血娘峰マリコの

姿を発見し、咄嗟の気転で彼女の尾行をはじめると、意外にもマリコは、すぐ次の、第二の桟橋へはいって行き、既に横川氏に対して（少しも怪しいところはない）と報告しておいた共栄丸の中へ消えてしまい、驚いている間に今度は菊子嬢自身が、恐ろしい魔の手に捕えられて、共栄丸の船内深く、まるで虫取草の美しい花が、誰も知らぬ間に可愛い蜜蜂をたべてしまったように、こっそりと奪い去られてしまったのだ。

だが、そのようなことは、神ならぬ身の知る由もない横川氏は、当然自分の命令通り、菊子嬢は第三の桟橋にいるものと思い込んだのも無理はない。

やがて横川氏は、共栄丸の繋がれている第二の桟橋の前を素通りすると、その次の、第三の桟橋へやって来た。

その桟橋の入口に立って、桟橋の上をひと目みた横川氏は、

（おや？）

と、思わず眉を軽くひそめた。

（いないぞ……）

だが、すぐ、桟橋の真ン中あたりに、黒々と積みあげてある貨物の山に目をつけると、

（そうだ。あの蔭かも知れない）

思いなおして、あるきだした。

間もなく横川氏は、その貨物の山の蔭までやって来た。が、菊子嬢の姿はそこにも見えない。

（妙だな。どうしたのだろう？）

思わず眉根をしかめながら、薄暗に包まれた周囲を、不審げに見廻しはじめた。

その桟橋には、二本マストの船は、左右合せて三艘碇泊っていた。が、いずれも、もう作業をしまって、宵闇の中に黒々と静まり返っていた。――菊子嬢の姿はおろか、船員の影さえ見えない。

薄暗いランプの灯影が、舷側の窓からわびしげに洩れているばかり。

横川氏は、急に焦燥の色を浮べながら、セカセカした足どりで、栈橋の根元まで引返しはじめた。歩きながらも、なおもよく周囲を見廻してみる。が、菊子嬢の姿はどこにも見当らない。

横川氏は、ふと大きな声を出して、彼女の名前を呼ぼうとした。が、すぐに思いとどまった。

——ここは、既に、敵中である。

法被《はっぴ》を肩にかけた半裸の仲仕が二人、眼の前を通りかかった。横川氏はツカツカとその側へ寄添うと、低い声で訊ねた。

「ちょっと、伺いますが、いましがたこの附近で、洋服を着た若い女を見かけませんでしたか?」

問われた男は、

「さアと」

仲間と顔を見合わせながら、

「見ませんでしたね。なんしろわし共は、今まで船ン中にいましたでね」

「ありがとう」

横川氏は、念のために、さっき素通りした第二の栈橋を調べてみようと、岸壁の通りを引返しはじめた。

やがて、その栈橋の根元まで来た。が、もう闇の色がだいぶ濃くなっているので、根元に立って眺めただけでは、突端のほうの様子は判らない。横川氏は、第二の栈橋の上を歩きはじめた。が、菊子嬢はやはり見えない。

二艘の二本マストは、一艘が五島丸で、一艘が共栄丸——二艘とも、なんの怪気《あやしげ》もない、きわめて平凡で堅実そうな、黒々とした貨物船である。

(そうだ。もう柴谷君は、さっきにこの栈橋の調べはすましているのだから、やはり今更、こんなところに愚図々々しているはずはない)

横川氏は、船と船の間から、向うに黒く横たわっている、たったいま引上げて来たばかりの第三の桟橋のほうを、ヂッと見詰めた。

（そうだ。やはりあそこだ。あそこに違いない）

前よりも一層深い焦燥の色を見せながら、駈け出さんばかりの足取りで、横川氏は歩きだした。

そして再び、第三の桟橋までやって来た。

今度は、その桟橋の縁に沿って、注意深く歩きはじめた。幾艘かの大小の汽船の前後に、これまた幾艘も繋がっている小さなランチや、ポンポン蒸汽や、それから、夕空の名残をうつしてそこだけ白く光っている水面なぞに、急に鋭さを見せてきた視線をはげしく走らせながら、歩きはじめた。が、菊子嬢は影さえ見せない。

とうとう横川氏は、三艘の二本マストにかこまれるようにして、桟橋の真ン中に立ちどまった。そして、思わず身顫いをしながら、深い疑惑をこめたまなざしで、その三艘の汽船をヂッと見廻した。

——身顫いしたといっても、むろん臆病風に吹かれたわけではない。いよいよ敵を前に控えての、一種壮烈な緊張なのだ。

（そうだ。もうこうなれば、この桟橋の上で、柴谷君の身辺に関して何事かが起上ったことは、明かに疑う余地もない。敵は、この三艘の二本マストのうちにある！）

横川氏は固くそう信じた。

——実際、菊子嬢は、なにかその身辺に重大な事故でも生じたでない限り、このような連絡の不手際を起すような職員では、断じてないはずなのだ。

横川氏はいよいよ深い疑惑をこめたまなざしで、三艘の二本マストをもう一度見廻した。

右側に二艘、左側に一艘——いずれも四五百噸級の小貨物船で、もうすっかり迫り寄った宵闇の中に黒々と静まり返って、船名さえもさだかでない。

（そうだ。恐らく柴谷君は、この桟橋までやって来て調査をしているうちに、何者かの手によって、この三艘のうちのどれか一艘の中へ、監禁されたに違いない。そしてその船こそ、いままで探していた、あの蒸汽信号の発信者たる怪汽船に違いないのだ。柴谷君の身辺に重大な事故を起さしたことは大失敗だが、またそのお蔭で、とうとう疑問の船がこの三艘の中に限定されたのだ！）

横川氏は、闇の中で口をキッと引結んだまま、電光の如く思索をめぐらす。

（――だが、いったいこれは、どうしたものであろう。もうこんなに暗くなってしまっては、この三艘のうちから、それらしい問題の一艘をみつけ出すことなぞ到底六ケ敷い。しかも相手は、容易ならぬ敵である、うかつに軽卒なマネでもしたなら、かえって事態を悪化させないとも限らないのだ）

横川氏は、しばらくヂッと立止っていたが、やがてふと、

（そうだ。ひょっとすると柴谷君は、危険の手に捕えられながらも、自分に対して何か捜査の手掛りを、残して行ったかも知れない）

そう思って、急に忍びやかにあるきだすと、三艘の船の舷側近くまで、注意深い視線を縦横にくばりながら、調べ廻りはじめた。が、それはいたずらに、横川氏の焦燥をかき立てるばかりで、なんの手掛りもみつけることは出来なかった。

横川氏は、改めて事態の容易ならぬのを悟ったものの如く、一段と深い緊張の色を見せながら立ちどまった。が、やがて何事か決心すると、とうとう思い切ったように、一応桟橋を引上げて、街のほうへ向って足早に闇の中へ消えて行った。

二

暗い長い道を歩いて、間もなく高島通りまで引返して来た横川氏は、そこの公衆電話に飛び込む

と、すぐ住吉町の波切本社を呼び出した。

向うの電話口へは、岬技師が、待ちかねたような弾んだ声で現れた。

横川氏は、自分の名前と、いまいる位置を知らせると、簡単に、

「詳細はいずれ後ほどお知らせしますが、ちょっと事故が生じましたので、誰か一人、応援を頂きたいのですが、松田君はそちらにいますか?」

と援助を求めた。

「おります。もう、六時頃から戻って来ております。が、松田君一人でいいでしょうか。もし、なんでしたら私でも、船長でも……」

岬技師が心配そうにして問返すのを、とにかくまず松田君にすぐ来てもらうことにして、電話を切ると、今度は、東京丸の内の、八紘ビルへ申込んだ。

間もなく、八紘ビルが出た。防諜会の事務所を呼出すと、当直の鐘崎君が電話口に立った。

「ああ、鐘崎君かね。横川です。——誰か、君のほかに所《しょ》に残っていないかね?」

「明石君が、いま食事に参りましたが、すぐ戻って来るつもりですが……」

「よろしい。じゃア、明石君が戻ったなら、すぐ横浜の、表高島町の桟橋まで来てもらってくれ給え。いいかね、道を違えないようにね、表高島町の桟橋なんだ。だいたい、〇〇の倉庫附近まで来てもらえば、あとはこちらから出迎えて、連絡をつける。——うン、なに、ちょっと柴谷君の身辺に事故が生じたんだ。そのつもりでね。それから、僕は、今夜は帰れないかも知れないが、凡て連絡は、住吉町の波切工業所へ頼むよ」

二つの電話をすますと、横川氏はそれから、附近の食堂へ飛び込み、大急ぎで夕食をしたため、再び公衆電話の前まで戻って、そこで水夫の松田君を待合せる。

間もなく、松田君はやって来た。二人は連れだって、桟橋のほうへ向う暗い長い道を、サッサと歩きはじめた。

「ところで、君のほうの首尾はどうだったかね。れいの、峰マリコの消息は、判ったかね?」

歩きながら、横川氏は、低い声で訊ねた。

「ええ、それがですね、早速御報告いたそうと思っていましたが……」

と、松田君は、息を弾ませながら云った。

「……やっぱり、あのマリコの奴、掃部山から一旦(小湊)へ寄って、それからどこやらへ引きあげたんですよ——実は、あれから私は、早速お言葉に従って、万事抜かりなくやったんですが——桜木町からバスに乗って、山下町で降り、南京街の(小湊)まで出掛けたんですが、残念ながら、ほんのひと足違いで、逃がしてしまいました。なんでも、(小湊)のマダムの話では、マリコはほんの十分ばかり前に、身の廻りの荷物を纏めて暇をとって出て行った、ということでして、念のため、行先を訊ねると、行先なぞは突然の話で全然判らない。なんでも水色の服を着て、トランクを一つ持ったまま逃げ出すように出て行った、ということでした。それで、そのまま住吉町へ引上げるのも業ッ腹だったもんですから、本町から馬車道のほうへ廻って、ひょっとそこらで食事でもしていはしないかと、ブラブラ見廻ってみたんですが、どうも思わしい結果が見られませんでしたので、それでまア、残念ながらお指図通り、一応住吉町へ引きあげましたようなわけでして……」

「いや、それは御苦労さんでした。だが、ひと足違いとは、どうも残念だったね。——その、君が、山下町でバスを降りてから(小湊)まで行く間にでも、ひょっと行違いに引上げて来る彼女と出逢いながら、相手が水色の服を着たり、トランクを提げたりしていたので、つい見過してしまった、というようなことは、むろんなかったろうね?」

「ええ。そりゃもう、絶対にそんなバカなこたアありませんよ」

と、松田君は、胸を叩いて昂然と主張した。

「いくら服の色が違っていたかって、この私が、相手を見落すなんてことは、絶対にありませんよ、なんしろあの時ア、ずいぶん私も、ハリ切っていましたからね……」

「むろんそうでしょう。いや、まアそれだけでも判明すれば、大いに結構だね。ま、その峰マリコの、行先の詮索は、ここでひとまずおいて、——ところで、僕のほうなんだがね……」

とここで横川氏は、ガードの下で松田君と別れてから、桟橋で菊子嬢が奇怪な消失をしたまでのいきさつを、歩きながら、かいつまんで簡単に説明した。

「畜生！　そうですか。いよいよ奴等、魔性を出しおったな！」

横川氏の話を聞き終った松田君は、非常に驚いた様子で、思わずそうつぶやくように叫ぶと、それから、菊子嬢を救い出すためには、いかなる命令にも悦んで従い、場合によっては、一命を投げ出してその怪汽船に躍り込んでもいい旨を、欣然と申出て呉れた。

が、横川氏は、この頼母しい申出に対して、静かに微笑しながら云った。

「いや、ありがとう。がしかし、そんなにまでしてもらわなくてもいいです。うかつなマネをして、却って事態を悪化させたりしては大変だからね。ただ君には、あとから、僕の部下がもう一人来るはずだからその男と協力して、これからずッと、その桟橋に碇泊っている三艘の二本マストを、油断なく監視してもらえばいいのです。いずれ、明日になれば、僕は徹底的な調査をはじめるつもりだからね……」

こうして、やがて二人は、例の第三の桟橋へやって来た。

あたりは、もうすっかり夜であったが、船にも桟橋にも、なんの異状も起きてはいなかった。

横川氏は、桟橋の真ン中に積んである例の貨物の山の蔭へ、松田君を連れ込んで、監視に関する細々とした注意を与えると、一旦独りで〇〇の倉庫の近くまで引返し、そこで所員の明石君を待合せた。

間もなく明石君はやって来た。

さすがに柔道五段、防諜会切っての猛者だけあって、背は低いが、小肥りにふとってドッシリとした体軀の中には、早くも満々たる闘志を漲らしていた。

横川氏は、道々明石君へ、簡単に事情を説明しながら、やがて桟橋へ戻って来た。

間もなく明石君と松田君は、固く握手を交し、はり切って、貨物の山の蔭へ身を隠した。

横川氏は、直面した新らしい作戦の準備をととのえるため、一応住吉町の連絡本部へ引上げることになった。

「先生。ついでに、食糧と、それから、明日あかるくなってからこの姿ではまずいですから、どこかで工面して、仲仕さんの法被とを持って来て下さい」

引上げて行く横川氏へ、明石君はそうささやいた。

——こうして、桟橋の上には、物々しい戦闘準備が、着々と進められて行った。が、それは、菊子嬢を呑み込んだ恐るべき共栄丸が、何喰わぬ顔をして碇泊っている第二の桟橋の上ではなくて、もう一つ向うの、第三の桟橋の上でのことであった……

三

暗い——

まるで、母親の胎内のように、まッ暗だ。

その闇の中を、無数の、これまたまッ黒な汽船が、まるで碁盤の上に黒石を並べつめたようにギッシリと押並んで、黒い波を蹴立てて進んで行く。幾艘も幾艘も、まッ黒な煙をモクモクと吐き出しながら、一大護送船団の如くどこまでもどこまでも続いて行く。

と、その船団の前へ、突如として巨大な岸壁が現れた。夥しい桟橋が、まるで櫛の歯のように突出している。

だが、船団は、少しも速力をゆるめない。みるみる岸壁へ迫り寄ると、アッというまに桟橋へ衝突してしまった。

と、無数の汽船の無数の煙突から、物凄い轟音と共にまッ白な煙が吹きあがり、その中から一塊の巨大な火の玉が、金色のキラめく点線を曳きながら大空へグングンと躍りあがって行ったかと思うと、いきなり眼もくらむばかりの花火となって爆発した。

とみるまに、まるで巨大な金色のパラソルのように、グルグルとその花火の輪が回転しはじめ、だんだん早く烈しくなったかと思うと、とつぜん、今度はその輪の中から、むくんだような、眼の細い異様な一人の男の顔が現れて、みるみる大きくひろがりはじめ、やがて空いっぱいになったかと思うと、桟橋の上に立って見上げていた菊子嬢の頭の上へ、アッというまに、のしかかるようにしておッこちて来た……

とたんに――ハッとなって、彼女は眼をさました。

暗い。まッ暗だ。

なにも見えない。眼をあいているのか、あいていないのか、それさえも判らない。そのまッ暗闇の中でたったいま見たばかりの巨大な金色のパラソルが、まだグルグルと廻ったり、とまったり、光ったり、消えたり……その中から、むくんだような男の顔が現れたかと思うと……桟橋……汽船……共栄丸……

（そうだ）

やっと、菊子嬢は、意識をとり戻した。

頭のそばで、ガンガンとわれそうに大きな響がしている。が、耳をすますと、なにも聞えてはいないようだ。ただ、からだの節々がたまらなく痛い。

そッと、手を動かしてみる。と、動く。

足を動かしてみる。やはり動く。

口を動かしてみる。異状はない。

――とたんに彼女は、シャンとなって起きあがると、本能的に身を縮めて坐り込み、警戒するようにあたりを見廻した。

が、まッ暗で、なにも見えない。

(そうだ。峰マリコのあとをつけて、共栄丸の前まで来た時に、不意にあの恐ろしい男の手に取押えられて、必死の抵抗をつづけながらも、物凄い力でグングン鉄梯子《タラップ》の上へ運びあげられたままでは、覚えている。が、それからあとのことは、全然覚えていない。いったい、あれから何時間たったのだろう? そして、ここはいったい、どこなんだろう?)

急に彼女は、口を開いて、大声で叫びたい衝動にかられた。が、すぐに冷静をとり戻した。

(明かに、いま自分は、どこか知らぬがこのまッ暗な部屋の中に、監禁されているのだ。この部屋が、どこのどんな部屋であるにしても、自分の力で打破ることが出来たり、また自分の声で外部の助けを求めることの出来たりするような、容易な部屋でないことだけは、よく判る。もし、そんなことの出来るような部屋であったならば、あの恐ろしい監禁者が、自分の手足や口を、こんなに自由にしておくはずがないではないか! それに、みだりに無駄な叫びをあげたりしたなら、この上どんな危害がふりかかって来るかも知れないのだ。――だが、それにしても、いったいここはどこなのだろうか?)

こういう場合になると、やはり人間は平素の鍛練がものをいうらしい。さすがに菊子嬢は、防諜会の職員だけあって、普通の女性であったならまず我を忘れて泣喚きたいところをギッとこらえて、早くも冷静に、慎重に、振舞いはじめたのだ。

それにしても、なんというまッ暗な部屋なんだろう、それに、なんだか妙に蒸暑くて、おまけに、一種いいようのない異臭が漂っている。

闇の中で坐ったまま、両手で床にさわってみる、ザラザラとした、厚い堅固な板張りらしい。

手を伸ばして、空間を探ってみる。壁らしいものにはぶつからない。静かに体を起し、蟹のように横這いしながら、少し移動してみる。

と、固い壁にぶつかった。塗料でも塗ってあるらしく表面は割に滑らかだ、がどうやら中味は鉄らしいその壁は、拳を固めて叩いても、ポンとも云わない頑丈さだ。床からまッ直ぐに立っていて、体を起して手を伸ばしてみても、天井へは届かない。室内の空気の重苦しさから見ても、余り高い天井とは思われないが、それでも、手を伸ばした菊子嬢の長さよりは、高いらしい。

今度は、前と同じように手を横に伸ばしながら、反対側へと移動してみる。

と、ものの二間も動いたかと思われる頃、反対側の固い壁にぶつかった。前とまったく同じな、塗料を塗ったらしい頑丈な鉄の壁だ。が、その壁の下のほうは、反対側の壁とは違って、床からまッ直ぐに立ってはいない。壁の裾のほうが、少し内側へ、つまり彼女の立っているほうへ、ゆるやかな曲線で彎曲している。

とたんに彼女は、自分がいま監禁されているこの部屋の性質を、ハッキリ理解した。

（そうだ。ここは、船の底なのだ！）

――まったく、この裾のほうの内側へ彎曲した壁が、丸味を持った船の底に近い一方の舷側に当るに違いない。

道理で、あたりの鉄の壁が、頑丈に出来ているはずだ。

（すると、当然、この部屋は、あの共栄丸の船底の一部に違いない）

菊子嬢は、思わず暗澹たる気持になった。

――なんという恐ろしいことだろう。そして、なんという恐ろしい船だろう。しかも自分は、その船の底の、こんなにも頑丈な一室へ監禁されてしまったのだ。どうして、ここから易々と逃げ出すことなぞ、女の力で出来得よう！……

するとこの時、横川氏のことが、彼女の頭の中をチラと掠めた。そして急に、仄かながらも、希望のようなものを覚えた。

（そうだ。あたしは今まで、先生と一緒に栈橋の調査をしていたのだ。そしてその仕事の途中で、いきなりこんなところへ囚われの身となったのだから、むろん先生は、あたしが急に行衛不明になったことを知っていられるに違いない。だから、まだ先生は、この附近を引上げてしまってはいられない。きっとこの栈橋の附近にいられて、行衛の知れなくなったあたしを、一所懸命に探していて下さるに違いない。そうだ。力を落してはならない。しっかりしていなくてはならない）

だが――

考えてみれば、あの時自分は、一度この栈橋に碇泊っている共栄丸と五島丸の外観を調べてみて、横川氏のもとへ引返し、少しも怪しげなところはありません、なぞと飛んでもない報告をしてしまったではないか。そしてしかも、横川氏の新らしい命令に従って、もう一つ向うの栈橋へ出掛けることになりその途中でこのようなことになったのではなかったか。

（――してみれば、先生は、当然あたしが、その、もう一つ向うの栈橋へ出掛けたものと思っていられるわけだし、そしてまたその栈橋で、あたしが行衛不明になったものと、飛んでもない誤解をされないとも限らないわけではないか。ああ、これはいけない。もし先生がそんな誤解をしていられるとしたら、大変だ。あたしが全然行きもしない栈橋で、あたしを探されるなんて、考えるだけでも恐ろしい。――だが、もし先生が、そんな誤解をされずに、こちらの栈橋も探して下さるとしても、どうして、この何喰わぬ顔をしてひっそりと碇泊している共栄丸に、あの問題の峰マリコが人知れず乗込んだことや、このあたしが、こんな恐ろしい船底の牢獄につながれていることなぞを、見破って下さることが出来るだろうか？　そうだ。この共栄丸こそ、あれほど二人で探し廻った、あの怪信号の疑問の船に違いない。もうそれは間違いない。が、そのことを、はたして先生がうまく見破って下さるだろうか？　いや、なんとかしてそのことを、先生に知らせることは出来ないものであろうか？……）

闇の中に坐ったまま、様々に菊子嬢は、心をくだきつづけた。

（そうだ。いずれにしても、とりみだしたり、力を落したりしてはならない。どこまでも、しっかりと、慎重に、振舞って行かなければならない）

彼女は、もう一度、闇の中で静かに身を起した。そして、さっき調べたのは、この部屋の左右の壁であったから、今度は、前後の壁を調べてみようと、両手を前へ伸しながら、眼の見えない人のような足どりで、静かに前へ歩きはじめた。

と――

足数にして十歩も行かぬうちに、とつぜん彼女の片足は、なにか柔らかな塊にぶつかった。ハッとなりながらも、急いで身を屈めて、両手で探るようにしながら、その塊にふれてみようとした。と、いきなり彼女は、

（あッ！）

口の中で叫んで、はじけるように飛び下った。

――なんと、彼女の手が触れたその塊は、どうやら人間なのである。しかも、いままで寝ていたらしく、彼女の片足に蹴りつけられて眼をさまし、ムクムクと起上ってくるのへ彼女の手は触れたらしいのだ！

（ハッ、ハッ……）

電気にでも打たれたような勢いで、後ろの壁へ飛び退ったまま、ピッタリと息をつめ、眼をみはって、凝然と立竦んでしまった彼女の耳へ、明らかにすぐ前の闇の中から、その人間の息づかいが、聞えはじめて来た。

と、続いて今度は、いきなり叫びとも罵りともつかぬ声が、その闇の中からほとばしり出た。

「あげてくれ！　あげてくれ！　はやくあげろッ！……」

恐ろしく嗄れた、調子ッ外れの、普通の人間のものとは思われないような声だった。……

四

狭い密閉された暗室の中へ、ガンガンと籠るように響きあがったその声に、菊子嬢は、まるで耳もとでいきなり半鐘が鳴り出したような、はげしい驚きを覚えて思わずゾッとなった。

声は、すぐにやんだ。そして再び、ハッ、ハッと喘ぐような息づかいが、聞えはじめた。

菊子嬢は、今度は云いようのない恐怖に襲われた。

――なんということだ。いままで自分一人だけだと思っていたこの部屋の中に、もう一人の人間がいたのだ。それも、いまの異様な声からみて、明かに男である。えたいの知れない男である。

彼女は、最初この船底の牢獄に監禁されたと知った時に覚えた恐怖よりも、もっと大きな恐怖に襲われて、部屋の片隅へ固く身をちぢめたまま、しばらくは息をすることも出来ないほどであった。

が、いつまでたっても、闇の中の相手の男が、襲いかかって来るどころか、前のような声さえも二度とは立てず、ハッ、ハッと相変らず喘ぐような息づかいばかり聞かせているのをさとると、追々に、最初の本能的な恐怖から解放されて、少しずつ、冷静をとり戻しはじめてきた。

闇の中の男は、なかなか動く気配がない。声も立てない。

(妙だな――?)

ふと、彼女は、そう思った。

――相手は確かに、自分のこの足で蹴られたのだから、自分が、菊子嬢が、どんな人間であるかは判らないにしても、明らかに己れ以外にもう一人の人間が、この室内にいることは知っているはずである。が、それにもかかわらず、二度と身動きもしなければ、声も立てずに、ただ喘ぐような息づかいだけ聞かせているのだ。

(確かに妙だわ。――ひょっとすると、どこか怪我でもしているんじゃないか知ら)

――いずれにしても、このまますぐに、自分に危害を加えてくる人間でないことは、どうやら間違いなさそうだ。

そう思うと、だんだん彼女の心の中からは、恐怖の影がうすれはじめて、その代り、今度は、相手の正体に対する深い疑問と好奇心が、ムラムラッと湧き上りはじめた。そしてそれは、だんだん時間がたつに従って、彼女の心をはげしく動かしはじめた。

とうとう彼女は、思い切ったように、闇の中の相手へ声をかけた。

「――あなたは、いったい誰ですか?」

すると、相手は、いきなり、

「あげてくれ! あげてくれ! はやくあげろッ!」

ガンガンと部屋中にこだまする異様な嗄れ声で、前と同じ叫びを投げつけた。

声はすぐにやんだ。そして、一層はげしい息づかいだけが、ハッ、ハと聞えて来る。

はげしい驚きに再び襲われて、部屋の隅にちぢこまったまま、ランランと見えない眼を見はりつづけていた菊子嬢は、だが、やがて、思わずポンと音をたてて軽く手を叩くと、

(――そうだ。判った!)

と、心の中で叫んだ。

(――どうも、普通の人にしてはおかしいと思ったら、やはりこの人は、精神に異状を来たしているのだ。そして、精神に異状を来たした人で、あたしより先に敵の手に捕えられた人といえば、あきらかにあの、岬技師の話にあった、第二更生丸の犬山潜水夫ではないか!――そうだ。それに違いない。第二更生丸が横浜へ帰港した晩、自動車で保土ケ谷の病院へ送られる途中で、怪しい自動車の運転手にどこともなく連れ去られて以来、今日にいたるまで杳として消息のないといわれるその犬山潜水夫に違いない!――しかもそういえば、その犬山潜水夫は、沈没船重慶丸の中で妖しい目に出会って以来、精神に異状を来して「あげろ、あげろ」と妙なことばかり口走っていると、

岬技師の話にあったではないか。そして、そうだ。あたしはいままで、あの異様な叫びを、この暗い船底の部屋からあげてくれと叫ぶ意味とばかり考えていたが、こう思い合せてみれば、それはもともと犬山潜水夫の口癖にしていたという、その言葉にピッタリ一致するではないか。そうだ。判った。判った。この人こそ、その犬山潜水夫に違いない！……）

彼女は、そう悟ると、急に心の中が軽くなった。

——気がふれたといっても、犬山潜水夫のそれは、少し手当をすれば間もなく回復する程度の、軽い症状だということだったではないか。

彼女はもう、闇の中の男に対して、少しも恐怖を覚えなくなった。全く、もうこうなれば、相手は病人ではあるが自分の敵ではなく味方ではないか。彼女は、おとなしいその相手に対して、自分と同じ囚われの身に寄せる親愛の情と、病人への同情の気持とをさえ、覚えはじめるのだった。

だが、それと同時に、彼女はまた、なんともいえない歯がゆさと、頼りなさを覚えた。

——実際、味方とはいっても、この味方は、正常な意識を持った人ではない。自分の力になれないばかりか、話相手にもなれない。下手に声でもかければ、またガンガンと異様な叫びをあげさして、いたずらに相手の神経を昂奮させるばかりではないか。

彼女は、今度は、なにか重苦しい責任のようなものさえ、感じはじめるのだった。

と、この時。

すぐ、後ろの鉄の壁の隅のところで、とつぜん、低くはあるが、なにか錠でもあけるような金属音が、コチコチと聞えだした。

と、急に、まッ暗な壁の一隅に、ガタッと音がして、縦に細長い四角な穴があきはじめ、眼もくらむような眩しい光りが洩れはじめた。……

間諜会議

一

片手に角灯《ランタン》をさげた、ゴリラのように逞しい体軀の男が、その扉《ドア》から、ヌッとはいって来た。垢じみたシャツに水夫《セイラー》パンツをはき、毬栗頭《いがぐりあたま》で、むくんだような顔のまン中には、細い眼が陰険な笑いをたたえている。

——あの男だ。

さすがにゾッとするような恐怖を覚えて、部屋の隅に固く身を寄せたまま、怒りと警戒の視線をはげしく燃え立たしている菊子嬢のほうへ、男は、角灯の光をさし向けてニヤリと笑うと、もう一方の手に持っていた小さな四角い紙包を、ポンと投げ出しながら、

「おい、ねえさん。そうビクビクしなくたっていいよ。ホラ、晩飯だ」

といった。

明瞭な日本語である。

菊子嬢が、黙ったままはげしく首を振ると、

「まアいい。そのうちには腹も空くだろう。——じゃア、トイレットはどうだね。行くなら今のうちだよ」

彼女が、黙ったまま睨み返していると、男は、角灯の光を、今度は、もう一方の隅いる、犬山潜水夫のほうへ差向けた。

「あげてくれ！　はやくあげろッ！」

潜水夫は叫んだ。

菊子嬢は、その顔をはじめて見た。

垢じみてはいるが、船員らしい服を着てうずくまっている犬山潜水夫のその顔は、髯は伸び、眼は落ちくぼんで、すっかり憔悴していた。

「よしよし。さアあげてやるぞ。ホラ、これは晩飯」

男は、物馴れた調子で、どうやら中味はパンらしい同じような紙包を、潜水夫の前へ投げ出しながらいった。

「さア、あげてやるから、出て来るがいい。サッサとしろよ。更生丸帰港以来のお馴染に、あんまり世話をやかすなよ」

すると犬山潜水夫は、よろよろと立上った。そして、男の注意深い監視を受けながら、ドアの外へ出て行った。

ドアには再び錠が下ろされ、部屋の中は、またまッ暗になった。

——どうやら、あの調子で、男は犬山潜水夫を、トイレットへ連れ出したらしい。

いま、あの男は、(更生丸帰港以来のお馴染)といったが、してみると、あの時の、病院行きの怪自動車の運転手というのは、恐らくいまの男に違いない。

菊子嬢は、思わず大きな呼吸《いき》をした。

男が出て行く時に、角灯の余映で、素早く腕時計を見ておいたが、針は、恰度八時少し前をさしていた。

すると、いまはまだ八時。あれから、いくらも経っていないのだ。

——間もなく、ドアの外で、再び、コチコチと音がして、やがて部屋の中が明るくなると、犬山潜水夫がよろよろとはいって来た。

その背後にポッカリあいたままのドアの口をめがけて、いきなり菊子嬢は身を起すと、脱兎のように飛び出そうとした。

と、れいの男がヌッと現れて、太い腕でダッとばかり、彼女の体を部屋の中へ突き倒した。

「なにをするんですッ！　出して下さいッ！　出して下さいッ！」

とうとう彼女は、たまりかねて叫んだ。

「ははは……無駄なことをするもんじゃないよ」

「なにが無駄なことなんです！　あなたこそ、同じ日本人でありながら、どうしてこんな恐ろしいマネをするんです！　出して下さいッ！」

「おや――」

と、男は、急にニヤリと笑いながら、

「ねえさんには、わたしが日本人に見えるかね……？」

「………？」

「ふふふ……無理もないわしらの日本語は、ちょっと堂に入ってるからね……だが、お気の毒ながら、わたしは、日本人ではない。中国人――といっても、あの汪兆銘《おうちょうめい》を戴いている、お前さんたちと仲の好い南京政府治下の中国人でもない。……ま、どうせお前さんは、そのまま娑婆《しゃば》へ帰れる体ではないから、ひとつ退屈しのぎに聞かせて進ぜるが……こう見えても、蔣先生直属の間諜団、藍衣社《らんいしゃ》の社員で（昆）とおっしゃる、テロ好きの大人《タージン》ですわい。ま、見知っておいてもらいましょう」

菊子嬢が、眼をみはったまま、黙りつづけると、男は、さらに続けた。

「はばかりながら、この船の中には、日本はおろか、日本人と提携している新生中国人とやらも、一人として乗ってはいない。みんな、この昆先生と同じ藍衣社の社員で、ひとむかし前まで、永い間日本で暮したことのあるような連中ばかりが、シンから日本人になりすまして、乗組んでいるというわけ。――おっと、そのほかにも、三人ばかり大事なお客様が隠れていなさるが、そのうち一人は、お前さんがさっき尾行ておられた、例のマリー様。あとのお二人は、ふふふ……ちょっと大きな声では申されぬところだが……ま、香港にある某国情報局の次長様と、重慶の諜報部で顧問をしておられる、某国の退役将校、とだけは聞かせてやれよう。……ふふふ……どうだ、少しは驚いたかな……ムりもない。まさか、こんな船が、堂々と横浜へ入港していようなぞとは、ちょっとオシャカさまでも考えつかないところだからな。この共栄丸という船にしたって、わし共乗組の者がまんまと日本人に化けおおせていると同じように、ある種の方法で日本の船舶局の眼をくらまし、ぬけぬけと日本船になりすましているが、実を云えば、シャンハイにある米国系の大財閥から提供されていようという代物。まず、米蔣合作の間諜連絡船——といったところさ。わし共の背後にある紳士方は、白昼堂々と大手を振って日本国中をノサばり歩いていると同時に、こういう非合法の手もいろいろと打っていなさるってことを、ま、冥途《めいど》の土産とやらに、覚えておくがいいだろう。ふふふ……」

「コン！　コン！」

とこの時、ドアの隙間の向うのほうから、鋭い呼声が聞えて来ると、急に昆先生は、まるで猟師に追われる狐のように、首をすくめてしおれてしまい、コソコソとドアに錠をおろして出て行った。

部屋の中は、再びまッ暗になった。

菊子嬢は、急にいいようのない重苦しさに襲われて、頭がクラクラしはじめた。

（なんという恐ろしい話だろう。いま、昆と称したあの男の喋って行った話が、どこまで真実《ほんと》であるか判らないとしても、少くともこの共栄丸の正体は、もうこれでハッキリと判ってしまった。そうだ。この上は、なんとしてもこの恐ろしい船から、救け出されねばならない。そして一刻も早くこの恐ろしい秘密を先生に報せなければならない！）

ゴソゴソモグモグと低い音をさせながら、どうやら犬山潜水夫が、食事をはじめたらしい様子。

菊子嬢は、急に泣出したいような情ない気持に襲われながらも、必死になって自分の弱い心を、鞭打ちつづけた。

永い時間が、過去った。

と、ふと彼女は、自分の後の壁の、さっきのドアのあるあたりから、低いが、なにかボソボソと囁く声のようなものが、少し前から聞えはじめたのに気がついた。

急いで聴耳を立てる。と、なにも聞えない。

（なんだ、空耳だったのか）

が、しばらくすると、また同じところから、同じような声らしいものが、ボソボソと聞えて来る。

急に彼女は、身を起すと、音を立てないようにして、ドアのあるほうへ壁づたいに這い寄って行った。

ドアのところまで寄添うと、声は、少し大きくなってきた。急いで手でさすりながらドアの隙間を探すと、耳を押しあてた。押しあてながら、体を動かして、耳の位置をいろいろに移動さしてみる。

と、鍵穴のあると思われるあたりから、急に声が幾分大きくなって、いままで囁き声のように聞えていたのが、今度は呟き声のように聞えはじめて来た。

どうやら、隣室で話をしているらしい。

光りは全然洩れていないが、声だけは、低くはあるが手にとるように聴取られる。しかも、二三人の話声で、どうやら、英語らしい。

菊子嬢は急に息をつめて、全身の神経を片耳へ集中さした。

二

「……そうか。いずれにしても、ご苦労だったな」

まず最初に、男の声が聞えて来た。太い低音《バス》の、鮮かな英語だった。

菊子嬢の語学力は、一語も逃さじと、早速活動をはじめている。

すると、今度は、艶を含んだ女の声で、

「……どういたしまして、お蔭で、久々に陸上生活がさして頂けて、あたしのほうこそ、お礼が申上げたいくらいですわ」

どうやら、峰マリコらしい若々しさだ。

すぐに、男の声が続いて、

「そろそろ、地獄暮しも厭になったかな。ははは……だが、混血娘とは、うまく化け込んだものだな。ヨコハマあたりのバーへ潜るには、それに限るテ。……ところで、第二更生丸の、二人の船員のほうは、その後どうなっとるかな?」

「ああ、あの、火夫とホース持ち?」

「うん。こないだの君の信号では、万事順調に運んどるってことだったが……」

「ええ。それはもう、うまく行きましたわ。ただ、もっとほかの連中へも働きかけて、大勢更生丸を罷めさしてやろうと思ったんですけど、そのほうはうまく行かず、結局あの二人だけしか出来ませんでしたので、ちょっと残念でしたけど……でも、あの二人だけは、薬が効き過ぎたくらいうまく行きましたわ。二人とも、すっかり本気にしてしまって、波切会社へは退職の手続きをするやら、毎晩のようにあたしのところへ来て、いつから新しい船に乗込めるだなぞと、ありもしない船に夢中になって期待をかけるやら、たいへんな熱中ぶりですわ。——定めし今頃は、あたしが不意に消えてしまったのに気がつき、そろそろ嘘話しを悟りはじめて、カンカンに怒ってることでしょう。ほほほ……」

菊子嬢は、女の話に、思わず眼をみはり、唾を呑んだ。

「うん、ま、その程度なら上乗《じょうじょう》さ。それにだいたい、肝心の更生丸のほうを、君の信号連絡のお蔭で、出航直前に喰いとめられたんだからな。君と、それから、鎖を巻きに行った昆のお手柄さ。まず、あれで、二三週間は動けまい……ドック入りしたんだってな」

「ええ、鶴見のドックへ、回航《まわ》されたようでしたわ」

「そうか。——ところで、マリー。君の身辺に、この頃うろつきはじめたという、その尾行者は、さっき昆が捕えて、ほら、その隣りの船艙へぶち込んでおいたあの女とはほんとに違うのかい?」

「ええ、違いますわ。あんな女があたしを尾行ていたなんて、あたし知りませんでしたわ。あたしが、うすうす感づいていたのは、男ですわ。背高ノッポの、陽焼けのした、どうやら更生丸の船員らしい男ですわ。でも、その男なぞ、ずいぶん呑気屋で、あたしの信号なぞ気のつくはずもなし、今日も南京街を引上げて来る時に、山下町で眼の前をスリ抜けてやりながら、先生知らずにいたほどなんですもの、なんとも思っちゃいませんけど、あたしが心配になりだしたのは、あの更生丸の技師や船長が、いよいよ腰を据えて、あたし達に応戦する決心を固めたらしいことですわ。それまで、更生丸の釘付けも一応出来たわけですから、こうして引上げさして頂きましたの」

「うム。すると、さっきマリーを尾行て来て、ひッ捕えてやったあの女は——」

と今度は、全然新しい別の男の声が、聞えはじめた。

「その更生丸の幹部たちが、本腰を据えて我々に挑戦しはじめた結果、新たに登場して来た人物の一人らしいな」

「ええ、きっとそうに違いありませんわ」

「するとどうも、あの若い日本の女は、ちょっと油断のならない筋のしろものらしいな」

「いやア、いずれにしてもだな」

と、再び前の、太い低音の男の声で、

「もうその娘ッ子も、こっそりと昆が生捕りにしてしまったんだし、それにもう、間もなく我々もヨコハマを引上げるんだから、充分の警戒さえしていれば、必要以上に心配することはないよ。

そういう細かな問題は、昆あたりにまかせておくに限るテ」

「いつ、出帆されますの？　レッド様」

マリーが口をはさんだ。

――混血娘峰マリコなぞとは真ッ赤なうそで、どうやら本名マリーの米国女らしい。

「うム、問題はそれだよ」

と、レッドと呼ばれた、太い低音の男がいった。

「我々の秘密の一つを瞥見したというその潜水夫は、もう君たちの努力で引ッ攫ってしまったし、問題の更生丸も、ひとまず出帆不能に陥れたしするから、もうこの上は今夜にもヨコハマを発って、重慶丸のほうをとりあえず片附けにかからねばならぬわけだが、しかし、君たちも知っての通り、わしが今夜、この共栄丸のご厄介になってここまでこっそり出向いて来たのは、重慶丸事件の善後処置に関して、君たちの指図をするなぞということが本務ではなかったのだからな。たまたま途中で重慶丸事件にぶつかり、むろん捨ててはおかれんので、こうして乗出しはしたのだが、わしの本務はまだ済んではおらん。せっかくここまで来たのだから、一応、京浜班代表のジョンソン君と会って、最近の一般情勢を聴取しとかねばならん。それで、そのジョンソン君との会見に、今夜ひと晩費すとして、ま、出帆は明日の晩、ということにしてもらいたいな」

どうやら、レッドというのは相当の大物らしく、この間諜連絡船共栄丸に便乗して、ひそかにここまで潜入して来たものらしい。

菊子嬢は、思わず全身の筋肉がひきしまるのを覚えた。

「――ま、そうですな、そういうことにされるのが一番いいでしょう。では、明晩出帆ということにいたしましょう」

別の男が答えると、つづいてマリーが、

「……もう、九時ですね。ジョンソン様なかなかおそいですのね」

「さア。たぶん、迎えのボートが手間取ってるんだろう」

「あら、ボートでおいでになるの？」

「うん。とかく、陸上は危険だからな」

「じゃア、あたしたちも、ボートをよこしてもらえばよかった。あんな女に尾行られるようなこともなくて……あれでも、ずいぶん気をつけて、薄暗くなってからこっそりと来たつもりですのよ」

この時、ささやかな気配がした。

「ごめん下さい。ジョンソン様がおみえになりました」

と、どうやら例の、昆先生の声が聞えて来た。

三

「やア、ジョンソン君。待っていたよ」

太い低音の男の声につづいて、椅子を動かすらしい気配がした。

「どうも、いわいろと都合がありましてな」

やがて、さびのあるいかにも物柔かな調子の声が、聞えはじめた。

「なにしろこれでも、日本在住二十年、F・W・ヘンリー・アンド・ジョンソン商会の店主という、結構な肩書を持っておりますからな、いろいろとその方も忙しくて……」

「ご尤も、いかにもその様子では、まさかそのジョンソン商会の店主が、米国極東諜報部、京浜班の代表者とは、どんな日本人でも、ちと気づかれまいからな」

「いや、そうでもありませんよ。レッドさん。近頃は、日本人の防諜に対する心構えも、ずいぶん出来てきましたから、我々陸上班の仕事も、なかなかやりにくくなりましたよ」

「そうかね。しかし、それがまた、これから大いに活躍出来る、端緒になるんじゃないかな。どの途、こういう情勢になれば、遅かれ早かれ、一度は日本人も、防諜の重大さに注意を向けさせられねばならなかったんだからね。だが、それも、もういまが峠だね。そのうちには、ホトボリもさめるよ。なんしろ日本人くらい、お人好しで、飽きッぽい国民もないからな。その弱点をうまく利用して突込めば、まだまだ、ジョンソン君たちの活躍する余地くらい、充分あるだろうがね」

「まア、その点を期待しとるわけですかな。——ところが、どうも最近の情勢から見ると、どうやら日本人も、いよいよ本腰を据えて長期戦に臨みはじめたらしい形勢が、ポツポツ見えはじめましてね、どうも油断のならないことになりかけましたよ。お人好しで飽きッぽい日本人が、その点を真に自覚して、本腰を据えて頑張るとなると、これはまた容易ならざる頑敵ですからな。なんしろ、日本人ときたら、金銭に誘惑されて国家に対する義務に背く、というようなことが絶対にありませんからな」

「ふム、それはそうかも知れんね。なんしろハラキリをしたサムライの子孫だから、その伝統的な国民精神を盛り返されたら、ちょっとこれは、うるさくなるだろうね。しかし、なんだね、まだまだ欧米崇拝の盲目的な風潮は、一般国民の中には残っているだろうと思うがね」

「ええ、ま、その点はまだ幾分ありますね。そいつを私共は、大いにアテにしているわけですがね。ま、なんにしても、宣伝部や謀略部の連中が、もっと積極的に国民思想の破壊に乗出して呉れなくっちゃ、第一私共諜報部の仕事もやりにくくて困りますな」

飲物が運ばれたとみえて、しきりにコップの音がしはじめた。

やがて、太い低音がいった。

「——ま、重要な諜報は、いつもその都度、電波や文書で貰っとるわけだから、今日はひとつ、最近の一般情勢について伺うのだが、まず大きなところから、最近、日本の翼賛運動なぞ、どんな様子だかね？」

「いや、それはどうも、大使館の連中にでも訊いて頂いたほうが、よさそうですな。がまア、私から申上げましょう。――翼賛運動については、諜報部や宣伝部の連中が、あの運動をぶち毀すために、色々の方面へ働きかけたようで、その連中にいわすれば、幾分成功しかけたように自慢してるようですが、私をして卒直に云わすれば、完全に失敗ですな。――なんのかのといっても、とうとう翼賛運動は、国民の間に立派に根を張ってしまいましたよ。一部の悪徳者や、少数の懐疑的なインテリなぞは例外として、いやそんな連中でさえも最近では、もう四の五のいわずに、大きな国民の歩みの中へ捲き込まれて、黙々として愛国の熱情に燃えながら、一致団結して着々実践にとりかかっておりますよ」

「なんだかいやに、日本贔屓な云いかたに聞えるね」

「いや、そんなことはありません。これは本当のところなんですよ。――この調子で進まれた日には、所謂高度国防国家体制とやらも瞬くうちに出来上って、それこそ我々も、援蔣どころではなくなってしまいますよ」

「いや、ジョンソン君。この船の中では、余り援蔣云々は云わぬほうがいいね。知っての通り、この船の乗組は藍衣社の連中ばかりだからな。むろん我々にとっては、援蔣なぞは目的ではなく、重慶を利用して日本を奔命に疲れさし、結局日支を共倒れにさせるのが真目的には違いないが、しかしまたそれだけに、どこまでも重慶に対しては、援蔣々々でおだてておかねばならぬわけだからね。実際また、そうして利用するだけの価値はある。早い話が、我々諜報関係の立場から云っても、これからどしどし日本国内へ潜入させる第五列に、我々毛色の変った欧米人が乗込むよりは、日本人にうまく化けることの出来る同人種の藍衣社の連中なぞを利用したほうが、どれだけ有効だか知れないわけだからね……ところで、いま伺った様子では、残念ながら、日本における新体制運動は国民の団結によって着々成功しつつあるってことだったが、しかし、闇取引なんぞは、まだまだ相当にあるってことではないかね？」

「ええ、それはまだ、幾分残っているようですな。闇取引に限らず、その他いろいろの旧体制が、まだ幾分残ってはおりますが、しかしそれも、そういう旧体制のマネをすることは外国第五列の手先になると同じことだ、という事実をソロソロ悟りはじめた様子で、残念ながら急速に数がへりつつありますわい。いずれにしても、日本人が伝統の日本精神に立返り、足並揃えて所謂臣道実践職域奉公に邁進しはじめたというこの体制を、もっと宣伝部や謀略部の連中が積極的に引ッかき廻し、ぶち毀してくれなくては、せっかく我々の努力も水の泡ということになりますな」

「ふム、——金属回収運動なぞ、どんな風に進んでるかね?」

「いや、そいつも、残念ながら、成功しつつあるようですな。どうもあの調子では、困らしてやろうとせっかく打った屑鉄禁輸の一手も、どうやら画餅に帰しそうですわい」

「ああ、それは確かにそうでしょうね」

と、いままで黙っていたもう一人がいった。

「実際そのお蔭で、家庭の金属回収どころか、沈没船引揚事業なぞも意外に進展して、我々の大事な重慶丸もとつぜん波切会社の工作船から急襲を受け、とうとうこれから、打切らなければならないようなことになったんですからね。どうも屑鉄禁輸の一手は、いささか藪蛇でしたな」

「ふム。ま、仕方がないさ。背に腹は代えられんよ。——ところで、ジョンソン君。この頃日本人の防空訓練は、少しはうまくなったかね?」

「いや、それですよ。数年前までは、ずいぶん下手クソな不熱心な、演習ぶりで、この調子では、ただ一回の空襲で、関東大震災の時ぐらいの効果はあげられると、内心よろこんでいたものですが、ところが、去年の秋の全国一斉の防空演習をひそかに視察して、実はびッくりしましたよ。どうしてなかなか巧くなり、実に真剣で、勇敢で、整然としており、持場をはなれて逃げ出すような人間は、一人もいそうに見えませんでしたね。どうもあの調子では、焼夷弾なぞあるだけ持って来ても、ちょっと六ケ敷そうですよ。これは東京だけのことではなく、全国の情報が、私の観察と一致しておりますよ。――まア結局我々としては、デマや流言蜚語をバラまいて、人心を混乱させるほうへ力をそそぐべきでしょうな」

「日本人は、防空問題に限らず、一般にデマに乗りやすいかね？」

「さア――。日本当局もその点はぬかりなく注意しているようですし、国民も当局を信頼してしっかり構えているようですから、将来のことは請負われませんが、いままでのところでは、全然乗らないとも云い切れないようですから、ま、このほうは大いにやるべきですな……」

「ふム。じゃアひとつ、大いに君たち第五列の方々に、地上で流言蜚語をバラまいてもらうと同時に、イザという時には、爆弾ばかりでなくデマ・ビラを――紙の爆弾を――うんとこさと持って来るんだね。……ところで、最近日本国内における債券の売行きや、貯金運動はどんな風かね？これは経済謀略のほうとも、関係のあることなんだがね……」

「いや、それはもう話すだけヤボですよ。実は私も、情勢視察旁《かたがた》親日面をして一枚買ってみようと思いましてな、ずっと前から売出し毎に出掛けてみるんですが、いまだに一枚も手にはいらぬという次第。それだけ申上げれば、彼等の債券消化力がいかに旺盛であるかお判りでしょう。貯金のほうも同じことですわい」

「ふーム。いや、ありがたう。じゃアついでに、今やかましい転業問題なぞは、どんな実績を見せているかね？これは労務問題から軍需資材の生産能率にも関係していて、当方にとっても重大な問題だがね……」

「ああ、そいつも残念ながら、ダメですな。詳細な統計は、役所の取締りがなかなか厳重で、この方面の問題についてはとても出来そうもありませんが、とにかく、一般に国民の長期戦に関する覚悟が深まって来るにつれて、いままでどうしようかと思い惑っていた連中が、思い切ってドシドシと転業し、誇りをもって重要産業へ続々従事しはじめておるような情勢ですからな。とてもカナイませんよ。それに、もうご存じでしょうが、去年あたりから国民皆労運動というのがはじまって、ブラブラしてる人間なぞ一人もいなくなってしまいましたよ。尤も、東京や大阪のような大都市では、どうかすると、時どき、コテコテと着飾って遊び廻っているようなのに出会ったりして、思わず我々をよろこばしてくれますが、でも、一歩工場街や、地方の農村に踏込んだならば、我々はただ眼を廻すばかりですわい。我々にとって、日本の兵士の次に、最も恐るべき敵が、そこで黙々としてまッ黒になって働いておりますよ」

「ふーム……」

と、太い低音は唸ったまま、しばらく沈黙してしまった。

鉄の壁にピッタリとはりつけている菊子嬢の手の平には、いつの間にか冷汗がヂットリとしみだして、ツルツルと滑りはじめて来た。音のしないようにスカートの腰で、その掌を拭うと、再び彼女は、息をつめて、耳をそばだてはじめた。

やがてまた、太い低音が聞えだした。

「――いや。お蔭で、よく判りましたわい。するとまア、だいたい日本の国内体制は、着々と整備されて来た――つまり、我々にとって、はなはだ芳しからぬ傾向になって来たというわけですな。……いやしかし、そんなことで我々もヘコむわけにはいかん。この上は、第五列の方達に一段の活躍をしてもらうと同時に、一方また、我々も政府の要路に訴えて、新しい高級謀略を、ＡＢＣＤ陣の頽勢挽回策を、講じてもらわねばならんわけですな。いや、ありがとう。よく判りました。……ところで、直接諜報関係のほうでは、別に新しい情勢の変化はないでしょうな？」

「そうですね……ま、最近、いちばん我々が応えたのは、もうご存じでしょうが、例の臨時郵便取締令ですな。あれにはいささか弱りましたよ。なんでも聞くところによると、国民の中にも、差出人の名前を、（Ｏより）だとか（Ｋより）だとかしか書かずに、コソコソとラブレターなぞを認めていた一部少数の旧体制連中が、手紙が届かなくなって泡を喰ったとか、喰わなかったとかいうことでしたが、我々の困るのはそれどころではないですからな。いままで堂々と郵便を利用していた秘密連絡が、ピシャンとやられたわけですから、これからはいよいよ日本においても、眼のくり玉へはめ込んだり、サルマタのひもへ通したり……いろいろと苦しいやりくりをせんけりゃならんくなりましたわい」

「ふム。日本における取締りが、漸次欧洲列国並に強化されて来るに従って、我々の活躍も、いよいよ潜行的にならねばならんわけだな。いや、それがほんとだよ。だいたい今までの日本が、あまりに仕事がしやすく出来ていたからね。こうして段々と各種の取締りが強化されて来るに従って、これからいよいよ日本でも、本格的な間諜戦が始まるわけさ。尤も、それだけにまた、一般に日本人のその方面における知識も、いささか立遅れているらしいがね。――実は、今度のヨコハマ滞在中も、上陸してもらったこのマリーと、本船との連絡は、その場の思いつきで、パラソルと廃汽を使ってみたがね。どうやら日本人には、そんな簡単な術《て》も見破れんらしい。ふふふ……」

「ああそれから、郵便といえば、国外向けの振替為替なぞも、通信文が制限されましたから、もうそのほうもダメになりました。……まア、だいたいそんなことでしょうな。とにかく、一年ばかりの間に、合法非合法ともに情諜報の蒐集には、かなりの困難を覚えはじめましたよ。しかし、まだまだお喋りの人間はいますから、大丈夫なんとかなって行くつもりですがね。むろん、我々に向ったりあるいは我々の前で、直接お喋りをするというような日本人は全然ありませんから、間接に、つまり、これはと狙った本人の家族とか交友関係とかいった環境へ手を廻して、大いに働くつもりでおります。それから、もう一つ……今私は、こういう人間に特別に注意を払って、探しているんですが、つまり、その人の日給月給等の収入だけではとても不充分だと思われるような生活様式を持っている人物。それから、贅沢な生活か遊蕩に耽溺している人物。また、以上のような生活の習慣や、放蕩、怠惰、賭博等によって、将来のッぴきならぬような負債に陥る見込みのある人物。なおまた、すねに傷を持っているような人物――例えば、ひそかに闇をやってビクビクしている人間だとか、その他の犯罪者等。それから、最後に、これは少し陳腐ですが、欧米かぶれのハイカラ娘

――だいたい以上のような人物、を見つけ次第特別の注意を払って監視し、一旦弱点を摑んだならば直に金銭、誘惑、脅喝等の手段を講じて働きかけ、骨の髄まで、いや命までも完全にこちらのものとして利用してしまう。この、骨のズイいのちまで、しゃぶりつくす、というところが大事でしてな、どうも日本人はハラキリの子孫だけあって、いざというドタン場まで来ると、翻然愛国心に目醒める、てな危険がありますからな。最後には命までも奪ってしまうという、少しく峻烈な方法で行かねば、今後は断じて危険です。――ま、だいたいそういう方針で、やっておりますわい」

「いや。どうも、ありがとう。よく判りました。まアひとつ、せいぜいしっかりやって下さい。故国には勲賞が待っていますからな」

「御安心下され。ぬかりはありませぬテ。――ところで、いつ御出帆ですかな?」

「明日港務署へ届けて、明日の晩、発とうと思うがね」

「こないだ、ちょっとうかがいましたが、重慶丸はいよいよ手放しですかな」

「どうも、意外なことで、なんともしかたがないね。波切会社は、あくまで事業を放棄しない腹らしいし、でまア、仕方がないから、奴等の出航を暫時喰止めておいて、早速その間に、手放しの工作を済ますつもりだよ。爆破させればワケはないが、それでは結局秘密を悟られる恐れがあるからね。ま、出来るだけそれをしないでやるつもりだ。そして僕は、そのまま上海経由で香港へ引上げる」

「残念だが、仕方がありませんな」

「まったく、こうなると、さっきのヤードリ君の云いぐさじゃないが、屑鉄禁輸がいささか藪蛇になったわけさ」

「――では、私はこれで、帰ります」

「おや。もうお帰り? ゆっくりしたらどうかね?」

「いや。これでも、F・W・ヘンリー・アンド・ジョンソン商会の、謹厳実直なる親日店主――

というわけですからな。間諜連絡船などにウロウロしてはおられぬはずですわい。はははは……」

「はははは……」

「では、皆さん。ご機嫌よう。お大事に……」

「さようなら」

「お元気で」

「諸君へもよろしく。頑張るようにね」

ゴトゴトと気配がして、みんな出て行ってしまった。

四

再び、静寂がやって来た。

菊子嬢は闇の中で、思わずフーッと、大きくタメ息をついた。

掌の平にも腋の下にも、冷汗がジットリとにじみ出し、顔はほてって、心臓はドキドキ、頭はガンガン鳴っている。

そのガンガンの頭の中で、いま聞いたばかりの恐ろしい話の数々が、次から次へと浮んだり消えたり、消えたり浮んだり、本当のことのように思われていたかと思うと、なんだかまるで覚えもない幻聴《そらみみ》のような気持になったりして、心は千々に乱れるのだった。

そうして、永い時間が過去って行った。

犬山潜水夫は、もうさっきから闇の中で、スヤスヤと静かな鼾《いびき》をかいている。

だが、やがて彼女は、入り乱れる思索の中から、結局一つの結論だけは、シッカリ摑むことが出来た。

それは、一刻も早く、この恐るべき間諜船の中から逃げ出さなければならない。逃げ出すべく助けを求めなければならない——ということであった。

——明日の晩になれば、このまま船は出帆してしまうのである。それまで、もうあと幾許《いくばく》も時間はない。恐らくもう、二十四時間とはないであろう。その間に、それまでに、なんとしても逃れ出て、このことを横川氏に知らせなければならない！

だが、この頑丈な船底の牢獄の中から、どうして女の身で逃げ出すことが出来るだろう？——出来ない。絶対に出来っこない。

では、自分から逃げ出すことが出来そうもないならば、なんとかしてこの危機を外部へ知らせ、助け出してもらう方法はないものであろうか？——だが、壁なぞ力いっぱい叩いてもトンとも響かないようなこの頑丈な鉄の部屋から、どうして外部へ救いを求めることなぞ出来るだろうか？

（それにしても、船の底って、こんなに頑丈に出来ているものなのだろうか？　いや、恐らくこの船には、あたし達のような邪魔者を監禁するために、わざわざこんな頑丈な部屋が作られてあるのに違いない）

汽船の内部が、もし一船底の破損をしたような場合に、犠牲がその一部分だけの浸水ですむようにと、頑丈な防水隔壁で幾つにも仕切られているなぞということを、まだあまりよく知っていなかった菊子嬢は、思い余って、はてはそのような疑いをさえ抱きはじめるのだった。

こうして、あれこれと助け出される方法を思いめぐらしながら、再び永い時間が過ぎ去って行った。だが、彼女の体は、今日一日、朝からの異常な活動のために、綿のように疲れていた。同じことを幾度も幾度も考えつづけているうちに、とうとう彼女は、壁によりかかったまま、ウトウトとまどろみはじめた。

何時間睡ったのか、あるいは何十分睡ったのか、判らない。

やがて彼女は、ふと眼をさました。そして、何気なくあたりを見廻しながら、思わずハッとなった。……

丸い窓

一

疲れたあまりの気持の悪いまどろみからふと眼をさまして、何気なくあたりを見廻した菊子嬢が、思わずハッとなったのもムリはない。

——眼がボンヤリと見えるのである。

といっても、なにも彼女は、いままで盲目《めくら》だったわけではない。

何時間か前まで、それこそ何も見えない漆黒の闇であった身の周りが、いま眼を覚ましてみると、ほんのかすかではあるが、ボンヤリと見えているのである。

それはほんとに、かすかな明るさであった。恰度、月のない晴れた夜の、星の明るさ——ほどであった。

が、それだけでも真の闇ではない。彼女にとっては、ハッとなるだけの価値はあった。

思わず身を起してあたりを見廻す。

どこからかにじみ出て来るような微光をうけて、周囲の壁がボンヤリと浮出している。その向うの隅の床の上に、まるで黒い布束でもなげ出したようにして、どうやら犬山潜水夫が、まだグッスリと眠っている。

菊子嬢は、つづいて本能的に、天井のほうを見た。

するとすぐに、微かな明りの洩れ込んでいる場所がみつかった。

――それは、船の舷側に当る頑丈な鉄壁の、低い天井に近いところに、まるで雲をかぶったお月様みたいな丸い小さな薄暗い窓が、ボンヤリと浮出しているのである。

既に読者も御推察の通り、よく汽船の胴腹に幾つもあいているようなあの丸窓であって、直径八寸ばかり、窓というよりは穴といったほうが正しいくらいの代物であった。

が、それを見た瞬間、菊子嬢の心の中には、一条の希望の光が漲った。

（ああ、あんなところに窓がある！）

咄嗟に飛び起きると、思わずその丸い窓の下までかけ寄った。

部屋の天井が低いために、窓の高さも坐っていて見たよりも、ずっと低く、背伸びをすると、恰度彼女の顔の前に、その窓の下半分がやって来るくらいの、高さであった。

だが、駈け寄った彼女は、すぐに顔をしかめた。

丸い窓にはガラスがはまっているのだが、そのガラスには意地悪くも外側から、船体へ塗る黒い塗料が、薄くはあるが乱暴な刷毛づかいでぬりたくってあって、外の様子はまるで見えない。

彼女は思い切って、力まかせにガラスを殴ってみた。

が、どんなに強い三角波の圧力にもビクともしないように作ってあるその窓ガラスは、とても彼女の力なぞでわれるものではない。

彼女は今度は、窓をあけてみようとした。

丸い窓の枠は、頑丈な鉄で出来ており、完全な水密装置が施されているのだが、しかしそれは、明かに内側から、回転窓のように上下を中心にして横に開くことの出来るような、仕掛けになっているのだった。

その仕掛けに向って、彼女は必死になって獅噛《しが》みついた。

だが、もうずいぶん永い間、その窓はあけられたことがないのであろう。窓枠の転開装置は完全に錆びついていて、なかなか動きそうにもない。

けれど、彼女はもう、必死だった。

(この窓をあけさえすれば、きっと船の外を見ることが出来るに違いない。この窓こそ、天が与えて下さったただ一つの救いの窓だ。どんなことをしたってあけなければならない!)

指先がまッ赤になって痛みだし、背伸びをしたままの脚の腱《すじ》が、ひッつるような激痛を訴えはじめた。

だが、彼女はひるまない。

(もし、この窓をあけなかったなら、自分の前には破滅か、死が、あるばかりだ!)

そう思って、文字通り必死になって頑張りつづけた。

と、やがて、ゴトッと動いた。ほんの、少しばかり……

(あ、開く!)

彼女は急に元気づいた。

そして、ムキになって、渾身の力をふるい起して頑張った。

ところが、それから先は、もういけない。テコでも動かないのである。

とうとう、彼女の指先からは、血が流れはじめた。

思わず指先を口にくわえながら、ふと見ると、なんのことはない。鉄の窓枠に打込まれている拇指ぐらいの太い鉄釘《ボールト》の一本が、雌螺旋《ナット》の上へ余っている部分を、故意に叩き曲げられていて、そいつへ鉄の窓縁がひッかかって、もうそれ以上は絶対にあけられないのである。

みるみる全身の気力が抜けて行くのを覚えて、彼女は思わずヨロヨロとなった。

と彼女がヨロヨロとなって体を傾けたとたんに、いままで、少しせり出してきた窓縁の蔭になって気づかなかったが、さっきゴトッと少しばかり動いた時に出来た窓の隙間が、ふとみつかったのである。

――つまり、窓が、僅ながらも、開いていたのである。むろんそれは、非常に細々とした隙間であって、回転式の窓のことであるから、まるで極端に痩せた三日月様みたいに上下の端が鋭く尖り、真ン中のいちばん幅の広いところでさえも、せいぜい二三分くらいしかないという、心細いような隙間であった。

だが、それだけでも、彼女にとってはなんというありがたい隙間であろう。そこからは、僅といえども、船の外が確実に見られるのであり、そこの桟橋を通る人に対して、何等かの方法で救助を求めることが出来るかも知れないのではないか！

彼女は、その隙間へ飛びつく前《さき》に、まず、希望に打顫えた。

が、次の瞬間、いいようのない戦慄を感じた。

（ああ、なんということだ。自分は今まで、この窓の外には、てっきり桟橋があるとばかり思い込んでいたが、果して、確実にそうなのであろうか？　この窓の向うには、間違いなく桟橋があるのであろうか？――なるほど、この窓は、船の舷側にあいている窓の一つであって、この窓の外には、この隙間の向うには、船の（外）があるには違いない。けれど、どうしてそこに、（桟橋）があると云い切れよう。確かにこの船は、（桟橋）に横づけになっているには違いない。が、桟橋は、船の両側ともにあるわけではない。この窓のあいている舷側が、桟橋へ横づけになっているほうの舷側であれば問題ないが、もし万一、その反対側にある舷側であったとしたなら、ああ、この窓の外には、この隙間の向うには、人の通らない海があるばかりではないか！）

彼女は、もうたまらなくなって、その痩せた三日月様へ飛びついて行った。

心を躍らせ、片眼をつぶり、美しい唇をへの字に曲げながら、残りの片眼で、ヂッと隙間の向うを覗いてみる。

と――

見えた。正しく見えた。しかも、海ではない！

が、それにもかかわらず彼女の顔は、急に、変テコに歪みはじめたのである。

——実際、そこから彼女が見たものは、まことに変テコな代物だった。

すぐ眼の前一尺ばかりのところに、薄黒く湿気に汚れたきめの粗いコンクリートの壁があって、その壁の表面に、まるでわらじ虫を大きくしたみたいな、小判形の、足の多い異様な虫が、上のほうから落ちて来る僅な光線を受けて、褐色の肌を不気味に光らせながら、何十匹となくゾロゾロと這いまわっているのである。

——どうやら桟橋の、コンクリートの側面を、船虫共が闊歩している光景らしい。

「チェッ!」

思わず彼女は、舌打した。

——ああ、なんということだ。この窓のあいている舷側は、幸運にも桟橋のほうに面した舷側ではあった。が、肝心の窓は、桟橋の上にあいているのではなくて、桟橋の下の横ッ腹へ顔をスリつけるようにしてあいているのではないか!

彼女の顔には、みるみる深い失望の色が漲りはじめた。

が、それでも、夢中になって、顔を横に曲げるようにしながら、その窄《せま》き隙間から上のほうをすかすようにして見上げる。

と、いよいよ不可《いけ》ない。

——どうやら桟橋の頂面《うわぶち》は、殆んど四五尺近くも上のほうにあるらしく、つまり、窓は桟橋の表面より四五尺近くも下のほうにあいているらしく、おまけに、その頂面と窓との間には、木肌のささくれ立った桟橋の緩衝材が、横に長く続いて凸出《とっしゅつ》していて、その部分では舷側と桟橋との間隔は、ほとんど四五寸しかあいていない。

その僅ばかりの間隔から、光線が洩れ込んでいるだけであるから、すぐ眼の前の桟橋の側面は、異様に薄暗いはずである。そしてしかも、今度はその薄暗い眼前の光線が丸い小窓の塗料を塗りつけられたガラスを通じて忍び込んで来るのであるから、部屋の中が昨夜より明るくなったとはいえ、それは星夜のような薄明りでしかないことも、これでやっとうなずかれるわけであった。

だが、どうやら桟橋の上は、もうすっかり朝になっているらしい。

菊子嬢は、深い絶望の中からも、ふと気づいて、腕時計を微光の中へかざして見た。

——もう、六時半らしい。

そういえば、さっきから窓をあけることや明りのほうにばかり気をとられて、夢中のあまりつい気づかずにいたが、附近の船々はもう荷揚作業をはじめたとみえて、地鳴りのような荷揚機《ウインチ》の響きがゴウゴウと聞えはじめている。

彼女は、とつぜん突きあげるような郷愁を覚えて、思わず狭い隙間に口を押しあてると、力いっぱい、

「おーいッ」

と叫んでみた。

が、声は、いたずらにガンガンと室内に反響するばかりで、船の外へはなんの手応えもないらしい。よしんば、狭い隙間を洩れた声が、複雑な屈曲をへて僅に桟橋の上へ洩れ出たとしても、そこにはもう絶え間もない荷揚機の轟々たる響きが渦巻いていて、船底から洩れあがって来る声なぞたちまち吹き消されてしまうのだ。

だが、それでも彼女は、二三度たて続けに叫んでみた。が、むろんなんの手応えもない。

逆に、室内にガンガンと響く反響で、いままでいい気持に眠っていた犬山潜水夫が、いきなり眼をさまし、

「あげてくれ！　あげてくれ！　早くあげろッ！」

例の異様な叫びを口走ると、怯えたような眼でキョトキョトと辺りを見廻しながら、はげしく肩を波打たして息づきはじめた。

（ああ、ダメだ！）

深い絶望感に打ちのめされたように、彼女は部屋の隅へ、グッタリと崩折れてしまった。

――どうやらこの共栄丸には、直接なんの響きもしていないのを見れば、この船は荷揚なぞしているはずもないが、桟橋の向う側や両隣に碇泊っている沢山の船からは、間断もなく荷揚機の轟音がふりまかれていて、夜まで再び静まることはないであろう。だが、もうその夜になれば、この船は出帆してしまうのだ！

彼女は、狂おしさに堪えかねて、思わず両手で髪の毛をかきむしった。

二

鉄の壁の片隅にあるドアの向うで、ゴヂゴヂと音がしはじめた。と、やがてガタッとドアが開いて、昨夜の男――昆先生が顔を出した。

むくんだような顔のまン中にある細長い眼で、ニヤニヤと陰険な笑いを見せながら、

「おいおい、ねえさんや。なにを朝から騒いでいるんだ。ソプラノの稽古かい？……ふふふ……だが、いくらヂタバタしたとて、船の外の、桟橋の上までは、お気の毒ながらとても届かないよ。それに今朝早く向う隣へ、また一艘材木船がはいったからな。今日はそいつも一ン日中、ウインチをガラガラやるこったろうテ。ま、せいぜい吸鳴り競べをしてみるがいいさ……」

憎々しげに云い放って、犬山潜水夫と菊子嬢へ、それぞれ昨夜と同じ紙包みの食糧を与えたり、用心深くトイレットへ連れ出したりして、再びドアに鍵をおろすと、そのまま引あげて行った。

部屋の中は、また、彼女と潜水夫との二人だけになった。

犬山潜水夫は、食慾だけはなかなか旺盛で、もうパクパクとパンを嚙じりはじめた。が、彼女は、

食糧なぞは見向きもしなかった。体はクタクタに疲れ、節々は痛みを訴えたが、食慾は全然なかった。

彼女は、つとめて落つこうと思った。

冷静になって、もういちど始めから、一切を考え直そうと努力した。

すると、彼女の頭の中には、昨夜、ドアの隙間から洩れて来た恐ろしい話の数々が、次々に浮んできた。が、結局それらの凡てを押しのけるようにして、

(もう今夜になれば、この船はこのまま出帆してしまう！)

いちばん切実な、いちばん恐ろしい考えが、すぐに頭を持ちあげて、ともすると彼女の心から冷静を奪ってしまう。

(いけない。落つかなければいけない。そして、どうしたならば救われることが出来るか、しっかり考え直さねばならない)

だが、それでも、やっぱりいらいらするばかりで、ヂッと思索を一ケ所に集めることなぞ、なかなか出来ない。

彼女は、窓のそばへ出掛けて、もう一度薄明りの中へ腕時計をすかして見た。

——ああ、もう八時に近い。

すると彼女の心は、いよいよ苛々しはじめ、腋の下からは冷汗が流れて、手足が思わずブルブル顫え出しさえする。

やがて、ふと彼女は、あることに気がついた。

(そうだ。いまこの部屋には、あたしが一人きりでいるわけではない。犬山さんもいるのだ。あたし独りぽっちではない。二人いるのだ。しかも犬山さんは、あたしなぞとは問題にならない頑丈な体を持った男ではないか。——なるほど、いまのところ頭が少しどうかしているかも知れない。が、それでも、あの昆という男には、割に馴れて素直に云うことをきくではないか。してみれば、

あたしにだって、この犬山さんを手馴づけ、操縦して――といってはすまないけど――とにかくこの人の男としての力を利用して、あたしに協力してもらい、二人力を合わしてなんとか工夫したならば、あるいはうまくこの重囲を破ることが出来るかも知れない。そうだ、例えば、今夜昆がはいって来た時に、この人の力を借りて、隙を見て二人して昆をシメあげる、という術《て》もあるではないか！）

彼女は、そう思いつくと、急に元気づいた。

――実際、この非常時に、このような貴重な人的資源を、頭から無視して放任しておいたとは、なんといううかつな話であろう。思えばトンマな自分のやりかたが、今更のように憎まれさえするのであった。

なにはともあれ、彼女は早速、その人的資源の開発にとりかかった。

ところが、とりかかってみると、それは意外な難事業であった。

部屋の隅にうずくまって、憂鬱な沈黙をつづけている犬山潜水夫に、彼女がおずおずと近づいて、なにか声をかけようとすると、いきなり潜水夫は、例の異様な叫びを発して、犬にかき廻された鶏舎の鶏のように、すっかり昂奮してしまうのである。

むろん菊子嬢は、そんなことで計画を放棄しはしない。

二回三回、四回五回と、永い時間を費しながら、手をかえ品をかえて執拗に接近を企てた。

が、彼女の作戦は、その都度片ッ端から失敗に帰した。

（でも、あんな恐ろしい顔つきをした昆でさえも、敵の昆でさえも、この人をあたしよりうまく手馴づけているではないか。ましてや、優しい女人のあたしに、どうしてそれの出来ないはずがあろうか）

そう思いなおして、一段と馬力をかけると、笑って見せたり、拝んで見せたり……あの手この手の秘術をつくして、さらに永い時間を費しながら、執拗に奮闘をつづけるのだった。

だが、それでも犬山潜水夫は、その彼女の千変万化の懐柔策に対して、頑強に抵抗をつづけ、断乎として妥協の色を見せないのである。

いや、それどころか、ついには、かなり高度な昂奮状態に達してか、眼の色が異様に輝きはじめてさえきたのである。

ここに至って、彼女はやっと、重大な過失に気がついた。

(ああ、なんというあたしはトンマであろう。いままであたしは、昆のような男でさえも、犬山さんを動かすことが出来るのだから、あたしに出来ないはずはないと思い込んでいたが、思えば、それはまるで反対ではないか。昆は男だからこそあれだけに出来るのであり、あたしは女だからこそ失敗ばかりしているのではないか。全く、考えてみれば、この犬山さんが、こんな風に頭が少しおかしくなったそもそもの動機というのは、沈没船の中で女を見た、とやらいうことが原因ではなかったか。してみれば、犬山さんにとっては女は鬼門であり、男の昆よりも、女のあたしを、殆んど本能的に嫌い恐れるのは当然のことではないか!)

彼女の心の中に、せっかく出来はじめていた新しい希望も、こうして再びガラガラと崩れ去ってしまった。

深い絶望と堪えがたい焦燥が、またしてもやって来た。

彼女は、もう一度、腕時計を見た。

——もう、十時になる!

と、この時。

(あら?)

ふと彼女は、ある不思議な現象に気づいて、思わず口の中で叫んでしまった。

それは、ほかでもない。

今朝、時計を見た時には、いいや、さっき時計を見た時にも、確かに彼女は、丸い窓のそばへ身をよせて、微光に腕をかざすようにしながら、やっとボンヤリ読みとることの出来たその時計の盤面が、なんといまは、部屋の一隅へ坐ったままで、しかもかなりハッキリと、同じ盤面を読みとることが出来るではないか！

この事実にハッキリ気がつくと、思わず彼女はハッとなってあたりを見廻した。

すると、なんと部屋の中も、僅ではあるが、さっきよりは確かに明るくなっている。少くとも、一時間くらい前までは、月のない夜の星明りくらいの明るさでしかなかったあたりが、いま気づいて見れば、恰度薄雲に蔽われた月夜の戸外くらいの明るさになっているではないか！

（まア！　どうしたのだろう。いつのまにこんなに明るくなったのだろう⁉）

実際それは、不思議なことであった。いつのまにそんなに明るくなったのか、彼女はほんとに知らなかった。それは、彼女が、犬山潜水夫を口説くことに夢中になっていたからばかりではなく、時間を無視した非常な緩慢さを以て、徐々にその明るさが訪れはじめていたからであった。それほど、遅々とした、不思議な変化であった。

——部屋の中を思わず見廻した彼女は、つづいて今度は、反射的に丸い窓を見た。

と、やはりその窓も、前より確かに明るくなっている！

咄嗟に、彼女は飛び起きると、丸い窓にかけよって、背伸びをするのももどかしく、例の痩せた三日月のような隙間へ顔をスリつけんばかりにして、必死に外をのぞいてみた。

と——

おお、なんということであろう！

今朝見た時には、すぐ眼の前一尺ばかりのところに、湿気に薄黒くよごれた桟橋のコンクリート面があって、その上を異様な船虫どもがゾロゾロと這い廻っていたのだが、いま見れば、なんとそこには、そのような絶望的な光景の代りに、すぐ眼の前四五寸のところに、さっき上のほうに見えていたあの木肌のささくれ立った桟橋の緩衝材が、近々と迫っていて、上のほうから流れ落ちる明るい光線を受けて、いとも柔かに輝いているではないか！

（ああ、なんということだろう！——桟橋が動いている！　桟橋が、徐々に沈下《しず》んでいる！　いや、船が動いているのだ！　船が、だんだんと上へ浮きあがっているのだ——いったいまア、どうしたというのであろう⁉）

——意外な事実を見詰めたまま、彼女は、まるで奇蹟にでもぶつかった人のように、暫く呆然として立竦んでしまった。

三

たしかに、船は、桟橋に横づけになったまま、静かに少しずつ、浮上っているのであった。

しかしそれは、恐らく誰も気づくことは出来ないほどの、非常にのろい速度で、少しずつ浮きあがっているのだった。十分間に、一寸くらいの、速度であった。が、それでも、変速なく、確実に、上へ向って浮きあがりつつあることは間違いなかった。

丸い窓の前に呆然と立竦みながらも、その瘦せた三日月様のような隙間を通して、ささくれ立った緩衝材の木肌が、一分間に一分くらいずつの速度で確実に下のほうへさがりつつある事実をハッキリと認めた菊子嬢は、おどろきのあまり、思わず身顫いした。

最初彼女は、その事実を、船が積荷でも降ろしはじめたために、船脚が軽くなって浮きあがり出したのではないか、と考えた。が、それはすぐに、間違いであることに気がついた。——なるほど、ここまで窓があがって来ると、周囲の船の荷揚作業の騒音は、前よりも一段とやかましく聞えだして来てはいるが、けれど、この間諜連絡船共栄丸は、荷揚作業なぞ絶対にしてはいないのである。

では、いったい、この事実はどうしたということであろう？

だが、やがて彼女は――

とうとう、その謎を解くことが出来た。

（そうだ。判った）

（そうだ。なにをあたしは、ボンヤリしていたのであろう！　この船は、海に浮いているのではないか。そして、海には、潮の満干《みちひき》があるではないか！　ちょうどいま、その潮が満ちて来つつあるのだ。だから、船がだんだん浮きあがっているのではなくて、船を浮かべたまま、海面全体が、だんだんと上昇《のぼり》つつあるのではないか！　そうだ。それに違いない！）

気づいてみれば、どこの海にでも、毎日多少にかかわらず必ず起きあがっている、なんでもない現象ではないか。

だが、彼女の両眼には、みるみる希望の光が漲りはじめた。

船は、海と共に、少しずつではあるが、確実に上昇しつつある。

そして、それにつれて、部屋の中も、僅ずつではあるが、徐々に前よりも明るさを増しつつある。

このままこの調子で、うまく上りつづけて行けば、やがて窓は、桟橋の上面にまで達して、痩せた三日月様の間から、確実に桟橋の上を見る事が出来るではないか！

――だが、待てよ。潮が満ちて来るといっても、それは際限もなく満ちあがって来るわけではない。自ら一定の限度があって、一旦そこまで達すれば、やがて再び下げ潮になってしまうのではないか。すると、また、この丸い窓の隙間が、果して桟橋の上面にまで達することが出来るか、それとも、そこまで達せずに再び下りだしてしまうか、まだ、確実に判ったわけではないではないか。

彼女は、急にまた胸さわぎがしはじめた。

（それにしても、いったい潮というものは、どのくらいの高さまで満ちて来るものであろうか？一尺か二尺か、それとも三尺か四尺か？……）

急に彼女は、いままでの自分が立派な海国民の一人らしく、もっと海と親しみ、もっと海に対して深い関心を寄せるべきだったと、過去をかえりみてはげしい後悔に襲われた。

　だが、それでも、やがて彼女は、ずっと以前に、横川氏がなにかの折に海の話をして、潮差――つまり潮の満干の差は、ところと時によってまちまちであり、小は一米突《メートル》足らずから、大は五米突以上まである。というような話をして、

（五米突なんて、そんなバカな……）

　心の中で笑った時のことを、思い出した。

――だが、いまは笑うどころではない。やはり先生のいわれた通り、潮の満干には時とところによっていろいろの高低があるのであろう。そして、問題は、この横浜の海だ。しかも今日、この横浜では、いったいどれくらいの高さにまで、潮は満ちあがって来るのであろうか？　もしやこの横浜が、先生のいわれたその五米突にも達するところに、あたっていてくれると申分はないのだが……いやいや、そんなはずはない。もしもそんなに高い潮が満ちて来たなら、桟橋も、横浜の街も、海の中へ沈んでしまうではないか。そうだ。横浜へはいつだってそんな大きな潮が来るはずはないのだ。では、どれくらいだろう？　三尺足らずのいちばん小さいのだろうか？　ああもしそうだとしたら今朝見た時には、窓と桟橋の頂面との間は殆んど四五尺近くもあるように思われたのだから、とても満潮になったとしても、桟橋の上へこの窓が顔を出すようなことは、出来っこないではないか……

　だが、この時彼女は、ふとあることを思い出した。

　それは、いつも彼女が、東京で、銀座や築地の街なぞを歩いている時によく見かけた、あの、川ッ縁の石垣の表面に水面よりずっと上のほうまで黒い穢い水のあとがついて残っている異様な光景であった。

（そうだ。いいことを思いだした。あの黒いあとこそ、干潮の時に見た潮のあとではないか。そして、東京も横浜も、同じ東京湾の沿岸ですぐお隣りのことだから、まずだいたいこの横浜でも、

あの東京の河岸の黒いあとと同じくらいまでは、平均して潮が満ちて来ると考えてもいいではないか。むろん先生もいわれたように、潮の満干の差も、時によっては大潮だの小潮だのと、違いがあるのだろうから、あの黒いあとの境界線も、ハッキリはしていずにボンヤリとボヤケているわけであろうが、いずれにしても、平均してあのあたりまで来ることは間違いないわけだ。――すると、あの黒い穢れた満潮のあとは、いったいどれくらいあったろうか？……二尺か三尺かな？　いや、そんなことではない。むろん、干潮や満潮になる途中で見た時なぞには、そんなこともあったかも知れないけど、もっと深い時があったはずだ。……そうだ。いつだったか、ずっと海に寄った築地の近くで、確かに五尺くらいも黒いあとがムキ出していて、おまけに川底の泥が顔を覗かせ、その上に毀れかかった船が胡坐《あぐら》をかいているのを見たことがあったっけ。そうだ、そうだ。確かにあの時は、少くとも五尺以上はあったようだ。すると、少くとも問題の四五尺くらいまでは、小潮ででもない限り、ここへも潮は満ちてくれると見ても間違いないわけではないか！　そうだ。きっとそれくらいまでは満ちてくれるに違いない。――ああ、どうか今日は、なるべく大潮の日であってくれますように。いや、せめて大潮に近い日であってくれますように！……）

　さんざんに、気を揉むのであった。

　菊子嬢の海に対する認識は、あまり感心出来たものではなかったが、しかしさすがに彼女のこの推理は殆んど正確なものに近かった。事実、東京湾における最高の潮差は、一米突八〇――だいたい六尺ということになっている。だが残念ながら今日は大潮の日ではない。といって、小潮の日でもない。――もし彼女が、もう少し深く海を愛し海に親しみ、常々海に対して海国民として恥かしからぬ程度の関心を寄せていたならば、必ず彼女は、午前の九時十時頃から満ちはじめて来る今日の潮が、どの程度の潮であるかということを、もっと確実に知ることが出来たに違いない。では、果して今日の潮は、どこまで来るか。彼女が獅嚙みついている丸い窓を、桟橋の上まで持上げてくれるか。それとも、全然そこまで持上げないでしまうか。――作者は、いましばらく、彼女と一緒に気を揉むことにしよう。

四

さて、彼女がいろいろと考えをめぐらしている間にも、船は、海と共に、相変らず少しずつではあるが、確実に、着々と上昇を続けていた。

そして、それにつれて、部屋の中も気づかれないほど、僅ずつ明るさを増し、周囲の船々から響いて来るウインチの轟音も、だんだんとやかましいものになって行った。

だが、瘦せた三日月様の隙間からのぞいていると、例の桟橋の緩衝材は、意外に幅のあるものと見えて、まだささくれ立った肌がつづいている。

そのうちに、やがて正午が来た。

あたりの船からサイレンが響き、荷揚作業の騒音が、心持ち静かになって来た。

暫くすると、例のドアの向うから、また、コチコチと音がしはじめた。

彼女は、自分がいま抱きはじめている大きな期待を、あの恐ろしい昆に気づかれないようにと、急いで部屋の一隅に戻ると、悲しげな顔をつくろいながらうずくまった。

昆は、相変らずニヤニヤしながら、部屋の中へはいって来た。そして、例の通り小さな紙包を二つ投げ出すと、再び錠をおろして引あげて行った。

菊子嬢は、はじめて食慾を覚えた。

昆が行ってしまって、潜水夫と二人きりになると、再び窓のところへ寄添って、時どき背伸びをしては注意深く隙間の外をのぞきながら、どうやら余りものらしい固くなったようなそのパンを、モグモグと食べはじめた。

そのうちに、再び一段と、ウインチの轟音が高鳴りはじめた。午後の作業がはじまるのであろう。一時を過ぎた。

だが、まだ船は、窓は、相変らず静かに静かに上昇をつづけている。が、顔を横に曲げるようにして上のほうをのぞいてみると、もう緩衝材はだいぶ登りつめたとみえて、あといくばくもない。そしてその上のほうは、再び窓から一尺ばかり隔てた、コンクリートの側壁になっているのであろう。しかし、もうそこには、一層明るい光線が、まぶしいくらいに輝いているのを見れば、そこから桟橋の頂面までは、あといくらもないらしい。

（ああ、ありがたい。この調子で行ってくれれば、やがて窓は完全に桟橋の上へ出るであろう。そうだ。その時には、どういう方法で、この狭い隙間から助けを求めたならいいであろうか？　そうだ。こうしている間に、しっかりと考えておこう）

彼女は窓の前に立ったまま、時どき隙間の外をのぞきながら、その方法を考えはじめた。

（――もし、幸運にも、うまく窓が桟橋の上へ出たとしても、それは決して長い時間ではないであろう。満潮の次には、すぐ退潮になるに違いない。退潮にかかれば、再び、船は、窓は、あの大きないわらじ虫みたいな、いやらしい虫がゾロゾロと這いまわっている下のほうへ向って、ドンドン下って行ってしまうのだ。そして、もうその次に、再び満潮になってのぼりはじめるのは、恐らくずっとおそくなって、夜中になるであろう。夜中では仕方がない。たとえ窓が、桟橋の上へ三尺もはねあがったとしても、暗い夜中ではなんにもならない。いや、それどころか、だいたいもうその夜中には、この船は横浜を遠くはなれて、恐ろしい旅に出てしまうのではないか！――そうだ。思えば、いま刻々迫りつつある機会《チャンス》は、ほんとにかけがえのない、貴重な機会なのだ。なんとしても、その、窓が桟橋の上へ出ている間に、助けを求めなければならない。たとえもし、その時間が非常に短かったとしても、なんとか外部の世界へ連絡をつけなければならないのだ！）

――実際それは、千載一遇のチャンスである。もしこのチャンスを逃したならば、もう彼女の前途には、暗澹たる絶望の世界があるばかりだ。

では、どうしたならば、その千載一遇のチャンスをうまく利用して、外の世界へ救いの連絡をつけることが出来るであろう？

（声をだして叫んでみようか？）

――だが、それはもう、落第の試験済みである。こんなに轟々たる荷揚機の響が渦巻いている桟橋の上では、いくら大声を出したとて、このように窄い隙間から洩れ出す声なぞ、偶然この窓の近くまで来た人ででもないかぎり、聞えるはずはない。それにまた、だいたいそんなことをして、まだ誰にも聞えない先に、さっきのように昆の耳へでもはいってしまったら、それこそ事をコワしてしまう。

（では、どうしたらいいであろう？）

――そうだ。もしも彼女が、マッチと煙草を持っていたならば、この隙間から煙草の煙りを吹き出して、人目を惹き寄せるという術もあるのだが、生憎彼女はそんなものを持ってはいない。恐らく犬山潜水夫にしても、もう永い間こんなところに幽閉されているのだから、たとえ前に持っていたとしても、使いはたしているに違いない。いやもし、使わずに持っているようなことがあったとしても、もういまの彼女には、それを取上げることなぞ出来っこない。もしもそんなことをしようものなら、今度こそ犬山潜水夫は、彼女の体に喰いつくであろう。……

考えつづけるうちにも、時間は刻々と過去って行く。

見れば、もう窓の隙間は、長かった緩衝材の上をいつの間にか通り越して、一段と窓の外は明るくなっている。顔を曲げて見上げると、桟橋の頂面は、もう一尺足らずのところに迫っている。そして、桟橋の上の光景はまだなに一つ見えないが、青空が、懐しい青空がキラキラと光っているではないか。

時計は、もういつか二時を廻っている。

部屋の中にも、さすがに日盛りの激しい暑さが襲って来て、彼女の体は、汗でジトジトしはじめた。

だが、まだ彼女には、いい工夫がみつからない。みつからないままに、時間は、刻々と過ぎ去って行く。

やがて、時計が二時半を過ぎる頃になると、とうとう待ちに待った桟橋の頂面が、窓の枠の上部より一寸ばかりの高さのところまで、迫って来た。

そして、おおその上から、桟橋の向い側に碇泊している汽船のマストの尖端が、青空の中にクッキリと輝きながら見えはじめた。

部屋の中は、月夜のように明るくなり、轟音は耳をつんざくばかりに響いて来る。

だが、ふと、注意してみると、どうしたことか、この頃から、窓が上へ向ってのぼって行く速度が、非常に遅くなりはじめた。

(きっと、潮の寄せ具合にムラがあるのだわ!)

大自然が聞いたなら、思わず吹きだしてしまうであろうようなタワイもない解釈を、彼女は無理にコジつけてみた。

が、速度は依然として、元へかえらない。それどころか、ヂッと注意してみていると、いよいよ衰え、ますます遅くなって、まるで木炭バスが大きな坂道にでも行当ったような調子で、いまにも止まってしまいそう……

彼女の顔は、急に青ざめてきた。

もうこれ以上、彼女は自分をゴマかしていることは出来なくなった。

(ああ、とうとう、満潮になって来たのだ!)

——やがて、窓の上昇は、完全に止まってしまった。

恰度丸い窓の上のほうが、桟橋の水平面より約一寸ばかりも上へ出たかと思われるあたりで、ピッタリと止まってしまった。もう、コソとも動かない。

彼女の時計では、恰度二時五十分。

——長潮三日目の、いとも静かな満潮である。

それでも、痩せた三日月様の隙間からは、向側の汽船の、船橋や甲板のあたりまで見えており、マストの根元から斜めに突出した何本かの荷揚桿が巻揚機の響を轟々とたてながら、兎の耳のように絶え間なく働きつづけている。

船の上で綱《ロップ》を引ッ張ったり、駈け廻ったりしている人影は、チラチラと見えているけれど、桟橋の上の人影は全然見えない。やっぱり賑やかなのは作業中の船の側ばかりで、こちらの共栄丸の前には、ブラブラしている人なぞいないのだ。

だが、この懐しい娑婆の景色も、あと何秒？　何分？……再び消えはじめて、二度と見ることは出来なくなるのだ。

（そうだ！）

とうとう彼女は、たった一つの方法をみつけ出した。

（ちょっと顔を出しかけて、すぐまた隠れてしまう——こんな短い間に、どうして有効な連絡方法なぞがあるだろう。そうだ。この上は、もっと有効期間の長い連絡方法を採らねばならない。それには、手紙——ああ、手紙があるだけだ。ポケットの中に持っている手帳の紙片にでも文句を書いて、この隙間から投げ出しておく——理想的な方法ではないかも知れないけれど、もう今はそれ以外に方法はない！　そうすれば、この窓は再び暗黒の世界へ沈んでしまっても、恐らくその紙片だけは、少しでも長く桟橋にとどまっていてくれるであろう。だが……ああ、もし風にとばされて、海へ舞い落ちてしまったらどうしよう？……そうだ。いいことがある！　よく女学生の頃（縁結び）だなぞといって戯れたことのある、あの可憐な（結文《むすびぶみ》）にして、桟橋の上へ弾き飛ばしておこう。そうだ。小さな（結文）ならば、風に舞わないばかりか、普通の紙切れなぞよりも、ずっと粋な船乗りさんたちの眼にもつきやすいわけだ。そうだ。そして、まさか風俗の異う昆たちのような男に、（結文）なぞが興味を持たれることもないだろうが、でも、万一あの連中に拾われでもしては困るから、同じ文句を書いた同じ（結文）を、幾つも幾つも、出来るだけ沢山投げ出しておこう！　ああ、これがいい。これがいちばんいい！）

思いつく間ももどかしく、もう彼女は手帳をポケットから取出すと、小さな鉛筆を顫わせながら、出来るだけ簡潔に、要領をつくして、

この紙片ご覧の方は、大至急、極秘に、住吉町波切海事工業所まで、左記御急報を乞う。

（神戸、共栄丸）船底にあり。菊子、犬山。


同じ文句を、二枚、三枚——と書きはじめた。

書きながらも、隙間の外を覗いてみる。

と、おお、もう窓は、下りはじめているではないか！　静かに、静かに……

（ああ、退潮にかかったのだ！）

急げ！　急げ！

——同じ文句を、八枚まで書きあげた。が、もうそれ以上は、いらいらしてとても書けない。

とうとう彼女は、鉛筆を止めて、その八枚を手帳からムシリ取ると、一枚々々、細長く折りたたみ、そいつを器用な手つきで、小さな可愛い（結文）に仕上げて行った。

やがて、全部出来上った。

彼女は窓へ向った。

と、この時——

部屋の隅で、ゴヂゴヂと音がしはじめた。

（あ！　昆が来た!!）

……思わずゾッとなって振返った彼女は、だが、すぐにその物音が、鉄の壁で犬山潜水夫が、無心に爪をこすっている音であることに気づくと、再びホッとして窓に向き直った。

見れば、もう桟橋の頂面は、窓の上いっぱいくらいのところまで上りつつある！

（愚図々々してはいられない）

彼女はすぐに（結文）の一つをとりあげると、痩せた三日月様の隙間の一番広いところへ、片手の指で支えるようにして差出し、もう一方の手の指先で、桟橋の上のほうを狙うようにしながら、ピン――と力いっぱい弾き飛ばした。

と、――桟橋の頂面は窓の上いっぱいいくらいの高さまで上っているとはいえ、その桟橋の側壁と窓との間は一尺近くも隔たっているのであるから、うまく上を狙って飛ばしさえすれば、充分楽々と桟橋の上へ投げ飛ばすことは出来るはずではあるが、なにしろあわててしまったので、その最初の一つは角度を違えて正面の側壁にポンとぶつかり、そのまま、下の海のほうへ落ちて行った……

――仕方がない。

つづいて、第二発。

今度は、うまく行った。そして、その次も、またその次も……だんだん度重なるに従ってうまくなり、桟橋の縁の角を飛び越えてかなり遠くのほうへまで飛んで行った。

やがて、八つの（結文）を全部投げ終った時には、もう向側の汽船の甲板や船橋は見えなくなって、マストの上半分と、働きつづける荷揚桿の頭だけが残っていた。が、それももう、見ているうちに下のほうから、徐々にコンクリートの蔭へ消えはじめて行く……

だが、もうこれで、八つの（結文）のうち、一つは側壁に当って落ちてしまったが、あとの七つは、完全に桟橋の上に残されているのだ！

彼女は、刻々と下って行く窓に顔をスリつけながら、ヂッと眼をつむった。

──ああ、どうかあの七つの（結文）の、せめて一つでも、誰かの眼に止まってくれますように！

思わず祈りながらも、彼女の体は、窓は、再び暗黒の世界へ向って、静かに静かに、下りつづけて行くのであった。……

怪汽船

一

西の空が、燃ゆるような夕焼けに輝いている。

今日も一日働きつづけた港の騒音が、次第に静まりはじめて、波止場のそこかしこからは、帰路につく人々の姿が、二人三人と数を増して行く。

㊣──といっても、物価のあれではない。そんな印を背中へ染抜いた法被を着て、ずんぐりと小肥りに肥った若い仲仕の哥兄《あん》ちゃんが、これはまた、膝の抜けたヨレヨレのズボンにシャツだけという、背高ノッポの船員らしい哥兄ちゃんと二人並んで、ブラブラと桟橋の上を歩いて行く。

デブとノッポと、まことに奇異な対照であるが、どうやら打見たところ、二人ともひと仕事終って涼しい夕風に吹かれながら、散歩でもしはじめたといった恰好で、共栄丸の碇泊っている側とは反対側を、突端のほうへ向ってブラブラと歩いて行く。

「ああ、疲れた。ビールでも飲みたいな」

やがて、デブの仲仕の哥兄ちゃんのほうが、つぶやくようにささやいた。

ノッポの先生も相槌をうつ。

「全くですね。口が渇いてやり切れない」

「ここらでグイッとやると、たちまち馬力が出るんだがな」

「これから住吉町へ引上げる途中ででも、ちょっとどこかへ寄ってみますか」

「そう願いたいのは山々だけど……まさかね……」

「ほんとに。——なんとか一段落つかないことには、呑気にも出来ませんね」

「君は、横浜《ハマ》は詳しいんだろう」

「まあネ」

「じゃア、うまくケリになったら、その時こそ、ひとつ案内してもらって、大いに溜飲を下げようじゃないかね」

「そうですね。その時なら、それこそ呑気に出来ますすよ」

「——まずそれまでは、(お預け)か、チェッ!」

二人は、やがて桟橋の突端まで来た。

立止って、周囲の海面を暫く見廻していたが、間もなく、ノッポの先生が顔をしかめた。

「海の水を見ると、思い出していけませんよ」

「まったくだね。あの泡がいけないよ。波の上のね……」

「キュッとやりたくなりますよ」

「禁物々々」

二人とも、顔をしかめてゴクリと唾を呑み込むと、海のほうへ背を向けて、今度は前と反対の側を、ブラリブラリと桟橋の根元のほうへ向って歩き出した。

法被なぞ着込んで、すっかり頼母しげな仲仕さんになりすましてはいるが、既に読者も御賢察の通り、このデブ君こそ、昨夜横川氏の命令を受けて、急遽東京から駈けつけ、この一つ向うの桟橋の積荷の蔭で重大な船舶監視の任務についた、あの防諜会切っての猛者柔道五段の明石君である。といえば、もうその相棒のノッポ先生のほうは、説明するまでもあるまい。――本篇の冒頭から、いろいろと微笑ましき大活躍をつづけている、あの第二更生丸の快水夫、松田君である。

二人は、昨夜あれからひと晩頑張りつづけ、まんじりともしなかったのであるが、それでも、今朝になって横川氏が本格的な調査を始めるに当り、他の連中との交替休息を命じられたにもかかわらず、その好意の命令をも断乎しりぞけて、今まで一昼夜ぶッ通しの活躍をつづけ、やっといま、一応の休息に引きあげることにした、という頑張りぶりであった。

むろん、例の第三の桟橋におけるその調査のほうは、果して大失敗で、いまだに行衛不明の菊子嬢はみつからない。

――今朝、夜が明けると共に、横川氏は大活躍をはじめ、まず、住吉町のほうから、更に応援として、猛川船長。犬山潜水夫の弟新人ダイバー勇三君。それから、第二更生丸の他の乗員二名――以上四名の連中に加わってもらって、それぞれ何喰わぬ顔をして要所々々に監視の態勢をとってもらうと、その桟橋に碇泊している三艘の二本マストを、片ッ端から単身訪れ、船長に面接を求めてそれとなく様子を探りはじめたのであった。

が、むろん相手が相手なので、これ等の活動は凡て極秘のうちに行い、ために仕事は、非常な苦心と時間を要し、三艘の船を全部すました時には、既に正午《ひる》過ぎになっていた。

だが、三艘とも、凡て近海航路のれっきとした日本船で、三人の船長の中には、早くも横川氏の訪問の真意を察知すると、進んで自船の潔白を詳細に説明して呉れたばかりか、横川氏の疑いをはらすために、自ら先に立って船内隈なく、まるで友人でも案内するような調子で、ひそかに略式臨検の便宜を与えて呉れた人さえあった。三艘とも、凡て船長は無論のこと、船員の中にも一人として怪しむべき者はなく、みんな立派な海国男児ばかりであった。

三艘の調査が完了すると、横川氏は、まるで厚い壁にぶつかったような気持になった。

（いったい、柴谷君はどこへ行ったのだろう？　さきの犬山潜水夫といい、今度の柴谷君といい、もうこれで、二人の犠牲者を出してしまったのだ）

――思えばあの時、二人がバラバラに別れて、桟橋の調査をはじめたのが悪かったのだ。丘の上からの目測違いで目的の桟橋が確定せず、おまけに夕闇が迫りかけていた時なのでついああして手分けで調査を急いだのだが、そもそもそれが誤りのもとだった……

だが、この時、猛川船長が意見を出した。

「横川さん。とにかく愚図々々していてもなんにもなりませぬから、まア、この桟橋の船を一本マストでも構いませんから、全部いまの調子で徹底的に調べてみてはどうですか。――あなたの仰せの通り、昨日の夕方柴谷さんが、二番目の桟橋をすましてから、あなたの命令に従ってこの三番目の桟橋へ出かけて来たまま、消えてしまったというのでしたならば、確かにこの桟橋がいちばん疑わしい桟橋なのですから、二本マストばかりに限らず、一本マストだろうと何だろうと、この桟橋に碇泊っている船は全部ひと通り調べてしまったほうがいいと思いますがな」

髯面を撫ぜながら、いかにも船長らしい雄大な意見だった。

横川氏は微笑いながら、

「いやしかし、船長。私はいま、部下の柴谷の姿を探しているばかりではありません。今朝もちょっと申上げたように、昨日あの丘の上で発見した怪しい信号をする汽船をも、同時に捜しているのです。そしてこの二つの捜査は、決して別々のものではなく、柴谷を捜すことは、とりも直さずその怪汽船を捜すことであり、その怪汽船を捜すことは、同時に柴谷を、いや、恐らくあの犬山君をも、捜すことになると思っているのです――でまア、とりあえずこうして、この怪汽船を捜しているわけなんですが、ところがその船は、いまあなたの仰有ったような一本マストなぞではなくて、今朝も申上げた通り、確かに二本マストの船だったのですからね……その点をひとつ、勘違いなさらんようにして頂かないと……」

横川氏のいっている意味がやっと判ると、船長は眼をギラギラ光らせながら、
「いや、横川さん。わしはそこのところが問題だと思いますがな。なるほどあなたも、それから松田も、確かにその船を二本マストだったと云われるが、それはあなたが、遠くはなれた丘の上から見られたことでして、恰度、桟橋が幾つも重なって見えたためにどの桟橋だったかつい判らなくなって勘違いされたと同じように、向うの船とこちらの船とマストが重なって見えたために、その問題の怪汽船は実は一本マストでありながら、二本マストであるように見えてしまった。とまアいうようなことが、ないとも限りませんですからな。わしは、そこんとこを申上げとるのでして、どうですかな。その点は大丈夫ですかな?……実際、わし共のような船を見ることに馴れている者でも、あんまりゴテゴテと何艘も重なっておると、ついマストの一本や二本は、向うの船のとこちらの船のと、勘違いするようなこともありますからな……」

俄然、船長は名論を吐いた。

これには横川氏も弱ってしまった。確かに二本マストだったとは思うのだが、なにしろ桟橋を勘違いするほどの失敗を演じたあとであるので、船長の意見を反駁し打消すだけの、確たる論拠がない。

結局、船長の意見を一応容れることになって、その桟橋に五艘碇泊していた一本マストのほうも、全部前と同じやりかたで調査しはじめたのであった。

ところが、夕方近くまでかかって、やっと完了したのであるが、その結果はまんまと失敗に帰した。怪しい船なぞ一艘もいず、菊子嬢や犬山潜水夫はおろか、消息すらも、相変らず杳としてつかめない。

ついに横川氏は、悲壮な心境に達した。

――またしても、なにか大変な間違いをしているのではあるまいか?

いや、もうこの桟橋に菊子嬢がいないと判った以上、いままでこの桟橋を目標にしていた考えが

間違っていることは、今更いうまでもないことだ。

——では、いったい柴谷君はどこへ行ってしまったのだろう？　柴谷君の行衛と怪汽船とを一つに考えていたのが、そもそもの間違いなのではあるまいか。とすると、柴谷君の行衛は桟橋であるか、岸壁であるか、倉庫であるか、街であるか……捜査の範囲は俄然広くなってしまう。

横川氏は頭が痛くなってきた。

実をいえば、横川氏は、菊子嬢や犬山潜水夫や、それから怪しい汽船や、等々を捜すことばかりに頭を使っているわけでは決してない。むろんそれらのことに熱中しているには違いないが、それと同時に、常に今度の事件全体をも頭に浮べて、次々に起上って来る出来事と平行しながら、あれかこれかと凡ゆる角度から不断に検討を加えつづけることを怠らなかったのだ。

なによりのその証拠に、いつのまにか横川氏は、ポケットの中へそれぞれ一枚の地図と海図を忍ばせていて、当面の仕事を続けながらも、どうかするとそいつを取出しては、口をキッと結んだままなにやら考えているようなことが、一再ならずあったのである。

（いずれにしても）と、やがて横川氏は考えた。（あの時、この桟橋を調査するといって自分と別れた柴谷君が、この桟橋の船のうちにいないとすると、もうこれは、他の桟橋の船にいるのか、それとも全然桟橋以外の別のところにいるのか、もうまったく手掛りはなくなってしまうわけだ。恐らくこの桟橋へ来る途中で、何事かが起きあがり、そのまどこかへ姿を隠されてしまったとしか考えられないわけだ。そうだ。そうなると、いずれにしてもこの上は、もう一度新しく、捜査の方針を建直さなければならない）

やがて、横川氏はそう決心すると、ついにその桟橋の捜査を打切って、新しい出発に備えるべく、一応住吉町の本部へ引きあげることになったのであった。

むろん、現場である波止場附近へは、念のための徹夜の監視者を、新鋭の中から二人選び出し、それぞれ配置につかしたことは云うまでもない。

――そんなわけで、例の明石君と松田君の二人は、二十四時間ぶりに一応の休息をとることになると、それでも、引きあげついでに、念のための注意を兼ねて、その辺をブラつきながら帰ろうと、既に読者もご存じの通り、共栄丸の碇泊っている桟橋を、ブラリブラリあるきはじめたという次第であった。……

さて、やがて二人は、徹夜につづく日中の勤務でさすがに疲れはて、どうやら附近に注意を払うというよりも、ビールを思い出させる海の泡に恐れを抱いたらしい様子で、しきりに唾を呑み込みながらブラブラと共栄丸の前までさしかかった。

と、船首を陸のほうへ向けて桟橋に横づけになっている共栄丸の、その船首から三分の一くらいのところまで来かかった時に、ふと、松田君が立止った。

「どうしたの?」

一人で行き過ぎた明石君が、すぐに気づいて振返ると、松田君は桟橋の上へ軽く身を屈めて、片手の指先で、マッチ棒を二本合せたくらいの、どうやら可憐な（結文）らしい小さな紙片を、ニヤリニヤリ微笑いながらつまみあげ、そいつを指先で挟んで眼の前でクルクル廻しながら、あるきはじめた。

「チェッ!」

舌打ちして向き直ると、再び歩き出しながら明石君は、吐き出すようにいった。

「なアんだ。ビールの口取の中にはいってる奴なんだろ。面白くもねえ」

すると、松田君も、歩きながら急に顔をしかめて、

「あ。そーうか。あの都々逸《どどいつ》やおみくじの書いた奴か。チェッ! 道理で沢山落ちてると思った。……ふン。この船の奴等が、よさそうにやったおあまりだな。畜生!」

ポン、と海のほうへ投げ捨てて、そのままブラブラと、歩み去って行った。

投げ捨てられた（結文）は、キリキリッと空間へ弧を描きながら飛んで行くと、共栄丸とその隣

りの船との中間の海面に、静かに浮んでいた一艘の伝馬船の、船首の板の間に置いてあった魚籠《びく》の中へ、ポンと落ち込んで行った。

伝馬の船尾には、一人の男が向うむきに坐ったまま、迫り寄る薄闇の中でなにやらしきりに仕事をしていたのだが、なにごとにもとんと気づかなかった様子で、俯向いたまま余念なく仕事をつづけ、いつまでたっても、いつまでたっても振返らない。……

静かなものであった。

――こうして、ついに何事も起らず、夜が来た。そして、相変らず何事も起らず、夜は、どんどん、更けて行ったのである。……

二

窓のブラインドの隙間から、朝日が射込んでいる。

どこかで、さっきから、呼鈴《ベル》がしきりに鳴りつづけている。

二階の宿直室のほうから気配がして、誰かが応接に出て行くらしい。

やがて、慌だしい足音が入乱れると、部屋の前まで来て、ドアをトントン叩《ノック》しながら、

「横川さん。横川さん」

仮本部にあてられた波切会社の第二応接室。そこの長椅子の上へ服を着たままでゴロリと横になり、うつらうつらとまどろみかけていた横川氏は、その声にガバとはね起きた。

向うの長椅子からも、明石君が、転げ落ちるような恰好ではね起きる。

ドアをサッとあけて、岬技師がはいって来た。

「大変です。柴谷さんと犬山君の所在が、ついに判りました！」

「えっ。判った!!」

「そうです。これを見て下さい」

岬技師は皺くちゃになった小さな紙片を、横川氏へ渡しながら、

「いま、佐田丸という運送船の船頭と称する男が、この紙片を届けてくれました。なんでも、昨夜ひと晩、表高島町の桟橋附近へ夜釣りに出たんだそうですが、今朝帰って獲物を取出してみると、魚籠の底からその紙切れが、小さな（結文）になったまま出て来たんだそうです。一体いつの間に、どこでそんなものが魚籠の中へ投込まれたのか、宵から釣場所は色々と移動したので、本人もサッパリ覚えがないそうですが、見れば大事なことが書いてあるので、とりあえず届けに来たと云っています」

「そうですか。……うーム。これは正しく柴谷君の筆蹟だ……（神戸、共栄丸）船底にあり……そうか。そうだったのか！　共栄丸――といえば、確か、あの、隣りの桟橋に……うーム……岬さん。その佐田丸の船頭さんとやらの名前を、よく訊いておいて下さい。礼は、いずれ改めていたしますから。さ、こうしてはいられない。おい、明石君。明石君。なにをポカンとしているんだ。急いで仕度をしてくれ給え」

そういって、ドアのほうへ大股に歩きはじめた。

明石君は、なにやら腑に落ちかねたような顔をして、暫く呆然と立竦んでいたが、すぐに気をとりなおすと、活潑に身づくろいをしはじめた。

岬技師は、しきりにどこやらへ電話をかけはじめる。宿直員は、二階へ上ったり降りたりし、小使の爺さんは、出勤前の給仕君に代って沸かし立てのお茶を持ったまま、あちらへうろうろ、こちらへうろうろ。――捜査本部は、俄然色めき立って来た。

やがて、人員の整備はととのった。横川氏、岬技師、明石君、それから、急遽駈けつけた猛川船長と松田君の五人は、自動車に乗込んで直に出発する。

本部のほうへは、間もなく勝本課長が出勤して、連絡の衝にあたる予定だ。

やがて、一行の自動車は高島通りから埠頭地帯へはいると、○○倉庫の近くで止まった。

五人はそこから車を捨てて、適当の間隔に散開しながら、例の桟橋のほうへ急ぎ足に進んで行った。

(そうだ。やっぱり柴谷君は、あの第三の桟橋へ出向く途中で何者かの手にかかり、そして意外にも、既に調査を済したばかりの第二の桟橋に碇泊っているあの共栄丸へ連れ込まれたのだ。そうとも知らず、てっきり彼女の行衛を第三の桟橋とばかり勘違いして、丸一日を無駄に過してしまったのか)

いまや横川氏の胸中には、色々の想念が雲の如く去来する。が、もう横川氏は、ものも云わず口をキッと結んだまま、烈しい決意を眉宇に見せて、静から動へ——まるで人が変ってしまったような満々たる気力を全身に漲らせながら、黙々として歩いて行く。

やがて、ついに一行は、問題の桟橋へやって来た。

と、たちまち横川氏の顔は、サッとばかり変ってしまった。

——船がいない！　共栄丸の姿が全然見えない!!

昨日まで確かに共栄丸が横づけになっていた桟橋のその位置には、肝心の船の姿は全然見えず、まるで歯が欠けたようにガランと大きな隙間が出来、静かな海がキラキラと朝日に輝いているばかり。

横川氏は、思わず歯をキリキリと嚙みならした。

(失敗った！　遅かったかッ！)

散開しながらついて来た一行も、徹夜で波止場附近に頑張っていた連中も、顔色を変えながら、桟橋の上の横川氏の側へ駈け集って来た。

周囲の船々では、もう荷役作業がはじまり、ウインチの轟音があたりを圧している。

「うーム。昨夜のうちに出帆したんだな！」

と、事態を悟って、船長が呻いた。

「おい、松田。隣りの船へ行って、何時にここの船が出帆したか訊いて来い」

松田君が早速駈出して行くと、船長は横川氏へ向って、

「わしはこれから、念のためすぐ近くの、山内町の税関港務署へ行って調べて来ますからな。ちょっとお待ちになっていて下され」

そういって、部下の船員を一人連れて駈出して行った。

間もなく、松田君は戻って来た。

それによると、共栄丸が出帆したのは、なんでも昨夜の八時少し過ぎた頃だった、と判明した。

「おや。こんなとこに、同じような紙切れが落ちていますぞ！」

と、この時。いらいらとその辺を歩き廻っていた岬技師が、急にそう叫んで、桟橋の上へ身を屈めると、

「三枚、四枚……六枚もある！」

昨日の夕方、松田君が拾ったと同じような（結文）を拾いあげた。

「ああ、やっぱり同じものです。同じ文句が書いてありますよ」

拡げながら持って来て、横川氏へ手渡した。

「うーム。なるほどね」

横川氏は、思わず辺りを見廻しながら、呻くように叫んだ。

「じゃア、やっぱり柴谷君が、共栄丸の船底から、どうかいう方法で、この助けを求める（結文）を、桟橋の上へ投げ出したんですな。そのうちの一つが、風にでも飛ばされるかして海のほうへ舞って行き。そして、そうだ。恰度そこへ夜釣りに出て来たあの佐田丸とやらの船頭さんの船があって、その魚籠の中へでも落ちた、というわけなんでしょう。——ふム。こんなに幾つも桟橋の上に残っているのが見つからずに、偶然海へ舞ったのが我々の手にはいるなぞとは、随分皮肉な縁です

ね。だが、ひと足おそかった。共栄丸が碇泊っているうちに、昨夜のうちに、この紙片が我々の手にはいっていたならば万事簡単に片附いたのだが……」

「実際残念ですねえ」

岬技師も、いかにも口惜しそうだ。

傍らに立って、始終を見ていた明石君と松田君は、どうしたことか急にまッ青になると、顔を見合せながらモソモソと頭を掻きはじめた。

「だが、それでもまア」

と横川氏がいった。

「遅まきながらも、この紙片が我々の手にはいって、二人が無事であることと、問題の怪汽船の正体とが、ハッキリ突とめられただけでも、有難い倖せですよ。尤もこんなに五つも六つも落ちていればいずれは誰かに拾われるでしょうが、それでも、少しでも早いほうがいい。――もうこうなれば、陸上における我々の仕事はなくなった。岬さん。いよいよ乗出しますぞ！」

「判りました。もうこうなれば、愚図々々してはいられません。一刻も早く追跡にかかりましょう」

岬技師の眼も、急に生き生きと輝きだした。

猛川船長が戻って来た。

「松田のほうの返事はどうだったかな?」

「昨夜の八時少し過ぎに出帆したそうです」

横川氏が答えた。

「そうですか。港務署のほうも、八時半出帆の届が出ていたそうですから、大体一致していますな。――ところで、共栄丸というのは、港務署への届出によれば、神戸の榎本商事というのの持船で、噸数五百五十噸。横浜へは全然不定期の貨物船だそうですが、なんでも石炭買出しのための寄港で、一週間の碇泊予定のところ、話がうまく出来ず、段々遅くなって、やっと昨夜出帆した、ということでした。どうも、商談のほうは、不調に終ったらしいですな」

「有難うさんでした。神戸の榎本商事ですね。よく判りました」

と、横川氏は急に改まって、

「ところで船長。こうなれば、もう早速にも、追跡にかからねばならんのですが、それで、私は、これから直ぐに、関係当局との連絡にかかりますが、あなたのほうは、早速船の仕度をして頂けますか？」

船長は、ポンと胸を叩いた。

「ようがすとも。いよいよ海へ出るとなりゃア、もうこっちのもんですわい。——だが、弱ったな。更生丸は、まだドックへはいったばかりだし……」

「こうしましょう」

岬技師が乗出した。

「いよいよ追跡となれば、仮令《たとえ》ドックへはいっていなくたって、更生丸みたいな船脚の重い船では役に立たないでしょうから、早速社長と打合せて、思い切り馬力の出る奴を傭船《チャーター》することにしましょう」

「そうだ。傭船すれば文句はない！」

船長は叫んだ。

「そうだ。傭船といえば、恰度いいのがありますぞ。うちの会社と同業の、宮本海事の飛竜丸。あれが、十日ばかり前から休んどる。船体《なり》は小さいが救難船を兼ねた曳航船で、十六節《ノット》は楽に出せるというシロモノですわい」

「それは有難い。で、それは、船だけ借りることが出来るのですか？　乗員は、そっくり我々が乗組むことにして……」

横川氏の言葉に、船長は大きく頷いて、

「むろんそれは、同業のことですから、話の仕様では出来ますよ」

「判りました。じゃアひとつ、早速会社へ引きあげて、その打合せにかかって戴きましょう。こうしている間にも、相手はグングン我々から離れてしまいますからね」

「承知しました。早速かかりましょう。が……」

と船長は、ちょっと顔を歪めながら、

「しかし、横川さん、追跡々々と仰有っても、いったい、目星はついとるんですかな。なんしろ海は、だだッ広いんですから、だいたい相手の行衛が判っていなくっちゃ、舵も取れませんぜ」

すると横川氏は、急に笑い出しながら、

「船長。いまさら何を仰有るんです。共栄丸の針路は、わかり切ってるじゃァありませんか。——いままで我々の、更生丸の出発を、あらゆる手段を講じて喰いとめていた、奴等のやり方を忘れないで下さいよ！　奴等が更生丸の出発を妨害したのは、我々が、皆さんが、あの九州西海の、重慶丸沈没箇所へ近づくのを恐れたがためではありませんか。だから、その妨害が一応成功した現在《いま》、奴等が我々を出し抜いて出発したその目的地というのは、重慶丸の沈没箇所に違いないではありませんか！」

「そうだ。その通りです！」

岬技師が口を挟んだ。横川氏は続けた。

「——重慶丸の沈没箇所に、いや、沈没船重慶丸の中に、今どういう事が起上っているか、その具体については、目下鋭意研究中ですから、もう少し待って頂きたいですが、しかしそこに、容易ならぬ秘密が隠されているに違いないことは、もうハッキリ断言出来ます。奴等は、我々の眼から、いまその秘密を隠し去ろうとしているのです。我々は、断じて愚図々々していることは出来ませんせん！」

「いやア、よっく判りましたわい」

と船長がいった。

「じゃアわし共は、怪しい共栄丸を追ッ駈けるばかりか、いよいよ問題の重慶丸沈没箇所へも、出掛けられるちゅうわけですな」

「その通りです。そして場合によっては、皆さんの事業のための調査をも兼ねて、潜水作業をしてもらわねばならないかも判りませんから、第二更生丸の乗組全員にも、同行して頂きたいのです」

「うーム……そうですかい。よっく判りました！」

と船長は、急に昂然となって、あたりの部下たちのほうを見廻しながら、

「おい、みんな。聞いての通りだ。いよいよ我々の、待ちに待った活躍の時期が到来しおったぞ！　用意はいいか！」

みんな、輝く眼の中に、無言の決意を見せて答えた。

横川氏は、歩きだしながら、最後につけ加えた。

「ところで船長。あなたは、これから会社へお帰りになったら、早速、その神戸の榎本商事というのへ電話を掛けて、一応共栄丸のことについて、出来るだけ詳しい説明を取っておいてくれませんか。——さっきあなたが、港務署で調べておいでになった、あの共栄丸の表面上の正体について、私は大きな疑念を抱いているんですから……」

三

横川氏はそれから、明石君と二人で、一旦東京へ引返すと、八紘ビルの事務所と内務省へ顔を出し、簡単ながらもキリッとした旅装を整えて、再び明石君と共に、横浜へ引返して来た。

が、横浜へ着いてもすぐ住吉町へは行かず、まず、神奈川県警察部と水上署を訪れ、やっと午後の三時近くに、波切会社へ戻って来た。

会社には、社長、課長、それから岬技師の三人が、社長室で待ち構えていたが、横川氏がはいって行くと、岬技師が早速報告した。

「いや。驚きましたよ、横川さん。さっき船長に御依頼になりました、あの、共栄丸調査の一件、早速神戸の、榎本商事というのへ電話してみたところ、共栄丸は確かに自分の会社の持船に違いないが、それは敦賀元山《つるがげんざん》間の、日本海航路の定期貨物船で、目下敦賀に入港中であるから、そんな方角違いの横浜なんぞに現れるはずはない、とこうなんです。でもし、なんだと思ったら、敦賀に支店があるから、そちらへ問合せてみてくれということでしたので、念のため、早速そちらへ電話して確かめましたところ、やはり三日ばかり前から確かに入港しており、目下荷役中だとのことなんです。――いや、どうもおどろきましたよ」

「ふーム。やっぱりそんなことでしたか……」

「――それで、とりあえず共栄丸の、噸数、登録番号、船長名等を聞かせてもらいまして、今度は、もう一度そいつを、こちらの港務署のほうへ照会してみますと、なんと問題の共栄丸のほうも、そっくり同じ噸数、番号、船長名になっているという始末。どうやら、全然違った別の船が、そっくり榎本商事の共栄丸になりすましているという、まるで探偵小説にでもありそうな話なんです」

「ははは、探偵小説ですか」

と横川氏は苦笑しながら、

「よく二人一役という術は聞きますが、これは、人間でなくて、二船一役といったところですね。いや。いずれにしても、これですっかり馬脚が現れたわけです」

「どうも、おどろいた怪汽船ですなア」

と波切社長が乗出した。

「――まったく、人間の贋ものという奴は、天一坊なぞでよく聞く話ですが、船の贋ものという奴は、わたしもこの齢になって、はじめてぶつかりましたわい。実にどうも、大胆不敵な怪汽船ですなア。そんな船には、どんな怪物が乗組んでるかも知れたもんじゃありませんから、早いとこ助けないことには、柴谷さんや犬山君の身が案じられてなりませぬわい」

「そうです、恐らくいろいろな怪物が乗っていることでしょうからな。あの、紅葉ケ丘以来消えてしまった峰マリコなんぞも、きっとその、贋共栄丸に乗込んだに違いありません。――ところで、岬さん。今朝の、船のお話のほうは、どうなりましたか?」

「あ、それですか」

と、今度は課長が引取って、

「いま、申上げようと思っていたところですが――実は、会社の方としましても、皆さんの御意見には大賛成なんですので、早速飛竜丸を借ることにしまして、今朝のうちにその方の話も万事うまく出来、もう午前中から船長は乗員を引連れて、仕度にとりかかっていますから、遅くも二三時間のうちには、発っていただけると思います」

「それは大変、好都合でした」

「いや。どうも御遠路で恐縮ですが、是非ひとつお願いいたしますよ」

と社長が改まっていった。

「もうこうなりますと、会社としましても、採算なぞは問題でなく、いかなる妨害をも踏越えて、初志を貫徹しなければならない気持ですからな。意地なぞといったケチな問題でもなく、海国日本の面目にかかわる大問題ですからな。是非ひとつ、お願いいたしますわい」

この時、ドアの外でガヤガヤと気配がして、船長が気負い込んではいって来た。

「やア、みなさん。どうもおそくなりました。なんしろ、これでも往復二千浬《マイル》の船出ですからな。でも、みんな張切っておりますんで、仕度は意外に早く進みましてな、もうあと、一時間もすれば、出帆出来そうですわい」

「それは御苦労さんでした」

横川氏は、早くも立上った。

「じゃア、もうそろそろ出掛けますかな」

「はい。ただいまご案内いたしますが、ちょっとお待ちになって下さい」

と船長は、いいにくそうに髯面を撫ぜながら、

「――実は、みなさんお揃いの席で、ちょっとお願いいたしたいことが生じましてな。ほかでもありませんが、実はただいま、例の脱退組の、ホース持ちの杉下と火夫の袴田が、船のほうへわっしを尋ねて参りましてな。ま、手っとり早く申上げると、前非を悔いて、是非とも同行さしてもらいたい、というわけですわい。――なんでも、あの連中、既に横川さんからもお調べ願った通り、例のけったいな混血娘の手に乗って、どこやらの船に乗ることになっていたということでしたが、いよいよとなって、肝心の相手にドロンと消えられてしまい、どうやらペテンにひっかかったことが判りましてな、それで、すっかり改心しまして、是非とも復帰さして頂き、申訳のためにも、うんと働かさしてもらいたい、とまア、わっしを通じて頼んで参りましたようなわけでしてな。どんなもんでしょうかな」

「そりゃア、大いに結構じゃアありませんか。前非を悔いさえすれば、もう立派な海国男児ですよ。是非一緒に行ってもらいましょう」

「ふム。真に後悔しとるかね」

社長がいった。

「それはもう、その点については、このわっしが、太鼓判を押してもようがすわい。なんしろ二人とも、そう願えれば、仲間の犬山君を取返すばかりでなく、自分達自身の失敗の仇を打つつもりででも、大いに働かさしてもらうと、かたい決心を見せておりますでな」

「よろしい」

と社長がいった。

「万事、船長にお委せしましょう」

「そうですかい。いや、ありがとうござんす」

と船長は、急に元気になって、

「そういうことにして頂けば、もうこれで、シンから全員揃って大馬力が掛けられるというわけですわい。じゃア、横川さん。岬さん。そろそろお仕度願うとしましょうか。杉下と袴田へは、大至急こちらへ、お礼にあがるよう申しつけましょう」

「いや船長。それには及びませぬて。どうせ皆さんを、見送りかたがた、わしたちも船まで出掛けますからな」

そういって、社長は立ちあがった。

それから五十分の後——

準備万端整った快速船飛竜丸は、軒昂《けんこう》たる戦意を漲らせながら、粛々として横浜港をあとにしたのであった。……

洋上の追跡

一

濃藍色の巨大なうねりを切って、物凄い飛沫をあげながら、飛竜丸は前進をつづけていた。

横浜を出てから丸一昼夜あまり、黒潮逆巻く太平洋のまん中を、平均時速十六浬の快速で、瞬時も休まず、西南指してまっしぐらに進んで行く。

なりこそ大きくないが、救難船としての装備をも併せ持つという快速曳航船飛竜丸は、あくまで堅牢な船体と、天を衝くばかりの乗員の意気とによって、いかなる波濤も眼中にない。

いまもいまとて、次から次へと絶え間もなく押寄せて来る山のようなうねりを受けて、鈍く大きく上下する船首の甲板に立ったまま、霧しぶく飛沫を全身に浴びながらまるでシーソー遊びでもしているような調子で、しきりと楽しそうに語り合っている二人の男がある。

――というと、ひどく勇壮に聞えるが、尤もそのうちの一人は、しっかりと手摺に獅嚙みついたまま、実をいえば、さっきからしきりに肥った体をブルブルふるわしているのである。

いうまでもなく、明石君であった。

その前で、両足を甲板に踏ン張ったまま、腕組をしながらニヤニヤ笑っているのは、ノッポの松田君。

二人はあれ以来――菊子嬢が命をかけて桟橋の上へ投げ残した（結文）を、ビールの口取の附録と勘違いして、海の中へ捨ててしまうという大失敗を演じて以来――その事は翌朝の桟橋で気づいていながら、つい時の勢でいいそびれてしまって、いまだに横川氏へ白状してなかったので、すねに傷もつ共同の立場から、一段と意気投合してしまったのであるが、しかしいま、こうして波の中へ突出しているような船首の甲板に立って、大いに語り合っているというのは、決してその意気投合の結果ばかりではなかった。

明石君は柔道五段の猛者で、陸上においては肩で風を切って歩ける身分であるが、一旦水上となるとこれが完全な金鎚で、風呂の中でも泳げないという一大欠点を持っている。

そこで横川氏から、

「恰度願ってもないチャンスだから、ひとつこの際大いに鍛練してやってくれ給え」

との厳命を受けた松田君が、それでは、というところで暇をみてはこうして船首へ引ッ張り出し、命令通りの手きびしい訓練を授けているという次第であった。

尤も松田君にしてみれば、陸上では明石君に一目置かねばならない立場なので、せいぜい海の上にいる間だけでも大いに自分の威力を示しておこうと、決して憎いどころか大いに意気投合の相手ではあったが、そういう心理も手伝って、充分遠慮なくやっつけることが出来たのに違いない。

お蔭で、手摺につかまっているとはいうもののもう毎回一時間ずつぐらいも数回に亙って引ッ張り出されたあとなので、かなり鍛練も出来てきたと見え、さすがの明石君も、

「な、な、なかなか、気持のいいものだね。波というやつは……」

なぞと、顫えながらもうそぶくようになって来ていた。

「そうだよ、明石さん。こんな気持のいいものってないよ。波にゆられるほんとの良さは、この程度の小さい船でなくては味えないからね。大きな客船なんかじゃアダメさ」

「しかしこの船は、小さい割にスピードがあり過ぎるね」

「スピードがなかったら、この際役に立たんじゃないかね。尤も、この程度のスピードに感心してたんじゃ、とても駆逐艦なんぞにゃア乗れないね」

「や、や、向うから大きな波が来るな」

「なアに、あんなもの、せいぜい船の倍くらいのものさネ……ダメだよ、明石さん。そんな横を向いてしまっちゃ。波なんて決しい恐いもんじゃないよ。グッと睨んでやってご覧。スーッと小さくなって、下を通って行ってしまうから」

「いや、僕アね。波なんて、な、なんともないけど、あの、波の上に浮いてる泡がいやなんだよ。あいつ、すぐにビールを思い出さ……」

いいかけて、痛いところにふれたと見え、急いで話題をかえると、グーッとうねりの上へ登って行きながら、

「だがね、おい、松田君。この辺、浮流機雷なぞ大丈夫だろうね」

「浮流機雷？　冗談じゃアない。そりゃア日本海にあったこってすよ。防諜会の人らしくもない」

「いや、だからさ。あれはあれとして、こちらにはこちらで、また別の奴がさ。例えば、南のほうからだね。黒潮に乗って流れて来るってなことは……」

「ははは、もしそうなりゃア、それはそれで、遠慮なく拾わしてもらうんさネ。もうけものだよ」

「そりゃア君。昼間なら僕だって大いにやるけどさ、あの船みたいに、夜中にでもドカンとぶつかったら……」

「明石さん」

松田君が、急に真面目な顔になった。

「あんたも、あきれた意気地なしだね。どうも海を知らん人間は、無暗に海を恐れてかなわんよ。遭難だといえば、すぐ犠牲者のことばかり考えて、その裏に、落着いた態度と、勇敢な我々船員の行動によって、立派に助かっている人達が、いつの場合だってずっと沢山あるってことを、ちっとも考えないんだからなア。――それに、だいたい、船の遭難でやられる人なんて、飛行機だってそうだけど、陸上で、汽車や自動車でやられる人の数よりはずっと少いんだからね。そんなこって、よくも汽車や自動車へ平気で乗っていられるね。これから大いに海を渡って発展しようって日本人が、おまけに防諜会の人ともあろうものが、そんな意気地のないことをいうと、それこそ海ン中へ叩ッ込むよ。それにしても、横川先生はえらいもんだ。朝から海図室にとじ籠って、なにやら一所懸命に考えてばかりいられるかと思ったら、お午の時には、岬さんと一緒に揺れるマストへ登ってアンテナの修理を手伝ってみえた。ちっとは見習いなさいよ。この船ン中で、そんなにビクついてるなア、明石さんだけだよ」

たいへんなお説教がはじまった。

「いやア。やっとりますね」

との時、明るい声がして、鉄梯子をトントンと身軽に駈けのぼりながら、新任潜水夫犬山勇三君がやって来た。

そして、赤銅色の逞しい半裸の肩をギラリと光らせて、太い右手をグッと向うへ突出しながら、いかにも楽しそうに叫んだ。

「みなさん。あれを見て下され。おッと波に隠れた……ほら。出た、出た。あのずッと向うに、ボーッと霞んだ山が見えましょうが。あれが熊野です。あっしはあそこで生れて、この熊野灘で育ったんですよ！……」

二

それから、更に一昼夜半——

瞬時も休まず快速をつづけた飛竜丸は、やがてついに、目的の海に近づいて来た。

暁暗の中に、右舷遠く五島列島を迎えながら、洋々たる天草灘をめざして南下をつづける船の中には、この頃から異様な緊張が漲りはじめた。

横川氏は、もう、瞑想に耽ったり、地図と睨めっくらをしたりしてはいない。どうやらついに、なにか重大確信に到達したものの如く、まだ早暁というのに早くも船室を出ると、海図室へ飛び込んで行った。

つづいて、岬技師と船長が、前部の操舵室から駈けつける。

「船長。岬さん。判りましたぞ！」

充血した眼をギラギラ光らせながら、横川氏は叫んだ。

「あの、沈没船の謎が、とうとう九分通りまで判ったんです！」

「え！　沈没船の謎が……？」

「そうです。――あとの一分というところはあの贋共栄丸を捕えないことには、そしてあの、沈没船重慶丸を調査しないことには、まだなんとも断言出来ませんが、しかし恐らく、私の摑んだその確信には、間違いあるまいと思います」

「いったい、ど、どんなことを、奴等は企てていると仰有るんですかな？」

「――もし私の想像があたっているとすれば、実に恐ろしい奴等です。大胆きわまる陰謀です。だが、船長。詳しいことはもう暫く――せめてあの、贋共栄丸を捕えるまで待って下さい。それよりも、いま我々には、急いでしなければならない仕事があるんです」

そういって、岬技師のほうへ向きながら、

「昨日もちょっとお話しておきましたように、実は、私達が横浜を出発すると同時に、内務省の○○さんと、神奈川県警察部の○○さんとが、すぐに陸路を汽車で西下され、もう昨日中に、こちらの、長崎県の、関係当局との打合せを完了して、私達を待っていられるはずなんです。それに、恐らく、怪汽船の拿捕に当っては、海軍当局も援助して呉れるでしょう。で、私達がいま、ここまでやって来たことを、その人達へ知らせなければならないんです」

「判りました。すぐ無電を打ちましょう」

岬技師が腰を浮かしかけるのへ、

「待って下さい。いまこの附近の海面には、私達のこの船がいるばかりではありません。怪汽船贋共栄丸も来ているはずなんです。それで、うかつに無電なぞを打って、贋共栄丸に聴取され、我々の追跡計画を見破られたら面倒になります。で、無電は、暗号で打って頂きたいのです」

横川氏はそういって、ポケットから小さな紙片を取出すと、岬技師と船長の前へ差出しながら、

「――判りますか……これだけなんです。これだけで、充分先方へは連絡がつくことになっております。これを、三回繰返して頂きます」

「承知しました。すぐやりましょう」

岬技師は紙片をとって立上ると、背後の無電席に入り、直に受信機《レシーバー》をつけて、発信の操作にとりかかった。

打電は、すぐに終った。岬技師は戻って来た。

三人はそれから、いよいよ贋共栄丸を発見した時の行動について、細々として打合せをしはじめた。……

飛竜丸は快速力で、瀬戸内海から玄海へ抜けてここまで来た。が、恐らく相手の贋共栄丸は、神戸附近を通る危険は避けるであろうから、太平洋から鹿児島を迂廻したに違いない。しかもその速力は普通五百噸前後の小貨物船のそれで、最大に見積っても十二三節。とすれば、一日遅発の差は、もう八九分通り取戻したに違いない。

だが、飛竜丸は、少しも速度を落さない。絶えず船内に快い機関の律動を伝えながら、重慶丸沈没箇所をめざして、着々と前進をつづけて行く。

明るい朝がやって来た。

金色に輝く洋々たる大海原には、船影ひとつ見当らない。

やがて、海図室の打合せは終った。

横川氏も、船長も、岬技師も、操舵室へやって来た。

船長は運転士のそばへ寄添って、羅針儀をヂッと覗きはじめる。

北緯三十二度×分、東経百二十九度×分その地点めざして、船は刻々近づいて行く。

——こうして、一時間ばかりした時であった。

突然。はるか左舷の水平線に、一点の蒸気の塊みたいなものが見えたかと思うと、みるみる大きく、近づきはじめて、間もなく、相前後しながらこちらへ向って突進して来る二隻の快速艇の姿が現れた。

物凄い飛沫だ。

「あ、来ました。来ました！」

と、横川氏が叫んだ。

「あの、先頭を切っているのは、——あ。海軍の〇〇艇だ。有難い！　そのあとにつづいているのが、長崎水上署の監視船に違いない！」

「早いですなア！　さっき無電を打ったばかりだというのに……」

岬技師が眼をみはった。

「それはもう、ちゃんと待機していて呉れたんですよ」

「うーム。こいつア面白くなって来たぞッ！」

船長が、思わず呻いた。

〇〇艇と監視船は、やがて一定の距離まで近づくと、物凄い飛沫の中から、灰色のスマートな船体を鮫のようにギラリと鈍く光らせて、大きくカーブを描きながら針路を変えた。そして、飛竜丸と平行した形になると、こちらと同じ速度で、同じ方角へ、黙々として前進しはじめる。

横川氏は、思わず操舵室の窓から乗出すと、力いっぱいハンケチを打振った。

すると、向うの船の窓からも、白い小さなハンケチが、ヒラヒラと海風に躍る。

飛竜丸の全船内には、期せずして異様な感激と緊張が漲った。

「ようし。やるぞッ！」

船首のほうから、誰かが、大声で叫ぶのが聞えて来た。

見れば、なんと明石君が、しかも一人だけで、船首の甲板に手放しでつッ立ったまま、腕を振り上げながら力んでいる。

——どうやらやっと、一人前に、なりかけたらしい。

三艘の船は、青い海の上へ三本の鮮かな白線を残しながら、舳を揃えて着々と前進する。

こうして、かれこれ三十分——

やがて遂に、めざす水域にやって来た。

と——

「見えるぞッ！　船が見えるぞうッ！」

マストの縄梯子の上で、松田君が叫んだ。

横川氏は、双眼鏡をとった。

——なるほど、見れば前方の水平線に、一艘の船影が浮んでいる。が、少しも動かない。ヂッと止まっているようだ。

十分。二十分。……近づくにつれて、船影はみるみる大きくなり、二本マストの、なにやら、見覚えのある船体が……

「うウ。確かにあの船だ。おお、煙りを吐きだした。逃げだすぞ！」

横川氏は叫んだ。

双眼鏡が、手から手へ渡された。

「全速ッ。追跡はじめえッ！」

船長が叫んだ。

機関の律動が一段と高まってきた。

松田君が手旗信号をはじめる。

と、急に布を裂くような音を立てながら、二隻の快速艇が物凄い馬力を加えだし、まるで滝のような飛沫を吹きあげながらみるみる飛竜丸を出し抜いて、サッとばかり前面の海中へ躍り出した。

「畜生ッ、負けるもんか！」

船長が思わず乗出して喚いたが、こいつばかりはどうにもならない。みる間に○○艇と監視船は、斜め左右の前方に散開しながら、魚雷のような速さで獲物に迫って行った。

いまや敵も、明かに必死の逃走を企てているとみえ、まッ黒な煙をモクモクと吐出しながら、南の方角へ向って全速力で疾走しはじめた。

意外に早い速力だった。

——だが、追跡は間もなく終りに近づいた。

船尾に書かれた（共栄丸）の三文字が、ありありと双眼鏡にうつる頃には、二隻の快速艇は早くも怪汽船の両舷近く迫り寄り、○○艇の小さな檣頭《しょうとう》には、停船命令の信号旗がサッと翻る。

贋共栄丸はみるみる速度を落しはじめ、やがてついに、ピッタリ停ってしまった。

その舷側へ、追跡船は次々と横づけになる。
○装した水兵さんが、ドカドカと鉄梯子を登って、真ッ先に躍り込んだ。つづいて、監視船の一行が飛び込んで行く……
横川氏を先頭とする飛竜丸の連中が駈けつけた時には、もう最初のゴタゴタも片づいて、二十名近い怪汽船の乗組員が、船尾の甲板にひと塊になったまま、この急襲に吃驚《びっくり》したらしい異様な眼つきでギロギロあたりを見廻しながら手をあげていた。

横川氏は、先行の人達に挨拶をすますと、係官や飛竜丸の連中と一緒に、直に船内の検査をはじめた。

船橋にも中甲板の各室にも、人影は見えない。

——艙口《ハッチ》を下る。

機関室も、広い船艙も、不気味なほどにガランとして、異常はない。

と、二番艙をすまして、船首艙の隔壁に近づいた時だった。

とつぜん、そこのドアの蔭から、一人の黒豹のような男が躍り出した。

——昆だ。

いきなりピストルを振上げて、先に立った横川氏めがけてぶッ放そうとした。

と、どうしたことかその体が、不意に水車のようにピュンと大きく廻ったかと思うと、まるで濡雑巾でも叩きつけたみたいに、床の上へノビてしまった。

その横で、明石君が、手の塵を払いながらニヤニヤと笑っている……

一行は、ドアの中へ突進した。

ガチャン！　と器物の毀れる音がして、金網の中の鼠みたいに鼻の頭を赤くした異人の男が二人、あっちへうろうろこっちへうろうろ……だが、すぐに捕えられてしまった。

——あとで判ったことであるが、いうまでもなくこの二人が、あの、闇の中で菊子嬢が耳にした、会話の主のレッドとヤードリであった。

ところで、もうその他には、人影はない。横川氏は、あたりを見廻した。

と、隅のほうに、もう一つドアがある。駈け寄って、あけようとしたが、頑として動かない。

船長が、ノビてしまった昆のポケットから、鍵束を探して持って来た。

ドアは、すぐにあいた。

と、期せずして一行の中からは、喚声が湧きあがった。

——菊子嬢と犬山潜水夫は、こうして遂に、無事に救い出されたのであった。

三

やがて、一行は、喜びに顔を輝かしながら、上甲板へ引きあげた。

船長室では、係官の書類検査がはじまっていた。贋共栄丸の贋船長という男が連れ込まれ、すっかり仮面をはがれて歯をむいている。

二人の外人は、監視船のほうへ移された。

「先生。あの（結文）が判りまして？」

菊子嬢が、やっと落ちつくと、肩で息をしながらそう訊ねた。

「うん。判ったよ、判ったよ。——だが、柴谷君」

と横川氏は、なにか解せぬ顔つきで、

「早速だが、あんなとこに幽閉されていた君に、こんなことを訊ねても無理だろうが、ほら、あの峰マリコね。あの女は、この船には乗っていないのかね？」

「ああ、マリコ？　先生。あの女は、本名マリーという、恐ろしい女ですわ。詳しいことは、だんだんお話いたしますが、あの女でしたら、確かに乗ってますわ」

「なに乗ってる？」

「あら、まだみつからないんですの？」

「うム。みつからない。——あの二人の外人と、豹のような男と、船長室にいまいる男と、それから、ほら、あそこの船尾で、ズラリと並んでいる連中——それ以外には、船内隈なく探したんだが、女の姿なぞ全然見当らないよ」

「まア。そんなはずはありませんわ。この船が横浜を出帆してしまった以後にも、あたしは確かに、ちょっとだけでしたけど、あの女の声を聞いたんですし、いないなんてはずはありませんわ。もっとよくお探しになって下さい」

「……？」

横川氏が黙ったままつッ立っていると、船長が、松田君以下の数名を連れて、再び船内へ飛び込んで行った。

「それはもう、確かに乗っているはずなんですから……」

と菊子嬢は、念を押すようにしていった。

「——それに、だいたいこの船は、横浜を出て以来、全速力で疾走りつづけ、さっき、ちょっと海のまん中で停った以外には、今日まで一度も停らなかったんですもの、上陸なぞするはずは絶対にありませんわ」

横川氏の眼が、なぜか満足そうに明るく輝きはじめた。そしていった。

「ふム。じゃアその、さっき停ったという時には、何分くらい停っていたの？　長かったかい？短かかったかい？」

「ええ、それは、ほんの暫くでしたわ、そうですね。十五分か、二十分くらい……なんでも、あたしはあの、船底の部屋に、たった一つだけあいている小さな丸い窓の隙間から見ていたんですけど、いままで三日間、走りづめに走っていた船が、急に速力を落しかけたかと思うと、だんだん遅くなって、やがてピッタリ停ってしまいましたの、こんな海のまん中で、妙だな、と思っていますと、今度は急に、非常な速さで走りはじめましたわ。きっとその時、追跡して来られた皆さんの船に気づいて、大急ぎで逃げ出したのでしょう。それ以来船の中が、急に騒がしくなって来ましたもの、きっとそうですわ……」

松田君が戻って来た。

「いませんよ。いくら探しても、あのマリ公はいませんよ。もうこれ以上探すところはありませんし」

「ふム、船長はどうした？」

「はア。さっきのあの、明石さんが投げ飛ばされた男、あいつが性がついたもんですから、女をどこへ隠したか、泥を吐かせようとしておられますが、相手は絶対に口を利きません。それで、監視船の外人のほうを、警察の方にお願いして調べてもらっておりますが、これもどうやら、口を利かないらしいです」

「ふム。そう早速に、白状する奴もあるまい。――いや、ありがとう。もう判った。女は、この船の中にはいないよ！」

「え？」

「まア先生。じゃア、海の中へでも飛び込んだって仰有るの？」

「うん。ま、そんなところだろうね」

横川氏はそういって、確信に満ちた眼つきで、傍らに立っていた岬技師のほうを、チラと見てから、

「――むろん、飛び込んだといっても、死ぬつもりやなんぞでザブンと飛び込んだわけではないだろう。君がいま云ったように、さっき船が海のまん中でちょっと停ったというその時に、なにか驚くべき方法で海の底へはいって行ったに違いないよ。ところが、恰度そこへ我々が現れたので、そのままあわてて、船だけ逃げ出してしまった、というわけなんだろう」

「まア、じゃアあの女は、海の底へ置いてけぼりになって、死んじまったんですのね」

「いや、死んではいない」

「え。死んでいない？」

「そうさ。船の中で、ピチピチしてるに違いない」

「船の中……というと？」

「おい君。しっかりしてなくっちゃアダメだよ。つまり、沈没船重慶丸の中で、生きているといってるんだ！　さっきこの船が停っていた場所こそ、外ならぬ重慶丸の沈没箇所なんだ！」

「まア。あの女が沈没船の中に!?……」

「そんなに吃驚することはないだろう。僕はなにも、コジつけを云ってるんじゃアないからね。そもそも、この事件の冒頭で、既にそういう怪事は起きていたんだからね。君は、あの女の顔色が、異様に青白かった事を思い出してみるがいい。――完全な水密装置と、秘密の換気装置さえ仕掛けてあれば、僕だって、十日や二十日は海の底で隠れていられるよ」

それから横川氏は、岬技師に向って、

「さア岬さん。こうしてはいられません。大急ぎであの位置まで戻りましょう。そして、すぐにも重慶丸の調査にかかって下さい」

——こうして、やがて三艘の快速艇は、拿捕した贋共栄丸をまン中に挟んで、北緯三十二度×分、東経百二十九度×分——重慶沈没箇所をめざして、もとのコースを逆航しはじめるのだった。……

沈没船の秘密

一

飛竜丸の甲板には、ハチ切れるばかりの緊張と活気が漲っていた。

係官立合のもとに、横川氏と岬技師の指図を受けた潜水補助作業の人々は、どぎつい南海の太陽に、逞しい半裸の体をギラギラと光らせながら、ここぞとばかり頑張りつづける。

——一時間足らずの捜査の後に、早くもいま、重慶丸の沈没位置を確認したのだ。

今日の日の来るのをしびれを切らして待ち構えていた新任潜水夫勇三君は、すっかり張り切って、飛竜丸はむろんのこと、○○艇や監視船に取繞《とりめぐ》らされた衆人環視の中で、素裸のまま青々とした海の中へ楽しげに身を躍らすと、恐ろしく長時間の潜水振りを見せること七八回、早くも素潜りばかりで重慶丸のマストを発見したのだ。

はじめて、勇三君は、潜水服と潜水兜《ヘルメット》に身を固めた。そして、頑固なひと振りの手斧を提げると、ガラスの中からニッコリ笑ってみせながら、いま、悠々と海の底へ下りはじめたのだ。

空気ポンプは活潑に活動をつづけ、ホース持たちは忙しく綱をたぐり出す。

船長は、潜水深度表を睨み、横川氏と岬技師は、交替で連絡電話器に耳をすます。

すぐに、勇三君の最初の声が、電話線を伝わって上って来た。飛竜丸の甲板には、一段と深い緊張が張った。

「……もしもし……」

「……もしもし。重慶丸の前檣《マスト》が見えます。よく見えます。が、いやに太い前檣ですね」

岬技師は体をのり出すようにしながら、

「うム。君の兄さんもそういっていた。途中で、尖《さき》のほうが折れてるんじゃないかね」

「そうかも知れません。上のほうまで、根元と同じ太さですよ……船橋の、船室のあたりでしたね……少し船を進めて下さい」

飛竜丸は、静かに動き出した。

「どうだね。いいかな?」

「……甲板へつきました。船をとめて下さい……船艙口《ハッチ》の近くなんですか?」

「うム。なんでも、そのあたりなんだがね。ひとつよく調べてみてくれ給え。――どんなことがあっても、吃驚しないようにね」

「……ははは……」

元気な笑い声が聞えて来た。

「……兄貴とは違って、前以て話が聞いたるんですから、吃驚するはずはありませんよ……もっと綱を出して下さい……」

「明るさはどうかね?」

「……明るいです。よく見えま――」

いいかけて、バッタリ声が途絶える。

岬技師の顔に、サッと緊張が流れる。

と、はげしい息づかいの中から、

「……うーム。判りました！　見つけました！　こいつをはじめて見たんじゃア、吃驚するはずだ！」

「ど、どうなっとるんだ？　女がいるかね？」

岬技師が、横川氏と変った。

「……どうやら、船長室かな。太い前檣のすぐ後です。おります！　女がおります！　あッ。男もおる！　男が二人もおります！　明りを採るための丸い窓が、三つばかり並んどりますが、その一つの前に立って、いま、あっしが覗き込んでるんで、三人ともひどく恐れ、うろたえております！　なにを、この奴郎《やろう》！……」

「おい。どうしたんだ。早く状況を知らせてくれ給え」

「……窓のガラスを手で叩いてみたんです。一寸以上もあるらしい、頑固なガラスがはめたります……三人とも、あっしを睨みつけております……外側は貝や昆布だらけですが、部屋の中はサッパリとしております。それに、なかなか広い。ああなんだかややこしい機械みたいなものが、二つも三つも据えたります！……」

「よしッ。判った。じゃア今度は、手斧を使ってくれ給え。手斧で、厚いガラスを叩き破るマネをしてくれ給え。いいかね。マネだけだよ。マネをして、中にいる人間を脅すだけだよ。そして手マネで、上へあがれ！　と命令してやってくれ給え。あがらなければ、叩き破るぞ、と脅すわけなんだ。判ったね。ほんとに叩き破ってはいけないよ。よし。判ったらやってくれ給え！」

「……承知しました……こいつア面白い……やいッ！　こらッ！　あがるんだ！　あがるんだ！　海のそとへ出ねえと、ガラスを叩ッ毀すぞ！」

「君。そんな声を出したって、聞えやしないよ！　君は水中の潜水服の中だし、相手は、完全な水密隔壁の中で空気を吸って生きてるんだ。潜水艦の中にいて魚と話をすると同じこって、どんなに喚いたって聞えないよ！」

「……こうしないと、脅しの気分が出ませんからね……ああ、三人とも、あっしの手斧を見て、まッ蒼になっちまいました。あッ！　床の一部をハネ上げて、そんなかへ飛び込んで行きました！」

「なに、床の下へ逃げ込んだ！　それで、そのハネ上った部分の床はどうなっとるかね？」

「……半分口をあいたままになっております」

「口をあいたまま？――ふム。よし、じゃア、君はしばらくそのままで、待っていてくれ給え。そしてもし、そこから顔を出したら、どしどし脅しつづけてくれ給え！」

どうやら横川氏は、女が、どういう方法で、どういう経路で、沈没船の中へはいって行ったか、それを、逆に下から追い立て、追い出して、知ろうと試みているのだ。

――実際、潜水服を着て潜ったくらいで、そんな気密室の中へはいれるはずはないのだから、恐らく、海上へ通ずるなにか秘密の通路があるに違いない。そしてまた、恐らくその通路は、気密室内の換気装置にも使われなければならないはずだから、いま、我々の眼の前の海上には何も見えていないが、我々のいない時には、誰もいない時には、きっと海の上へ何物かが通じているに違いない。

横川氏は、そんな風に考えていたのだ。

はたして、この考えは適中した。

潜水夫との電話連絡がひとまず途切れてから、五分もしないうちに、とつぜん、飛竜丸の船首に立っていた松田君が、

「ややッ！　あんなところに、あんなものが出て来た!!」

すぐ眼の前の海面をさしながら、絶叫した。

――みれば、なんと飛竜丸から七八間ばかりの海面へ、水の中から異様なものが現れはじめた。みるみる海面へセリあがって来るその怪物は、直径二尺七八寸は充分あろうと思われる、太い煙突

のような頑丈な鉄筒で、上部には固く蓋がとざしてあり、その丸味を持った蓋の上には、少し横へ寄って、擬宝珠《ぎぼうしゅ》のような恰好をした複雑な鉄の塊が乗っかっている。

人々は眼をみはって、思わず息をつめた。

鉄筒は、やがて一間以上も海の上へ突出ると、そこでピッタリ止まった。

「ああ、判った！」

と、岬技師が、横川氏へ叫んだ。

「判りました！　あれは、重慶丸の前檣でしょう！」

「そうです！　いや、正確にいえば、恐らくその前檣の中から、継竿みたいに伸びあがって来た。一種の巨大な潜望鏡《ペリスコープ》とでもいうべきものでしょう！」

横川氏が、そう答えた時だった。

鉄筒の上で、カタッというような音がしたかと思うと、急に蓋の上の横についていた鉄の擬宝珠のようなものが、なんとカラカラカラと廻りだしたのだ。まるで、屋根の上についている通風器《ベンチレーター》みたいに……

「あ。岬さん。あれが、水密装置を施した通風器に違いありません。恐らくこの鉄筒《パイプ》が海上へ出て来れば、海風を受けて自動的に回転しはじめるのでしょう。そうだきっとあの中に潜望鏡もついているでしょう。そして恐らく、この驚くべき鉄筒は、沈没船の中へ出入りする人間の、通路の役にも立っているに違いありません！　見ていて下さい！　きっといまに、中の連中が、飛び出して来るに違いありませんから……勇三君に手斧なぞで脅かされたものだから、ガラスでも割られたら溺死してしまうとばかり、我々に捕えられることを覚悟して、逃げだして来るに違いありません！」

「おーい。松田ッ！　びっくりばかりしてないで、ボートを下ろせえッ！」

「監視船前へ！　鉄筒の下で待機してくれッ！」

船長と係官が、交る交る叫んだ。

人々の中から、異様な緊張とざわめきが、一つになって巻き起った。

「いや、どうもおどろきましたね」

と、岬技師が、横川氏へ云った。

「じゃア、恐らくこの鉄筒は、換気のためにも、平素《いつも》こうして海上へ突出ているんでしょうな?」

「むろん、そうでしょう。そして恐らく、船や飛行機が通るような時には、発見されないように、潜水艦の潜望鏡と同じ原理で、海の中へ隠れてしまうのでしょう。尤も、船といっても、むろんあの贋共栄丸なぞの場合には、隠すどころか、却って目印のためにも、高々と突出しているでしょうがね。そうだ。いましがた私達が、重慶丸の船体を探しあてるに一時間近くもかかったのに、さっきの柴谷の話では、今朝贋共栄丸は、走って来たまま速力を落すと、手間も取らず一度にこの位置へ停船出来たようですからね。こいつが目標になっていたに違いありませんよ。あの女のほかにも、男が二人もいるって勇三君の報告ですから、今朝はきっと連中が、この鉄筒を操作していたんでしょう」

横川氏の言葉が終った時だった。

はたして、鉄筒の蓋が——通風器のついていない側の半分が——音もなく静かにあきはじめた。

そして、その中から、あの峰マリコが、マリーが、栗色の髪の毛をサッと海風に舞わせながら、半身を乗り出し、恐怖に歪んだ青白い顔で、キョロキョロと怯えるようにあたりを見廻した。——が、すぐに下で待構えていた監視船の人たちの手に、捕えられてしまった。

マリーのあとから、二人の男が、同じようにして、前後しながら顔を出した。が、むろんこれも、すぐに捕えられてしまった。

——色こそ悪いが、昆と同じような顔つきの男だった。

二

海の上には、云いようのないざわめきが起きあがっていた。

人々は、横川氏の前へつめ寄って来た。

「おどろいた奴等だね」

「いったい、奴等は、何を企らんでいたんだろう」

「沈没船の中には、なにがあるのかね」

「あ、ちょっと待って下さい。電話ですから……」

横川氏は人々を制して、受話器に耳を押しあてた。

「……もしもし。とても変テコなことが起きていますよ」

潜水夫の声が上って来た。

「なに。変テコなこと?」

「……はア。奴等は床の下へはいって行ったまま、まだ一人も顔を出しませんが、いま何気なく上のほうを見ると、前檣が、さっきのあの太い前檣が、まるで写真機の足みたいに、ズーッと上のほうへ伸びて出ております!」

「ああ、それか――」

と横川氏は笑いながら、

「もういいよ。もうそれは判ったからいいんだ。その前檣に仕掛けがあって、その前檣から三人とも抜け出して、海の上へ出て来たんだ。そしてもう、三人とも捕えてしまったから、もうそこには、用がなくなったんだ」

「……なんですって、前檣から抜け出たんですって? おどろいた奴等だ……じゃアもう、あがるんですか?」

「いや。君にはまだ、大事なことを調べてもらうんだ。が、一度休むかね？」

「……いいえ。大丈夫ですよ。このままで続けます。教えて下さい」

「じゃアね。すまないが、海の底まで降りてくれ給え、そして、船の周囲を一周してもらうんだ！」

「……底へ降りるんですね？……ようし来た」

ホースがみるみる繰り出され、機動ポンプが一段と活潑に動きはじめた。

「……底です。船の右舷の底へつきました」

「よし。じゃア、舷側に沿って、船尾のほうへ歩いてみてくれ給え。なにか変ったことがあったら、すぐ知らせてくれ給え」

「……じゃア歩きます。ホースをもっと出して、船を少し進めて下さい」

飛竜丸は、海の上へ突出したままの鉄筒を避けるようにして、再び静かに前進しはじめた。

「……ここまで来ると、さすがに暗いですね。それにえらいコンブだ……」

「底の地盤はどんな風かね？」

「……細かい砂利や、砂地のようです……」

「よろしい。ドンドン歩いてみてくれ給え」

横川氏はそういって顔をあげると、岬技師へ、

「この前、犬山君が底へ下りた時には、右舷でしたか？　左舷でしたか？」

「左舷でした。が、船首のほうを、少しあるいただけでした」

この時――とつぜん、潜水夫が叫んだ。

「……あ。可怪しなものがありますよ！」

「ど、どんなものかね？」

「……太い長い、まッ黒な綱みたいなものが、ダランと横に垂れ下っております」

「うム。そうかッ！」

横川氏の眼が、みるみる輝きだした。

「よし。でその綱は、どっちのほうから来て、どっちのほうへ行ってるかね？」

「……海の底の、向うのほうから来ているらしいですが、先のほうは暗くなってよく判りません。……それから、船の近くまで来て、底からはなれ、右舷の舷側に伝わるようにして、頭の上を通り、どうやら船橋のほうへ、上って行ってるようです」

「ありがとう！　で、一本だけだろうね？」

「……違います。直径二寸近くもある太い奴が、二本、いや、三本も通っております！」

「なに、三本⁉……うーム……よし、もう判った。ありがとう。あがってくれ給え！」

横川氏は、受話器を船長に渡した。

「ホース捲き取れ！――ゆっくり、休み休みあがるんだぞ！」

船長の命令で、命綱が、静かに静かに、捲き取られはじめた。

「――思った通りだ！」

横川氏は、吐きだすようにそういって、人々のほうへ向直った。

「皆さん。実に驚くべき陰謀ですよ。――申上げましょう。奴等は、海底電信の盗聴を企てていたのです！」

「えッ？」

「なに、海底電信⁉」

「そうです。奴等は、この沈没船の中にうまうまと隠れて、帝国の重要な海底電信を盗聴していたのです！――あちらの、海図室へ参りましょう。詳しく御説明します」

横川氏は、係官や岬技師やその他の主だった人達と一緒に、海図室へやって来た。そして椅子につくと、すぐに切り出した。

「――実に、不敵きわまる奴等ですよ。……私は、だいたい昨夜になって、この確信に到達しましたが、考えてみれば、もっと早く、そのことに気づいてもいいはずだったんです。――今度のこの事件には、冒頭から、了解に苦しむような奇怪な出来事が起っていますが、いまになって考えてみれば、凡て立派に脈絡のつくことばかりなんです。いちばんはじめ、犬山潜水夫が、精神症状を呈する直前に、この沈没船の中で生きている人間を見た、と叫んでいること。それから、更生丸の皆さんが、横浜へ帰港されると前後して、皆さんの周囲に現れはじめたあのマリコと称する女が、気持の悪いくらい青白い顔をしていること。そしてしかもその女は、前にお話したように、横浜上陸中毎日のように掃部山から、意外にも汽船なぞと連絡をしていること。しかもその秘密連絡には、相方とも電信符号を非常に易々と使用していること。なおまた、怪汽船の連中が、あらゆる手段を講じてその引揚げを妨害し、遅延せしめようと謀っていた重慶丸の、その沈没の位置というのが、よく調べてみると非常に重大な意味を持っていること――これは私も、地図や海図を見ながらいままでいろいろ考えた揚句、やっと気がついたことなんですが――北緯三十二度×分、東経百二十九度×分というその地点の附近が、恰度長崎上海間、長崎大連間、長崎〇〇間等の、大陸向け重要帝国海底線の起点にほど近い密集地帯の中心に当っていること、等々。これらのことを、今まで私は、バラバラにして考え、その一つ一つに解釈をつけようと掛っていたのでかなり苦しんだわけですが、これを、全部一つにして考えた時に、はじめてそこに、ある一貫した重大な意味のあることに気がついたわけなんです」

「なるほど。今になって、そうお話を伺ってみれば、私達にもいちいち頷けるふしがありますね」

岬技師が云った。

横川氏は、ちょっと眼を閉じて考えを纏めるようにしながら、

「――いや。まアそんな、楽屋咄しはいずれまた申上げるとして、とにかく、今日一網打尽にした連中は、もう申上げるまでもなく、米蔣合作の一大間諜団であることは間違いありません。いず

れこの間諜団のことについては、後刻柴谷君からも御報告したいことがあるそうですが……とにかくこの連中は、米国人達が指導者となり、その活動の一つとして、今後いよいよ重大性を加えてくる大陸向け帝国海底電線の密集地帯に眼をつけると、その盗聴を企てるべく、沈没船重慶丸の中へ既にご覧の通りの工事を施したというわけなんです。——いや、沈没船の中へ工事を施したというよりも、恐らく私は、大体の水密装置、機械設備等を、予めひそかに施した重慶丸を、——確か、沈没は事変勃発の直前でしたね。岬さん」

「そうです。昭和十二年の六月ということでした」

「その、事変勃発の直前に、予めひそかに装備を施した重慶丸を、いかにも普通の商戦が、颱風で沈没したかのように周囲へ見せかけて、その実故意に沈めてしまうと、あとからゆっくり時間を使って、海底線の引込工事や、盗聴設備にとりかかったものだろうと思います。いずれこれは、あとで実地検証をして頂けば、ハッキリ判ることでしょう。——むろん、引込工事なんて、一二年もかければ、奴等は苦もなくやっつけますよ。なんしろ、間諜船贋共栄丸を持っているんですからね。こいつを布設船に使って、我が当局の眼をあざむき、まるで普通の日本船が航海しているような振りをしながら、底曳網でも引ッ張るような調子で、あの、探錨——というんですか、そういう錨をゴロゴロと引ッ張り廻って、海底ケーブルを探りあてると、ご存知のようにケーブルは凡て、保線上充分のタルミをつけて布設してありますから、そいつを楽々と引上げて、それに引込線をつけて再び海底に沈め、引込線だけを引ッ張って来て重慶丸へ連結する。といった調子で、まんまと三本の海底線の引込工事を終えたのでしょう。そして、沈没船内の盗聴設備を完了すると、あのマリコやその他の連中のような、多分上海あたりで電信通信士《オペレーター》でもしていたような連中をつれて来て、交替勤務かなんかで、恐らくこの一二年前から盗聴にかかっていたに違いありません」

「うーム。なるほど。——そしてつまり、そこへ、幸か不幸か、沈没船の引揚げがはじまった、というわけなんだね」

係官がいった。

「そうです。その通りです。――さすがに奴等も、こんなことになろうとは思わなかったでしょうから、重慶丸の沈没だけはまるきり隠すわけにも行かず、普通の遭難として発表しておいたものですから、そいつへ眼をつけた波切会社が、早速第二更生丸を派遣して、調査にかかったというわけなんです。恐らくその時の盗聴勤務員が、今あの鉄筒から出て来た三人でしょうが、定めし奴等は、その時更生丸を見て、妙な船が来たなと思い、早速鉄筒を引ッ込めて鳴りを鎮めていたんでしょうが、そこへ突然犬山潜水夫が降りて来て、ついに発見されてしまったので非常に驚いたことでしょう。そして、一方また、沈没船の採光窓から女の姿なぞ見て、驚愕のあまり精神症状を呈してしまった犬山潜水夫を連れて更生丸が現場を引上げかけると、奴等はすぐと徐々に鉄筒を現わして、潜望鏡でよく更生丸を見覚え、確かめておき、同時にいつも連絡に使用しているに違いない暗号無電にでもよって、偶近海《たまたま》にいた贋共栄丸を急ぎ呼び寄せ、更生丸の追跡にかかったに違いありません。むろんあの女は、その時の更生丸や潜水夫の目撃者ですから、有力な参考人として、沈没船から贋共栄丸に乗り移り、船と一緒に横浜までやって来ると、それからあとは、既にご存知の通り、大活躍をはじめたというわけです」

「なるほどね」

と岬技師が、感慨深げにいった。

「じゃア、あの時私達の更生丸は、贋共栄丸にひそかに追跡されていたわけなんですね」

「恐らくそうだろうと思います。そしてあなた方は、医者へ寄るために、下関で一度停まったということでしたから、きっとその時にでも、あなた方が波切会社の人であることなぞを、マリコでも使って調べあげると、早速豊予《ほうよ》海峡あたりから太平洋へ抜け、更生丸なぞよりはずっと速力があるわけですから、サッサと追い抜いてひとあし先に横浜へ着き、戦闘準備を整えてあなた方の更生丸をひそかに待ち構えていたというわけでしょう……」

「ああ、それで、たいへんよく判りました」

「いやア、いずれにしても、実に驚くべき大仕事をたくらんだものですなア」

係官がいった。

横川氏は微笑を見せながら、

「――まったく、不敵な奴等です。しかし、充分水圧に抵抗し得る丈夫な水密隔壁の中で、仕事をするのですから、高気圧の心配はないし、まア、隅田川の底や、横浜の港で、潜函作業なぞするよりは、段違いに楽なものでしょう……それからまた、こんな設備をして、船をわざわざ沈めてしまったことにしても、奴等にとってみれば、別に驚くほどのことではないんでしょう。なんしろ、焦土戦術の常習者ですからね。どうせ日本海軍の睨みの下では、自分達の都合のいいようには、船も満足に役には立たないのですから、こうでもしたほうが、奴等にとっては、どれほど有効な使用方法か知れないくらいに思ったんでしょう……おや。もう、潜水夫はあがりましたね。じゃア、そろそろ引きあげましょうか。いずれ途々《みちみち》、お話も出来ることですから……」

横川氏は、そういって立ちあがった。

――こうして、やがて三艘の船は、もう沈まない例の鉄筒に蓋をして、附近の海面へ、警戒のために緑色の沈船浮標を浮かべると、拿捕した怪汽船贋共栄丸を引き連れて、ひとまず長崎港へ向って引きあげはじめたのであった。……

三

あれからもう、二週間以上もたっている。

重慶丸の沈没箇所には、いま、修理なった第二更生丸を中心にして、何艘かの工作船や平底船が、忙しそうにかけまわっている。

数次に亙る調査や、当局の検証も終って、いよいよ重慶丸の引揚げ作業がはじまったのだ。

――いまや重慶丸は、間諜巣喰う恐ろしい海底の諜報局から一転し、輝かしい〝海の鉱山〟として着々動員されるのだ。

間諜といえば、あれから、菊子嬢の報告にもとづいて、あの、F・W・ヘンリー・アンド・ジョンソン商会とやらの店主を首魁とする、恐るべき米国極東諜報部京浜班の一味も、迅速果敢な当局の手配によって、一網打尽にされたことはいうまでもない。

しかし、横川氏の意見によれば、まだまだそんなことで、敵国第五列は根絶やしにされたわけでは決してなく、いやそれどころか、時局の緊迫と共にいよいよ彼等の暗躍は猖獗をきわめ、諜報に、宣伝に、謀略に、あらゆる欺瞞の仮面をかぶり、あらゆる陰険悪辣な手段を講じて、帝国の確立されつつある国防国家体制を、内部より崩壊せしめんと劃策しつつあるのであるから、我々国民は一段と緊張し、固く政府の施策を信頼して黙々業務に邁進しなければならない――ということである。

そういえば、横川氏は、目下当局に対して、あの、昆をはじめとする、二十名近い贋共栄丸の乗組員の審理について、特別の保護処置を願い出ているそうである。彼等抗日藍衣社の社員といえども、我々と同じ亜細亜の主人であり、単に英米の魔手に躍らされているに過ぎないのであってみれば、横川氏の心意気はやがていつかは実を結び、翻然迷夢から醒めて、大東亜建設、新生中国建設の陣営に、馳せ参ずる日も決して遠くはないであろう。

ところで、話のついでに、例の犬山潜水夫のその後の病状について、ひとことお知らせしておこう。あれから犬山君は、直に入院し、手厚い看護を受けることになったのであるが、なんでも数日前に、揃って見舞いに出掛けた菊子嬢と明石君の話では、入院後の経過は非常に良好で、この分ならば遠からず退院の運びに到るであろうと、院長も太鼓判を押してくれたとのことであった。

――どうやら、なにもかも、うまく行くらしい。

「おーい。石炭吸いあげ終りいッ。潜水準備はじめえッ！」

誰かが、第二更生丸の上から、メガホンを口にあてて大声で叫んでいる。

更生丸の上でも、その他の工作船の上でも、急に潜水作業の人々が、赫々《かくかく》たる太陽に逞しい体を光らせながら、忙しそうに働きはじめた。

更生丸の甲板には、岬技師と猛川船長が、作業設計図を前にしてつッ立ったまま、次から次へと命令を出している。

作業はいま、――まず重慶丸の艙内にある石炭を、強力なポンプで水と一緒に半分以上も吸いあげて、船を軽くすると同時に、船底に接した砂底に、右舷から左舷へ、同じポンプで水と一緒に砂を吸いあげ、大きなトンネルを二ケ所も掘り下げるという、第一期の工程を終えて、これから、潜水作業に移り、平底船の起重機につらなる太さ六インチもの鋼鉄ワイヤーを、その二ケ所のトンネルへ数十本も通して船体へ巻きつけるという、第二期の工程にとりかかるところであった。

――まだまだ、前途遼遠である。

だが、人々はみんな心をひとつにして〝科学日本〟〝潜水日本〟の勝利を高く示さんと、歓喜に燃えながら黙々と働きつづけている。

やがて、勇三君を先頭とする各工作船の潜水夫たちは、青い海の中へまッ白な泡を残しながら、深く深く潜って行った。

空気ポンプの発動機は、一斉に活潑な活動をはじめ、吃驚した鷗の群は、サッとばかり空中高く舞い乱れる。

遠く、水平線の彼方に、まッ白な姿を見せながら遠退いて行くのは、どうやら修理を完了したケーブル布設船、南洋丸の勇姿らしい。……

間諜満洲にあり

露西亜寺院の女

ハルピンの春はあわただしい。

半歳に近い冬籠りからやっと解放されて、よろこびの青草の祭《トロイツア》が過ぎたかと思うと、もう街の辻では可憐な鈴蘭が売られ出し、時ならぬ粉雪のような柳絮《りゅうじょ》が紛々《ふんぷん》と飛び散って、間もなく松花江《スンガリー》の賑わう七月だった。

埠頭区の一角。プリスタンの静かな裏街に、青い木立に囲まれながらひっそりと聳えているささやかなロシア寺院Ｙ会堂。その正門に通ずる鋪道の上を、いましも、明るい薄桃色《ピンク》の洋服《ワンピース》を着た一人の若い外国婦人が、散歩でもするような、ゆっくりした足どりでぶらぶら歩いて行く。——静かな、午後のことだった。

女は、やがて、Ｙ会堂の正門に達した。けれど、境内には入らず、石垣に沿って鋪道の上をそのまま歩きつづけると、やがて立止ってクルリと向直り、今度は前とは逆に、同じ道を引返しはじめる。そしてまた、しばらく歩くと、立止って再び向直り……同じところを、同じ足取りで、何度もブラリブラリと、行ったり来たりしはじめるのだった。——北満の国際都市大ハルピンの街角には、いつでも見られそうな、何んの不思議もない風景だった。静かな午後を愉しむ散歩か、恋人を待ち合わせてのたたずまいなのであろう。

午後のことなので、教会堂の門扉もぴったりと睡ったようにとざされ、道路の上には、四五人の通行者や、道傍で遊び戯れている子供の姿があるばかり。

けれど、ここに見逃せないのは、Ｙ会堂から少し離れた向側の鋪道、涼しい柳の木蔭に置かれたベンチに、しばらく前からこっそりと腰を下ろして、教会堂の前をブラリブラリと往きつ戻りつしている例の外人女のほうへ、さっきからそれとない鋭い視線を送りつづけている一人の青年紳士のあることとだった。

目立たない地味な背広を着て、たぶんキタイスカヤあたりの辻本屋からでも買い求めたものであろう、カザンスキー修道院発行の宗教雑誌「播種者」なぞを尤もらしい顔つきで、読みふけるようなふりをしながら、絶えず鋭い視線を、女のほうへ送りつづけている。

風はソヨとも吹かず、道の上には、七月始めの陽光が、さんさんと降りそそいでいた。

新京駅前の中央通り、ヤマト・ホテルの宿泊人名簿によれば、この紳士の名前は、

（横川禎介）

東京丸ノ内八紘ビルに本拠を置く（国民防諜会）の主宰者で、当年とって三十六歳。

とこういえば、あるいは読者の中には、ははんとうなずかれる方があるかも知れない。

全く、横川禎介氏といえば、ここ数年来数々のスパイ事件に関係して、その快腕を思うさまに発揮し、今では日本全国にその名を知られているという、有名な愛国青年探偵なのだ。

横川氏の行くところ必らず間諜あり、また、横川氏の現われるところ、必らず悪辣なる敵国第五列の陰謀は撃滅されるという、その横川禎介氏が、こともあろうに、世をあげて騒がれる南方全盛時代を尻眼にかけて、なんと、北満のハルピン、それもうらさびたプリスタンの静かな裏町に忽然として姿を現わしたのだ。——木蔭のベンチに涼をとる通行人のようにひっそりと腰を降ろし、古びた宗教冊子なぞを何気なくひもとくようなふりをしながら……。

だが、女は、そのようなことにはとんと気づかぬ様子で、相変らず教会堂の前の鋪道を、長い石垣に沿って、やや物憂げな足取りでブラリブラリと往復しつづけている。何事も起らない。待人らしい者も姿を現わさない。

風見の不思議

実をいうと、横川氏は、このプリスタンの一角で、ヒョッコリとこの女に出会って、監視をはじめたわけでは決してない。もう、今朝、新京から、列車に乗ってひそかにこの女のあとをつけているのだった。女は、そのようなことも知らず、ハルピンの駅に降りると、直ちに馬車を駆って、南崗からプリスタンに入り、バスの疾《はし》る大通りで車を乗り捨てると、そのまま静かな通りを幾曲りかして、このささやかなＹ会堂の前までやって来たのだった。

だが、いったい女は、このような廃院同様の古びた教会堂の前までやって来て、いったいなにをしようというのであろうか。それとも、誰を待つというのであろうか。——いずれにしても横川氏は、相変らず黙々とベンチにうずくまったまま、鋭い視線を女のほうへ投げ続けていた。

と、そのうちに、女がふと立止った。そして何気ない様子で、深い木立に包まれた古風な教会の建物のほうへ、感慨深げな視線を向けはじめた。

横川氏の顔が、心なしかさっと緊張を見せはじめた。もう雑誌から眼を離して、まともに女のほうを、いや、女の見ている教会堂のほうを見た。

ハルピンの街では到るところに見られるような、平凡な会堂だった。中世紀風の暗鬱な建物の上に、丸いモスコー式の円形屋根が幾つかあって、その上には十字架や、古風な風見（風向指示器）なぞが立っていた。けれど、窓という窓は全部固くとざされて、コソとも人気は見られない。

横川氏の眼には、ふと、苛立たしい焦躁の色が現われはじめた。——全く、何んの異状もない、平凡な古びた教会堂の姿ではないか、横川氏の眼に浮んだ焦躁はだんだん深い色を見せはじめた。と、そのうちに横川氏は、ふと、ある非常な不思議なことに気がついて、思わずギクッとなった。

——それは、道路の上には少しも風は吹いていないのであるが、少し高いところにはそれでもさすがに微風があると見えて、会堂の周囲をとりめぐらしている楡《にれ》の樹の梢が、白い葉裏を見せて静かに風にそよいでおり、すぐその側の会堂の円形屋根の一つの上にある古風な風見も動いているのであるけれど、しかし、なんと不思議なことには、よく見るとその風見の指示している風の方角と、すぐ側の楡の樹の梢の見せている風の方角とは、まるで正反対なのである。いやそれどころか見ているうちにいっそう不思議なことが起上った。

というのは、樹の梢を吹いている風の方角は、強い弱いはあってもいつまでたっても同じであるのに、そのすぐ側の風見の見せている風の方角は、見ているうちにあちらこちらへはげしく変るのである。つまり、尻に羽をつけて先の尖った風見の矢が、まるで時計の振子のように首振人形の首のように、グラリグラリと廻り動くのである。

横川氏の眼は、いまや大きな驚ろきに輝きながら、ピッタリと吸いつくように風見の上につけられてしまった。

動く。確かに動く。止っていたかと思うと、急に小さく二三度左右にゆれ動き、かと思うと、いきなり大きく、ほとんど正反対の位置まで、百八十度の回転をするのである。そしてまた、小さく動き、大きく動き……。

（ああ、なんて、滅茶苦茶な風向きだろう！）

けれど、やがて横川氏の眼が、なに思ったかギラリと光ると、思わず、

「おお、判ったぞ！」

呻くように叫んだ。

「おお。あの風見は、風の向きを知らしているのではない。物を言っているぞ！　おお、そうだ。モールス信号だ！——ツーツートン、トン、トンツーツー。……」

なんということであろう。横川氏は、その古びた会堂の円形屋根の上に、十字架と一緒に並んでいる、風見の気まぐれな動きを信号であると見破ったのだ。小さな動きがモールス電信符号の点に当り、大きな動きが同じ符号の線に当るのだ！　点と線、線と点、そいつがさまざまな形に組み合

わされて、世にも不思議な暗号文が、人知れず円形屋根の上で語られているのだ。

やがて、ピッタリと風見の動きが止った。もう風の吹いて来る方向へ尖端を向けたまま、殆んど動かない。信号は終ったのだ。

短い時間のあいだに、素早く横川氏の読みとった暗号文は、

（スカヤ、ホテル・モデルン、一四〇）

というのだった。恐らく最初のスカヤというのは、キタイスカヤを途中から読んだからであろう。

「キタイスカヤ街、ホテル・モデルンの一四〇号室――というのだな。ウーム」

呟きながら、ふと横川氏は会堂の前の鋪道の上へ視線を落して、思わずアッと叫んだ。

なんと！　不思議な風見の動きに夢中になっている間に、同じようにその風見を何気なげに見ていた件の女の姿が、いつのまにか吹消すように消え去ってしまったのだ！

百四十号室の客

ハルピンの銀座、キタイスカヤ街の一角に聳えている瀟洒な国際ホテル・モデルン。――その一四〇号室に、もう二週間も前から泊っている日本人技師の川並三郎氏は、いましも、いつにない元気さで、口笛なぞを吹きながら、しきりにトランクの荷造りをしていた。

川並技師がいつにない非常な元気さで、トランクの荷造りをしているというのにはこれにには、ひと通りならぬわけがあるのである。

それは、ほかでもない。川並技師は、今度満洲国の某国策会社に招聘されて、ハルピン支社に勤務するべく、二週間前にこの地に赴任して来たのである。ところが、困ったことには新興満洲国の

人口膨脹は予想以上に活潑で各都市とも、日本内地に劣らぬ住宅難に見舞われ、はるばるやって来た川並氏も、まず住まうべき家が見つからないのである。

これには、川並技師も弱ってしまった。

会社には、まず恙なく着任出来たものの、住まうべき家がないので困ってしまう。そこで、仕方がないので、まずホテル・モデルンに滞在したまま、ここから毎日会社へ出勤に及ぶ傍ら、会社の同僚や、前からこの地にいる二三の知人に頼んで、家を探してもらったのであるが、一週間たっても、十日たってもなかなか家はみつからない。遂には新聞広告まで出してみたが、それでもみつからないのである。

いかに川並技師といえども、毎日ホテルから会社に通っているのでは、やり切れない。で、ちかごろすっかりクサってしまって、

「この調子で、このまま一タ月も二月も過すんじゃアたまらないなア」

と、いささか憂鬱になりはじめていたのだった。

ところが、それが、どういう幸運の風の吹き廻しか、今日、意外に早く、それもかなり上等の家が、見つかったのである。

ちょうど日曜日で少し朝寝をして、十時過ぎに眼をさまし、これから少し、見物を兼ねて自から家探しに出掛けてみようかなぞと考えている時だった。

黄仙栄《こうせんえい》という満人から親切な電話が掛って、

「あなたの、家をお探しになる新聞広告を拝見しましたが、私がちょうど新築したばかりの住宅を二軒ほど持っていますが、もし御希望でしたなら、御案内しますから一応見て頂きたい」

と云って来た。

渡りに舟である。早速川並技師は、その黄さんに来てもらって、昼から家を見に出掛けて行った。

場所は、山の手森の街の郊外で、少し遠かったけれど、そして家も、少し狭苦しく思われたけれ

ど、新築の出来上ったばかりといい、環境といい、ちょっと勿体ない位の住いであった。

川並技師は早速黄さんと約束すると、今日これからすぐにも引越すことにして、意気揚々とホテルへ引返し、多くもない身の廻りの荷物を整理しはじめたという次第だった。

「この様子なら、早速家族を呼び寄せることも出来るぞ！」

荷造りしながら、非常な元気で、思わず口笛まで飛出したのも無理はなかった。

意外な出来事

やがて、荷物の整理が出来上ると、川並技師は、ホテルの支払いを済し、馬車を呼んで荷物と一緒に乗り込み、来満以来住みなれたキタイスカヤのホテル・モデルンをあとにした。

ところが、ところがである。

こうして、意気揚々と山の手の新らしき我が家へ駈けつけて来た川並氏は、その我が家の門前へ馬車を乗りつけるや否や、思わずアッとばかり声を上げて驚ろいたのである。

なんと、つい今しがた家主の黄さんと契約したばかりのその我が家の前へ、自分よりも先に、一台の大型馬車が停っていて、満載したさまざまな家具を、いましも一人の立派な日本人の指図を受けながら、満人車夫が車から降ろして家の中へ運び込んでいるではないか！

川並氏は馬車の上から転ろげるように降り立つと、改めて、一応家の周囲を見廻して見た。けれど、間違いはない。たしかに家主の黄さんと約束を済ました、さっきの自分の家である。

川並技師はムカッとすると、ツカツカとその日本人の前へ進み寄った。

「あ、もしもし、失礼ですが、あなたは何か、お間違いをしてはいらっしゃいませんか？　これは私が、今日からお借りすることに黄さんと約束した私の家ですが⁉」

「――?」

立派な髭を生やしたその日本人は、驚ろいたような顔をして、黙ったままギロリと川並技師を見返した。技師は続けた。

「どうも困りますね。御勘違いなさっちゃア。あなたは、失礼ですが、黄さんとお話しになったんですか?」

「君、君。君はいったい何をいってるんだね? いったい君は誰だね?」

と、その髭の紳士が、たまり兼ねた口調で叫ぶように云った。川並技師は、ムッとして、名刺を出した。

「私はこういう者です」

「ははア。○○会社の川並さん? ふム」

と紳士は川並技師のほうを胡散《うさん》げに見ながら、

「どうも君のいうことは、サッパリわからんね。君こそ、なんか勘違いしてるんじゃないかね。だいたい、その黄さん黄さんといわれるのは、誰のことなんだね?」

「おや、あなたは黄さんを知らないんですか。――いよいよあなたは勘違いしていられる。黄さんというのは、この家の家主である富裕な満人でして、今日、それもほんの四時間ばかり前、私にこの家を貸してくれることを約束した人なんです」

「君、君。君はいったい何をいうのかね。勘違いだの、間違いだのと、黙って聞いていれば失敬千万な。君こそ飛んでもない勘違いをしている。この家の家主は黄さんなぞという人物ではない。この家は、祇園町の日本旅館○○館がこんど新築した家で、私はもう、家の建たない半歳近くも前から契約していた者ですよ。君はいったいなにをいってるんだね?」

「なんですって? 半歳前から?――ふム。じゃア失礼ですが、たしかにこの家ですか? 間違いありませんか? お隣りではありませんか?」

「冗談をいい給うな！　私は半歳前から時どき見に来ている。間違いなぞするものか！」

紳士があまり真剣になって喰ってかかるので、川並技師はいささかたじろいだが、たじろぎながらも、必死になって、

「しかし妙ですねえ。黄さんは、たしかに自身でこの家へ私を案内し、ちゃんと立派に家の中まで見せてくれたんですから……」

「な、なんだって、家の中まで？——ふム、いよいよ怪しからん。じゃア、ひとの家へ無断ではいったんだね。合鍵なんかを使って……」

紳士は怒りに顔を真っ赤にしながら、川並技師を睨むようにしていたが、そのうちにその顔へ憐れむような同情の色をふと浮べながら、

「ふーム。どうやら君は、とんでもないペテンに引っかかったらしいな。失礼じゃが、こちらへ来られてから、まだ日が浅いと見えますな」

「二週間です」

「二週間？　なるほど。それではムりもない。だいたい、ご存知でもあろうが、いまこの満洲の都市で、引越し早々から、こんな新らしい家なぞ、易々とみつかるものではないですぞ。ふム。正にペテンにかけられたらしい。お気の毒じゃが、それに間違いない。よろしい。じゃアひとつ私のいうことが正しいか、君のいわれるところが正しいか、納得の行かれるよう、お隣りの奥さんに証明してもらいましょう。隣りの方は、この家の家主が誰れであるかも知っておられるし、また私の顔も、知っておられるはずじゃから……」

川並技師は、ようやく、少し心配になり出した。が、こうなったからには仕方がないので馬車を待たしておいて、紳士のあとから、少し隔った隣りの家へ出掛けて行った。

ところが、その結果は、なんと川並氏の負けであった。勘違いをしたのは、いや、ペテンに引っかかったのは、川並技師であった。

間もなく、技師は、すっかり憤慨し、かつ悲観して、再び荷物と共に馬車に乗ると、いまはすっかり同情して優しくなった件の紳士と、隣りの奥さんというのに見送られながら、トボトボともう一度、キタイスカヤのホテル・モデルンへ引上げて来た。紳士はいくらまだ、金が渡してなかったからとて、実に不届き極わまる話だから、早速警察へ訴えなさいといってくれたが、あまりのことに意気すこぶる銷沈してしまった川並技師は、それどころではない。いずれ警察へも訴えるとしても、とにかく、差当って今夜からの宿を、再びモデルンに求めなければならないと、キタイスカヤ街へ引揚げて来たのだった。

ところが、間の悪い時は仕方のないもので、既にさっきまでいた自分の部屋は他の客でふさがってしまい、夕方近くのこととて、他のどの部屋も満員になっていた。

「なんとかならないかね?」

帳場に立って、支配人に事情を打明け、掛け合ってみたが、これればかりはどうにも致し方ない。仕方がないので、ではどこか別のホテルへ出掛けようと、少なからず昂奮しながら、玄関を出ようとした時だった。

ロビーから一人の青年紳士が出て来ると、川並技師に一葉の名刺を渡しながら、囁くような低い声でいった。

「川並さん――と仰有いますね。お待ちになって下さい。このホテルで部屋をあけさせます。確実に、ひと部屋あけさせます」

名刺には、

(国民防諜会横川禎介)

としてあった。

「ああ、あなたがあの、有名な八紘ビルの横川さんでしたか。どうも失礼しました。御尊名は、東京におります頃から、よく承わっておりました。只今こちらへおいでになっていらっしゃるのですか?」

玄関傍のロビーへ、横川氏に誘い込まれた川並技師は、取寄せた紅茶をすすりながら、こういって切り出した。横川氏は云った。

「いや。ま、勝手ですが、私のことは、余りお訊ねにならないで下さい。ところで、実は、失礼ですが、ちょっと事情がありまして二日ばかり前から、私は、あなたの身辺にひそかに注意をいたしておりました。それで、あなたが今日お遇いになった飛んでもない災難も、一伍一什をよく存じ上げているわけです」

「いったい、ど、どういう御事情がおありなんでしょうか?」

意外な横川氏の言葉に、川並技師は思わず口を入れた。

「いや。いま、ここでは何も申上げられませんが、間もなくちょっと面白い光景をお眼にかけましょう。少し待って下さい」

「では、あの私をだました、黄という詐欺漢《さぎかん》が、みつかったんですか?」

「ま、だいたいそうです。黄とか何んとか名乗った男もそうですが、これからお眼にかけるのはその男を手足のように動かしている、もう一段上の人物です。そして、貴男には貴男がさきほどまで使っておられた、一四〇号室をお返しいたしします」

「じゃア、その、私のいた、一四〇号室に、その詐欺漢の親玉が投宿してるんですか?」

「まアね」

と横川氏はわらいながら、

「――宿帳によれば、カルピンスキー嬢と名乗る絶世の美人ですよ。あ、ちょっと待って下さい」

このとき、一人の、豹のように鋭い眼をした私服の男が、玄関からはいって来た。横川氏は立ち上って行って、その男と、手ばやく何事か話していたが、間もなく川並技師を眼で招いて、二人の先に立って歩きはじめた。

帳場のところで、一人のボーイを呼出し、仲間に加えて、厚い絨毯を敷いた廊下を、静かに奥のほうへ歩いて行った。

「その後、カルピンスキー嬢の動静はどんな風だい？」

横川氏の囁くような言葉に、ボーイは、静かに歩きながら、小声で答えた。

「はい。相変らずです。こちらの、川並様がお出発になりますと、入れ違いに御投宿になり、少し頭痛がするのでこれから寝ようと思うから、こちらから呼ぶまでは、もし訪問者があっても来て呉れるなとおっしゃったまま、まだ一度も部屋の外へ出ておられません」

「ふム。ありがとう」

やがて、140――と記した部屋の前まで来ると、横川氏は立止って、ドアへ身をすりつけ、室内の気配を探るようにしていたが、すぐに眼の鋭い背広の男へ笑って見せ、ボーイの手から合鍵らしいものを受取った。そしてそいつを、ドアの鍵穴へ静かにさし込むと、いきなりガチャリとばかりドアを引きあけて、サッと室内へ躍り込んだ。

「あらッ。だ、だれです？　失礼なッ！」

魂消るような叫び声がして、部屋の奥から、ガウンの前をはだけた若い外人女が、読者も既にこの物語の冒頭でご存じの、あの教会堂の前にたたずんでいた女が、飛出して来た。

「だ、だれですッ。なんだって婦人の部屋へ無断ではいるんですッ。出て行って下さい！」

横川氏は、黙ったまま静かに相手の全身を見廻していたが、

「や、これは失礼。——時に、カルピンスキー嬢。いや、本名、M・ローズ姐さん。宿帳で拝見しますと、貴女は、新京にお住いの、ピアノの先生でいらっしゃるようだが、お見受けしたところ、どうやら、畳屋さんもなさるようで……」

するとは女は、とたんにハッとなって、自分の右手に持っていた太い長い縢針《かがり》を見ると、みるみる顔を歪めてそいつを投げ捨て、いきなりガウンの隠しから拳銃を取出すと、横川氏めがけてぶッ放そうとした。が、その時横川氏の後ろからサッと飛出した私服の男にピシリと手を払われると、拳銃をとり落して苦もなく手錠をはめられてしまった。

北の護り北の建設

「ああそれはね——こういうわけなんです」

と横川氏は、川並技師のすすめる椅子に腰を下ろしながら、いった。

——あれから、一時間余り後のこと。

同じホテル・モデルンの一四〇号室。妙なことから部屋があいて、再び改めて投宿することになった川並技師のところへ、あの時あのまま女を連れてどこやらへ出て行ったままの横川氏が、やっと戻って来たのである。

「川並さんも、飛んだひと役をふりあてられたわけですから、一応、かいつまんでお話しますが」

と横川氏は、川並技師の疑問に答えるように、早速、気軽く語りはじめた。

「実は、あのカルピンスキー嬢と名乗った女は、本名をM・ローズという英国生れの女なんですが、もう数年前から無国籍の善良な〇〇の女に化けて、この満洲国にまぎれ込んでいた間諜の一人なんです。私は、しばらく前に渡満して来ますと、こちらの当局と聯絡をとって、あの女の行動を監視していたのですが、二日前にとつぜん女は、新京からこのハルピンへやって来ました。そして」

ところで横川氏は、プリスタンの裏町の、Y会堂での出来事を手短かに説明し、

「とまアいうようなわけで、当局の援助によって、その怪しむべき教会のほうへ厳重な秘密調査を進めると同時に、その風見の暗号文が示したホテル・モデルンの一四〇号室、即ちこのあなたの部屋へいやこの部屋に投宿していられるあなた自身に、注意を向けたわけなんです。すると、あなたのところへ、黄仙栄と名乗った男が現われて、あなたを引っ張り出し、あなたを見事にペテンに引っ掛けた。で、この黄という男を、あの山の手の例の家の前であなたから別れたところを捕えて、早速厳重に調べてみますと、この黄というのもやはりまっ赤な偽名で、善良な満人にうまうまと化け込んだ、実は重慶側の密偵藍衣社員の一人であり、ローズの手先になっていた男である事が判りました。一方、この一四〇号室をそれとなく注意していますと、貴男が、インチキとも知らず家が見つかったというのでホテルを引揚げてしまわれるとそのあとへなんと、あのローズ嬢が何喰わぬ顔をして投宿したというわけなんです。これでもう私たちには、あなたをペテンにかけた真の犯人が判ってしまいました。そして、ある証拠を摑むチャンスに直面していましたのでああいう非常手段を取った訳です」

「ああ、あなたは、そのローズとかいう女スパイが、一四〇号室から私を早く追出す必要があって、ああいうペテンに私をひッかけた、と仰有るんですね」

「そうです。その通りです。只今調査中ですから、詳細の発表は許されませんが、大体判ったところを申上げますと、さっきお話したあのプリスタンのY会堂の堂守をしていた男というのが、捕えて調べてみますと、これまたローズと同様に善良な〇〇〇人に巧みに化け込んでいた。ローズよりまた一段上の間諜でして、この男が、某方面から密送された或る秘密の品を、新京にいる手下のローズに絶対秘密に手渡すために、予めホテル・モデルンのこの部屋へ客のようなふりをして泊り

込み、その、あなたの後ろにある寝台のマットの中へその品を隠して置いて引上げたのです。そのあとから、指令をうけたローズがハルピンまで秘密の品を受取りに来たのですが、あの会堂の風見の信号によって、その品の隠場所を教えられると、早速このモデルンへやって来たのですが、ところが問題のこの一四〇号室には、二週間前からひと足お先にあなたが投宿していて、しかも家がみつからないのでなかなか出られない。ところがローズのほうではグズグズしていて当局の手が廻ってはやり切れませんから、なんとしても少しも早くあなたをこの一四〇号室から追出さなければならない。と早速手下の黄を使って、あなたが家を探していられるのを幸いああいうペテンに引ッかけてあなたを追い出したというわけです。そしてそのあとへ、何気ない旅客のような顔をして泊り込むと、早速、部屋にとじ籠もり、寝台のマットの中へ隠された品をとり出しにかかったのです。そしてその品をとり出し、マットの布を再びもとのように縢針を使って縫いつけようとしているところへ、さっきのように、私達が飛込んで行って押えてしまったというわけです。お判りになりましたか！」

「いや、よくわかりました。実におどろくべき奴等ですなア。しかし横川さん。その、奴等が絶対秘密にやり取りしていた秘密の品物というのは、いったい何だったんですか！」

「ああそれはですね」と横川氏は煙草に火をつけながら、「——奴等間諜団は、いままでにも同じような方法で、満洲国の贋札なぞを運び込み、この国内の金融攪乱なぞを企てたこともありますが、今度のは、偽造紙幣なぞではなく、或る週の印刷物なんです」

横川氏は、川並技師の顔をじッと見詰めるようにしながら、ややあらたまっていった。

「——いま、日本は、大東亜戦争開始以来南方方面に大戦果をあげておりますが、これというのも、御存知の通り、大東亜建設の基本的靱帯たる日満華の結束が確固たるものであり、北の護りが厳然と行われていればこそ挙げ得られる戦果なのです。ところが、日本人の中には、いや、満洲国にいる人の中にすら、最近は南へ南へと心をとられて、その大事な基本的な問題を忘れて、とかく浮足立っているような人が、チョイチョイ見受けられるのです。その情勢をいちはやく摑んでその思想的な弱点を突いて、大東亜建設の根本的な思想にヒビを入れさせようという、恐るべき思想謀略に用いようとした印刷物だったのです。その（紙の爆弾）の詳細を申上げることは出来ませんが。——例えば、今はもう南方時代だ。北はもう心配ないとか、日本の国策の中心はもう満洲国や中国よりも南方に対して向けられている、などといったような、飛んでもない嘘ッぱちのデマをバラまき、日満離間を企て、人心を動揺さして、大東亜建設の根本思想をぶち毀そうと企てた悪辣きわまる謀略だったのです。だがもうそれも、これで完全に撃滅されました。けれどスパイは、まだまだいるに違いありません。私達は一段と心をひきしめて、奴等の次々に打って来る手には絶対に乗らず、あくまで、北の護りあってはじめて南の戦果輝き、北の建設あってはじめて南の建設興る、という誇るべき確信をますます強めて、職域に邁進しなければなりませんね。お互いにしっかりやりましょう」

横川氏はそう結んで、それから、ふと気づいたように、笑いながら、こうつけ加えた。
「あ、そういえば、川並さんは、家がなくて困っていられるんでしたね。よろしい。じゃアひとつ、私が非常に心易い家探しの名人を知っていますから、ひとつその人にあなたのお住いを探してくれるよう、頼んであげましょう。ははは」

百万人の正宗

伊豆へ行く道

「あら、大島だわ」

「まア、素敵！」

「皆さん、早くいらっしゃい。大島よ！」

さきに立った連中のざわめきに、みんな一斉にワッと叫んで、断崖に面した道端の青草の上へかけ集った。

「噴煙《けむり》も見えるじゃないか。あれは雲かな？」

「煙よ。煙よ」

真鶴崎《まなづる》をへだてて、紺碧の海の向うに見えはじめた大島の眺望に、一様に胸をふくらして、感歎のひとみを凝らすのだった。

――東京から来た、興亜航空工場旋盤部《せんばんぶ》の有志たちである。

若い男女の工員十四五名からなる一行は、実は、今日の休日を利用して、相模大山の麓にある東秦野《ひがしはたの》の傷痍軍人療養所へ、いまは白衣の勇士となった職場の友達の一人を見舞に出掛けたのであるが、その慰問が割に早くすんでしまったのと、当の白衣の友人から、

「ここからは、もう海は近いんですよ、せっかく来られたんだから、行ってご覧なさい。たまには海岸道のハイキングでもして、みんなにも、いい空気を吸ってもらわなくちゃ……」

と、熱心にすすめられたりして、急に予定を変更すると、電車で小田原まで出て、こうして伊豆の海の見える山道を、歩きはじめたのだった。

帰途《かえり》は、根府川《ねぶかわ》あたりから、東海道線にする予定なのであろう。

「やっぱり、来てよかったわネ」

「野田さん。あんたの兄さんだって、こんな景色を見たら、頭痛なんぞ、いっぺんに直っちゃうんだけどね」

仲間に肩を叩かれて、野田弘子は苦笑した。

弘子の兄の利吉は、同じ旋盤部の熟練工であったが、頭痛がするという理由で、今日の慰問行には、欠席組にはいっていた。——昨夜も遅くから、泥のように酔ッ払って帰って来た兄の顔をふと弘子は思い出して、ひとり苦々しい気持になった。

「おい、みんな。ここでひと休みして行こうじゃアないか」

旋盤部の第二班長で、今日の一行の導行者格《リーダーかく》である原大作だ。

「賛成。賛成」

青草の上へ腰を下ろして、無造作な髪を海風に吹かれながら、ブラ下げて来たサイダーの栓を抜きはじめる大作の、逞しい後姿を見ると、弘子の心も再び云いしれぬ明るさに浮立つのだった。

十分ばかり休息すると、やがて皆は立ちあがった。

涼しい海風に吹かれながら、再び歩きだす。

と、この時、すぐ後ろの、曲角《カーブ》の向うからはげしい警笛の音がして、一台の自動車が突風のように現れた。

「危い!」

みんな吃驚《びっくり》して、道の両側に跳び退いた中を、自動車は心持ちスピードを落しながら通抜けたのであるが、この時、意外な事が起上った。

「あら、野田さん!」

「お、野田だ……」

と、二三人が叫んだ。

全く、その自動車の中には、弘子の兄の野田利吉が、いやにスッキリした背広なんか着こんで、これはまた口紅も毒々しい、一見して酒場《バー》かカフェーの者と思われる、濃艶な女と一緒に乗っていたのだがさすがに、意外な方角で出会った一行の姿に吃驚してか、あわてて顔をそむけながら、サッとばかり駈け去って行ったのだ。あっけにとられた人々の上へ、砂塵を浴びせかけながら。

——多分、湯河原か、熱海へ行くのであろう。

「まア、弘子さんの兄さんは、頭痛のはずじゃアなかったの？……」

弘子は、真ッ蒼になって俯向きながら、歯をかみしめていた。誰の視線よりも、大作の視線が恐ろしかった。

兄と妹

「なんだ、そんな顔して、人を睨みつけて、云いたいことがあるんなら、さっさといったらどうだ」

作業服のポケットへ手を突込んだまま、利吉は大股に歩きながら、弘子へ云った。

昨日、一昨日と、あれから二タ晩家へ姿を見せず、今朝になってひょっこり服を着替に戻った兄をとらえて、一緒に出勤の途についた弘子だった。

「兄さん。兄さんのお蔭で、わたしが、あれからどんな苦しい思いをしたか、判る？」

弘子は、ありったけの非難をこめたまなざしで、兄をみつめた。

「あんまりだわ？」

「なにがあんまりだ。お前こそ、あんまり余計な気を揉むな」

「余計なことではないわ。兄さんの恥は、わたしの恥だわ。よくまア、シャアシャアと工場へ顔が出せるわね。なんともないの？」

「あたりまえだ。なにも他人の金をとったわけじゃアあるまいし、自分で稼いで自分で使うに何が悪いんだ」

「兄さん。あんたいったい、時局をなんと思ってるの？　兄さんだって、立派な重工業の戦士じゃない、少しは恥を知ったらどう？」

「おや。ぬかしたな。ふむ……」

利吉は、歩きながら肩をそびやかして、せせら笑った。

「どうやらお前も、すっかり（正宗）にかぶれてしまったな」

「かぶれたんじゃないわ。わたしも、立派な『正宗』の一人なんだわ。だから、兄さんのすることと、黙って見ていられないんだわ」

すぐ側の線路の上を、蒲田駅へ行く省線電車が、ガーッと音を立てて通り過ぎる。

『正宗』――というのは、伊豆でも一緒だった、旋盤部第二班長の、原大作の綽名《あだな》である。工場で去年の春結成された、産業報国青年隊の急進的な指導者で、結成式の日の午後に催された弁論大会で（昭和の正宗）という演題をひっさげて壇上にかけのぼって以来、誰いうとなく（正宗）という綽名がついてしまったのだ。

「兄さん。お願いだから、もうお酒ばかり飲むのはよして下さい。そして、真面目に働いて下さい！」

「ふン。お前が（正宗）に夢中になってるんなら、俺が（正宗）を飲んでいたって不思議はあるまい。勝手なことをいうな！」

「お酒ばかりじゃないわ。兄さんだって、大事な職場を持ってる体じゃない。あんな女に、あんな素性《すじょう》も知れない女に、深入りしないで下さい。危険で見ていられないわ！」

「危険だ？……ふン。俺には、防諜上の注意力もないというのか。馬鹿な！　酒を呑もうと、女を作ろうと、これでも興亜航空の熟練工だ。スパイの手に乗るような阿呆《あほう》じゃねえ！」

「そりゃ、兄さんはしっかりしてるつもりだって、相手が悪い女だったら、どんな目にあうかもしれないわ。それに、そんなことがないたって、第一わたし、みんなの前へ対して、そういう兄さんを見ていることは我慢がならないわ！」

「なに、我慢がならない？……よし！　そんなら、我慢しなくてもいいようにしてやる。今日限りお前とはお別れだ。お前の世話にならなくたって、俺の世話をしたがる奴アあるんだ！」

いい捨てて利吉は、急に大股に駈けだすと、追いかける弘子の手をふり切って、折から下りかかった踏切の横木をくぐるようにして線路を飛越して行った。

その兄の後姿を見ながら、弘子は思わず泣出したくなった。と同時に、あの大作の頼もしげな姿が何故かふと思い出されるのだった。

大作は今年二十八。十六の時から興亜航空の前身である神奈川鉄工に籍を置き、爾来十二年間鉄と油の中で鍛え上げられて、いまではバリバリの優秀な熟練多能工だ。

「われわれは（昭和の正宗）である」

と、あの時大作は演壇の上から叫んだ。

「むかし、われわれの祖先である日本の武士達は、日本刀を最大の兵器として、立派に祖国を護ってきた。その日本刀の威力が、燦《さん》として世界に輝いているのは、あの五郎正宗のような偉大な人格をそなえた多くの刀匠達が、身心を潔め、精魂を傾けて打鍛えたればこそである。時代は進み、昭和の今日、戦う祖国を護る兵器は、現代の日本刀は、銃砲弾丸、航空機、戦車、戦艦、自動車等々に、その他無数の科学兵器と変ってきたのだ。だから、その新時代の日本刀である諸兵器を、打鍛え作りあげるところのわれわれ数百万の産業戦士は、とりもなおさず新時代の、昭和の、正宗でなければならない。一本の鋲《びょう》、一個の鉄片といえども、そこにはわれわれの全身全霊が打込まれていなければならないのだ！」

そう、原大作は叫んだのである。そして叫んだばかりでなく、常に固くそう信じ、日常の行動の上にも力強く実践していた。

そして、大作の綽名がひろまると同じ速さで、大作に対して無言の賛意と尊敬を抱く人達が、職場の中にも続々と出来はじめた。そしてそういう人達は追々に数を増して、一人の〈正宗〉が十人になり、二十人になり、百人になり――全工場に無数の〈正宗〉が出来はじめたのだ。

弘子も、そういう〈正宗〉の一人だった。

しかし、どんな場合でも多かれ少なかれそうであるように、こうした大作の前進に対して、理由もない反感を抱いて、白眼を向ける一部の連中が、工員達の中にも、隠然出来はじめているのだった。

そういう反〈正宗〉派の大部分は、毎晩のようにいやにコテコテした身装をして、いかがわしい場所に出没する手合だった。しかも、その中で一番おも立った男が、弘子の兄の利吉なのだ。……

悪い女

妙に女気の多い、艶めかしいアパートである。

「お帰ンなさい」

へんに鼻にかかった甘たれ声で、吸いさしの莨《たばこ》を手に持ちながら、女は、利吉の帰りを迎えるのである。女の名は、アザミという。

ついこないだまで、大森あたりの酒場を転々としていた女であるが、利吉が弘子と争って、蒲田の家を飛び出して来ると、狙った鳥を落した猟師のように北叟笑《ほくそえ》んで、以来、すこぶる婀娜《あだ》な女房振りを発揮しているという次第。

「つかれたんでしょう。毎晩おそくまで……いますぐ支度するからね」

アザミは、油と鉄粉でよごれた利吉の作業服を脱がせると、次の間へ行って、そいつにゴシゴシと丁寧にブラシをかけながら、畳みはじめる。それがすむと食事の仕度だ。

利吉は、ゾロリとしたものに着換えると、寝転んで莨を吸いながら、

「まんざらでもないな」

と、思うのである。

「弘子なんぞは、飛んでもない女のように思っとるらしいが、ああして、まず、仕事着をキチンとして置くところなんぞ、どうしてなかなか、心得たもんじゃわい」

とニヤニヤするのである。

実際、その点だけは、アザミは感心だった。台所を見ても、部屋を散らかしてある艶かしいものを見ても、かなりだらしのない女ではあったが、利吉の作業服だけは、同棲するようになって以来、いつもキチンと忘れずに、ブラシをかけて畳んで置くのである。

間もなく卓袱台《ちゃぶだい》が運ばれる。

仕度が出来あがると、差向いで一緒に酒を飲みながら、さて、女は艶然というのである。

「ね、ちょっと。明後日、工場は休みでしょ。歌舞伎へいかない?」

「明後日?……明後日はちょっと困るな」

「どうしてさ。いいじゃないの、お金は儲かるんだもの」

「いや、そんな意味ではないんだ。明後日は、工場で職場常会があるんだ」

「まア、よく休日に何ンかある処ね」

「うん。面倒だが、この前の、病院の慰問もサボっちゃったからな……うるさい奴がいるんだよ。自分から(正宗)だなんて、気負いこみやがって……それに、今度の職場常会は、ちょっと大事な話なんだ」

「どんなことなのさ」

「うん。その（正宗）って野郎の発言で、増産週間を作ろうて、相談があるんだ」

「なにさ。その増産週間って……」

「うん。つまり、毎月一週間ずつ、朝晩の早出、残業を、いままでより一層強行して、仕事を沢山しようというのさ」

「おや、残業なら毎日しているじゃないの？　これでもまだ足りないなんて……いったい今、どれだけ飛行機が出来るのさ」

「え。飛行機か……？」

いいかけて、さすがにその答の重大さに気がつき、あわてて首を振りながら、

「よせよせ。つまらん話は。酒が不味《まず》くなる」

「あらそう。聞いていけない事なら聞かないわ。じゃその代り、歌舞伎は行きましょうよ」

「困るなア……他の日にしないか」

「じゃアあたし、白状するけれど。だってもう、お隣りのミイちゃんに、明後日の切符を買ってもらったんだもの」

「弱るなア……勝手にそんな事しちまっちゃア」

すると彼女は、パーマネントの凄い頭をちょっと曲げて、横眼でキット睨めつけながら、

「……ンねえ。ンねえ……」

と、例の鼻声を出すのである。この手に引っかかると、利吉はいつでも参ってしまう。

「チェッ。仕様がねえなあ。よしよし。行くよ。行くよ。……構った事アねえ！」

暴力

旋盤職場は、巨大な蜜蜂の巣だ。

広い明るい室内に、ズラリと並んだ無数の旋盤フライス盤は、男女の工員達に見守られながら、部屋いっぱいに快いモーターの唸りと、バイトやカッターが鋼材に喰込む、鈍い力強い響をあげ続けている。

最近、この工場には、航空機材として、新研究になる特殊軽金属がまわされて来ているので、職場の空気は一段と緊張している。

チャックに嚙まれて回転しつづける鋼材から、美しい螺旋《らせん》を描いてまくれて行く白金色の切粉《きりこ》を落しながら、鋭いバイトの切先をおくりつづけている利吉は、お昼のボーがなると、大きく伸びをひとつして、皆のあとから食堂のほうへ出て行った。

と、室外の人気のない廊下の隅に、意外にも、大作と弘子がつッ立っていた。

「野田君。ちょっと、話があるんだ」

「…………」

柔いが、ただならぬ大作の語調に、利吉は内心ギクッとしながらも、黙ったまま、逆に二人の姿を、ヂロリと睨むようにした。

「野田君。どうして君は、昨日の常会へ出られなかったんだい？」

「ふン、そんなことか……頭痛がしたんだ」

投げつけるように云った。

「兄さん。頭痛なんて駄目！　もう兄さんの頭痛は伊豆のとき以来信用しないわ！」

「まア、貴女は黙っていらっしゃい」

大作は、弘子をなだめるようにしながら、

「ね、野田君。ま、どんな理由があるにしても、もう少し熱心につきあってもらわなくちゃ困るんだ。君のせいでもあるまいが、君が出てくれないと、君の班の者もさっぱり出が悪いのだ。それでいつも、予定や計画は失敗するんだ。第一、部内の統制がとれなくて困る」

「バカなことを云うな。部内の統制と俺の頭痛と、何の関係がある！　俺の頭痛は仮病じゃないんだぜ」

「うん。それは判る。そうだろう。しかし、我々が心配するのは、君の、そんな病気なんぞの真偽じゃアなくって、その結果が、他の連中に影響するのを恐れるんだ！……が、まア、すんだこたアどうでもいい。これからしっかりやってもらえさえすりゃ、それでいいんだ。……ところで、そんなことよりも、実は、弘子さんから聞いたんだが、君はこの頃、弘子さんを置いて家を出てしまったそうだな。失敬だが、君の収入に較べたら、弘子さんの収入はたかが知れている。その弘子さんを置いて、飛び出してしまうとは、気の毒じゃないか。……他人の僕が、こんなことをいうのは出過ぎるかも知れないが、皆の評判もあるし、黙って見ていられないんだ。君には、まだ弘子さんの面倒を見る、兄としての責任があるはずだ」

「おいおい。黙って聞いてりゃいい気になって、いやに身内みたいな口をきくな！」

だが、大作は構わずいった。

「君は、あの、いつか伊豆へ一緒に行った女と、暮してるんだろう。あの女がどんな女だか、君のその濁った眼を見ればすぐ判る。あんな女に溺れるのはよして呉れ！　工員全体の恥だ！」

「なにをッ！」

声と同時に、利吉の腕が飛んで、大作の頰がパシッと鳴った。

「兄さん！　なにをするんですッ！」

手許に飛び込んだ弘子の体を、利吉はふりほどこうともがきながら、大作へ浴せた。

「俺がどんな女をこしらえようと、俺の勝手だ。そういう貴様こそ、なんだ人の妹を誘惑しおって！　弘子は、貴様みたいな奴に夢中なんだッ！」

「兄さん！　なにをいうんですッ！　そんなバカなことを云って、わたしは構わないけど、大作さんが御迷惑ですッ！」

「お前なんか黙っとれ！　俺にゃア判っとるんだ！——原ッ！　文句があるならかかって来い！」

だが、大作は、顔色も変えずに立っていた。そして、静かに云った。

「野田君。ここは職場だ。喧嘩場じゃアない」

意外な発見

ひる頃から吹き出していた風が、追々はげしく吹きつのって、夕方には、雨さえ伴ってきた。

今日こそは珍らしく本物の頭痛で、いつもより二時間も早く、利吉は、女のアパートへ帰って来た。

アパートの門前に、一台の自動車が雨に濡れながら止っていて、その中には、色眼鏡をかけた大男が人待顔に乗っていた。が、利吉は深く注意もせず、門を入って、階段を登りはじめた。

工場で、大作に乱暴な真似をしてから、二週間ばかり後のことである。

と、部屋の中から、外出姿のアザミが、ハンドバックを持って、恰度出て来るところだった。が、意外に早く帰って来た利吉の姿を見ると、ギョッとした様子で、

「あらッ！」

叫んで、立竦《たちすく》んだ。

「なんだ。どこへ出掛けるんだ？」

「…………」

「おい、どこへ出掛けるんだよ。今頃から……そんな、改まった身装《なり》をして」

「どこへ行こうと、勝手じゃないの」

打って変った挨拶である。

「なに？」

利吉は、自分の耳を疑った。

「なんだって？　もういっぺん云ってみろ！」

「何度だって云うわよ。どこへ行こうと、勝手じゃアないの、どいて頂戴！」

「………」

利吉はカッとなって、ものも云わず女の顔を睨みつけた、が、それはもう、いままでのアザミの顔ではない。

黙ったまま、ふた足三足、女を追い込むようにして部屋にはいる。ヂロリとあたりを眺めまわす。部屋じゅう、妙にキチンと片附いている。利吉はハッとなった。

「おいッ、云わないか貴様。どこへ出掛けるんだ！」

「くどい男ねえ。まだ判ンないの！」

「なにをッ！」

「じゃいうわよ。あたしゃね、もうあんたが厭ンなったのさ。だから今日限り、失礼しちゃうのよッ、どいて頂戴！」

「こいつめッ！」

利吉は、女の顔をハリ飛ばした。

「なにするんだッ」

髪をふり乱して噛みついて来る奴を、襟元をつかんで畳の上へ叩きつけた。

と、この時、女の胸元から飛び出したコンパクトが、足元の柱の根へぶつかってカチンと蓋がはずれ、中味がこぼれかかった。

「おや」

利吉は、思わず気をとられた。

コンパクトの中味ならお白粉のはず、それがなんと黒い砂のような、ザラザラ光る粉である。利吉は、本能的に屈んで、コンパクトを拾いあげて見た、黒い粉は一杯つまっている。

（鉄粉だ！）

利吉の職場の、旋盤からこぼれる切粉と同じ色のものだ。いったい、これは……？

「なんでもないよッ」

いきなり女が、隙を見て利吉の手からコンパクトをひッたくると、部屋の出口へ逃げだした。

その瞬間。利吉の頭に、キラリと電光がひらめいた。いつも欠かさずに、利吉の作業服へだけは、丁寧にブラシをかけていた、妙なアザミの癖を思い出したのだ！

――あッ、しまった、なんて俺は頓馬《とんま》だ！　アザミは、いままで一ト月近くの永い間、俺の作業服のズボンから、これだけの鉄粉を掃き集めるために、ブラシをかけ続けていたのだ。いや、その目的のために、この俺と同棲したのだ！　しかも、思えばこの鉄粉は、ただの鉄粉ではない、最近工場へ、機体材料として廻されはじめた、絶対秘密の新研究になる、従来のものより一層軽くて強い特殊合金の細粉ではないか。こいつが敵の手へ渡って、分析でもされたらそれこそ大変！

「おのれ、待てッ！」

咄嗟に気づいて、女のあとを追駈けた。

廊下の途中で逃げて行く女に飛懸り、えり髪とって投倒すと、コンパクトをもぎ取った。

と、その時、階段の方から、さっき表の自動車の中で見た、色眼鏡をかけた赤毛の大男が、待ちかねてか、気配を察してか大股にかけつけて来ると、いきなり利吉の後頭部を殴りつけた。

「あッ、貴様ッ」

一瞬、利吉は立直ると、猛然相手に組みついて行った。

烈しい格闘がはじまった。間もなく利吉は、相手を組伏せた。と、突然男の手に、無気味なピストルがキラリと光った。……

嵐の夜

ドンドン、ドンドン……

はげしく表戸を叩く音に、工場から帰って、独り淋しく食事を終っていた弘子は、首をかしげながら立上った。

広くもない玄関へ出て、戸をあける。

と、黒っぽい背広を着た二人の紳士が、雨に濡れてはいって来た。

出された名刺には、一方に（警視庁〇〇課、塚本欣次《きんじ》）としてあり、他の一方には（国民防諜会、横川禎介《ていすけ》）としてある。

ハッとなった弘子へ、浴びせるように、

「あんたが、野田利吉の妹の、弘子さんというのだな？　よろしい。実は、あんたの兄さんが、利吉君というのが、怪我をしたんだ。大森の病院にはいっている。これから大急ぎで、私達に同道して下さい」

髪をなぜつけ、身づくろいするのも、夢見心地だった。平常履《ふだんばき》をつッかけるようにして、二人のあとから家を出る。

外はもう、すっかり嵐になっていた。

路地の外に待たしてあった、公用らしい自動車へ三人が乗込むと、車はすぐに動き出し、嵐の夜の京浜国道を、北へ向ってまっしぐらに疾走しはじめた。

はげしく雨の打ちつける窓の外を、まばらな街の灯が、夢のように流れ去る。

「いったい兄は、兄は、どうしたのでしょう、どこを怪我したのでしょうか?」

弘子の言葉に、横川と名乗ったほうの紳士が、割に柔らかな調子で答えた。

「ある外人に、ピストルで撃たれたんです」

「え? ピストルで? それで、あの……」

「肩を撃たれて、かなりの重傷です、それに、異物を嚥下《えんか》しているんですが、しかしもう、傷の方も充分な処置はとりましたし、胃洗滌もしましたから、大丈夫です。医師の話でも、生命は喰い止めるとのことですから安心なさい」

「は、――それであの、異物と申しますと、毒でも呑んだのでしょうか?」

「いや、毒ではありません。鉄粉です」

「え? 鉄粉?」

「そうです。あなたの工場の、旋盤のところで出来る鉄粉ですよ、そいつを、茶匙《ちゃさじ》へ二杯ばかり、呑み込んじまったんです」

「でも、いったいまた、どうして……」

「病院へ着くまでに、かいつまんで事情をお話ししましょう」

紳士は、沈痛な顔をしながら、語りはじめた。

「――兄さんは、貴女と同じ、興亜航空の工員ですね。残念ながら、少し金遣いが荒かったようだ。それが、こんなことの起るもとになったんです。まだ調査中ですから、詳しい事は云えませんが、貴女の兄さんは、ある女と関係していましたね。ところがその女は、敵国の間諜の手先だったんです」

「まア、やっぱり……」

「そうです。もともとその女は、札つきの不良なんですが、それが、深い事も知らずに、ある外人に誘惑されて、知らず識らずスパイの手先になっていた。しかし、安心なさい。貴女の兄さんも、やっぱり立派な日本人でした。最後の一線で、その貴重な金属粉の秘密を、立派に守ったのです。絶対に敵の手に渡さないために、ピストルで撃たれると同時に、兄さんはその鉄粉を、呑み込んでしまったのです！……犯人はいち早く逃走しましたが、間もなく逮捕されました。兄さんは、幸い附近の人達の手によって入院され、もうすっかり意識を取戻しています。――それでしきりに貴女と、そして同じ工場の、原大作という人に逢いたがりますので、こうして呼出しに来たというわけです」

「それではあの、大作さんもおいでになるのでしょうか？」

「ええ来ます、なんでもおそくまで残業があって、まだ家には帰っていませんでしたが、すぐあとから来ることになっています」

横川氏はそれから、まだ家を飛び出さない以前の利吉の行動について、親切な調子で色々と質問するのだった。

やがて車は、目的の場所へついた。小さな、病院だった。

弘子が、枕元へかけよると、少し首を横にまわして、彼女の顔にギッと眼を注ぎ、急に、

「すまん。こんなことになっちまって……もうしわけもない！」

そういって、二三度はげしくしゃくりあげると、顔をそむけて、ポロポロ手放しで男泣きに泣きはじめた。

間もなく、雨にぬれた作業服のままの、大作がはいって来た。

入口のところで、暫く横川氏と話をしてから、肩で息をしながら静かに枕許へよりそうと、暖かな眼ざしでヂッと利吉の顔を見た。

利吉は、はげしく嗚咽《おえつ》をはじめた。

「原君……ゆるしてくれ」

「なにをいうんだ」

と大作は、静かにいった。

「男同志じゃないか。ゆるすもゆるさぬもない。――それよりも、君こそ、よくやってくれた。いま防諜会の方から、だいたい事情は伺ったが、よく頑張ってくれた。やっぱり君も、立派な（正宗）じゃアないか」

大いなる朝

朝である。

爽やかな霧につつまれた、生産の街の夜明けである。

興亜航空の表正門は、まだ早朝というにあけ放されて、無数の夥《おびただ》しい男女の工員たちが、続々と出勤している。

大作の提案が、たゆまぬ努力の実を結んで全職場にひろまり、いま、第一回増産週間の、最初の一日がはじまろうとしているのだ。

あれから、利吉の負傷も順調に快方に向い、もういまでは、すっかりよくなっている。

大作は、利吉の入院中も、親切に度々見舞ったり世話をやいたりしてくれた。いまではもう、二人の心は、兄弟のようにしっかり結ばれている。

結ばれたのは、だが、それればかりではない。

利吉の入院中、度々見舞ってくれたその大作と、必死に兄の看護をつづけていた弘子との二人も、清らかな愛の糸に結ばれたのである。

大作は、正々堂々と労務課に申出た。

恋の闇取引は嫌いだが、晴れの結婚なら自ら進んで仲人の労をも惜まぬ労務課長は、張切っても う日取りまできめているという。

「まったく、不思議なものだね。僕は、貴女と二人で利吉君に注意をしたあの時、利吉君から、貴女とのことを云われるまでは、そういっちゃ済まんが、貴女のことなぞ、なんとも思っていなかったんだ。それが、あんなことのお蔭で、以来はじめて、貴女のことを考えるようになったんだからね。利吉君から見れば、まったく藪蛇《やぶへび》さ」

ついこないだも、大作は弘子にそういって、笑ったものである。

ところで、問題の外人のほうは、まだ調査中らしい。巧みに第三国人に化けていた敵国間諜でだいぶ、余罪も連累者もあるらしく、なかなか長引くようであるが、しかしこれとて、いずれ早晩、司直の手によって明らかにされることであろう。

防諜会の横川氏は、あれから一度、工場の産報会で講演を試みて、

「産業戦士の背後には、常に、一段と鋭い敵国間諜の眼が光っていることを、忘れてはならない。よしんば、直接間諜の手中に陥らないとしても、下らぬ遊びに耽ったり、仕事を怠けたりして、大東亜建設の一致体制を紊《みだ》す者は、既にして、無意識のうちに敵国を利し、われから進んで敵国の、思想謀略を援助することになるのである」

と、鋭い見解の一部を表明した。

——こうして、嵐の夜が去り、大いなる増産の朝が来たのだ。

やがて、門内の広場には、全従業員が整列した。厳粛な沈黙のうちに朝礼がすまされると、無数の（正宗）たちは、拡声器のふりまく（勤労行進曲）に足並そろえて、職場へ、職場へと進みはじめた。

解題

横井司

戦前において数少ない、本格探偵小説の書き手であった大阪圭吉は、一九一二（明治四五）年三月二〇日、愛知県新城《しんしろ》市に生まれた。本名・鈴木福太郎。別に、岬潮太郎名義の作品が一編あり、また一九四三（昭和一八）年四月以降は大坂姓で作品を発表するようになった。新城の旧家「鉈屋」分家である旅館「鈴木屋」に生まれた圭吉は、一八（大正七）年、新城小学校に入学。二四年には豊橋商業学校へ進むが、中途退学。退学の理由としては、仲間と共にブラジル渡航を企てたためとか、左翼思想に興味を持ち、その言動が問題になったためとか伝えられている。三一（昭和六）年に日本大学商業学校・夜間部を卒業。その後、愛知県自治講習所も修了した。翌三二年には、『日の出』創刊号の懸賞募集に「人喰ひ風呂」を投稿し、こちらは佳作入選を果たすが、活字化されなかった（後に『新青年』に発表した同名の作品は、この投稿作を改稿したものである）。一方、同年の『新青年』一〇月号に、甲賀三郎の推薦を受けて「デパートの絞刑吏」が掲載され、探偵作家・大阪圭吉としてデビューを果たした。ペンネームの由来は、末弟からの手紙の末尾に「大阪より　圭次」とあったことに由来するという（後出の鮎川哲也編『下り〝はつかり〟』の解題による）。『新青年』には続けて「カンカン虫殺人事件」（三二）、「白鮫号の殺人事件」（三三。後に「死の快走船」と改題改稿）、「気狂ひ機関車」（三四）、「とむらひ機関車」（三四）を発表。また三三年に創刊なったばかりの『ぷろふいる』誌にも「花束の虫」（三四）、「とむらひ機関車」（同）などを寄せている。三六年六月には、これらの作品をまとめた第一著書『死の快走船』をぷろふいる社から刊行した。同書には江戸川乱歩、甲賀三郎から序文をもらい、刊行に先立つ同年五月、出版記念会が開かれた。同年七月からは『新青年』名物である「連続短篇」連載の依頼を受け、「三狂人」、「動かぬ鯨群」などの秀作を発表した。ただしこれらの同時代評は芳しいものではなく、そのためかあらぬか純粋な本格短編の執筆は、『改造』に発表した「坑鬼」（三七）が最後となった。三八年以降はユーモア小説や防諜小説へと執筆の軸足を移していく。四一年には「弓太郎捕物帖」という時代もののシリーズを連載。四二年に上京し、日本文学報国会・総務部長だった甲賀三郎の紹介で同会の総務部会計課長を務めることとなった。日本文学報国会勤務で時間の余裕を得た圭吉は、執筆意欲を高めるが、四三年に召集され、満洲へ渡った。その後、フィリピンへと転戦し、四五年七月二日、ルソン島にて戦病死した（後出の鮎川哲也「人間・大阪圭吉」によれば、公報ではそうなっているが、実際の日付は九月二〇日前後だという）。終戦後の四七年に、遺稿として「幽霊妻」が雑誌『新探偵小説』に掲載されている。

大阪圭吉はしばらく忘れられた作家だったが、一九七〇年に「三狂人」が『新青年傑作選1　推理小説編』（立風書房、七〇）に採られた頃から、徐々に再評価の気運が高まっていった。決定的な役割を果たしたのは鮎川哲也で、『小説推理』七三年二月号に「幽霊妻」の掲載を勧め、遺族へのインタビューを行ない、「人間・大阪圭吉」をまとめている。また鉄道アンソロジーの第一弾『下り〃はつかり〃』（光文社カッパ・ノベルス、七五）に「とむらひ機関車」を採録。雑誌『幻影城』が七五年六月号で「闖入者」（三六）を再録した際には、再び遺族インタビューを行なっている。続けて『怪奇探偵小説集』（双葉社、七六）に「幽霊妻」を、また『鉄道推理ベスト集成』第一巻（徳間ノベルス、七六）に「気狂ひ機関車」を、さらに「鮎川哲也の密室探究」（講談社、七七）には「灯台鬼」（三五）を採録した。同じ頃、渡辺剣次はアンソロジー〈13シリーズ〉の刊行を開始し、『13の密室』（講談社、七五）に「石塀幽霊」（三五）、『13の暗号』（同）に「闖入者」、『13の凶器』（同、七六）に「デパートの絞刑吏」、『続・13の密室』（同）に「坑鬼」を採録した。雑誌『幻影城』は七六年二月号で「デパートの絞刑吏」と「白妖」（三六）を再録し、併せて権田萬治の評論「大阪圭吉論＝本格派の鬼」を掲載。さらに八〇年代に入ってからも、「寒の夜晴れ」（三六）が鮎川編の『紅鱒館の惨劇』（双葉社、八一）に、『銀座幽霊』（同）が鮎川編『密室探究』第二集（講談社文庫、八四）に、「あやつり裁判」（同）が鮎川編の同名のアンソロジー（晶文社、八八）にという具合に発掘が続き、雑誌の再録やアンソロジーへの収録作品を集めれば、初期作品のほとんどを鳥瞰できるといった具合であった。そのような経緯を経て満を持しての刊行が、大阪圭吉戦後初の著作集となる『とむらい機関車』(国書刊行会、九八)であった。解説はもちろん鮎川哲也である。単行本のオビに「本格派復活」とゴチック活字で大書されているのが、大阪作品の受容のあり方を象徴している。二〇〇一年には創元推理文庫から『とむらい機関車』『銀座幽霊』の二冊が、それまでの研究成果を活かした詳細な作品リストと共にまとめられた。

大阪圭吉の経歴や作品収集に関しては、熱心なファンの活動も見逃せない。ネット上では「小林文庫」の分室にあたる「大阪圭吉ファン頁」(http://www3.wind.ne.jp/kobashin/oosaka/index.html#top)や、「圭吉の部屋―大阪圭吉を知っていますか?―」(http://mulatake.hp.infoseek.co.jp/kosak.html)などが、珍しい書影などを公開し、作品の発掘・復刻なども行なっており、貴重である。

ネット世界にまで広がって、かくも愛されている大阪圭吉だが、なかでも「とむらひ機関車」や「三狂人」など、珠玉の本格短編に対する評価が高く、これまで復刻されてきたものは、先に紹介してきた通り、そのほとんどが本格探偵小説であった。ユーモア小説・防諜小説・捕物帳に関しては、掲載誌や単行本が入手難でもあり、復刻される機会はなく、また、圭吉の本領を発揮したものとは見なされてこなかった。たとえば権田萬治は「本格派の鬼＝大阪圭吉論」(前掲。『日本探偵作家論』[幻影城、七六]収録の際に改題)において、ユーモア小説に関しては「探偵小説的な要素も残っており、いちおう読ませる中味があるが」、「愛国青年探偵横川禎介の登場する通俗スパイ小説の連作は、ことごとく幼稚な軍国主義的な内容のもので、今日すべて読むに耐えない作品ばかりである」と厳しい評価を下している。近年になって「三の字旅行会」(三九)のようなユーモア短編や「空中の散歩者」(四二)のような防諜小説が、アンソロジーで復刻されるようになったが、まだその全貌をうかがうには不充分であるといわざるをえない(捕物帳に関しては初出誌が入手難なためでもあろう、今もって復刻される機会を逸している)[1]。おおよそ一九三八(昭和一三)年から書き始められるユーモア小説・防諜小説は、はたして大阪ミステリにおける傍流作品として片づけられるものでしかないのだろうか。その検証の便を図る意味もあって、まずは防諜小説の代表的キャラクターである横川禎介が活躍する、現在判明しているかぎりの全作品をまとめることとした。

＊

戦時下の探偵小説について、たとえば中島河太郎は次のように書いている（以下、［］内は横井による註記）。

昭和十二年［一九三七年］の日華事変以後、雑誌は時局的色彩を強くした。軍報道部の意向に添わなければ、陰に陽に圧迫を加えられたから、いきおい迎合する気風が生じた。殊に十六年に太平洋戦争が勃発すると、探偵小説に対する情報局の圧力は一段ときびしくなった。国民同士の殺傷を扱うのは、国内不安を助長するもので、時局柄不穏当だというのである。（略）探偵小説の執筆が事実上禁止されてみると、作家のなかには国内の不秩序を示す探偵小説の筆を捨てようという論まで現われた。海野《うんの》［十三《じゅうざ》］や大阪［圭吉］は防諜小説を、木々［高太郎《たかたろう》］は科学小説を、小栗［虫太郎］は秘境冒険小説を、横溝［正史］・城［昌幸］は捕物小説をといったふうに、それぞれ作風を転換させている。乱歩は「偉大なる夢」（昭18、日の出）を、大下［宇陀児《うだる》］は「地球の屋根」（昭和16—17、キング）といった科学小説的な作品に逃避し、ほのかな探偵趣味を留めておくほかはなかった。（「日本探偵小説史」『日本探偵小説全集12／名作集2』創元推理文庫、一九八九・一二）

右の中島の記述は、江戸川乱歩『探偵小説四十年』（桃源社、六一）の記述を基にしたものだろう。同書において乱歩は、昭和十三・十四・十五年度の章を「隠栖を決意す」と題している。「隠栖を決意」した理由は、一九三九（昭和一四）年三月、春陽堂・日本小説文庫版『鏡地獄』に収録されていた「芋虫」の全面削除を内務省検閲課から命じられたためで、この事件があってから出版社の側でも自粛ムードが高まり、特に公式に禁じられたものでなくとも、自主的に品切れを求めるようになり、乱歩もそれに応じるといった状況であった。『探偵小説四十年』の同じ章の中で乱歩は、戦時中にまとめた私家版の「探偵小説回顧」（「探偵小説十年」「探偵小説十五年」の切抜きを製本したもの）に手書きで書き込まれた「探偵小説十五年以後昭和十五年末までの概況」という文章を引用して、当時の文壇を取り巻く状況を示すよすがとしている。大阪圭吉の防諜小説が書かれた背景を知るに好個の文章でもあるので、長くなるが参考までに以下に引いておく（引用は『江戸川乱歩全集　第29巻／探偵小説四十年（下）』光文社文庫、二〇〇六から）。

昭和十二年七月開戦のシナ事変、今日にして満三年半、戦うごとに勝利を得、シナの重要部分を殆んど占拠、日本の手によって汪精衛《おうせいえい》を主班とする新シナ政府も組織せられたが、戦争の終局はいまだ容易に見通しがつかず、昭和十五年に至り、物資の欠乏いちじるしく、同年日独伊三国同盟なるや、米国の日本向け輸出制限はほとんど挑戦的となり、国内物資の不足は日常生活にも現われきたり、米、炭、その他のインフレーション防止のための価格統制、ついで切符制度はじまり、店頭行列による買物は、今や日常のこととなった。第二次近衛内閣により提唱せられた「新体制」の標語は街頭に溢れ、（略）文学美術の方面も全体主義一色となり、（略）文学はひたすら忠君愛国、正義人道の宣伝機関たるべく、遊戯の分子は全く排除せらるるに至り、世の読物すべて新体制一色、ほとんど面白味を失うに至る。探偵小説は犯罪を取扱う遊戯小説なるため、最も旧体制なれば、防諜のためのスパイ小説のほかは諸雑誌よりその影をひそめ、探偵作家はそれぞれ得意とするところに従い、別の小説分野、例えば科学小説、戦争小説、スパイ小説、冒険小説などに転ずるものが大部分であった。

乱歩はここで捕物帳について言及していないが、先に中島が書いているように、横溝正史などは捕物時代小説へと軸足を移していく（ただし、その捕物帳にしても、一筋縄ではいかなかったことが、あとに引く横溝の回想からうかがわれるのだが）。右に引いた乱歩の同時代の記述や、先の中島の史観を読めば、情報局の弾圧によって探偵小説の執筆が禁止された、という物語が共有されていることは明らかだろう。

谷口基は『戦前戦後異端文学論――奇想と反骨――』（新典社、二〇〇九）の第四章「江戸川乱歩、戦争協力の果てに」において、先に紹介した乱歩の「芋虫」全面削除事件とそれによる乱歩の「隠栖」にふれて、「結果的にこの［隠栖という・横井註］個人的行為が探偵文壇崩壊への第一歩となった」のであり、「出版各社による過剰なまでの〈自粛〉の姿勢と、陸軍情報局による伏字の全面禁止ならびに『事前検閲』（一九四一＝昭和十六年六月より実施）の強制であった」と述べている。そして「探偵文壇は内務省および陸軍情報部の執拗な〈言葉狩り〉の前に自壊を遂げる。正確に言うならば、この現象は各種メディアと作家たちが期せずして息を合わせた自粛表明であった」と指摘している。

この谷口の考察は、次の横溝正史の回想によっても、裏付けられるように思う。

私の「人形佐七捕物帳」も昭和十三年の新年からはじまり、十四年、十五年と書きすすんでいくにしたがい、どうやらコツらしきものも会得し、お粂佐七のご両人、辰と豆という愛嬌者にも、作者としての気脈がつうじてきたとこへ、とつぜん執筆停止命令がきた。

これはほんとうに情報局からの通達だったのか、それとも当時の博文館の館主大橋進一さんというひとは、ひどく軍や情報局の思惑を気にするひとだったので、一種の予防措置ではなかったかとも思われるのだが、要するに捕物帳が悪いというのではないが、「人形佐七」の場合、時局柄不謹慎であり不健全である。だからおなじ捕物帳でも主人公を、もっと健全な人物にかえてもらえないか。……（「続・途切れ途切れの記」『探偵小説五十年』講談社、七二）

右の引用に見られる「これはほんとうに情報局からの通達だったのか、それとも当時の博文館の館主大橋進一さんというひとは、ひどく軍や情報局の思惑を気にするひとだったので、一種の予防措置ではなかったかとも思われるのだが」という記述が、執筆停止命令を受けた当時の感想なのか、戦後の安定した時代における余裕からくる感想なのか、はっきりしないとはいえ、メディアの「過剰なまでの〈自粛〉の姿勢」（谷口、前掲書）を垣間見させてくれる証言であるといえよう。

だがこうした状況であっても、「太平洋戦争勃発後の大衆誌上に〈探偵小説〉が皆無であったかと言えば、それは嘘になる」と谷口は指摘する。『新青年』にかぎってみても、「怪奇探偵」と角書きを付けた作品は一九四四（昭和一九）年まで発表されているのだという。

確かに〈探偵小説〉と称されるテクストは存在しただろう。ただ江戸川乱歩のような探偵小説の「鬼」の認識からすれば、問題なのは、それが正しく探偵小説と呼べるものであったかどうかという点だった、とみるべきだろう。この問いはすぐさま、乱歩のような「鬼」によって正しく探偵小説であると思われないような作品は探偵小説ではないのか、という新たな問いを生む。

大阪圭吉が書いた防諜もののシリーズは、「防諜探偵小説」の副題を付けて『仮面の親日』の総題の下にまとめられ、一九四三（昭和一八）年四月に大道書房から刊行されている。ここに収められた各編は、初出誌が確認できなかったものもあるが、当初「防諜小説」「防諜秘話」「間諜小説」などの角書きを付せられて雑誌に掲載された作品ばかりである。表題作の「仮面の親日」は、『スパイ小説名作集』（三邦出版社、四二）というアンソロジーに収録されてもいる。先の乱歩の同時代観や中島の史観などの文脈では、防諜小説やスパイ小説は探偵小説にあらず、ということになりそうだ。せいぜいが「ほのかな探偵趣味を留め」（中島、前掲書）たものという評価にとどまるのだろう。だが、書き手の意図か版元の判断なのか、判然としないとはいえ、一書にまとめられた際「防諜探偵小説」と副題が付せられた点は、やはり無視するわけにはいくまい。大阪圭吉の防諜小説は探偵小説としても読まれ得るものだと考えられていたのだという事実を受けとめ、そのスタンスに立ってもう一度テクストを読み直してみる必要がありはしないだろうか。

大阪圭吉の防諜小説についての論稿としては、今日でも権田萬治「本格の鬼＝大阪圭吉論」（前掲）以外には思いあたらない。同論稿において権田は、大阪圭吉がユーモア小説やスパイ小説へと転進したことにふれた後で、「氏がなぜ探偵小説の道を捨ててユーモア小説の方向を目指したかそのいきさつは明らかでないが、本格探偵小説を一作一作丹念に作ることの困難さに耐えられなかったためと思われる」と述べている。それでもユーモア小説には「探偵小説的な要素も残っており、いちおう読ませる中味がある」が、これが防諜小説＝スパイ小説となると「愛国青年探偵横川禎介の登場する通俗スパイ小説の連作は、ことごとく幼稚な軍国主義的な内容のもので、今日すべて読むに耐えない作品ばかりである」と断じて憚らないのは、先に紹介した通りである。そして「これら読むに耐えない通俗スパイ小説の中で、何とか探偵小説的なストーリー展開を示しているのは長編スパイ小説『海底諜報局』であろう」という。ここで権田のいう「探偵小説的」な要素とは、沈没船内に生きている女を目撃して恐怖に怯え発狂した潜水夫が、上陸した途端何者かにさらわれるという、いわば発端の怪奇性（後出。同書の権田の表現によるなら「発端の不可思議性」）にあたる。だがこのような意味での発端の怪奇性ならば、「疑問のS」（四一）や「街の潜水夫」（同）にも見られるものである。これらの作品が「読むに耐えない作品」で、『海底諜報局』（四一）が「何とか探偵小説的なストーリー展開を示している」と評価するのは、何とも奇妙なことと思わざるを得ない。

権田による大阪の防諜小説論は「幼稚な軍国主義的な内容のもの」という認識が先行しすぎている嫌いがある。『中村美与子探偵小説選』（論創ミステリ叢書、二〇〇六）でも引いておいたが、浅井健がいうように、「戦中の小説を読む場合は、その国策思想はどうしても邪魔になるが、それを適当に解釈してよむこと」（「桜田十九郎と中村美与子について」『幻影城』七五・三）が必要なのではあるまいか。そうでなければ横川禎介シリーズが「防諜探偵小説」としてまとめられた意味あるいは意義が見出せまい。

私見によれば、大阪圭吉の防諜小説、殊に横川禎介シリーズでは、初期の本格探偵小説群に見られた長所でもあり短所でもある性質を、容易に見出すことができる。

たとえば江戸川乱歩は、『日本探偵小説傑作集』（春秋社、三五）の序文として書かれた「日本の探偵小説」において、次のように述べている（以下、引用は『江戸川乱歩全集　第25巻／鬼の言葉』光文社文庫、二〇〇五から）。

その作風がドイル以来の正統派であって異彩に乏しいこと、これまで発表された全部の作品が悉く本当の短篇であって、謎の提出からその解決までの距離が短かく、あれかこれかと読者の理智を働かせ、読者を楽しませる余裕を欠いていることなどの為に、その着想と論理との優れている割合には、大きく人をうつ所がないのではあるまいか。

ここでいわれる「ドイル以来の正統派」とは、どのような作風なのか。大阪圭吉の第一著書である『死の快走船』（三六・六）に寄せた序文の中で、乱歩は「ドイルの探偵小説には、殆ど例外なく、中心となる所の謎解きの論理的手法の外に、出発点の『怪奇』と、結末の『意外』とが、作品の重大な構成要素として取入れられている。これが旧探偵小説の常套であった」あるいは「ドイルの作風は、怪奇―論理―意外の三要素が適度に塩梅されている」と書いているようなものである（引用は『江戸川乱歩推理文庫61／蔵の中から』講談社、八八から）。続けて乱歩は「大阪君の作風は、三要素中の論理にのみに力点が置かれ、怪奇と意外とは甚だ影が薄くなっているように思われる」

と述べている。

同じく『死の快走船』に寄せた序文「大阪圭吉のユニクさ」において甲賀三郎は、大阪圭吉の作品に欠けているのは、今日の（当時の）ジャーナリズムが要求するところの「エキサイトメントであり、サスペンスである」、すなわち「推理的なサスペンスではなくて、無闇矢鱈な理窟のないサスペンスである」であり、「ふとした刺戟で起り得るナチュラルなエキサイトメントではなくて、異常な非現実的な刺戟によって、無理に起されるべき誇張されたエキサイトメント」であると指摘する。つまり甲賀は通俗味や大衆性に欠けている、といっているわけだ（以上、引用は「本棚の中の骸骨：藤原編集室通信」内 http://www.green.dti.ne.jp/ed-fuji/text-kouga-osaka.html から）[2]。

甲賀の指摘は乱歩とは正反対とまではいわないまでも、問題視している点や要求するところが微妙に異るのである。したがって、権田萬治が前掲「本格派の鬼＝大阪圭吉論」において、右に紹介したような乱歩や甲賀の指摘を受けて、大阪なりの回答を示したのが、『新青年』一九三六年七月号から一二月号まで一話完結ものを連載した「連続短篇」ではなかったかと見るのは、やや乱暴ではないかと思わざるを得ない。権田は、「連続短篇」として発表された作品は「少なくとも処女作当時のぎくしゃくした感じがなくなり、小説技術が向上して」おり、「状況設定とくに発端の不可思議性と意外性に工夫のあとがうかがえる」と評価している。乱歩と甲賀の両方に応えたのだと前提すると、「連続短篇」の各編はジャーナリズムの要求に応えるような作品にも仕上がっている、というのに等しい。だが、甲賀のいう意味でのジャーナリズムの要求に応えている作品というのであれば、「連続短篇」の各編よりはむしろ、権田が「今日ではすべて読むに耐えない作品」と断じた防諜小説の方であろう。

ところでコナン・ドイル Arthur Conan Doyle（一八五九～一九三〇、英）の作品は乱歩がいうように「殆ど例外なく」「怪奇―論理―意外の三要素が適度に塩梅されている」といえるものなのかどうか。たとえばホームズものの一編「第二のしみ」The Second Stain（一九〇四）など、「出発点の

『怪奇』」がある作品なのだろうか。乱歩がいっているのは、ドイルの作品そのものというより、ドイルの作品を受容することによって得られたひとつのイメージというべきものではなかったか。あるいはまた、日本の読者に向けて翻訳する際にバイアスがかかったところからくるイメージではなかったか。そのイメージの生成をここで詳しく検証している余裕はないが、当時の乱歩が持っていた理想的なイメージをもってして普遍的なドイル像と捉え、それを今日の目から大阪の作品に当てはめていくのは、やはり危険なのではないかという指摘はしておく必要があるように思う。それにドイルのホームズものは、日本の感覚では中編小説級のボリュームを持っていることを忘れるわけにはいかない。その意味でも乱歩の指摘には無理がある。山前譲が指摘するように、「十分な枚数が与えられれば、圭吉の持ち味がもっと発揮できたはず」なのは、中編並みのボリュームを持つ「坑鬼」がつとに証明しているのだ（山前譲「解説」『銀座幽霊』創元推理文庫、二〇〇一・一〇）。

山前は同じ文章の中で、大阪圭吉のユーモア小説、すなわち「日常的な光景のなかに謎を設定してのユーモラスな味わいの探偵小説」について、「謎と論理の探偵小説をことさらに意識しなくなったせいか、文章がいっそうこなれ、リズミカルになっている」と指摘し、「作品発表の舞台が広がったのも頷ける」と述べている。

大阪の防諜小説群は、以上のような乱歩や甲賀の指摘を受けとめ、経験を重ねた上で、時局の変遷に添って書かれたものであるとみるべきだろう。単に時局に添った通俗的なスパイ小説と捉えてしまっては、大阪の探偵作家としての資質を見逃してしまうことになりかねない。

たとえば「疑問のS」の冒頭における、地方から出てきた父娘が、防空演習のために警戒管制に入っている東京の街路で怪異現象に出くわすというシチュエーションや、「街の潜水夫」の冒頭における、人気《ひとけ》のない深夜の路上で潜水服を着た人間と出くわすというシチュエーションは、乱歩のいう「出発点の『怪奇』」の不足という批判に充分応え得ているものではないだろうか。また「疑問のS」の結末、題名にもなっている「S」が意味するものは、今日の視点からみても「結末の

『意外』」を持ち得ているように思われる。また「紅毛特急車」（四二）や「空中の散歩者」（同）といった作品は「日常的な光景のなかに謎を設定してのユーモラスな味わい」（山前、前掲書）をたたえているといえよう。「紅毛特急車」などは、いわゆる日常の謎テイストのミッシングリンク・テーマを扱った作品と読むことも可能である。

これらはみな防諜小説として書かれているため、解決が読み手の予想の範囲――すなわち外国人スパイによる謀略ないし諜報活動――に留まるのは、仕方のないことであった。だが視点を変えてみれば、つまり防諜小説のほとんどが、ハウダニットHowdunit（どうやったか）の興味に特化して書かれているということでもある。そして解決がすべて決まり切っている以上、作品として面白く読ませるには、自ずとシチュエーションや諜報活動の方法に工夫を凝らさざるを得ないということでもある。ハウダニットの興味を乱歩のいう「中心となる所の謎解きの論理的手法」（前掲「『死の快走船』序」）と同じものと捉えるのは、これもある意味乱暴なことかもしれないが、仮にそのように捉えるなら、前掲の「日本の探偵小説」において大阪の初期作品群を評した乱歩の「その着想と論理との優れている割合には」「謎の提出からその解決までの距離が短かく、あれかこれかと読者の理智を働かせ、読者を楽しませる余裕を欠いている」という言葉が、そのまま防諜小説にも当てはまってしまうのである。このことは、大阪の執筆方法が、初期のいわゆる本格ものと防諜小説とでは、ほとんど変わっていなかったことを示す証左といえるのではないだろうか。初期には主に密室トリックに発揮された大阪圭吉のトリック・メーカーとしての資質は、防諜小説では暗号通信法となって現われている点も、見逃すわけにはいかない。

大阪圭吉の防諜小説は決して「今日すべて読むに耐えない作品」と断じて済ませていいようなものではない。戦時下において、本格探偵小説を得意とする作家が、時局に合わせながら本格としての面白さを追求していった試みの現われとして、今日改めて見直されるべきテクストなのである。そこに盛り込まれた時局的言説を、書き手の思想・認識の現われと見るのは短絡的であるし、仮に当時の書き手が正しくそうした認識を内包していたのだとしても、書き手としての責任と作品の内容とは、とりあえずは別物として判断すべきであろう。探偵小説が、作者の思想を表現することを第一義とする文学作品とは異なることを考えれば、それが妥当な判断というべきではないだろうか。そして、探偵小説がそのような文学作品とは異なるからこそ、そこには当時の時代思潮が生《なま》のまま、痕跡となって残されているのである。それは実際にあった思潮であり、言説である。そうした言説を今日の視点から批判・否定することは、臭いものにはふたをするのと同じこと、実際にはなかったものにするのと同じことであり、そのために同じ愚行を招くことにもつながる危険性があると考えるべきであろう。

たとえば、「紅毛特急車」では、東海道線車両内で頻々として夫婦ものが忘れ物をするという珍奇な事件を、鉄道省の遺失品係が「厚生省が、生《ママ》めよ殖やせよで盛んに宣伝するものだから、全国いたる処に新婚夫婦が簇生《ぞくせい》して、お蔭で鉄道省のわしが悩まされるとはこれ如何に？　だ」と考えるにいたる。この話を隣組の常会で聞き込んできた国民防諜会の女性秘書・柴谷菊子は、会長の横川禎介と次のような会話を交わす。

「ところで、先生は、この珍現象を、どうお思ひになつて？　やはり、遺失品係の清川さんと同じやうに、厚生省の宣伝効果が現はれて、夫婦円満時代が出現したせゐだとお考へになります？」

「いや、厚生省の宣伝は、立派な国策だから、そんな珍現象は別としても、既に着々効果が現はれてゐるよ。早い話が、第一君が、かういふ話に絶大な興味を持つて、私のところへまで聞かせに来るといふ、その気持を考へただけでもすぐ判るよ。もう、君自身も、結婚したくてウヅウヅしてるんぢやないかね」

「まア、先生。ひどいわ」

菊子嬢は、まッ赤になつた。

ここで「厚生省の宣伝効果」とあるのは、一九三九年九月三〇日に厚生省が発表した「結婚十訓」中に「産めよ殖やせよ国のため」と掲げたことに由来する。右に引用したやり取りを読んで、現在流行の婚活に思いを至すのは、筆者（横井）だけだろうか。もちろん現在の厚生労働省は当時の厚生省のように「産めよ殖やせよ」というスローガンを掲げているわけではない。だが厚労省が掲げる、少子化対策としてのエンゼルプランを、子育てのための社会的支援によって育児環境を整えて、結婚・出産・育児のサイクルを作りあげるものと捉えるなら、国家権力による人的資源確保政策として「結婚十訓」と何ら径庭がないように思われるのだが、これは牽強付会というものだろうか。「紅毛特急車」には右に述べたように当時の国家権力のありようが刻印されており、それは現在の国家権力による国民の身体の管理という状況に対する反省を促す契機ともなりうるのである。こうした読みを試みることは、大阪の防諜小説に新しい光を与えることにもなるだろう。

＊

本書『大阪圭吉探偵小説選』は、最初にも述べたように大阪の防諜小説における代表的なシリーズ・キャラクターである横川禎介が登場する、現在判明しているかぎりのすべての作品を、戦後初めて集大成したものである。短編の中には初出誌が入手できないものも数編あったため、今回は初刊単行本『仮面の親日』を底本とした（使用したのは一九四三［昭和一八］年七月三〇日発行の再版本。著者名義は「大坂圭吉」）。初刊本のテキストは、初出時に章題表記があったものと、章題がなく数字表記だったものとが、統一されずに混在しており、おそらくは初出テキストをそのまま印刷に回したものであろうと想像される。

初刊本と本書とでは、収録順序に異動がある。それは本書が初出順に作品を配列し直したからだが、どうして初刊本のような作品配列順になったのか、今ひとつ分からない。「百万人の正宗」のように、より時局に添う傾向の強い作品が巻頭に回されているように思われるのだが、これも確かにそうだとはいえないし、検閲の目を逃れるためにどれだけ効果があったか疑わしい。

参考までに、初刊本の作品収録順と、初出順である本書との収録順を対照しておく。本書に未収録の作品は、いずれもノン・シリーズの防諜小説である。

【初刊本】
仮面の親日
百万人の正宗
疑問のS
金髪美容師
紅毛特急車
赤いスケート服の娘
空中の散歩者
街の潜水夫
恐ろしき時計店
東京第五部隊
間諜満洲にあり
寝台車事件
手紙を喰ふポスト

【論創ミステリ叢書】
東京第五部隊
金髪美容師
赤いスケート服の娘
仮面の親日
疑問のS
街の潜水夫
紅毛特急車
空中の散歩者
(未収録)
間諜満洲にあり
百万人の正宗
(未収録)
(未収録)

ところで横溝正史は、人形佐七シリーズの打ち切りを博文館から告げられたことを回想したエッセイ「続・途切れ途切れの記」（前掲）の中で、雑誌連載は打ち切られたものの、一九四一（昭和一六）年になって春陽堂からまとめた人形佐七の五巻本は「よく売れた」といい、その背景を「国内では軍や情報局の圧迫で、読み物が統一化されていくいっぽうなのに、前線ではこういう読み物が歓迎されるのだとかで、軍が出版社に紙をくれるのだそうである」と説明している。前線と銃後とのダブル・スタンダードという事情がうかがえて興味深いのだが、先に引いた「紅毛特急車」の横川と柴谷とのやり取りなどは、「時局柄不謹慎であり不健全である」（横溝、前掲）と判断される要素がなくもないように思われる。「紅毛特急車」が収録された単行本『仮面の親日』は、一九四三（昭和一八）年四月に刊行されている。「紅毛特急車」は、まだ横川の口から国策を肯定する言葉があるだけマシなのかもしれないが、同時収録された「手紙を喰ふポスト」（三九。初出時の題名は「恋のお手柄」）のような、ラブレター絡みの事件を扱ったノン・シリーズ作品は、よりいっそう「不謹慎であり不健全である」と思われかねない内容であるように思われる。にもかかわらず『仮面の親日』が刊行されたのは、横溝の人形佐七シリーズの単行本と同じ背景があったものと考えるべきだろうか。

以下、各編の解題を簡単に記しておく。作品によっては内容に踏み込んでいる場合があるので、未読の方は注意されたい（なお各編の書誌については前掲『銀座幽霊』巻末の「大阪圭吉　著作リスト」を参考にさせていただきました）。

「東京第五部隊」は、『講談倶楽部』一九四〇（昭和一五）年一〇月号（三〇巻一〇号）に掲載された後、『仮面の親日』に収録された。

横川禎介初登場の作品だが、「帝都劇場の案内ガール」春木もと子を主役に据えた書きっぷりが興味深い。

陸軍省防衛課長・渡部富士雄の「スパイの／魔手は　かうして防ぐ」、木村毅《き》の「躍る外国スパイ群」と共に掲載され、編集後記にあたる「編輯局だより」には以下のように書かれていた。

◇近時防諜の問題が最も真剣に考へられ、スパイ撲滅の烽火が全国的に燃え上つてをることは皆様御存じのとほりであります。本号に発表の木村毅氏の『躍る外国スパイ群』大阪圭吉氏の『東京第五部隊』特輯漫画『スパイは何処にも居る』等は防諜について吾等に不断の注意と覚悟を迫る好資材であります。御一読の上、御知己にも是非御話し下さつて共々協力、国民防諜の実を完《まつた》うしたいものであります。

題名に謳われている「第五部隊」とは「第五列」と同じ意味で、本来味方であるはずの集団内で利敵行為を働く者たち、すなわちスパイを意味する。

「金髪美容師」は、『キング』一九四〇（昭和一五）年一一月号（一六巻一一号）に掲載された後、「乱れる金髪」と改題されて『人間灯台』（大東亜出版社、四三）に、また原題のまま『仮面の親日』に収録された。大東亜出版社は満洲国奉天市に発行所を持っており、奥付も「康徳十年」となっている由。

国民精神総動員委員会が生活刷新案を提案し、パーマネントの禁止を掲げたのが一九三九年六月一〇日のこと。パーマをかけた女性を見ると「パーマネントはやめましょう」と替え歌を唄ってからかう子どもがいたり、舗装道路などに「パアマネントハヤメマセウ」と書かれたりして、流行語となったという。本作品は生活刷新案が出された翌年に発表されており、刷新案が提案されても現実にはパーマネントが廃止されていなかったのか、廃止されない風潮に対して時局的警鐘を鳴らそうとして書かれたものかもしれない。大阪には「花嫁と仮髪《かつら》」（四〇・三）という、断髪にしたモダンガールを題材としたユーモア探偵小説も存在するが、発想の根元は同じであろう。

なお、本編が載った『キング』には、巻頭二色刷りページに「恐るべきスパイ網」という読物記事が掲載されていた。そこには「販売網を利用しての宣伝」「沈黙を守れ」といった表題のコラムが載っており、「金髪美容師」のプロットとも共鳴する内容であった。

「赤いスケート服の娘」は、『新青年』一九四一（昭和一六）年一月号（二二巻一号）に掲載された後、『仮面の親日』に収録された。

「仮面の親日」は、『冨士』一九四一（昭和一六）年一月号（一四巻一号）に収録された後、杉浦正次編『スパイ小説名作集』（歓喜力行文庫。三邦出版社発行、啓徳社発売、四一・六）に採録された。その後、「悪魔の地図」と改題されて『人間灯台』に、また原題のまま『仮面の親日』に収録された。

街頭写真という新風俗に材を採った一編。本編より、丸の内八紘ビルにある国民防諜会事務所の概要が詳述され、女性秘書の柴谷菊子と明石所員が初登場する。明らかにシリーズ化が意識されており、この二人は以後レギュラーとして、長編『海底諜報局』まで登場することとなる。

なお、初出誌本文中には「ちよつと待て！　スパイの目がある耳がある」「のぞくな軍機、聞くな流言、語るな秘密」といった時局標語というべきものが囲み記事として掲げられていた。こうした標語はアンソロジー『スパイ小説名作集』においても、収録作品の各編末に掲げられていた。

「疑問のＳ」は、『冨士』一九四一（昭和一六）年四月号（一四巻四号）に掲載された後、『仮面の親日』に収録された。

先に解題でも述べた通り、乱歩のいわゆる「出発点の『怪奇』」に意を注いだ、裏・鉄道ミステリともいえそうな秀作。後の島田荘司作品（たとえば「踊る手なが猿」［九〇］）に見られるような都市を図形的に捉える視点が呈示されている点も興味深い。

「街の潜水夫」は、『冨士』一九四一（昭和一六）年七月号（一四巻七号）に掲載された後、『仮面の親日』に収録された。

やはり「出発点の『怪奇』」に意を注いだ秀作といえよう。陰謀のスケールの割には、スパイの行動が間が抜けているような印象がなきにしもあらずとはいえ。

「紅毛特急車」は、『キング』一九四一（昭和一六）年八月号（一七巻八号）に掲載された後、『仮面の親日』に収録された。

先に解題でも述べた通り、「日常的な光景のなかに謎を設定してのユーモラスな味わいの探偵小説」（山前、前掲書）に仕上がっており、遺失品を題材とする鉄道ミステリとしても読める秀作である。

「空中の散歩者」は、『冨士』一九四一（昭和一六）年一〇月号（一四巻一〇号）に掲載された後、『仮面の親日』に収録された。戦後になって長山靖生編『明治・大正・昭和／日米架空戦記集成』（中公文庫、二〇〇三）に採録された。

やはり「日常的な光景のなかに謎を設定してのユーモラスな味わいの探偵小説」に仕上がっている秀作。その題材から、デビュー作「デパートの絞刑吏」を思わせなくもない。

「海底諜報局」は、熊谷書房から一九四一（昭和一六）年一二月に刊行された。後に海軍の外郭団体である社団法人くろがね会が発行していた「くろがね叢書」の第二十五輯（四四・一二）に再録された。ここでは一九四二（昭和一七）年五月二五日発行の再版本を底本として使用した。奥付には「防諜小説」と記されている。ちなみに単行本は著者自装の由（鮎川「人間・大阪圭吉」、前掲）。大阪圭吉唯一の書き下ろし長編である（長編には他に、四二年に『豊橋同盟新聞』に連載された「ここに家郷あり」がある）。「カンカン虫殺人事件」や「白鮫号の殺人事件」、「動かぬ鯨群」など、一連の海洋ものを発表してきた大阪らしい雄編といえる。実現可能かどうかはともかく、陰謀のスケールも大きい。

藍衣《らんい》社は、蔣介石直属の情報・工作機関で、一九三二（昭和七）年に結成、三八年に解散になったというから、本作品が発表された頃にはすでに存在しないスパイ組織だったことになる。もちろん解散後の社員が軍当局に改編されたという経緯があるので、日本に敵対する組織としてはまったくありえないというわけではないのだが。

刊行に当たって書き下ろされた「作者のことば」も併録した。太平洋戦争勃発に応じた激越な調子の文章が今となっては痛々しいといえなくもない。なお「ＡＢＣＤ包囲網」とは、一九四一年に日本軍がフランス領インドネシアに進駐したのに対して、アメリカAmerica・イギリスBritish・中国China・オランダDutchが経済的な報復措置をとったことを指した流行語である。

なお、『仮面の親日』の版元の大道書房は、創価学会の二代目会長・戸田城聖が城外と号していた頃に経営していた出版社で、社名は子母沢寛の小説『大道』に由来するという（尾崎秀樹『子母沢寛──人と文学』中央公論社、七七）。その大道書房からは、大阪圭吉の同書に続いて、蘭郁二郎の『南海の毒盃』（四三・七）や甲賀三郎の『雪原の謀略』（同・一〇）のような書き下ろしの「防諜探偵小説」が立て続けに刊行されているのも興味深いところである。

「間諜満洲にあり」は、『ますらお』一九四二（昭和一七）年七月号（巻号数未詳）に掲載された後、『仮面の親日』に収録された。

「百万人の正宗」は、『読切講談』一九四二（昭和一七）年一二月号（巻号数未詳）に掲載された後、『仮面の親日』に収録された。

本作品になると、時局的内容が前面に押し出され、もはや探偵小説的興趣は背後に押しやられたといってよい。こうした作品が巻頭第二作目に収められているあたりに、時局への配慮をうかがわしむるのである。

（1）二〇一八年の夏に、シリーズ第二作「夏芝居四谷怪談」のみ、書肆盛林堂から盛林堂ミステリアス文庫の一冊として二百部限定で復刻された。

（2）甲賀の推薦文は、日下三蔵編『ミステリ珍本全集4／死の快走船』（戎光祥出版、二〇一四）および ミステリー文学資料館編『甲賀三郎／大阪圭吉　ミステリー・レガシー』（光文社文庫、二〇一八）に、乱歩の序文、圭吉の後記と併せて採録された。

［解題］**横井 司**（よこい つかさ）
1962年、石川県金沢市に生まれる。大東文化大学文学部日本文学科卒業。専修大学大学院文学研究科博士後期課程修了。95年、戦前の探偵小説に関する論考で、博士（文学）学位取得。『小説宝石』で書評を担当。共著に『本格ミステリ・ベスト100』（東京創元社、1997年）、『日本ミステリー事典』（新潮社、2000年）など。現在、専修大学人文科学研究所特別研究員。日本推理作家協会・日本近代文学会会員。

大阪圭吉探偵小説選《おおさかけいきちたんていしょうせつせん》　〔論創ミステリ叢書45〕

2010年4月30日　初版第1刷発行
2018年9月30日　初版第2刷発行

著　者　大阪圭吉
叢書監修　横井　司
装　訂　栗原裕孝
発行人　森下紀夫
発行所　論 創 社
〒101-0051 東京都千代田区神田神保町2-23 北井ビル
電話 03-3264-5254　振替口座 00160-1-155266
http://www.ronso.co.jp/

印刷・製本　中央精版印刷

Printed in Japan　ISBN978-4-8460-0916-8